MEIO AMARGO

Outras obras da autora publicadas pela Editora Record

Acidente
Agora e sempre
Álbum de família
Amar de novo
Um amor conquistado
Amor sem igual
O anel de noivado
Ânsia de viver
O apelo do amor
Asas
O brilho da estrela
O brilho da sua luz
Caleidoscópio
Casa forte
Cinco dias em Paris
Desaparecido
Um desconhecido
Desencontros
Doces momentos
Entrega especial
O fantasma
Final de verão
Galope de amor
Honra silenciosa
Imagem no espelho
Jóias
Klone e eu
Um longo caminho para casa
Maldade
Mensagem de Saigon
Momentos de paixão
Um mundo que mudou
Passageiros da ilusão
O preço do amor
O presente
O rancho
Recomeços
Relembrança
Segredo de uma promessa
Segredos de amor
Tudo pela vida
Uma só vez na vida
Vale a pena viver
A ventura de amar
Zoya

DANIELLE STEEL

MEIO AMARGO

Tradução de
CHRISTINA CABO

EDITORA RECORD
RIO DE JANEIRO • SÃO PAULO

2001

CIP-Brasil. Catalogação-na-fonte
Sindicato Nacional dos Editores de Livros, RJ.

S826m Steel, Danielle, 1948-
Meio amargo / Danielle Steel; tradução de Christina Cabo. – Rio de Janeiro: Record, 2001.
416p.

Tradução de: Bittersweet
ISBN 85-01-05662-6

1. Romance norte-americano. I. Cabo, Christina. II. Título.

01-0651 CDD – 813
CDU – 820(73)-3

Título original norte-americano
BITTERSWEET

Direitos exclusivos de publicação em língua portuguesa para o Brasil adquiridos pela
DISTRIBUIDORA RECORD DE SERVIÇOS DE IMPRENSA S.A.
Rua Argentina 171 – Rio de Janeiro, RJ – 20921-380 – Tel.: 585-2000
que se reserva a propriedade literária desta tradução

Impresso no Brasil

ISBN 85-01-05662-6

PEDIDOS PELO REEMBOLSO POSTAL
Caixa Postal 23.052
Rio de Janeiro, RJ – 20922-970

CÓPIA NÃO AUTORIZADA É CRIME
ABDR
ASSOCIAÇÃO BRASILEIRA DE DIREITOS REPROGRÁFICOS
RESPEITE O DIREITO AUTORAL
EDITORA AFILIADA

Para Tom,
no acre e
no doce.

Com todo o meu amor,
d.s.

Nunca se conforme com menos do que seus sonhos.
Em algum lugar, em algum tempo, algum dia, de alguma forma, você irá encontrá-los.

Capítulo 1

INDIA TAYLOR estava com sua câmera preparada enquanto um ingovernável exército de meninos de nove anos corria através do campo, atrás da bola de futebol que perseguiam veementemente. Quatro deles desmoronaram em uma pilha, um emaranhado de braços e pernas, e ela sabia que em algum lugar no meio deles estava seu filho, Sam, mas não podia vê-lo enquanto tirava uma série sem fim de fotografias. Ela havia prometido tirar fotografias do time, como sempre fazia, e adorava estar ali, observando-os em uma morna tarde de maio em Westport.

Ela ia a todos os lugares com seus filhos: futebol, beisebol, time de natação, balé, tênis. Não fazia isso apenas porque era o que se esperava dela, mas porque gostava. Sua vida era uma seqüência constante de viagens de carro e atividades extra-curriculares, temperadas com visitas ao veterinário, ao ortodontista e ao pediatra quando estavam doentes e precisavam de um *check-up*. Com quatro crianças de idades entre nove e catorze anos, ela sentia-se como se vivesse em seu carro e passasse o inverno recolhendo neve para retirá-lo da garagem e levá-lo para a pista.

India Taylor amava seus filhos, sua vida, seu marido. A vida havia sido boa para eles e, embora não fosse o que tinha esperado anos antes, ela descobriu que lhe agradava mais do que imaginara. Os sonhos que ela e Doug uma vez tiveram não eram mais relevantes para a vida, que conheciam agora, quem haviam se tornado, ou o local para onde foram levados desde que se conheceram vinte anos antes no Corpo da Paz na Costa Rica.

A vida que dividiam agora era a que Doug havia desejado, a visão que ele havia tido para eles e o lugar para onde queria ter ido. Uma grande e confortável casa em Connecticut, segurança para ambos, uma casa cheia de crianças e um labrador retriever, que se encaixavam a ele com perfeição. Ele partia para o trabalho em Nova York na mesma hora todos os dias, no trem das 7:05 da estação de Westport. Via os mesmos rostos, falava com as mesmas pessoas, cuidava das mesmas contas em seu escritório. Trabalhava para uma das maiores firmas de *marketing* do país e recebia uma renda muito razoável. Dinheiro não era uma coisa com a qual tivesse se preocupado muito nos últimos dias, na verdade nem um pouco. Ela que tinha sido tão feliz cavando valas de irrigação e vivendo em tendas na Nicarágua, no Peru e na Costa Rica.

Ela havia amado aqueles dias, a excitação, os desafios, a sensação de que estava fazendo alguma coisa pela raça humana. E os perigos ocasionais que enfrentaram pareciam tê-la estimulado.

Ela havia começado a tirar fotografias bem antes disso, em sua adolescência, ensinada por seu pai, que era correspondente do *The New York Times*. Ele passara a maior parte de sua infância longe, em missões perigosas em zonas de guerra. E ela adorava não apenas as suas fotografias, mas ouvir suas histórias. Quando criança, sonhava com uma vida como a dele um dia. E seus sonhos tornaram-se realidade quando estava no Corpo da Paz.

Suas atribuições a levaram às montanhas e a deixaram frente a frente com tudo, de bandoleiros a guerrilhas. Ela nunca pensava nos riscos que corriam. O perigo não significava nada para ela, na verdade ela o adorava. Adorava as pessoas, os lugares, os cheiros, a simples alegria pelo que estava fazendo e a sensação de liberdade que sentia enquanto trabalhava assim. Mesmo depois que haviam terminado sua tarefa com o Corpo de Paz e Doug voltou para os Estados Unidos, ela permaneceu na América Central e na América do Sul por vários meses e então seguiu para fazer reportagens na África e na Ásia. E conseguiu alcançar todos os pontos mais quentes. Sempre que havia problema em algum lugar, ao menos por algum tempo, India estava lá, tirando fotos. Estava em sua alma e em seu sangue e de uma forma que nunca havia estado no de Doug. Para ele, havia sido algo excitante para se fazer durante um tempo, antes de assentar-se na "vida real". Para India, era a vida real, e o que ela realmente queria.

Ela havia vivido com um exército insurgente na Guatemala por dois meses e conseguido fotografias fantásticas, semelhantes às de seu pai. Elas haviam lhe dado não apenas elogios internacionais, mas vários prêmios, por sua cobertura, sua perspicácia e sua coragem.

Quando olhava para trás, para esses dias, percebia que havia sido alguém diferente, uma pessoa na qual pensava em algumas ocasiões atualmente e imaginava o que teria acontecido com ela. Para onde havia ido aquela mulher, aquele espírito livre e selvagem e cheio de paixão? India ainda a apreciava, mesmo que percebesse que não mais a conhecia. Sua vida era tão diferente agora, ela não era mais aquela pessoa. Às vezes imaginava, em sua câmara escura, tarde da noite, como poderia estar satisfeita com uma vida tão distante daquela que ela uma vez amara tanto. E mais, sabia com perfeita clareza que amava a vida partilhada com Doug e as crianças em Westport. O que fazia agora era importante para ela, da mesma forma que havia sido sua vida anterior. Não se sentia sacrificada por ter aberto mão de algo que amava, mas na verdade tinha sido levada para uma coisa muito diferente. E os benefícios sempre pareceram suficientes para ela. O que ela fez por eles significava muito para Doug e as crianças, disse a si mesma. Disso ela estava certa.

Mas não havia como negar, quando olhava para as antigas fotografias, que ela havia tido paixão pelo que fazia na época. Ela ainda se lembrava da grande excitação, do medo doentio de saber que estava em perigo e a emoção de capturar o momento perfeito, aquele segundo explosivo no tempo quando tudo vem junto em um instante, dentro do que via através de sua câmera. Nunca houve nada como isso. Ao menos, estava feliz por tê-lo feito e se retirado do sistema. E sabia sem dúvidas que o que sentiu foi algo que herdou de seu pai. Ele havia morrido em Da Nang quando ela tinha quinze anos, depois de ganhar um prêmio Pulitzer, no ano anterior. Havia sido tão fácil para India seguir seus passos. Foi um curso que ela não poderia ter alterado na época, ou desejado alterá-lo. Ela precisava fazer isso. As mudanças que fez, vieram mais tarde.

Ela voltou a Nova York um ano e meio depois de Doug ter ido para casa, quando ele finalmente deu-lhe um ultimato. Ele havia lhe dito que, se queria um futuro com ele, era melhor que "levasse o rabo de volta a Nova York" e parasse de arriscar sua vida no Paquistão ou no Quênia. Apenas por um breve momento, havia sido uma dura decisão. Ela sabia que uma vida como a de seu pai estava ali, à espera dela, talvez até um Pulitzer como o dele um dia, mas também sabia dos perigos. Isso havia custado a vida dele e estendeu-se ao seu casamento. Ele nunca realmente teve uma vida com a qual se importasse entre os momentos em que arriscava tudo pela foto perfeita, com bombas explodindo à sua volta. E Doug estava relembrando-a de que, se ela o queria, e a qualquer tipo de vida normal, teria que fazer uma escolha cedo ou tarde e abrir mão do que estava fazendo.

Aos vinte e seis anos, casou-se com Doug e trabalhou para o *The New York Times* por dois anos, tirando fotografias para eles na cidade, mas Doug estava ansioso para ter filhos. E quando Jessica nasceu, pouco antes de India fazer vinte e nove anos, ela abriu mão do trabalho no *The Times*, mudou-se para Connecticut e fechou para sempre a porta para sua antiga vida. Foi o acordo com o qual concordou. Doug havia deixado muito claro quando eles se casaram que, uma vez que tivessem filhos, ela abandonaria sua carreira. E ela havia concordado. Pensou na ocasião que estaria pronta. Mas, tinha de admitir que, quando deixou o *Times* e dedicou total atenção à maternidade, foi mais difícil do que esperava. De início, ela realmente sentia falta do trabalho. No fim, apenas olhava para trás uma ou duas vezes com tristeza, mas aos poucos não teve nem mais tempo para isso. Com quatro crianças em cinco anos, ela mal podia manter a cabeça acima da água ou ter tempo para recarregar sua câmera. Dirigir, fraldas, escovar dentes, ninar, febres, grupos de brincadeiras e uma gravidez depois da outra. As duas pessoas que mais via eram seu obstetra e o pediatra e, é claro, as outras mulheres que encontrava diariamente, aquelas cujas vidas eram idênticas à dela e que viviam em torno de seus filhos. Algumas delas também haviam abandonado suas carreiras ou estavam tentando dar um tempo em suas vidas adultas até que as crianças estivessem um pouco maiores, assim como ela. Eram médicas, advogadas, escritoras, enfermeiras, artistas, arquitetas, todas haviam aberto mão de suas carreiras para cuidar de seus filhos. Algumas reclamavam muito mas, embora sentisse falta de seu trabalho, India realmente não se importava com o que estava fazendo. Ela adorava estar com seus filhos, mesmo quando terminava os dias exausta, com outro bebê a caminho, e Doug chegava em casa muito tarde à noite para poder ajudá-la. Era a vida que ela havia escolhido, uma decisão que havia tomado, um acordo que teria de cumprir. E não teria desejado deixar seus filhos todos os dias para continuar a trabalhar. Ela ainda fazia umas raras e ocasionais reportagens próximo de casa, se tivesse tempo para isso, uma vez em alguns anos, mas realmente não tinha tempo para fazer com mais freqüência, como havia explicado longamente a seu agente.

O que não sabia, ou não compreendera completamente antes de Jessica nascer, era o quão longe de sua vida anterior a maternidade iria levá-la. Comparando à vida que levara antes, tirando fotografias de guerrilhas na Nicarágua, de crianças morrendo em Bangladesh, ou inundações na Tanzânia, ela não havia tido idéia do quanto seria diferente ou do quanto se tornaria diferente ao fazer a opção.

Ela sabia que havia tido que fechar a porta daqueles capítulos de sua vida e ela o tinha feito, não importa quantos prêmios teria ganho ou o quanto teria sido excitante, ou o quanto era boa nisso. Em sua mente e especialmente na de Doug, abrir mão havia sido o preço que ela fora obrigada a pagar para ter filhos. Não haveria outra forma de fazê-lo. Algumas mulheres que conhecia poderiam fazer malabarismos com o trabalho em casa, duas de suas amigas ainda eram advogadas e iam até a cidade duas ou três vezes por semana, apenas para continuarem na profissão. Outras eram artistas e trabalhavam em casa, algumas das escritoras esforçavam-se com suas histórias entre as mamadas da meia-noite e das quatro da manhã, mas acabavam por desistir, pois era muito exaustivo. Mas, para India, era impossível. Não havia forma de continuar sua carreira, como ela sabia. Mantinha-se em contato com seu agente e havia feito algumas reportagens locais de vez em quando, mas cobrir mostras de jardinagem no Greenwich não tinha nenhum significado para ela. E Doug nem mesmo gostava que ela o fizesse. Em vez disso, usava sua câmera como uma espécie de ferramenta da maternidade, constantemente fazendo registros visuais dos primeiros anos de seus filhos, tirando fotos dos filhos das amigas, ou para a escola, ou apenas brincando com ela como estava fazendo agora, observando Sam e seus amigos jogarem futebol. Não havia outra forma de fazer isso. Ela estava atada e acorrentada, presa no cimento, enraizada em sua vida de milhares de formas, visíveis ou não. E isso era o que ela e Doug haviam acordado. E o que disseram que queriam. E ela havia vivido de acordo com o trato, mas a câmera estava sempre em suas mãos, em seus olhos, ou pendurada em seu ombro. Não poderia imaginar sua vida sem ela.

De vez em quando, ela refletia sobre trabalhar novamente, quando as crianças crescessem, talvez em cinco anos, quando Sam estivesse no ginásio. Mas era inconcebível para ela agora. Ele tinha apenas nove, Aimee tinha onze, Jason, doze, e Jessica, catorze. Sua vida era uma constante roda-viva de atividades entre eles, esportes depois da escola, churrascos, a Pequena Liga e aulas de piano. A única forma de fazer tudo era se você nunca parasse, nunca pensasse em si mesma e nunca se sentasse por cinco minutos. O único descanso que tinha de tudo era quando passavam o verão em Cape Cod. Doug passava três semanas ali com eles todo ano e o resto do tempo ele trocava por fins de semana. Todos eles adoravam as férias de Cape Cod. Ela tirava fotos fantásticas no Cabo todos os anos e tinha algum tempo para si mesma. Ela possuía uma câmara escura na casa, assim como em Westport. E no Cabo podia passar horas nela enquanto as crianças estavam visitando amigos ou na praia, ou jogando vôlei ou tênis. Era menos motorista no Cabo, as crianças podiam andar com suas bicicletas por todo lugar e dar-lhe mais tempo livre, especialmente nos últimos dois anos, já que Sam estava um pouco mais velho. Ele estava crescendo. A única coisa na qual pensava de vez em quando era no quanto ela estava amadurecida. Às vezes, sentia-se culpada pelos livros que nunca tinha tempo de ler, os políticos pelos quais perdera o interesse. Parecia-lhe às vezes que o mundo estava se movendo sem ela. Ela não tinha mais sentido de crescimento ou evolução, era mais uma questão de manter-se à tona, preparar o jantar, levar e apanhar as crianças de carro, de um ano escolar para outro. Mas não havia nada a respeito de sua vida que a fizesse sentir que havia crescido nos últimos anos.

A vida de India havia sido realmente a mesma nos últimos catorze anos, desde que Jessica nascera. Era uma vida de serviço, sacrifício e obrigações. Mas o resultado final era tangível, ela podia ver isso. Ela tinha crianças saudáveis e felizes. Eles viviam em um seguro e familiar pequeno mundo que girava inteiramente ao redor deles. Nada ofensivo ou inseguro ou desagradável jamais introduziu-se nele e a pior coisa que havia acontecido com eles foi uma discussão com o filho de um vizinho, ou um trauma sobre o dever de casa perdido. Eles não tinham nenhuma idéia da solidão que ela havia sentido quando criança, com um pai constantemente ausente. Eles eram infalivelmente assistidos e bem cuidados. E o pai deles vinha para casa todas as noites para o jantar. Isso era especialmente importante para India, já que sabia muito bem como era não ter isso.

As crianças de India viviam em um universo diferente daquelas crianças que ela havia fotografado duas décadas antes, morrendo de fome na África, correndo riscos inimagináveis nos países subdesenvolvidos, onde a própria sobrevivência era uma questão diária, fugindo de seus inimigos ou perdidas para agressores naturais como doenças, inundações e fome. Suas crianças nunca conheceriam uma vida como a deles, e ela estava grata por isso.

India viu seu filho mais novo retirar-se de uma pilha de garotinhos que haviam pulado em cima dele quando marcou um gol e acenar para a mãe.

India sorriu, a câmera clicou novamente e ela caminhou lentamente de volta ao banco onde algumas outras mães estavam sentadas, conversando. Nenhuma delas estava vendo o jogo, estavam muito ocupadas conversando. Isso era tão rotineiro para elas que raramente olhavam e mal viam o que seus filhos estavam fazendo. As mulheres estavam apenas ali, como o banco no qual estavam sentadas, parte do cenário ou do equipamento.

Uma delas, Gail Jones, olhou para cima quando India se aproximou e sorriu quando a viu. Elas eram velhas amigas e enquanto India retirava um filme novo do bolso, Gail deu espaço para que ela se sentasse. Finalmente havia folhas nas árvores de novo e todos estavam de bom humor. Gail estava sorrindo para ela enquanto segurava um copo de papelão com *cappuccino*. Era um ritual das duas, particularmente nos invernos gelados quando viam seus filhos jogarem bola, com neve no chão, e tinham que bater os pés e caminhar um pouco para permanecerem quentes enquanto os observavam.

— Só mais três semanas e a escola estará terminada por este ano, finalmente — disse Gail com expressão de alívio, enquanto tomava um gole do *cappuccino* fumegante. — Deus, eu odeio estes jogos, desejaria tanto ter uma menina, uma ao menos. A vida definida por atletas e chuteiras vai me deixar louca qualquer dia — disse ela com um sorriso triste, enquanto India sorriu-lhe de volta, colocou o filme no lugar e fechou sua câmera. Ouvir Gail queixar-se lhe era familiar. Gail havia se queixado pelos últimos nove anos pelo fato de ter abandonado sua carreira de advogada.

— Você ficaria enjoada do balé também, acredite-me. A mesma idéia, uniforme diferente, mais pressão — disse India sabiamente. Jessica havia finalmente desistido do balé naquela primavera, depois de oito anos, e India não tinha certeza se ela estava aliviada ou triste. Iria sentir falta dos recitais, mas não de ter que levá-la de carro três vezes por semana. Jessica agora estava jogando tênis com a mesma determinação, mas ao menos ela podia ir de bicicleta sozinha e India não teria que dirigir.

— Ao menos os sapatos do balé seriam mais bonitos — disse Gail, levantando-se para reunir-se a India enquanto começavam a caminhar lentamente pelo campo. India queria tirar algumas fotos de um ângulo diferente para dar ao time e Gail caminhava ao seu lado. Elas eram amigas desde que os Taylors haviam se mudado para Westport. O filho mais velho de Gail tinha a mesma idade de Jessica e ela tinha gêmeos da idade de Sam. Havia dado um intervalo de cinco anos entre eles e voltado ao trabalho. Era uma litigante, mas finalmente demitiu-se depois de ter gêmeos, e sentia que havia ido muito longe agora para considerar voltar para sua antiga firma de advocacia. Até onde podia ver, sua carreira estava terminada, mas ela era mais velha que India cinco anos e aos quarenta e oito clamava que não queria mais ser arrastada para o tribunal. Ela dizia que tudo de que realmente sentia falta era a conversa inteligente. Mas, apesar das queixas, ela ocasionalmente admitia que era mais fácil apenas estar ali e deixar que seu marido lutasse suas guerras diárias em Wall Street. Como India, sua vida era definida por jogos de futebol e viagens de carro. Mas, diferente de India, ela estava mais disposta a admitir que sua vida a aborrecia. E havia nela uma constante sensação de inquietude.

— Então, como se sente? — perguntou Gail amigavelmente, terminando o *cappuccino*. — Como está a vida no paraíso da mamãe?

— O de sempre. Ocupada. — India tirou uma série de fotografias enquanto a ouvia distraidamente. Ela conseguiu uma outra grande foto de Sam e outra melhor ainda quando o time adversário marcou um gol contra eles. — Estamos partindo para o Cabo em algumas semanas, quando a escola terminar. Doug não poderá ir para as férias este ano até agosto. — Ele normalmente conseguia tirá-las antes disso.

— Nós estamos indo para a Europa em julho — disse Gail sem entusiasmo e, por um momento, India a invejou. Ela estava tentando convencer Doug a fazer isso há anos, mas ele dizia que queria esperar até que as crianças fossem mais velhas. Se esperassem muito, India sempre o lembrava, terão ido para a universidade e iremos sem elas. Mas ainda não o tinha convencido. Diferente de India, ele não tinha um interesse real em viajar para longe de casa. Seus dias de aventura haviam terminado.

— Parece engraçado — disse India, virando-se para olhar para ela. As duas mulheres eram um contraste interessante. Gail era pequena e intensa, com cabelos curtos e escuros, e os olhos eram duas piscinas queimando com um ardente chocolate escuro. India era alta e magra, com feições clássicas, profundos olhos azuis e uma longa trança loura que caía até suas costas. Ela reclamava que usava os cabelos desta forma porque nunca tinha tempo de penteá-los. Quando andavam lado a lado eram duas mulheres admiráveis e nenhuma das duas parecia estar perto dos quarenta, já completos há alguns anos. — Para onde na Europa vocês estão indo? — perguntou India, com interesse.

— Itália, França e dois dias em Londres. Não exatamente uma grande aventura ou uma viagem de risco, mas é mais fácil com as crianças. E Jeff adora ir ao teatro em Londres. Nós alugamos uma casa na Provença por duas semanas em julho e iremos de carro até a Itália, levaremos as crianças até Veneza. — Para India parecia uma viagem maravilhosa e a mundos de distância de seu preguiçoso verão em Cape Cod. — Ficaremos lá por seis semanas — continuou Gail. — Não tenho certeza se Jeff e eu poderemos nos agüentar por todo este tempo, para não mencionar os garotos. Depois de dez minutos com os gêmeos, Jeff fica louco. — Ela sempre falava a respeito dele da forma como as pessoas falam sobre companheiros de quarto irritantes, mas India sempre esteve certa de que, por trás dos resmungos, Gail na verdade o amava. Apesar das evidências ao contrário, India acreditava nisso.

— Tenho certeza de que será ótimo, vocês terão muito o que ver — disse ela, embora estar amarrada em um carro com dois meninos gêmeos de nove anos e um outro de catorze por longos períodos não se parecesse com a idéia de India a respeito do paraíso.

— Não poderei nem mesmo conhecer um belo italiano, com as crianças por perto e Jeff me caçando, pedindo que traduza tudo para ele. — India riu diante do retrato pintado por Gail e sacudiu a cabeça. Era uma das peculiaridades de Gail, falar de outros homens, e algumas vezes mais do que falar. Ela havia confidenciado a India, com freqüência, que tivera vários romances durante os vinte e dois anos que ela e Jeff estavam casados, mas havia surpreendido India dizendo de uma forma estranha que na verdade isso melhorou o casamento. Era uma forma de "melhora" para a qual India nunca havia sido levada, e nem aprovava. Mas ela gostava enormemente de Gail, apesar de suas indiscrições.

— Talvez a Itália torne Jeff mais romântico — sugeriu India, escorregando a câmera sempre presente para seu ombro e olhando para baixo, para aquela elétrica mulher que já havia sido um terror nos tribunais. Isso, India achava fácil de imaginar. Gail Jones não aceitava disparates de ninguém e certamente não de seu marido. Mas era uma amiga leal e apesar de suas reclamações era uma mãe devotada.

— Não acredito que nem uma transfusão de um gondoleiro veneziano tornasse Jeff Jones romântico. E ter as crianças conosco vinte e quatro horas por dia certamente não irá ajudar. A propósito, você ouviu que os Lewinsons estão separados? — India assentiu. Ela nunca tivera muito interesse nas fofocas locais. Estava muito ocupada com sua própria vida, seus filhos e seu marido. Tinha uma grande quantidade de amigos dos quais gostava, mas as extravagâncias da vida das outras pessoas e olhar para elas com curiosidade não lhe traziam mágica. — Dan convidou-me para almoçar com ele. — Diante disso, India lançou um olhar para ela e Gail sorriu-lhe maliciosamente.

— Não olhe para mim assim. Ele apenas quer alguns conselhos legais e um ombro para chorar.

— Não me venha com essa. — India estava fora dos escândalos locais, mas não sem um grau de sofisticação. E ela conhecia a inclinação de Gail para flertar com os maridos das outras. — Dan sempre gostou de você.

— Também gosto dele. E então? Estou aborrecida. Ele está sozinho, irritado e infeliz. Esse almoço é neutro, não necessariamente um romance caloroso. Acredite-me, não é *sexy* ouvir um cara reclamar do quanto Rosalie gritou com ele sobre ignorar as crianças e ver futebol nos domingos. Ele não está em condições para nada além disso e ainda espera que possa convencê-la a tentar uma reconciliação. É um pouco complicado, mesmo para mim. — Ela olhou inquieta enquanto India a observava. Segundo Gail, ou ao menos pelo que ela dizia, Jeff não a excitava há anos, mas isso fez India pensar enquanto ouvia. Ela nunca havia perguntado a Gail o que, na opinião dela, era excitante.

— O que você quer, Gail? Por que mexer com alguém mais, mesmo para um almoço? O que isso traz a você? — As duas tinham maridos, vidas cheias, crianças que precisavam delas e o suficiente a fazer para mantê-las longe de problemas e constantemente distraídas. Mas Gail sempre dava a India a impressão de que estava procurando alguma coisa intangível e evasiva.

— Por que não? Isso acrescenta um pouco de tempero à minha vida, apenas almoçar com alguém de vez em quando. E se isso tornar-se mais alguma coisa, não é o fim do mundo. Coloca uma primavera diante de mim, sinto-me viva novamente. Faz-me algo mais do que apenas uma motorista e dona-de-casa. Você nunca sente falta disso? — Ela virou-se para India, seus olhos grudados nos dela, como devem ter feito examinando um réu no tribunal.

— Não sei — disse India honestamente. — Não penso nisso.

— Talvez devesse. Talvez um dia você se faça um monte de perguntas a respeito do que não tem, do que não faz e deveria fazer. — Talvez. Mas para India, ao menos, enganar o marido, mesmo no almoço, não parecia ser a resposta perfeita. Longe disso. — Seja honesta. Você nunca sente falta da vida que tinha antes de se casar? — Seus olhos diziam a India que não iria tolerar nada menos que a total revelação.

— Penso a respeito das coisas que costumava fazer, a vida que tínhamos antes... Penso em trabalho... na Bolívia... e no Peru... e no Quênia. Penso a respeito das coisas que fiz ali e o que significaram então para mim. É claro que sinto falta às vezes. Era maravilhoso e eu amava aquilo. Mas não sinto falta dos homens que surgiram com o trabalho. — Particularmente desde que sabia que Doug apreciava tudo o que ela havia abandonado por ele.

— Então talvez você tenha sorte. Por que não volta a trabalhar um dia desses? Com sua trajetória, você pode recomeçar na hora em que quiser. Não é como a advocacia, estou fora do circuito agora. Sou história. Mas enquanto você tiver sua câmera, você pode estar bem na luta amanhã. Você é louca por perder isso.

Mas India era mais esperta do que isso. Ela sabia como havia sido a vida de seu pai e a deles, esperando por ele. Era mais complicado do que a percepção de Gail a respeito do assunto. Havia um preço a ser pago. Um preço alto.

— Não é tão simples. Você sabe disso. O que devo fazer? Apenas ligar para o meu agente esta noite e dizer a ele que me coloque em um avião para a Bósnia de manhã? Doug e as crianças vão realmente adorar isso. — Até o pensamento daquilo era tão impossível que tudo o que ela pôde fazer foi rir. Ela sabia, como Gail, que aqueles dias estavam terminados para ela. E, diferente de Gail, ela não tinha nenhuma necessidade de provar sua independência ou de abandonar sua família para fazê-lo. Ela amava

Doug e seus filhos e sabia com certeza que ele ainda estava tão apaixonado quanto ela.

— Pode ser que eles afinal gostem mais do que se você ficar aborrecida e rabugenta. — India ficou surpresa por ouvi-la dizer isso e olhou para a amiga com uma expressão questionadora.

— Eu estou? Rabugenta, quero dizer? — Sentia-se um pouco só, às vezes, e talvez até nostálgica a respeito dos velhos tempos de vez em quando, embora não com tanta freqüência atualmente, mas nunca havia ficado seriamente insatisfeita com o que estava fazendo. Diferente de Gail, ela aceitava o ponto para o qual a vida a havia levado. Ela até mesmo gostava dele. E sabia que as crianças não seriam pequenas para sempre. Já estavam crescendo rapidamente e Jessica havia começado o segundo grau em setembro. Ela sempre poderia pensar em voltar ao trabalho mais tarde. Se Doug permitisse.

— Acho que você ficará entediada, exatamente como eu às vezes — disse Gail honestamente, encarando-a, as crianças esquecidas por um momento. — Você leva na esportiva. Mas abriu mão de muito mais do que eu. Se ainda estivesse trabalhando, a esta altura já teria ganho um Pulitzer, e você sabe disso.

— Duvido — disse India modestamente. — Eu poderia ter terminado como meu pai. Ele tinha quarenta e dois anos quando morreu, atingido por um atirador de elite. Tenho apenas um ano a mais, e ele era muito mais esperto e talentoso do que eu. Não se pode permanecer naquele tipo de vida para sempre. As vantagens estão contra e você sabe disso.

— Algumas pessoas conseguem. Vivemos aqui com uma expectativa de vida de noventa e cinco anos, e daí? Quem se importa quando morremos, India, alguém mais do que nossos maridos e filhos?

— Talvez seja o suficiente — disse India em voz baixa. Gail estava lhe fazendo perguntas sobre coisas nas quais quase nunca permitia-se pensar, embora tivesse de admitir que no último ano havia passado em sua mente por mais de uma vez o fato de que não fazia nada de inteligente há anos, sem mencionar os desafios que abandonara. Tentou falar com Doug a respeito por uma ou duas vezes, mas ele sempre dizia que ainda se arrepia ao pensar nas coisas que fizeram no Corpo da Paz, e ela ainda mais. Doug estava muito mais feliz agora. — Não tenho tanta certeza quanto você de que o que estaria fazendo iria mudar o mundo. Realmente tem importância quem tira as fotos que você vê da Etiópia ou da Bósnia, ou em qualquer topo de montanha Deus sabe onde, dez minutos depois de um rebelde ser morto? Alguém realmente se importa? Talvez o que estou fazendo seja mais importante. — Era no que ela acreditava agora, mas Gail não.

— Talvez não seja — disse Gail de forma rude. — Talvez o que importe é que você não está tirando estas fotos e outra pessoa está.

— Então, deixe-a — India recusou-se a ser influenciada por ela.

— Por quê? Por que outra pessoa deve ter a diversão? Por que estamos aqui nesta porcaria de subúrbio limpando suco de maçã do chão a cada vez que uma das crianças o derruba? Deixe que outra pessoa faça isso então. Que diferença isso faz?

— Acho que faz diferença para as nossas famílias o fato de estarmos aqui. Que tipo de vida eles teriam se eu estivesse em uma lata velha de dois lugares em algum lugar, rastejando sob as árvores no meu tempo, ou fosse atingida por uma bala em alguma guerra de que ninguém jamais ouviu falar e com a qual ninguém se importa a mínima. Isso iria fazer diferença para os meus filhos. Uma grande diferença.

— Eu não sei. — Gail parecia infeliz quando começaram a caminhar novamente. — Na verdade, penso nisso todo o tempo, sobre porque estou aqui e o que estou fazendo. Talvez seja a mudança de vida ou coisa parecida. Ou talvez simplesmente pelo fato de que tenho medo de nunca me apaixonar novamente ou olhar através do quarto para um homem que faça meu coração querer pular do peito só de olhar para ele. Talvez seja isso que esteja me deixando louca, saber que pelo resto de minha vida Jeff e eu vamos olhar um para o outro e pensar, tudo bem, ele não é maravilhoso, mas é isso o que eu tenho para mim. — Era uma forma deprimente de se resumir vinte e dois anos de casamento, e India sentiu pena dela.

— É melhor do que isso, e você sabe. — Ao menos ela esperava que sim, para o bem de Gail. Seria terrível se não o fosse.

— Não muito. Está tudo bem. Na maior parte do tempo, é entediante. Ele é entediante. Eu sou entediante. Nossa vida é entediante. E daqui a dez anos estarei próxima dos sessenta e será ainda mais entediante. E então?

— Você se sentirá melhor quando for para a Europa neste verão — disse India gentilmente e Gail sacudiu os ombros como resposta.

— Talvez. Eu duvido. Já estivemos lá antes. Jeff vai passar o tempo inteiro xingando sobre o quanto se dirige mal na Itália, odiando qualquer carro que alugarmos e reclamando do cheiro do canal no verão em Veneza. Ele realmente não é uma pessoa romântica, India, vamos ser honestas. — India sabia que Gail havia se casado com ele há vinte e dois anos porque estava grávida, perdeu o bebê depois de três meses e passou os sete anos seguintes tentando engravidar, enquanto abria seu caminho para o topo da firma de advocacia. A vida de India havia sido muito mais simples do que a de Gail. E sua decisão de abandonar a carreira tinha sido menos agonizante para ela. Gail ainda estava se perguntando se havia feito a coisa certa nove anos antes, aposentando-se quando os gêmeos nasceram. Ela havia pensado que estava pronta para fazê-lo e agora era óbvio que não estava. — Talvez almoçar com outros homens e cometer uma "indiscrição" com eles de vez em quando seja minha forma de compensar o que Jeff nunca me deu, pelo que ele não é e provavelmente nunca foi. — India não podia deixar de imaginar se seus casos não a tornavam apenas mais insatisfeita com a vida que estava levando. Talvez estivesse procurando por algo que não existe ou não estivesse à disposição, ao menos não para elas. Talvez Gail estivesse simplesmente relutante em admitir isso, por elas, que aquela parte da vida de ambas estava terminada. Doug também não voltava do escritório com flores nos braços para ela. Mas India não esperava isso dele. Ela aceitava e gostava do que eles haviam se tornado. E ele também.

— Talvez nenhuma de nós jamais volte a ficar loucamente apaixonada novamente, talvez isso seja apenas o ponto de partida — disse India praticamente, mas Gail parecia ofendida.

— Besteira! Se eu pensar assim, morrerei. Por que não poderemos? — Gail parecia enfurecida. — Temos o direito de fazer isso em qualquer idade. Todos têm. É por isso que Rosalie deixou Dan Lewison. Ela está apaixonada por Harold Lieberman, que é a razão pela qual Dan não a terá de volta. Harold quer se casar com Rosalie. Está louco por ela.

Por um momento, India parecia chocada.

— Foi por isso que ele deixou a mulher? — Gail assentiu. — Eu estou realmente por fora, não estou? Como perdi isso?

— Porque você é tão boa e pura e uma esposa tão perfeita — provocou Gail. Ela e India eram amigas há muito tempo e eram o tipo de amigas nas quais se pode confiar. Elas aceitavam totalmente uma à outra e India nunca a criticara por causa dos homens com os quais dormia, embora não aprovasse e não compreendesse completamente o porque de Gail fazer isso. A única explicação era o fato de Gail ter uma espécie de vazio que nada parecia preencher, e isso por todo o tempo em que India a conhecia.

— É isso o que você quer, então? Deixar Jeff pelo marido de alguém? Seria diferente?

— Provavelmente não — admitiu Gail. — É por isso que nunca o fiz. Além do mais, acho que amo Jeff. Somos amigos. Ele apenas não me traz muita excitação.

— Talvez seja melhor — disse India pensativa, refletindo sobre o que Gail havia lhe dito. — Tinha excitação suficiente nos velhos tempos. Não preciso mais disso — disse India firmemente, embora estivesse tentando convencer mais a si mesma do que a amiga. Mas pela primeira vez Gail estava disposta a aceitar o que ela dizia por conveniência.

— Se isso é verdade, você tem muita sorte.

— Nós duas temos — afirmou India para ela, desejando que pudesse fazê-la sentir-se melhor. Ela ainda não achava que o almoço com Dan Lewinson e homens como ele fossem a solução. Onde aquilo levava? A um motel entre Westport e Greenwich? E então? India não podia nem mesmo imaginar dormir com mais alguém. Depois de dezessete anos com Doug, ela não queria mais ninguém. Ela amava a vida que ela e Doug dividiam com as crianças.

— Eu ainda acho que você está desperdiçando seu talento — espetou Gail, sabendo muito bem que esta era a única fissura na armadura de India, o único assunto sobre o qual India ocasionalmente ousava perguntar-se a si mesma, colocando-se questões. — Você deve voltar a trabalhar um dia desses. — Gail sempre dizia que o talento de India era tão enorme que era um crime desperdiçá-lo. Mas India insistia que poderia voltar-se para isso mais tarde, se quisesse. Agora, ela não tinha tempo nem inclinação para fazer mais reportagens ocasionais. Estava muito ocupada com seus filhos e não queria criar caso com Doug. — Além do mais — ela provocou Gail —, se eu voltar a trabalhar, você vai sair para almoçar com Doug. Você acha que sou burra? — As duas riram diante desta sugestão, enquanto Gail sacudia a cabeça, seus olhos dançando de divertimento.

— Você não tem nada a temer. Doug é o único homem que conheço que é ainda mais aborrecido do que meu marido.

— Eu vou aceitar isso como cumprimento em nome dele — disse India, ainda rindo. Ele certamente não era excitante, nem mesmo divertido, mas era um bom marido e bom pai. Era tudo de que ela precisava. Era sólido, decente, leal e um bom provedor. Além do mais, não importava o quanto Gail pensava que ele fosse aborrecido, India o amava. Ela não possuía a lascívia de Gail para a intriga e o romance. Ela havia abandonado tudo isso anos atrás e, antes que Gail pudesse dizer mais alguma coisa, o apito soou, o jogo de futebol terminou e, em alguns segundos, Sam e os gêmeos de Gail haviam chegado trovejantes junto a elas.

— Grande jogo! — disse India, sorrindo abertamente para Sam, de certa forma aliviada pelo fim da conversa. Gail sempre a fazia sentir-se como se tivesse que se defender e a seu casamento.

— Mãe, nós perdemos! — Sam olhou para ela com desdém e então colocou seus braços em volta dela e abraçou-a apertado, enquanto ela desviava a câmera escorregando-a para o seu ombro.

— Você se divertiu? — perguntou India, beijando o topo da cabeça dele. Ele ainda tinha aquele cheiro maravilhoso de garotinho, de ar fresco, sabonete e sol.

— Sim, foi bom. Marquei dois gols.

— Então foi um bom jogo. — Eles começaram a caminhar para o carro com Gail e seus meninos, que estavam pedindo para tomar sorvete, e Sam queria ir com eles. — Nós não podemos. Temos que apanhar Aimee e Jason. — Sam gemeu diante da perspectiva e India acenou para Gail enquanto entravam na van e India escorregava para trás do volante de sua caminhonete. Havia sido uma conversa interessante. Gail certamente não havia perdido seu toque de investigação.

Quando India ligou o carro, olhou para seu filho pelo retrovisor. Ele parecia cansado, mas feliz. Havia sujeira por todo o rosto e seus cabelos louros pareciam ter sido penteados com uma batedeira. Só de olhar para ele percebeu porque não estava escalando arbustos na Etiópia ou no Quênia. Ela não precisava de nada além daquele rosto sujo para explicar isso. E daí que sua vida era aborrecida?

Eles apanharam Aimee e Jason na escola e seguiram para casa. Jessica havia acabado de entrar, havia livros por toda a mesa da cozinha e o cachorro estava ficando louco, balançando o rabo e latindo. Esta era a vida como ela conhecia, como havia escolhido para vivê-la. E a idéia de viver com qualquer pessoa que não Doug a deprimia. Isso era exatamente o que ela queria. E se não era suficiente para Gail, então tinha pena dela. No fim, todos tinham que fazer o que fosse melhor para eles. E esta era a vida que India havia escolhido. Sua câmera poderia esperar mais cinco ou dez anos, mas mesmo então ela sabia que não deixaria Doug para sair viajando penosamente por meio mundo atrás de aventura. Não se pode ter ambos. Ela havia percebido isso anos antes. Havia feito uma escolha e ainda acreditava que era uma boa escolha. E sabia que Doug apreciava o que estava fazendo.

— O que tem para o jantar? — perguntou Jason, gritando sobre o latido frenético do cachorro e os pedidos de seus irmãos. Ele estava no time da escola e faminto.

— Guardanapos de papel e sorvete, se vocês não saírem da cozinha e me deixarem em paz por cinco minutos — gritou India sobre o barulho, enquanto ele agarrava uma maçã e um saco de batatas fritas e seguia para o quarto para fazer o dever de casa. Ele era um bom menino, um garoto doce. Trabalhava duro na escola, tinha boas notas, ia bem nos esportes, parecia-se muito com Doug e nunca havia lhe causado nenhum problema. Ele tinha começado a descobrir as garotas no ano anterior, mas a melhor incursão por esse domínio havia sido uma série de tímidos telefonemas. Ele era muito mais fácil de se lidar do que sua irmã mais velha, de catorze anos, Jessica, de quem India sempre disse que seria uma advogada trabalhista. Ela era a voz da família para o oprimido e raramente hesitava em apontar os chifres para sua mãe. Na verdade, ela adorava. — Fora! — India enxotou todos eles, colocou o cachorro do lado de fora e abriu a geladeira com uma expressão pensativa. Eles já haviam comido hambúrgueres duas vezes esta semana e bolo de carne, uma. Ela teve que admitir que estava sem inspiração. Mas neste ponto do ano escolar, ela não conseguia mais pensar em jantares criativos. Era época de churrascos e cachorro-quente e costeletas e época de ir para a praia no Cabo. Ela pegou duas galinhas congeladas e colocou-as no microondas para descongelar, enquanto retirava uma dúzia de espigas de milho e começava a limpá-las.

Estava sentada na mesa da cozinha, pensando no que Gail havia lhe dito naquela tarde, examinando minuciosamente como fazia às vezes, tentando decidir por si mesma se sentia algum arrependimento por sua carreira perdida. Mas ainda estava convencida, depois de todos estes anos, que havia tomado a decisão certa. Além do mais, era um ponto sem discussão de qualquer forma, disse a si mesma. Não poderia ter continuado a trabalhar pelo mundo como uma jornalista, ou mesmo na cidade, e ainda ter feito a coisa certa pelas crianças. Ela devia isso a eles. E Gail achava-a aborrecida por isso. Ao menos Doug não pensava assim. Ela sorriu pensando nele, quando colocava o milho em uma panela com água e ligava o fogão. Então retirou as duas galinhas do microondas, colocou manteiga e tempero nelas e colocou-as no forno. Tudo o que tinha que fazer agora era colocar algum arroz no fogão, fazer uma salada e rapidamente, como mágica, jantar. Ela havia se tornado boa nisso ao longo dos anos. Não uma cozinha fina, mas rápida, simples e saudável. Ela não tinha tempo para fazer refeições requintadas para eles com tudo o mais que fazia. Tinham sorte de não levá-los ao *drive thru* do McDonald's.

Ela estava acabando de colocar o jantar na mesa quando Doug entrou, parecendo um pouco atormentado. A não ser por uma crise no escritório, ele sempre chegava em casa pontualmente às sete horas. De porta a porta, era um dia de doze horas para ele, ou um pouco mais longo, mas ele tinha habilidade para compensar e beijou o ar em algum lugar próximo da cabeça dela, enquanto largava a pasta e servia-se de uma Coca da geladeira. Então olhou para ela e sorriu. Ela estava feliz por vê-lo.

— Como foi o seu dia? — perguntou ela, secando suas mãos em uma toalha. Havia mechas de cabelos cor de trigo em seu rosto e ela nunca pensava muito em como estava. Tinha sorte, não tinha que pensar nas aparências. Ela tinha um aspecto claro, saudável e clássico e a trança que usava lhe caía bem. Sua pele era boa e parecia ter cerca de trinta e cinco anos em vez de quarenta e três, com um corpo longo e magro que ficava bem em camisas, blusas de gola rolê e *jeans*, que eram o seu uniforme diário.

Doug deixou a Coca e afrouxou a gravata enquanto respondia.

— Não foi ruim. Nada de excitante. Tive um encontro com um novo cliente. — Sua vida de negócios era monótona na maior parte do tempo e, quando tinha problemas, dividia-os com ela. — O que você fez hoje?

— Sam teve um jogo de futebol e tirei algumas fotos para o time. Nada maravilhoso. — Enquanto se ouvia falar, pensou em Gail e no quanto ela acusou suas vidas de serem estúpidas. Elas eram. Mas o que mais poderia esperar? Criar quatro crianças em Connecticut não era realmente glamouroso ou cheio de excitação. E India não conseguia ver como as atividades ilícitas de Gail poderiam mudar isso. Ela estava se iludindo se pensava que faria diferença ou melhoraria a situação.

— Que tal jantar no Ma Petite Amie amanhã à noite? — ofereceu Dou enquanto ela chamava as crianças para o jantar.

— Eu adoraria — ela sorriu e, em um milionésimo de segundo, o caos surgiu na cozinha. Mas eles sempre gostaram de suas refeições conjuntas. As crianças falavam sobre seu dia, seus amigos, suas atividades, enquanto reclamavam intermitentemente de professores e da grande quantidade de deveres de casa que teriam para fazer. Aimee deu um assobio e comentou a novidade de que um novo garoto havia ligado para Jessica três vezes naquela tarde e ele parecia realmente estranho, talvez um veterano, e Jessica lançou olhares furiosos para ela. E na maior parte da refeição Jason proveu-lhes com diversão. Era o palhaço da família e fazia comentários sobre tudo. Aimee ajudou-a a retirar a mesa e Sam foi para a cama mais cedo, exausto por causa do jogo de futebol e os dois gols que marcou. Doug estava lendo alguns papéis do escritório quando India finalmente reuniu-se a ele no quarto.

— Os índios parecem estar mantendo você mais ocupada do que nunca esta noite — comentou ele, olhando-a por cima do relatório que estava lendo.

Havia uma séria e sólida qualidade que India amava nele desde o começo. Ele era alto, magro, de cabelos lisos, com físico atlético e um rosto de menino. Aos quarenta e cinco anos, ainda era muito bonito e parecia um herói de futebol da universidade. Tinha cabelos escuros, olhos castanhos e era chegado a *tweeds* e ternos cinza para o trabalho, calças de veludo cotelê e suéteres Shetland nos fins de semana. De uma forma calma, completa, India sempre o achou muito atraente, mesmo que Gail o considerasse aborrecido. E sob vários aspectos, ele era o marido ideal para ela. Era normalmente sólido, confiável, tranqüilo e muito razoável nos pedidos que fazia a ela.

Ela sentou-se em uma grande e confortável cadeira diante dele e dobrou as pernas sobre o corpo, tentando lembrar-se, apenas por um instante, do garoto que havia conhecido no Corpo de Paz. Ele não era tão diferente do homem que estava na sua frente agora, mas havia um brilho de malícia em seus olhos na época que a encantara quando ela era jovem e cheia de sonhos com ousadia e glória. Ele não era mais malicioso, mas decente e confiável, alguém em quem sabia que poderia confiar. Por mais que ela o amasse, não queria um homem como seu pai, que nunca estava presente, que arriscara e acabara por perder sua vida perseguindo idéias selvagens e românticas. A guerra havia sido um romance para ele. Doug era muito mais sensível do que isso e ela gostava de saber que poderia contar com ele para estar ali com ela.

— As crianças parecem um pouco perturbadas esta noite. O que está havendo? — perguntou ele, deixando de lado os relatórios.

— Acho que estão apenas excitadas com o fim do ano escolar. Será bom para eles irmos para o Cabo e retirá-los de sua rotina. Eles precisam de algum descanso, nós todos precisamos. — A esta altura do ano escolar ela estava sempre exausta de suas viagens de carro com as crianças.

— Gostaria de poder tirar algum tempo de férias antes de agosto — disse ele, correndo uma das mãos sobre os cabelos, pensando nisso. Mas tinha que supervisionar alguns estudos de *marketing* para dois novos clientes importantes e não queria deixar a cidade prematuramente.

— Eu também gostaria — disse India simplesmente. — Encontrei Gail hoje. Eles estão indo para a Europa neste verão. — Era perda de tempo tentar convencê-lo a isso novamente, ela sabia, e de qualquer forma era muito tarde para mudarem os planos para o verão, mas ela teria gostado. — Nós realmente devíamos fazer isso no ano que vem.

— Não vamos começar com isso de novo. Eu não fui à Europa antes de acabar a universidade. Não vai matá-los por esperarem mais dois anos. Além do mais, é muito caro para uma família do tamanho da nossa.

— Nós podemos pagar e não devemos enganá-los com isso, Doug. — Ela não lembrou a ele que seus pais a haviam carregado por todo o mundo quando era um bebê. Seu pai havia aceitado trabalhos onde quer que achasse que seria divertido, nas férias, e a levava e à mãe com ele. As viagens que fizeram haviam sido uma rica experiência para ela, e teria gostado de dividi-la com as crianças. — Eu adorava ir com meus pais — disse ela em voz baixa, mas ele parecia aborrecido, como sempre ficava todas as vezes em que ela levantava o assunto.

— Se seu pai tivesse um emprego verdadeiro, você também não teria ido para a Europa quando criança — disse Doug, quase asperamente. Ele não gostava quando ela o pressionava.

— É uma coisa tola de se dizer. Ele tinha um emprego verdadeiro. Ele trabalhava mais duro do que você ou eu trabalhamos. — Ou do que você trabalha agora, ela gostaria de acrescentar, mas não o fez. Seu pai havia sido incansável e com uma energia apaixonada. Ele havia ganho um Pulitzer, pelo amor de Deus. Ela odiava quando Doug fazia comentários como este a respeito dele. Era como se a carreira de seu pai não significasse nada porque ele havia ganho a vida com uma câmera, alguma coisa que parecia quase infantil para seu marido. Não importando o fato de que ele havia perdido a vida durante o que estava fazendo ou de ter ganho prêmios internacionais por isso.

— Ele teve sorte e você sabe disso — continuou Doug. — Ele recebia pelo que gostava de fazer. Andar por aí e olhar as pessoas. Isso é uma espécie de acidente fortuito, você não diria? Não é como ir a um escritório todos os dias e ter que lidar com políticos e toda a merda.

— Não — disse ela, uma leve centelha nos olhos que deveria tê-lo prevenido de que estava em um terreno perigoso, mas ele não viu isso. Não estava apenas subestimando o heróico pai que ela venerava, mas estava difamando a própria carreira dela ao mesmo tempo, quem ela era e quem havia sido antes de se casar. — Acho que o que ele fez foi um trabalho muito mais duro do que isso e chamá-lo de "acidente fortuito" é um verdadeiro tapa na cara. — Na dela e na de seu pai. Seus olhos estavam faiscando quando disse isso.

— O que a deixou nervosa hoje? Gail saiu-se com uma de suas tangentes? — Ela o havia feito, é claro. Ela sempre estava agitando as coisas de certa forma e India havia dito muito a Doug antes, mas as coisas que ele acabara de dizer a respeito de seu pai realmente a transtornaram e isso nada tinha a ver com Gail. Tinha a ver com ela e como Doug sentia-se a respeito do trabalho que ela fazia antes de se casarem.

— Isso não tem nada a ver. Eu apenas não sei como você pode fazer pouco caso da carreira de um vencedor do Pulitzer e fazer parecer que ele teve sorte por ser atingido por uma Brownie roubada.

— Você está simplificando demais o que eu disse. Mas vamos encarar, ele não estava dirigindo a General Motors. Ele era um fotógrafo. E tenho certeza de que era talentoso, mas provavelmente também teve sorte. Se estivesse vivo atualmente, provavelmente diria a mesma coisa. Caras como ele normalmente são muito honestos a respeito da sorte.

— Pelo amor de Deus, Doug. O que você está dizendo? É isso o que pensa a respeito de minha carreira também? Foi apenas "sorte"?

— Não — disse ele calmamente, aparentando estar meio desconfortável com a discussão na qual inadvertidamente caíra no fim de um longo dia. Estava imaginando se ela estava apenas cansada ou se as crianças a haviam deixado nervosa, ou coisa do gênero. Ou talvez fosse o espírito agitador de multidões de Gail. Ele jamais gostara dela e ela sempre o fazia sentir-se desconfortável. Achava que era uma influência ruim para a sua mulher com suas constantes reclamações. — Acho que você teve uma época maravilhosa fazendo o que fazia por algum tempo. Era uma boa desculpa para estar fora e brincar, provavelmente por um tempo maior do que deveria.

— Eu poderia ter recebido um Pulitzer também a esta altura, se tivesse continuado. Você já pensou nisso? — Seus olhos encontram os dele com retidão. Ela realmente não acreditava nisso, no Pulitzer, mas era certamente uma possibilidade. Ela já havia deixado sua marca no negócio antes de desistir dele para ter filhos e virar uma dona-de-casa.

— É isso o que você pensa? — perguntou ele, surpreso. — Está arrependida por ter aberto mão? É isso o que está me dizendo?

— Não, não é o que estou dizendo. Nunca tive nenhum arrependimento. Mas também nunca pensei em minha profissão como "brincar". Eu era realmente séria a respeito do que fiz, era boa... ainda sou... — Mas apenas de olhar para ele podia ver que ele não compreendia o que ela estava dizendo. Ele fazia soar como um jogo, como algo que ela tivesse feito para divertir-se antes de assentar-se na vida real. Não era "diversão", embora tivesse aproveitado muito, mas havia arriscado sua vida repetidamente para conseguir fotos extraordinárias. — Doug, você está subestimando o que fiz. Você não compreende o que está dizendo? — Ela queria que ele compreendesse. Era importante para ela. Se ele o fizesse, isso iria tornar o que Gail dissera uma mentira, ela estaria perdendo o seu tempo agora. Mas se ele pensasse que o trabalho do qual ela abriu mão não era importante, o que isso a tornava? De certa forma, a fazia sentir-se como nada.

— Acho que você está muito sensível e exagerando. Estou apenas dizendo que trabalhar como repórter fotográfica não é como trabalhar nos negócios. Não é sério e não requer o mesmo tipo de autodisciplina e julgamento.

— Diabos, não, é muito mais duro. Se você trabalha nos lugares que meu pai e eu trabalhamos, sua vida está em risco em cada segundo e se você não for cuidadoso e não estiver alerta constantemente, pode ter seu traseiro estourado e morrer. Isso é muito mais duro do que trabalhar em um escritório, embaralhando papéis.

— Você está tentando me dizer que abriu mão da carreira de sua vida por mim? — perguntou ele, aborrecido e chocado ao mesmo tempo, enquanto levantava-se e caminhava através do quarto para abrir uma lata de Coca-cola que ela lhe havia trazido. — Você está tentando fazer com que eu me sinta culpado?

— Não, mas eu deveria receber uma certa quantidade de crédito ao menos por minhas realizações. Eu arquivei uma carreira muito respeitável para vir para cá, para os subúrbios e cuidar de nossos filhos. E você está tentando fazer parecer que eu estava apenas brincando por aí, então por que não desistir? Foi um sacrifício para mim fazer isso. — Ela olhou para ele intensamente enquanto ele bebia o refrigerante, imaginando exatamente o que ele pensava a respeito de sua carreira agora que abrira a caixa de Pandora. E definitivamente não gostava do que estava vendo ali dentro. Era um verdadeiro descaso pelo que ela havia feito e abandonado por ele.

— Você se arrepende de ter feito o "sacrifício"? — perguntou ele bruscamente, colocando a lata na pequena mesa entre eles.

— Não. Não me arrependo. Mas acho que mereço algum crédito por isso. Você não pode simplesmente menosprezar o fato. — Mas ele o havia feito e foi isso que a perturbou tanto.

— Tudo bem. Então eu vou lhe dar crédito. Isso resolve? Podemos relaxar agora? Tive um longo dia no escritório. — Mas a forma como ele falou apenas a deixou com mais raiva, como se ele fosse mais importante do que ela. Ele apanhou seus papéis novamente e estava obviamente determinado a ignorá-la, enquanto ela o olhava sem acreditar no que ele havia dito. Ele não apenas havia menosprezado a sua carreira, mas a de seu pai. E a forma como falou realmente a feriu. Era uma falta de respeito que nunca havia sentido da parte dele antes, e isso tornava os comentários de Gail naquela tarde não apenas reais, mas válidos.

Ela não disse mais uma palavra a ele até que foram para a cama naquela noite, e antes disso ela ficou por um longo tempo no chuveiro, pensando em tudo. Ele realmente a havia perturbado e ferido seus sentimentos. Mas ela não mencionou isso a ele quando foi para a cama. Tinha certeza de que ele iria desculpar-se. Ele era normalmente cônscio destas coisas e era bom em se desculpar quando a feria.

Mas não disse uma palavra a ela quando desligou a luz, virou as costas e foi dormir, como se nada tivesse acontecido. Ela não lhe deu boa-noite e permaneceu acordada por um longo tempo, pensando no que ele havia dito e no que Gail havia lhe dito, enquanto ficava deitada ao lado dele, ouvindo-o roncar.

Capítulo 2

A MANHÃ SEGUINTE foi caótica, como sempre, e teve que levar Jessica de carro à escola porque ela perdeu sua condução. Doug não disse nada a India sobre a conversa da noite anterior e havia partido antes mesmo que ela pudesse despedir-se. Enquanto arrumava a cozinha, depois de ter deixado Jessica, ela imaginou se ele estaria arrependido. Ela estava certa de que ele iria dizer alguma coisa naquela noite. Não era do estilo dele não fazê-lo. Talvez ele tivesse tido um dia ruim no escritório no dia anterior, ou apenas estivesse sentindo-se irritado e quisesse provocá-la. O fato dele ter tão pouca consideração por tudo o que ela havia feito antes de se casarem a perturbava. Ele nunca havia sido tão insensível a respeito disso ou tão ruidosamente sincero. O telefone tocou assim que ela terminou de colocar a louça na máquina e estava indo para a sua câmara escura revelar as fotos que havia tirado no dia anterior, no jogo de futebol. Havia prometido ao capitão do time que as entregaria a ele rapidamente.

Ela atendeu no quarto toque e imaginou se seria Doug ligando para dizer-lhe que sentia muito. Eles estavam planejando jantar fora naquela noite, em um pequeno e agradável restaurante francês, e seria uma noite muito melhor se ele ao menos reconhecesse que estava errado em fazer a carreira dela soar tão pouco importante e fazê-la sentir-se tão desprezível.

— Alô? — Ela estava sorrindo quando respondeu, certa agora de que era ele, mas a voz do outro lado não era a de Doug. Era de seu agente. Raoul Lopez. Ele era muito conhecido no fotojornalismo e na fotografia e estava no topo de sua área. A agência, embora não Raoul, havia previamente representado o seu pai.

— Como está a Mãe do Ano? Ainda tirando fotos de crianças no colo de Papai Noel para dá-las às mamães? — Ela havia se oferecido a um abrigo de crianças no ano anterior apenas para fazer isso e Raoul não tinha ficado muito satisfeito com o fato. Há anos ele vinha lhe dizendo que ela estava desperdiçando seu talento. E uma vez a cada dois anos ela fazia alguma coisa para ele, o que lhe dava a esperança de que um dia ela pudesse voltar ao mundo real. Ela havia feito uma reportagem fabulosa três anos antes sobre crianças que haviam sofrido abusos, no Harlem. Ela havia feito durante o dia, enquanto suas próprias crianças estavam na escola, e conseguiu não perder uma única condução. Doug não havia gostado, mas permitiu que fizesse depois que India passou semanas discutindo isso com ele. E, como no passado, ela ganhou um prêmio pela reportagem.

— Estou bem. Como vai você Raoul?

— Com muito trabalho, como sempre. E um pouco cansado de convencer os "artistas" que represento a serem razoáveis. Por que é tão impossível para as pessoas criativas tomarem decisões inteligentes? — Ele parecia ter tido uma manhã difícil e, ouvindo-o, India esperava que ele não lhe pedisse para fazer algo completamente insano. Algumas vezes, apesar das limitações que ela vinha lhe impondo há anos, ele ainda fazia isso. Ele também estava irritado porque havia perdido um de seus clientes-estrelas, um cara muito legal e bom amigo, em uma breve guerra sagrada no Irã, no início de abril. — Então, o que você está fazendo? —

perguntou ele, tentando soar um pouco mais cordial. Era um homem tenso, irascível, mas India gostava dele. Ele era brilhante em reunir o fotógrafo certo para a tarefa certa, quando o permitiam.

— Estou enchendo a lava-louças, na verdade — disse ela com um sorriso. — Isso casa com sua imagem de mim? — Ela riu e ele gemeu. — Muito bem, temo que sim. Quando esses seus filhos vão crescer, India? O mundo não pode esperar para sempre.

— Ele vai ter que esperar. — Mesmo depois que estivessem crescidos, ela não estava certa se Doug iria querer que ela aceitasse qualquer tarefa, e sabia disso. Mas era o que queria agora. E havia dito a Raoul com freqüência suficiente para que ele quase acreditasse nela. Mas ele nunca desistira por completo. Ainda estava esperando que um dia ela pudesse voltar a si e sair correndo e gritando de Westport. Ele certamente esperava por isso. — Você está me telefonando para me enviar a uma missão no lombo de uma mula em algum lugar ao norte da China? — Era o tipo de coisa pela qual ele ligava para ela de vez em quando, embora ocasionalmente ele telefonasse com algo razoável, como o trabalho que ela havia feito no Harlem. Ela adorara, e por isso mantinha o nome em sua agenda.

— Não exatamente, mas você está chegando perto — disse ele arriscando, imaginando como colocar sua pergunta em palavras. Ele sabia o quanto ela era impossível e como era devotada aos seus filhos e marido. Raoul não tinha nem esposa nem família e nunca conseguira entender por que ela estava tão determinada a jogar sua carreira no lixo por eles. Ela tinha um talento como poucos que conhecia e, no caso dela, achava um sacrilégio abandonar o que estivera fazendo.

E então ele decidiu arriscar. Tudo o que ela poderia fazer era dizer não, embora ele esperasse desesperadamente que não o fizesse.

— Na verdade é a Coréia. É uma reportagem para o *Times Magazine* de domingo e eles estão dispostos a colocar alguém como *free lance*, em vez de um da equipe. Há um mercado negro de adoção em Seul que está azedando. O que dizem é que estão matando as crianças que ninguém adota. É relativamente seguro, para você ao menos, a não ser que agite muito as penas. Mas é uma história fantástica, India. Bebês estão sendo assassinados por lá e, uma vez que a revista sair, você pode vender a história para uma agência de notícias. Alguém realmente tem que fazer isso e eles precisam de suas fotos para validar a reportagem. E tem que ser você ou mais ninguém. Sei o quanto você ama as crianças e pensei... é perfeita para você. — Ela sentiu um inegável fluxo de adrenalina quando ouviu. Isso tocou-a no coração como nada havia feito desde a reportagem do Harlem. Mas Coréia? O que ela iria dizer a Doug e às crianças? Quem iria levá-las de carro e fazer o jantar para elas? Tudo o que eles tinham era uma faxineira duas vezes por semana, ela fazia tudo sozinha há anos e não havia nenhuma forma de eles se arranjarem sem India fazer tudo para eles.

— De quanto tempo estamos falando? — Uma semana talvez... talvez Gail concordasse em cobri-la.

Houve uma pausa e ela podia ouvi-lo sugar os próprios lábios. Era um hábito que ele tinha sempre que sabia que ela não gostaria da resposta.

— Três semanas... talvez quatro — disse ele finalmente, enquanto ela sentava-se em um banco e fechava os olhos. Não haveria nenhum jeito no mundo para que ela pudesse fazê-lo, e ela odiava ter que perder a reportagem. Mas tinha seus filhos para pensar.

— Você sabe que não posso fazer isso, Raoul. Por que ligou para mim? Apenas para fazer com que eu me sinta mal?

— Talvez. Talvez um desses dias você compreenda que o mundo precisa do que você faz, não apenas mostrar-lhes fotos bonitas, India, mas fazer uma diferença. Talvez você possa ser aquela que consiga parar com os assassinatos destes bebês.

— Isso não é justo — disse ela veemente. — Você não tem o direito de me deixar culpada a respeito disso. Não há como eu aceitar uma missão de quatro semanas e você sabe disso. Tenho quatro filhos, nenhuma ajuda e um marido.

— Então arme um esquema de prestação mútua de serviços, pelo amor de Deus, ou se divorcie. Você não pode apenas ficar sentada em seu traseiro morto para sempre. Você já perdeu catorze anos. É uma maravilha que alguém ainda esteja tentando te arrumar trabalho. Você é uma tola em desperdiçar o seu talento. — Por uma vez ele falou com raiva, e ela não gostou do que ele estava dizendo.

— Eu não "desperdicei" catorze anos, Raoul. Tenho filhos felizes e saudáveis que são assim porque eu estou por perto para levá-los à escola todos os dias e apanhá-los e ir aos jogos da Pequena Liga e fazer o jantar para eles. E se eu tivesse morrido em algum momento nesses catorze anos, você não estaria aqui para assumir o meu lugar.

— Não, é verdade — disse ele, mais calmo. — Mas eles estão crescidos o suficiente agora. Você pode voltar ao trabalho novamente, ao menos em algo como isso. Eles não são bebês, pelo amor de Deus. Tenho certeza de que seu marido vai compreender isso. — Não depois do que ele dissera na noite anterior. Ela não podia nem mesmo imaginar dizer a ele que iria para a Coréia por um mês. Era inconcebível no contexto do casamento deles.

— Não posso fazer, Raoul, e você sabe disso. Tudo o que você está fazendo é me deixando infeliz. — Ela soou triste, quando disse isso.

— Bom. Então talvez você volte algum dia e eu estarei fazendo um serviço para o mundo se isso foi tudo o que consegui ao telefonar.

— Pelo mundo talvez, embora você me elogie. Nunca fui tão boa. Mas você não poderia fazer um serviço para os meus filhos.

— Muitas mães trabalham. E elas sobrevivem.

— E se eu não sobreviver? — Ela tinha o exemplo de seu próprio pai morrendo quando tinha quinze anos. E ninguém podia dizer-lhe que isso não poderia acontecer, particularmente com o tipo de reportagens pelas quais era conhecida. Esta na Coréia teria sido monótona em comparação com as que havia feito antes do casamento.

— Eles também sobreviveriam — disse ele tristemente. — Eu não vou te enviar para as matérias realmente quentes. Esta na Coréia é um pouco arriscada, mas não é como mandar você à Bósnia ou coisa do tipo.

— Ainda não posso fazer, Raoul. Sinto muito.

— Eu sei. Estava louco quando liguei para você, mas tinha que tentar. Vou encontrar outra pessoa. Não se preocupe. — Ele parecia desencorajado.

— Não me esqueça completamente — disse ela triste, sentindo algo que não sentia há anos a respeito do trabalho que acabara de recusar. Ela realmente desejava poder fazer a reportagem na Coréia e sentiu-se privada por ter que negar. Não ressentida, apenas amargamente desapontada. Este era o tipo de sacrifício sobre o qual havia falado com Doug na noite anterior, e ele havia subestimado completamente. Como se tudo o que tivesse feito com sua câmera por todos aqueles anos, e desistido por ele e pelas crianças, não significasse nada.

— Vou esquecer de você um dia desses se não fizer alguma coisa importante logo. Você não pode tirar fotos de Papai Noel para sempre.

— Talvez eu precise. Consiga-me algo mais perto de casa, como o caso no Harlem.

— Coisas como estas não aparecem com freqüência e você sabe. Eles deixam a equipe fazer. Eles querem apenas algo mais importante fora daquele caso, e você teve sorte. — E então, com um suspiro: — Vou ver o que posso fazer. Apenas diga a seus filhos que cresçam um pouco mais rápido.

E sobre Doug? Quanto tempo ele ia demorar a "crescer", se crescesse? Pela noite anterior, ele realmente não compreendia que sua carreira fora importante para ela.

— Obrigada por pensar em mim, de qualquer forma. Espero que consiga alguém maravilhoso para fazer a reportagem. — Ela agora estava preocupada com os bebês da Coréia.

— Acabei de ser rejeitado por alguém maravilhoso. Ligo para você um dia desses. E você me deve a próxima.

— Então garanta que não necessite de minha presença no alto de uma árvore em Bali.

— Vou ver o que posso fazer, India. Cuide-se.

— Obrigada. Você também. — E então, como uma reflexão tardia: — Acabo de me lembrar que estarei em Cape Cod durante todo o verão. Julho e agosto. Acho que você tem o número.

— Tenho. Se você tiver alguma foto maravilhosa dos veleiros, me ligue. Mandaremos para a Hallmark. — Na verdade ela havia feito isso algumas vezes, quando as crianças eram realmente pequenas. Ela tinha ficado feliz e Raoul, furioso. Na concepção dele, ela era uma repórter fotográfica séria e não deveria tirar fotos de nada ou de ninguém que não estivesse sangrando, morto ou morrendo.

— Não faça pouco caso delas. Cobriram os custos do meu jardim de infância por dois anos, é alguma coisa.

— Você não tem jeito.

Eles desligaram depois disso e ela ficou perturbada com o telefonema o dia inteiro. Pela primeira vez em muito tempo, sentia-se como se estivesse perdendo alguma coisa. E ainda estava parecendo deprimida quando encontrou Gail à tarde no mercado. Gail estava mais alegre que o de sempre, vestindo uma saia e saltos altos e, quando India aproximou-se, notou que Gail usava perfume.

— Onde você esteve? Fazendo compras na cidade?

Gail sacudiu a cabeça com um sorriso malicioso e abaixou a voz em um sussurro confidencial.

— Almoço com Dan Lewinson em Greenwich. Ele não estava tão arrasado quanto eu esperava. Tivemos uma boa tarde e alguns copos de vinho. Ele é um cara gentil e depois de olhá-lo por algum tempo, na verdade é bem atraente.

— Você deve ter bebido mais do que duas taças de vinho — disse India, olhando para ela tristemente. Até ouvir a respeito a deprimia. Que objetivo havia em almoçar com ele? India não conseguia enxergar.

— Por que você está tão deprimida? — Era raro ver India tão para baixo. Ela estava sempre animada com tudo. Era ela sempre quem dizia a Gail para animar-se e garantia-lhe que a vida delas era apenas "aveludada". Agora ela parecia desanimada, quando conversava com Gail, de pé no mercado.

— Tive uma briga com Doug na noite passada e meu agente me telefonou com um convite para a Coréia. Aparentemente há um mercado negro de adoção onde estão matando os bebês que não são adotados.

— Cristo, que horror. Fique feliz por não ter que cobrir esta — disse Gail, revoltada. — Que mórbido.

— Eu teria adorado fazer isso. Parece um caso maravilhoso, mas levaria três ou quatro semanas por lá para fazer a reportagem. Disse-lhe que não poderia.

— Nada de novo até aí. Então por que você age como se alguém tivesse morrido? — Ela havia tocado India no dia anterior de uma forma que nunca tinha feito em discussões anteriores, e os comentários de Doug e o telefonema de Raoul também não ajudaram.

— Doug fez um monte de comentários tolos na noite passada a respeito de minha carreira ser uma espécie de brincadeira, um brinquedo, e não ter sido grande coisa abandoná-la. Há alguma coisa a respeito de ganhar a vida com uma câmera que faz todos pensarem que podem fazer o mesmo se quiserem tentar. — Gail sorriu ao ouvir isso, e não negou.

— O que deu em Doug? — Gail sabia que eles não brigavam com freqüência e India parecia particularmente perturbada quando contou a ela.

— Não sei. Ele normalmente não é tão insensível. Talvez tenha tido um dia ruim no escritório.

— Talvez ele realmente não compreenda do que você abriu mão por ele e pelas crianças. — Isso era o que India temia e estava surpresa ao descobrir que realmente se importava com isso. — Talvez deva pensar em fazer a reportagem na Coréia. — Gail tentou provocá-la a fazer, mas India não caiu na armadilha. Ela sabia firmemente que estaria arriscando tudo.

— Por que as crianças deveriam sofrer porque ele feriu meus sentimentos? Além do mais, não há meio de eu partir por um mês. Estaremos partindo para o Cabo em três semanas... Não posso fazer.

— Bem, então talvez deva fazer a próxima.

— Se houver uma. Tenho certeza de que Raoul está ficando cansado de me telefonar e me ouvir dizer que não posso fazer. — Ele dificilmente lhe telefonava. Não havia muitas reportagens que coubessem em suas limitações particulares.

— Doug provavelmente voltará para casa com uma braçada de flores para você esta noite e você esquecerá de tudo isso — disse Gail, tentando parecer tranquilizadora. Ela sentia pena. India era brilhante, bonita e talentosa e, como muitas delas, estava desperdiçando sua vida limpando o churrasco e fazendo conduções de crianças. Era uma perda de um talento extraordinário.

— Nós vamos jantar no Ma Petite Amie. Estava esperando ansiosamente por isso, antes que ele me arrasasse.

— Tome vinho suficiente e vai esquecer de tudo isso. O que me faz lembrar, vou almoçar com Dan novamente na terça-feira.

— Acho que é uma coisa tola de se fazer — disse India bruscamente, colocando uma caixa de tomates em sua cesta. — O que isso vai te dar?

— Diversão. Por que não? Nós não estamos machucando ninguém. Rosalie está apaixonada por Harold, Jeff nunca irá saber e ele terá minha atenção exclusiva por seis semanas na Europa. — Para Gail esta parecia uma justificativa perfeita, mas para India não.

— Parece tão sem sentido. E se você se apaixonar por ele? — Era outro negócio. Se o que Gail queria era estar loucamente apaixonada novamente, um desses dias isso poderia acontecer. E então, o que ela faria? Largaria Jeff? Pediria o divórcio? Para India os riscos não pareciam valer a pena. Mas nesse ponto, de qualquer forma, ela e Gail eram muito diferentes.

— Não vou me apaixonar por ele. Estamos apenas nos divertindo. Não seja estraga prazeres.

— E se Jeff estivesse fazendo a mesma coisa, você se importaria?

— Ficaria desconcertada — disse Gail divertida. — A única coisa que Jeff faz no almoço é ir ao podólogo ou cortar seus cabelos.

Mas e se não fosse isso? E se os dois estivessem traindo? Para India, particularmente no seu humor atual, parecia patético.

— Você precisa cortar os cabelos, fazer as unhas, uma massagem ou qualquer coisa. Alguma coisa para alegrá-la. Não tenho certeza se abrir mão de uma reportagem sobre bebês mortos na Coréia é algo pelo qual se deva ficar deprimida. Fique deprimida por alguma coisa que seria uma vergonha perder, algo divertido... como um caso... — Ela a estava provocando e India sacudiu a cabeça e sorriu tristemente.

— Como eu posso gostar de você, quando é a pessoa mais imoral que conheço? — disse India olhando para ela com uma afetiva desaprovação. — Se você fosse uma estranha e alguém me falasse a seu respeito, eu a consideraria repugnante.

— Não, não consideraria. Sou apenas honesta a respeito do que faço e do que penso. A maioria das pessoas não é e você sabe disso. — Havia algo de verdadeiro nesta afirmação, mas Gail exagerava um pouco, tanto em seu ponto de vista quanto em sua honestidade a respeito.

— De qualquer forma, eu amo você, mas um desses dias você vai se meter em uma grande confusão e Jeff irá descobrir tudo.

— Não tenho certeza se ele vai se importar. A não ser que eu me esqueça de apanhar sua roupa na lavanderia.

— Não fique tão certa a respeito disso — India assegurou-lhe.

— Dan disse que Rosalie estava dormindo com Harold há dois anos e ele não tinha nenhuma idéia até que ela lhe contou. A maioria dos caras é assim. — Isso fez India imaginar de repente se Doug iria suspeitar caso ela estivesse almoçando com um outro homem. Ela gostava de imaginar que sim. Era uma das várias coisas nas quais acreditava a respeito dele. — De qualquer modo, tenho que correr. Tenho que levar as crianças ao médico para *check-ups* antes de partir para a Europa. Eles vão para o acampamento logo que voltarmos e ainda não preenchi os formulários de saúde.

— Talvez se você ficasse em casa para variar, pudesse fazer isso na hora do almoço. — India provocou-a enquanto Gail acenava e corria para os caixas, e India terminou de comprar o que precisava para o fim de semana. Não era com certeza uma vida excitante, mas talvez Gail estivesse certa. A missão na Coréia teria sido uma reportagem muito depressiva. Ela iria desejar voltar com uma braçada de bebês coreanos para salvá-los de serem assassinados caso ninguém mais os adotasse.

Ela ainda estava com um humor sombrio no final da tarde quando apanhou as crianças e levou-as para casa de carro. Jason e Aimee tinham amigos com eles e todos fizeram tanto barulho que ninguém percebeu que ela não estava falando.

Ela preparou salgadinhos para todos e deixou-os na mesa da cozinha, quando foi tomar banho. Ela havia chamado uma babá naquela tarde e iria preparar o jantar e alugar vídeos para eles. Pela primeira vez, India tinha algum tempo livre e aproveitou na banheira, pensando no marido. Ela ainda estava perturbada com o que ele havia dito na noite anterior, mas estava certa de que ele deveria ter tido um dia ruim no escritório.

India estava usando um vestido preto curto e saltos altos e seus longos cabelos loiros estavam presos em um elegante coque quando Doug chegou em casa do trabalho. Ele preparou um drinque para si mesmo, o que fazia às sextas-feiras à noite, e quando subiu, ficou feliz em vê-la.

— Uau, India! Você está maravilhosa! — disse ele, tomando um gole do *bloody mary*. — Parece que ficou o dia inteiro se preparando.

— Não exatamente. Apenas a última hora. Como foi o seu dia?

— Não foi ruim. O encontro com o novo cliente foi bom. Tenho quase certeza de que consegui a conta. Será um verão muito ocupado. — Era a terceira conta nova da qual estava encarregado e ele havia comentado com sua secretária naquela tarde que teria sorte se conseguisse ir a Cape Cod em agosto, mas não disse nada a India, quando ela caminhou em sua direção.

— Estou feliz porque vamos sair hoje à noite — disse ela, olhando para ele com o mesmo olhar melancólico que tinha no mercado quando encontrou com Gail, mas, ao contrário de Gail, Doug não percebeu. — Acho que precisamos de um tempo, de diversão, algo assim.

— Foi por isso que sugeri o jantar. — Ele sorriu e levou seu *bloody mary* para o banheiro, para tomar banho e trocar-se para o jantar. Estava de volta meia hora depois, vestindo calças cinza, *blazer* e uma gravata azul-marinho que ela havia lhe dado de Natal. Ele estava muito bonito e formavam um elegante casal quando saíram para dar boa-noite às crianças. E dez minutos depois estavam no restaurante, a caminho de sua mesa de canto.

Era um belo e pequeno restaurante e eles trabalhavam muito nos fins de semana. A comida era boa e a atmosfera, aconchegante e romântica. Era exatamente do que precisavam para reparar a fissura da noite anterior e India sorriu para ele enquanto o garçom servia uma garrafa de vinho francês e Doug cuidadosamente provava e aprovava o vinho.

— Então, o que você fez hoje? — perguntou Doug enquanto abaixava o copo. Ele sabia, antes que ela dissesse qualquer coisa, que seu dia deveria ter sido às voltas com as crianças.

— Recebi um telefonema de Raoul Lopez. — Ele pareceu momentaneamente surpreso, mas não particularmente curioso. Os telefonemas do agente dela eram raros atualmente e normalmente improdutivos. — Ele me ofereceu uma reportagem muito interessante na Coréia.

— Isso parece mesmo com Raoul. — Doug parecia divertido e nem um pouco ameaçado pela informação. — Onde foi o último lugar para onde ele tentou te enviar? Zimbabwe? Por que será que ele se dá ao trabalho?

— Ele pensou que eu pudesse concordar em fazer a reportagem. Era para o *Sunday Times Magazine*, sobre um mercado negro de adoções que está assassinando bebês na Coréia. Mas ele acha que levaria três ou quatro semanas, e disse a ele que não poderia.

— Obviamente. De nenhuma forma você poderá ir a Coréia, nem por três ou quatro minutos.

— Foi o que eu disse a ele. — Mas ela percebeu ao olhar para Doug, que gostaria que ele agradecesse a ela por não ter ido. Ela queria que ele compreendesse do que ela estava abrindo mão e que ela teria gostado de ir. — Ele disse que tentaria novamente algo mais perto de casa, como o caso do Harlem.

— Por que você apenas não teria o nome da agenda deles? Isso realmente faria mais sentido. Não há razão para deixá-lo ligar para você para reportagens que de qualquer forma não irá fazer. Estou realmente surpreso que ele ainda se preocupe em ligar para você. Por que ele faz isso?

— Porque eu sou boa no que faço — disse ela em voz baixa —, e aparentemente os editores ainda perguntam por mim. Ao menos é lisonjeiro. — Ela estava procurando alguma coisa, pedindo a ele alguma coisa, e ele não estava compreendendo a mensagem dela. Nesta área ao menos, ele nunca compreendia. Ele a perdia por completo.

— Você nunca deveria ter feito aquele caso do Harlem. Isso provavelmente deu-lhes a impressão de que você ainda está aberta a ofertas. — Era óbvio para ela enquanto o ouvia que ele queria que a porta de sua carreira estivesse fechada ainda mais firmemente do que havia estado. E repentinamente ela estava intrigada com a idéia de abri-la, apenas uma brecha, se pudesse encontrar um outro trabalho mais perto de casa, como o que havia feito no Harlem.

— Era uma grande reportagem. Estou feliz por tê-la realizado — disse ela enquanto o garçom estendia-lhes os cardápios, mas repentinamente não estava mais com fome. Estava perturbada novamente. Ele não parecia compreender o que ela sentia. Mas talvez não pudesse culpá-lo. Nem mesmo ela estava certa se compreendia. De repente estava sentindo falta de algo que havia abandonado, por todos os intensos propósitos, catorze anos antes, e esperava que ele soubesse disso sem precisar explicar a ele. — Eu não me importaria em trabalhar novamente, apenas um pouco, se pudesse conciliar com tudo mais o que estou fazendo. Nunca pensei realmente sobre o assunto por todos esses anos. Mas estou começando a pensar que sinto falta de trabalhar.

— O que trouxe isso de volta?

— Não tenho certeza — disse ela honestamente. — Estava conversando com Gail ontem e ela estava me cutucando sobre o meu talento desperdiçado, então Raoul ligou hoje e esta história me pareceu tão atraente. — E a conversa dos dois na noite anterior acrescentara combustível ao fogo, quando ele menosprezara a carreira dela e a de seu pai como apenas uma brincadeira. De repente ela sentiu-se como se precisasse validar sua existência. Talvez Gail estivesse certa e tudo o que ela havia se tornado era uma empregada, uma cozinheira e um motorista. Talvez fosse hora de desenterrar sua antiga carreira e tirar um pouco de poeira.

— Gail é sempre uma criadora de casos, não é?... Que tal as molejas? — Como havia feito na noite anterior, Doug estava menosprezando o que ela dizia e isso fez India sentir-se solitária ao olhar para ele por sobre o cardápio.

— Acho que ela ainda está triste por ter abandonado sua carreira. Ela provavelmente não deveria — acrescentou India, ignorando a pergunta a respeito do jantar e pensando que Gail provavelmente não estaria almoçando com Dan Lewinson se tivesse algo mais para fazer, mas não disse nada a Doug a respeito. — Tenho sorte. Se volto ao mesmo ponto, posso escolher e pegar o que quero. Não tenho que trabalhar o tempo todo ou ir até a Coréia para fazer isso.

— O que você está me dizendo? — Ele havia feito o pedido para ambos e encarava-a diretamente através da mesa, mas não parecia feliz com o que ela estava dizendo. — Você está me dizendo que quer voltar a trabalhar, India? Isso não é possível e você sabe. — Ele não lhe deu nem mesmo a chance de responder a sua pergunta.

— Não há razão pela qual eu não possa fazer uma reportagem ocasional, se for local, há?

— Para quê? Apenas para mostrar suas fotografias? Por que você iria querer fazer isso? — Ele fez soar tão vão e tão fútil, que ela ficou quase embaraçada pela sugestão. Mas algo na forma com que ele resistia repentinamente a deixou obstinada.

— Não é uma questão de mostrar e sim de usar um dom que tenho. — Gail havia começado com aquilo tudo no dia anterior, com suas perguntas afiadas e, antes disso, a bola já vinha rolando. E a resistência dele fazia com que tudo parecesse ainda mais importante.

— Se você está tão ansiosa para usar o seu "dom" — disse ele em um tom controlado —, use-o com as crianças. Você sempre tirou fotos maravilhosas delas. Por que não pode satisfazer-se, ou isso é uma das cruzadas de Gail? De alguma forma eu sinto as mãos dela nisso, ou é Raoul quem a está deixando agitada? Ele está querendo apenas fazer uma fanfarronada. Deixe-o continuar usando outra pessoa. Há vários outros fotógrafos que ele pode mandar para a Coréia.

— Tenho certeza de que ele encontrará um — disse India em voz baixa, quando o patê que pediram foi colocado na mesa. — Não estou dizendo que sou insubstituível, estou apenas dizendo que as crianças estão crescendo e talvez, às vezes, eu possa assumir um trabalho. — Ela estava começando a se sentir persistente a respeito disso.

— Nós não precisamos do dinheiro e Sam tem apenas nove anos, pelo amor de Deus, India, as crianças precisam de você.

— Eu não estava sugerindo deixá-las, Doug. Estou apenas dizendo que pode ser importante para mim. — E ela queria que ele compreendesse isso. Justamente no dia anterior ela havia dito a Gail que se importava muito pouco com o fato de ter aberto mão da carreira e agora, depois de ouvi-la e a Raoul, e a Doug menosprezando-a na noite anterior, repentinamente isso importava. Mas ele recusava-se a ouvir.

— Por que isso seria importante para você? Isso é que eu não compreendo. Por que é tão importante tirar fotografias? — Ela sentia-se como se estivesse tentando arrastar-se para cima de uma montanha de gelo, sem chegar a lugar nenhum.

— É como eu me expresso. Sou boa nisso. Eu amo fazer isso, é tudo.

— Eu lhe disse, então tire fotos das crianças. Ou faça retratos dos amigos deles e os dê a seus pais. Você pode fazer muito com sua câmera, sem assumir compromissos.

— Talvez eu goste de fazer algo importante. Isso já ocorreu a você? Talvez eu queira ter certeza de que minha vida tem algum significado.

— Ah, pelo amor de Deus. — Ele abaixou o garfo e olhou para ela aborrecido. — O que deu em você? É Gail. Sei disso.

— Não é Gail — ela tentou defender-se, mas sentindo-se desesperançada. — Sou eu. Tem que haver mais significado na vida do que limpar suco de maçã do chão quando as crianças derramam.

— Você fala como Gail agora — disse ele, parecendo sentir repugnância.

— E se ela estiver certa? Ela está fazendo um monte de coisas estúpidas com sua vida porque se sente desnecessária e sua vida não tem razão de ser. Talvez, se estivesse fazendo algo inteligente com ela mesma, não tivesse necessidade de fazer outras coisas que não têm significado.

— Se você está tentando me dizer que ela trai Jeff, já percebi isso há anos. E se ele é tão cego para não enxergar, é problema dele. Ela corre atrás de qualquer par de calças em Westport. É com isso que você está me ameaçando? É disso que se trata? — Ele olhou para ela furioso enquanto o garçom trazia o prato principal. Sua noite romântica havia sido desperdiçada.

— É claro que não. — India foi rápida em assegurar. — Eu não sei o que ela faz — mentiu, para proteger a amiga, mas as indiscrições de Gail eram irrelevantes para ela e não eram da conta de Doug. — Estou falando de mim. Estou apenas dizendo que talvez precise de mais em minha vida do que apenas você e as crianças. Tinha uma grande carreira antes de desistir dela, não importa o quanto você a considere pouco importante. E talvez possa recuperar uma pequena parte dela agora para ampliar meus horizontes.

— Você não tem que ampliar os seus horizontes — disse ele definitivamente. —Você está muito ocupada com as crianças. A menos que queira começar a contratar babás constantemente ou deixá-las no horário integral na escola. É isso o que tem em mente, India? Porque não há outra forma de fazê-lo e francamente eu não vou permitir. Você é a mãe delas e elas precisam de você.

— Eu compreendo isso, mas consegui fazer a reportagem do Harlem sem prejudicá-las. Posso fazer outras coisas do gênero.

— Duvido. Simplesmente não vejo sentido nisso. Você fez tudo aquilo, divertiu-se e cresceu. Você não pode voltar agora. Você não é uma garota de vinte anos sem nenhuma responsabilidade. Você é uma mulher crescida com uma família e um marido.

— Não vejo porque uma tem que excluir a outra, desde que mantenha minhas prioridades. Você e as crianças vêm primeiro, o resto vai ter que funcionar depois.

— Você sabe de uma coisa? Sentado aqui e ouvindo você começo a questionar suas prioridades. O que você está me dizendo me parece inacreditavelmente egoísta. Tudo o que você quer é divertir-se, como sua amiguinha, que está correndo por aí traindo o marido porque seus filhos a aborrecem. É isso? Nós aborrecemos você? — Ele parecia estar enormemente insultado e com muita raiva. Ela havia despedaçado sua noite. Mas ele estava ameaçando seu amor-próprio e seu futuro.

— É claro que vocês não me aborrecem. E eu não sou Gail.

— O que diabos ela procura, afinal? — Ele estava cortando seu bife ferozmente quando fez a pergunta. — Ela não pode ser tão louca por sexo. O que ela está tentando fazer, apenas embaraçar o marido?

— Não acho isso. Acho que ela está só e insatisfeita e sinto pena dela. Não estou dizendo que o que ela faz é certo, Doug. Acho que está em pânico. Tem quarenta e oito anos, abriu mão de uma carreira fantástica e não pode ver nada em seu futuro exceto conduções de crianças. Você não sabe como é. Você tem uma carreira. Nunca abriu mão de nada. Apenas acrescentou.

— É isso o que você sente? O que Gail sente? — Ele realmente parecia preocupado.

— Não realmente. Sou muito mais feliz do que ela. Mas também penso em meu futuro. O que vai acontecer quando as crianças partirem? O que farei então? Correr por aí tirando fotos de crianças que não conheço no *playground*?

— Você pode pensar nisso depois. Você terá crianças em casa pelos próximos nove anos. É tempo suficiente para pensar em um plano. Talvez nos mudemos de volta para a cidade e você possa ir a museus. — Era isso? Só isso? Museus? O pensamento a fez tremer. Ela queria muito mais do que isso em seu futuro. Nesse ponto, Gail estava absolutamente certa. E em nove anos India queria estar fazendo muito mais do que matar o tempo. Mas em nove anos seria muito mais difícil retornar a uma carreira, se Doug permitisse. E pelo que ele estava dizendo, não parecia que o faria. — As crianças estão muito pequenas para você pensar sobre isso agora. Talvez consiga um trabalho em uma galeria, quando eles estiverem crescidos. Por que se preocupar com isso?

— E fazer o quê? Olhar para as fotografias que outras pessoas tiraram, quando eu poderia ter feito melhor? Você está certo, estou ocupada agora. Mas e depois? — Nas últimas vinte e quatro horas, a pergunta havia estado em seu foco.

— Não se aproprie de problemas dos outros. E pare de ouvir aquela mulher. Eu lhe disse, ela é uma criadora de casos. É infeliz e raivosa, está apenas tentando causar problemas.

— Ela não sabe o que está procurando — disse India tristemente. — Ela está procurando amor porque Jeff não a excita. — Provavelmente era muito para contar a ele, ela percebeu, mas desde que ele parecia saber sobre os seus desejos, não fazia muita diferença.

— É ridículo estar em busca de amor na nossa idade — disse Doug triste, tomando um gole de seu vinho e olhando para a mulher através da mesa. — O que diabos ela está pensando?

— Não acho que esteja realmente errada, apenas acho que está no caminho errado — disse India calmamente. — Ela disse que está deprimida por nunca mais ter ficado apaixonada. Acho que ela e Jeff não são loucos um pelo outro.

— Quem é, depois de vinte anos de casamento? — disse ele, parecendo aborrecido novamente. O que India acabara de dizer parecia ridículo para ele. — Você não pode esperar sentir-se aos quarenta e cinco ou cinqüenta da mesma forma que se sentiu aos vinte.

— Não, mas pode sentir outras coisas. Se tiver sorte, talvez mais do que sentiu no início.

— Isto é um grande *nonsense* romântico, India, e você sabe disso — disse ele firmemente, enquanto ela o ouvia com uma crescente sensação de pânico.

— Você acha que não tem sentido ainda estar apaixonado por seu marido ou mulher depois de quinze ou vinte anos? — India não podia acreditar no que estava ouvindo.

— Não acho que ninguém mais esteja "apaixonado" a essa altura. E ninguém com algum juízo também espera estar.

— O que se pode esperar? — perguntou India em uma voz estrangulada, enquanto colocava o copo na mesa e olhava para o marido.

— Companheirismo, decência, respeito, alguém para tomar conta das crianças. Alguém em quem se possa confiar. Isso é tudo o que qualquer pessoa deve esperar de um casamento.

— Você pode conseguir uma empregada, ou um cachorro para prover as mesmas coisas.

— É isso o que você pensa que as pessoas devem esperar? Corações e flores e Dia dos Namorados? Você é mais esperta do que isso, India. Não me diga que acredita em tudo isso. Se acredita, eu saberei que você está passando mais tempo conversando com Gail do que jamais me contou.

— Não estou esperando milagres, Doug. Mas tenho certeza de que quero mais do que apenas "alguém em quem confiar" e você deveria querer muito mais do que "alguém para tomar conta das crianças". Isso é tudo o que o nosso casamento significa para você? — Eles estavam rapidamente chegando ao ponto.

— Temos algo que funcionou muito bem por dezessete anos e vai continuar a funcionar, se você não começar a balançar o barco com muita força com carreiras, trabalhos, viagens para a Coréia e um monte de asneiras sobre "estar apaixonada" depois de dezessete anos. Não acho que ninguém seja capaz disso e não acredito que ninguém tenha o direito de esperar por isso. — Ela sentiu-se como se tivesse sido esbofeteada quando olhou para ele e estava horrorizada com o que ele estava dizendo.

— Na verdade, Doug, eu realmente espero isso, sempre esperei, e não tinha a menor idéia de que você não. Eu espero que você esteja "apaixonado" por mim até o dia que morrer, ou não haverá sentido em nosso casamento. Assim como estou apaixonada por você e sempre estive. Por que você acha que ainda estou por perto? Por que nossa vida é tão excitante? Não é. É tão mundana quanto pode ser, às vezes tão entediante quanto possível, mas ainda estou por perto porque amo você.

— Bem, é bom ouvir isso. Eu estava começando a imaginar coisas. Mas não acho que ninguém deva ter uma série de loucas ilusões sobre romance nesse ponto. Estar casado com alguém não é romântico.

— Por que não? — Ela decidiu ir até o fim. Ele já havia destruído a maioria de seus sonhos em uma noite, por que não levar adiante? Que diferença faria agora? — Poderia, não poderia? Muitas pessoas não tentam com disposição suficiente, ou não passam muito tempo percebendo o quando têm sorte por terem um ao outro. Talvez se Jeff passasse mais tempo fazendo isso, Gail não estivesse correndo por todo o estado para almoços e Deus sabe mais o que com os maridos de outras pessoas.

— Tenho certeza de que isso tem a ver mais com a integridade e a moral dela do que com qualquer falha da parte dele.

— Não tenha tanta certeza. Talvez ele seja apenas completamente estúpido — India atirou-lhe.

— Não. Ela o é, para ter um monte de ilusões infantis sobre romance e "eu te amo" neste ponto. India, isso é besteira, e você sabe.

Ela ficou em silêncio por um longo momento e então assentiu. Tinha medo de que, se falasse tudo, fosse explodir em lágrimas ou apenas levantar-se e sair, mas não o fez. Ficou ali sentada até que terminassem a refeição, conversando com ele. Ela já havia ouvido o suficiente aquela noite por toda a vida. Em uma única noite, ele havia desafiado tudo no que ela acreditava e arrasado todos os seus sonhos sobre o que significava o casamento para ele e, mais importante, sobre o que ela significava. Ela era alguém em quem ele podia confiar para tomar conta de seus filhos. E tudo o que ela pôde pensar no caminho para casa era que talvez devesse ligar para Raoul e aceitar o trabalho na Coréia. Mas, não importa o quanto estivesse com raiva dele, ou desapontada pelo que havia dito, ela não faria isso com seus filhos.

— Tive uma noite agradável — disse ele enquanto entravam na estrada e ela tentou não pensar no nó em seu estômago. — Fico feliz que tenhamos colocado o assunto da carreira para trás. Acho que você compreende como me sinto a respeito. Acho que você deve telefonar para Raoul na próxima semana e tirar o seu nome da agenda deles. — Era como se, depois de ter se expressado, ele agora esperasse que ela simplesmente cumprisse as suas ordens. O oráculo havia falado. Ela nunca havia conhecido este lado dele, mas também nunca o havia desafiado em catorze anos.

— Sei como você se sente a respeito de muitas coisas — disse ela suavemente, enquanto permaneceram no carro por alguns minutos, e ele desligou os faróis.

— Não seja tola a respeito daquela besteirada com a qual Gail encheu o seu coração, India. É um monte de lixo que ela atira em volta para desculpar o seu próprio comportamento e, se conseguir que você se enerve com isso também, melhor ainda. Fique longe dela. Ela apenas a perturba. — Mas Gail não a tinha perturbado. Ele, sim. Ele havia dito coisas que ela sabia que iriam perturbá-la durante anos, e jamais iria esquecê-las. Ele não estava apaixonado por ela, se é que já havia estado. Na opinião dele, o amor era alguma coisa distante, para os tolos e crianças. — Todos nós temos que crescer, mais cedo ou mais tarde — disse ele, abrindo a porta do carro e olhando para ela sobre os ombros. — O problema é que Gail não cresceu.

— Não, mas você sim — disse India miseravelmente, e assim como ele havia feito na noite anterior, ou naquela noite no restaurante, ele não compreendeu.

Em uma única noite, ele havia colocado o casamento no chão, atirado a carreira dela pela janela como uma lanugem e essencialmente dito a ela que não a amava, ou ao menos que não estava apaixonado por ela. Diante disso, ela não sabia o que pensar ou sentir agora, ou como voltar ao que eram antes, sem ser afetada por isso.

— Eu gosto do restaurante, você não? — perguntou ele enquanto entravam em casa. Estava tudo quieto e India suspeitou de que apenas Jessica ainda estivesse acordada. Os outros deviam estar dormindo. Eles haviam passado muito tempo no jantar. Havia levado muitas horas para que ele destruísse suas últimas e mais queridas ilusões. — Achei que a comida estava melhor do que o comum — continuou ele, desatento ao estrago que havia feito. Ele era como o *iceberg* que havia atingido o *Titanic*. Mas, sabendo o que havia feito, ela não podia deixar de imaginar se o navio iria afundar agora. Era difícil acreditar que não fosse. Ou ela iria simplesmente continuar, ser confiável, estável e uma boa "companheira". Era o que ele queria e o que esperava que ela fizesse. Não deixava muito espaço para o seu coração, sua alma, e nada para alimentá-los.

— Achei que estava boa. Obrigada, Doug. — Ela disse e subiu as escadas para olhar as crianças. Ficou alguns minutos com Jessica, que estava vendo televisão, como havia suspeitado. Os outros estavam dormindo e, depois de olhá-los em seus quartos, caminhou lentamente para o seu. Doug estava se despindo e lançou-lhe um olhar curioso. Havia algo muito estranho a respeito da forma com que ela estava ali de pé.

— Você não está mais nervosa, está, sobre toda aquela besteirada que Gail lhe disse? — Ela hesitou por um momento e então sacudiu a cabeça. Ele era tão surdo, tão cego e tão mudo que não tinha a menor idéia do que havia feito a ela ou ao casamento deles. Ela sabia que não havia nenhum sentido em dizer alguma coisa a mais agora, ou tentar explicar. E sabia, quase com certeza, quando olhou para ele, que pela sua vida inteira jamais iria esquecer este momento.

Capítulo 3

NAS TRÊS SEMANAS seguintes, India atravessou sua vida sentindo-se como um robô. Ela preparou o café da manhã, levou as crianças de carro para a escola, apanhou-as e foi a todas as atividades do tênis ao beisebol. Pela primeira vez em anos, ela esqueceu-se de levar a câmera e repentinamente até isso parecia sem sentido agora. Ela se sentia como se estivesse fatalmente ferida. Seu espírito estava morto e era apenas uma questão de tempo para que seu corpo o acompanhasse. De alguma forma, com o que ele dissera e as ilusões que matara, India sentia como se Doug tivesse sugado a vida de dentro dela. Era como deixar o ar sair e esgotar-se. E agora, tudo o que fazia parecia exigir um enorme esforço.

Ela corria para Gail constantemente, como sempre fizera, e sabia que ela ainda estava vendo Dan Lewinson. Eles haviam almoçado várias vezes mais e ela havia feito alusões sobre tê-lo encontrado em um hotel em algum lugar. India podia imaginar o resto, mas realmente não queria saber e não fazia nenhuma pergunta a Gail.

Ela não lhe contou a respeito do que Doug havia lhe dito e, quando Gail notou que ela estava deprimida, garantiu-lhe que ainda era por causa do trabalho que não havia aceito na Coréia.

E India nunca ligou para Raoul Lopez para tirar seu nome da agenda. Era a última coisa que ela desejava fazer agora. Tudo o que queria fazer era partir para Cape Cod e tentar esquecer o que havia acontecido. Ela pensou que talvez tivesse melhores sentimentos a respeito dele novamente com alguma distância entre ambos. Ela precisava reagrupar, repensar o que ele havia dito, tentar sentir-se melhor a seu respeito, se fosse passar o resto de sua vida com ele. Mas você sente o mesmo novamente por um homem que disse que não a ama e para o qual você não é mais do que uma companhia conveniente? Um homem que menospreza a carreira da qual você abriu mão por ele, por mais difícil que tenha sido, com um simples gesto leviano. Todas as vezes que olhava para Doug agora, sentia como se não mais o conhecesse. E ele parecia não suspeitar de que o que havia dito houvesse causado um dano tão grande. Para Doug, eram negócios, como sempre. Ele ia para a cidade todos os dias no trem das 7:05, voltava para o jantar, contava-lhe o quanto difícil ou fácil o dia havia sido e então lia seus papéis. E quando ela parecia menos inclinada a fazer amor com ele do que havia estado anteriormente, ele acreditava que estivesse cansada ou ocupada. Nunca ocorreu a ele que ela não tinha mais vontade de fazer amor com ele e não tinha nenhuma idéia do que fazer a respeito.

Ao fim, foi um alívio enorme quando ela e as crianças finalmente saíram de férias. Ela havia embalado tudo o que precisavam em três dias. Eles nunca usavam nada elegante no Cabo, apenas *shorts*, *jeans* e roupas de banho, e deixaram a maioria por lá quando partiram no fim do último verão. Mas as crianças sempre surgiam com coisas novas e queriam levá-las com elas. Ela havia conseguido evitar Doug durante quase toda a semana anterior, já que ele estava se encontrando com dois grupos de novos clientes e havia passado duas noites na cidade.

Na manhã em que partiram, ele ficou de pé no gramado acenando para eles e quase esqueceu-se de dar-lhe um beijo de despedida. Quando o fez, foi apressadamente e sem muita emoção. E, por uma vez, ela não se importou. As crianças e o cachorro estavam na caminhonete com ela e suas bagagens na mala, abarrotadas e tão apertadas que foram precisos três para fechar a porta. Ele gritou-lhe quando ela saiu com o carro: "não se esqueça de me ligar!" Ela assentiu, sorriu e partiu com o carro, sentindo-se como se tivesse deixado para trás um estranho. Ele já havia lhe dito que não poderia ir no próximo fim de semana e, na noite anterior, lhe dissera que não tinha certeza se poderia estar lá também no Quatro de Julho. Tinha muito trabalho com seus novos clientes. Ele achou que ela tinha uma excepcional compreensão quando não reclamou, e agradeceu a ela por isso. Ele não notara em nenhum momento, nas últimas semanas, desde o jantar no Ma Petite Amie, que ela havia estado estranhamente quieta.

Levaram seis horas e meia de carro de Westport a Harwich e pararam várias vezes no caminho, no McDonald's. As crianças estavam de bom humor. Elas mal podiam esperar para chegar à praia e encontrar os amigos por lá. Enquanto falavam sobre isso no caminho, e sobre o que iriam fazer quando chegassem lá, apenas Jessica notou que sua mãe estava distraída. Estava sentada no banco da frente, junto a ela.

— Alguma coisa errada, mãe?

India ficou emocionada por ela ter percebido. Doug certamente não percebera. Ele havia trabalhado como sempre até o último minuto e parecia quase aliviado por vê-los partir, pois poderia dedicar-se inteiramente aos seus novos clientes.

— Não, estou bem. Apenas cansada. Foi muito trabalhoso arrumar tudo para partirmos. — Era uma razão plausível para sua distração. Ela não queria dizer a Jessica que estava irritada com o pai dela. Era a primeira vez que constatava que ela e Doug tinham um problema sério.

— Por que papai não vem nos próximos dois fins de semana? — Ela havia observado que sua mãe estava mais quieta do que o normal há semanas e imaginava se eles haviam tido uma briga ou algo do gênero, embora seus pais normalmente brigassem menos do que as outras pessoas.

— Ele está ocupado com novos clientes. Estará livre para um fim de semana em quinze dias e irá passar três semanas conosco em agosto. — Jessica assentiu, colocou os seus fones de ouvido do *walkman* e pelo resto da viagem India esteve perdida com seus próprios pensamentos enquanto dirigia pela estrada familiar para Massachusetts. Ela fazia isso todos os verões.

Ela havia falado com Gail no dia anterior e eles estavam partindo naquele fim de semana para Paris, mas Gail estava pouco entusiasmada, como sempre. Se possível, um pouco menos. Ela estava se divertindo com Dan Lewison e detestava ter que deixá-lo agora, particularmente sabendo que era o tipo de relacionamento que não iria sobreviver ao tempo nem à distância. Quando voltasse, ele já teria se mudado e começado a arranjar-se em sua nova rotina e teria sem dúvida feito contato com o rebanho de famintas divorciadas esperando para devorá-lo. Tudo o que Gail tinha a oferecer a ele era uma tarde ocasional e clandestina em um motel e havia muitas outras esperando para fazer isso. Ela não tinha ilusões a respeito da importância dos dois um para o outro. E só de ouvi-la falar a respeito, India ficava ainda mais deprimida. Ela desejou-lhe uma boa viagem e disse-lhe que ligasse quando estivesse de volta. Talvez ela e as crianças pudessem ir até o Cabo para passarem alguns dias no fim do verão, quando Jeff estivesse trabalhando. E Gail disse que adoraria.

Era tarde quando chegaram à casa em Harwich. India saiu para esticar as pernas e olhou para o claro e imenso oceano azul com uma sensação de alívio. Estar ali era tudo de que precisava.

Era um lugar adorável, uma antiga e confortável casa vitoriana, e ela sempre a considerara alegremente pacífica. Eles tinham amigos com casas de veraneio por perto, alguns de Boston, outros de Nova York, e India ficava sempre feliz ao vê-los. Embora este ano ela quisesse passar alguns dias sozinha, com as crianças. Ela precisava de algum tempo para pensar, reorganizar-se e recuperar-se do golpe que vinha sentindo desde o jantar fatal. Pela primeira vez em catorze anos, uma vez assentados na casa, ela nem mesmo queria ligar para Doug. Ela simplesmente não podia. Ele ligou naquela noite para ter certeza de que haviam chegado. Falou com as crianças e então com India.

— Está tudo bem? — perguntou ele e India tranqüilizou-o de que tudo estava certo. A casa havia sido limpa por uma firma naquela semana e estava em ordem. Sem vazamentos, sem telas quebradas ou estragos do inverno. Ela relatou tudo a ele, que pareceu satisfeito com o que ouviu. E então surpreendeu-a com sua próxima pergunta. — Por que não me telefonou quando chegou? Tive medo de que algo tivesse acontecido. — Por quê? Já que corações e flores não tinham importância para ele, que diferença faria se ela telefonasse? O que teria significado para ele? A perda de alguém confiável para cuidar de seus filhos? Ele sempre poderia contratar uma empregada se algo acontecesse com ela.

— Sinto muito, Doug. Estávamos apenas ocupados abrindo a casa e nos ajeitando.

— Você parece cansada — disse ele simpático. Ela havia estado nas últimas semanas, mas ele não havia notado seu cansaço ou sua depressão.

— Foi uma viagem longa, mas estamos todos bem. — Tanto as crianças quanto a babá estavam vivas e bem, assim como o labrador retriever.

— Gostaria de estar aí com todos vocês, em vez de estar aqui com todos os meus clientes — disse ele, e soou convincente.

— Você estará aqui em breve — disse ela, simpática, ansiosa para desligar o telefone. Ela não havia dito nada a ele no momento. Sentia-se extraída de toda a energia. Ela não tinha nada a oferecer a ele agora, diante do que havia dito a ela, e ele parecia não compreender isso. — Nós ligaremos para você — disse ela facilmente e um momento depois eles desligaram. Como sempre, ele não disse que a amava. De qualquer forma, não importava. Era aparentemente uma palavra que, naquele ponto da vida de ambos, significava muito pouco para ele.

Ela voltou-se para as crianças depois disso e ajudou-as a fazer as camas, já que o serviço de limpeza não havia feito isso. E quando estavam todos na cama, ela foi calmamente para a sua câmara escura. Ela não havia estado lá há quase um ano, mas encontrou tudo na mesma ordem meticulosa que havia deixado. E quando ligou a luz, viu na parede algumas das fotos favoritas de seu pai. Havia uma de Doug também e ela ficou de pé olhando para a foto durante um longo tempo. Ele tinha um rosto bonito, familiar, que ela conhecia melhor do que qualquer rosto no mundo, exceto os de seus filhos, mas ela conhecia o dele há mais tempo. E quando olhou nos olhos dele na fotografia ela viu toda a frieza que havia descoberto nas últimas três semanas e tudo o que faltava neles. Imaginou como não havia visto antes. Teria ela desejado acreditar que haveria algo mais ali? Que ele ainda a amava como na juventude? Que ele ainda estava apaixonado por ela, como ela acreditava que estivesse, até que ele lhe dissera o quanto o casamento era pouco importante? Ela podia ouvir as palavras novamente, como ele as havia dito... o que você precisa é de companheirismo... decência... respeito... alguém em quem possa confiar para cuidar das crianças. Ela imaginou agora se isso era realmente tudo o que ele queria. Era muito menos do que ela queria dele.

Ela virou-se então para olhar uma fotografia de seu pai. Ele era alto e magro, e parecia-se com Doug de certa forma, mas havia riso nos olhos dele quando ele olhava para você, algo feliz, excitante e divertido em seu porte inteiro. Ele fazia uma engraçada e leve inclinação de cabeça quando falava com você, e ela podia imaginá-lo apaixonado em qualquer idade. Ele era tão jovem quando morreu, apenas quarenta e dois anos, e ainda parecia muito mais vivo na foto do que Doug. Havia algo tão vibrante nele. Ela sabia que sua mãe havia sofrido com sua ausência e a vida delas havia sido difícil, mas ela também sabia o quanto sua mãe o havia amado, e o quanto ele a amara. E o quanto sua mãe odiou-o por ter morrido. E India podia lembrar-se como se fosse ontem do quanto ficara arrasada quando sua mãe lhe contara o que havia acontecido. Ela não podia imaginar um mundo sem o seu pai em algum lugar. Era difícil de acreditar que ele havia partido já há vinte e oito anos. Parecia-lhe uma vida inteira.

Havia fotografias dela emolduradas nas paredes por todos os lados da câmara escura, e ela olhou-as cuidadosamente enquanto estava ali de pé. Elas eram boas, muito boas, e capturavam tal sentimento e emoção que era quase como olhar para uma pintura. Ela via rostos devastados de crianças famintas e uma criança sentada sozinha em uma pedra, segurando uma boneca, chorando, enquanto uma cidade inteira do Quênia queimava atrás dela. Havia rostos de velhos e soldados feridos e uma mulher rindo com grande alegria enquanto segurava seu bebê recém-nascido. India havia ajudado no parto e ainda recordava-se daquele momento. Havia sido em uma pequena cabana em algum lugar fora de Quito, quando estava no Corpo da Paz. Havia fragmentos de sua vida, congelados no tempo e emoldurados, então ela poderia olhar para eles para sempre. Ainda era difícil para ela acreditar que tudo isso havia partido de sua vida agora. Havia sido uma troca, uma troca justa, como sempre acreditara, mas agora apenas imaginava. Teria ela conseguido retorno suficiente pelo que abrira mão? Ela sabia que tinha quando pensava em seus filhos. Mas, apesar disso, o que tinha agora? E quando as crianças tivessem crescido, o que ela teria então? Aquelas eram perguntas que ela não podia responder.

Ela checou a química e o equipamento, fez algumas anotações e então desligou a luz e voltou para o seu quarto. Tirou suas roupas, colocou a camisola, foi para a cama, desligou a luz e ficou ali deitada por um longo tempo, ouvindo o oceano. Era um som tranqüilo que ela esquecia todos os anos e então relembrava-se quando voltava para cá. Era acalentador para dormir à noite e ela ficava deitada ouvindo-o quando acordava de manhã. Ela adorava a solenidade, o conforto que ele lhe oferecia. Era uma das coisas por que adorava estar aqui. Enquanto fechava os olhos e caía no sono, saboreou o fato de que estava sozinha aqui desta vez, apenas com seus filhos, suas memórias e o oceano. Agora, ao menos, era tudo o que desejava.

Capítulo 4

O SOL ESTAVA BRILHANDO quando ela acordou no dia seguinte em Harwich, e o oceano, tremeluzente como se tivesse enfeitado de prata. As crianças já estavam acordadas e servindo-se de cereais quando ela entrou. Estava vestindo uma camiseta, *shorts* e chinelos, com seus cabelos amarrados no alto da cabeça, presos por dois antigos pregadores de concha de tartaruga e, embora não soubesse, estava muito bonita.

— O que todos vão fazer hoje? — perguntou enquanto servia-se de uma xícara de café. Parecia tolo fazê-lo só para si, mas ela adorava sentar-se no deque com uma xícara de café e ler, olhando ocasionalmente para o oceano. Era um de seus passatempos favoritos em Cape Cod.

— Eu vou ver os Boardmans — Jessica respondeu rápido. Eles tinham três filhos adolescentes e uma filha da idade dela. Jessica havia crescido com eles e os adorava. Os garotos eram de interesse particular para ela, agora que dois deles estavam no segundo grau e o terceiro era calouro em uma universidade.

Jason também tinha um amigo no fim da rua e na noite anterior havia ligado para ele e combinado de passarem o dia juntos.

Aimee queria ir nadar na casa de uma amiga e India prometeu telefonar e combinar tudo assim que tivesse terminado o café. Sam queria passear na praia com ela e Crockett, o labrador retriever. Parecia um bom plano para ela e prometeu caminhar com ele um pouco mais tarde. Nesse meio tempo, ele estava feliz brincando com os brinquedos que havia deixado por lá no ano anterior e ansioso para apanhar sua bicicleta.

Por volta das dez horas, todos estavam a caminho e ela e Sam desceram os degraus para a praia, com o cachorro bem atrás deles. Sam havia levado uma bola e ficou atirando-a para o cachorro, que a procurava com devoção, mesmo quando Sam a atirava na água. E India caminhava junto feliz, observando-os, com sua câmera pendurada no ombro. Depois de carregá-la por quase trinta anos, ela parecia parte de seu corpo. Seus filhos não conseguiam imaginá-la sem ela.

Eles caminharam quase por um quilômetro pela praia antes que vissem algum conhecido. Era cedo ainda para a temporada e as pessoas apenas costumavam chegar para o verão. Os primeiros amigos que fizeram eram um casal que ela e Doug conheciam há anos. Eram ambos cirurgiões, de Boston. Ele era um pouco mais velho que Doug e ela era um ano ou dois mais velha que ele, perto dos cinqüenta. Tinham um filho na Escola de Medicina de Harvard, que nos últimos dois anos não havia ido até o Cabo, estava muito ocupado, mas os dois estavam animados com a decisão dele de seguir os passos de ambos. Eles eram Jenny e Dick Parker. E sorriram no momento em que viram India e Sam aproximando-se.

— Imaginei se vocês já estariam aqui — disse Jenny com prazer. India havia recebido um cartão de Natal dos dois, como sempre, mas eles dificilmente se falavam durante o inverno. Apenas se viam no verão no Cabo.

— Chegamos na noite passada — explicou India. — Doug não virá por duas semanas, no entanto. Ele tem muitos clientes novos.

— Isso é muito ruim — disse Dick, enquanto lutava com Sam e o cachorro latia excitado, correndo em volta deles em círculos. — Vamos dar uma festa no dia quatro, estávamos esperando que vocês viessem. Você terá que ir sem ele. E leve as crianças. Jenny me fez contratar uma cozinheira desta vez, depois que eu queimei todas as costelas e os hambúrgueres no ano passado.

— Os bifes estavam ótimos — disse India com um sorriso, lembrando-se perfeitamente. As costelas estavam em chamas enquanto os hambúrgueres viraram cinzas.

— Obrigado por lembrar-se. — Dick sorriu para ela. Ele estava feliz em vê-la, sempre tivera uma afeição especial pelos filhos dela e isso era evidente pela forma com que brincava com Sam. — Espero que todos compareçam.

— Nós adoraremos. Quem mais está aqui? — perguntou India e Jenny deu a lista das últimas chegadas. Havia um número razoável dos veranistas regulares, o que seria bom para as crianças.

— E nós teremos amigos aqui para o Quatro de Julho também — explicou Jenny. Eles sempre tinham amigos na casa com eles, então não era nada de incomum, mas desta vez ela parecia especialmente ansiosa para contar a India a respeito de seus convidados. — Serena Smith e seu marido vão estar aqui.

— A escritora? — India parecia momentaneamente chocada. Ela estava na lista de *best sellers* constantemente com seus romances vaporosos. E India sempre teve a impressão de que ela era uma mulher interessante.

— Estudamos juntas na universidade — explicou Jenny. — Perdemos o contato ao longo dos anos, embora a conhecesse bem. Encontrei-a em Nova York este ano. É muito divertida e gosto de seu marido.

— E espere até ver o veleiro dele — disse Dick com admiração. — Eles velejam pelo mundo com ele e é realmente uma coisa. Vão velejar de Nova York com meia dúzia de amigos. Estão planejando passar uma semana aqui. Você tem que trazer as crianças para vê-lo.

— Avisem-nos quando chegar — disse India, e Dick riu.

— Não acho que será preciso. Você não deixará de vê-lo. Tem 170 pés de comprimento e nove tripulantes. Eles vivem realmente muito bem, mas são boas pessoas. Acho que você gostará deles. É uma vergonha Doug não estar aqui.

— Ele ficará arrasado por perder isso — disse India educadamente. Não havia necessidade de dizer a eles que só de olhar para um barco Doug ficava enjoado. Mas ela não sabia que Sam particularmente iria adorar vê-lo.

— Tenho certeza de que ele sabe quem é Paul. É um banqueiro internacional, Paul Ward. — Havia estado na capa do *Time* duas vezes nos últimos anos e ela havia lido a respeito dele no *Wall Street Journal*. De algum modo, nunca havia feito a ligação dele com Serena Smith. Ela imaginou que ele estaria com cerca de cinqüenta e cinco anos.

— Será divertido conhecê-los. Estamos nos tornando muito elegantes aqui este ano, não estamos? Com autores famosos, grandes iates e financistas internacionais. Isso faz o resto de nós parecer um pouco tolos em comparação, não é? — India sorriu para eles. Eles sempre pareciam ter um grupo de pessoas interessantes em volta.

— Eu não a chamaria de tola, minha querida — disse Dick com um sorriso, colocando um braço em volta dos ombros dela. Estava feliz por vê-la. Ele partilhava sua paixão pela fotografia, embora fosse apenas um amador, mas havia tirado algumas fotos maravilhosas das crianças. — Você assumiu algum trabalho neste inverno?

— Nada desde o Harlem — disse ela tristemente e então contou-lhe a respeito do trabalho que não aceitara na Coréia.

— Esse teria sido um trabalho duro — disse ele depois que ela explicou-lhe.

— Eu não poderia deixar as crianças por um mês. Doug ficou louco apenas de ouvir. Ele realmente não quer que eu faça nenhum trabalho.

— Isso seria um verdadeiro crime com um talento como o seu — disse ele com um olhar pensativo, enquanto Jenny conversava com Sam sobre os esportes que ele havia praticado no inverno. — Você deve convencer Doug a deixá-la fazer mais trabalhos em vez de menos — disse ele seriamente, o que a fez lembrar-se de seu jantar fatal.

— Doug definitivamente não partilha deste ponto de vista — disse ela com um sorriso triste para o velho amigo. — Temo que ele não considere que trabalho e maternidade sejam uma boa mistura. — Alguma coisa nos olhos dela disse a Dick que aquele era um assunto doloroso.

— Deixe Jenny falar com ele sobre isso. Eu uma vez sugeri a ela que se aposentasse, há cerca de cinco anos, e ela quase me matou. Apenas pensei que ela estivesse trabalhando demais, dando aulas e fazendo cirurgias, e ela quase se divorciou. Acho que não vou mais tentar isso até que ela tenha oitenta anos. — Ele olhou carinhosamente para a mulher, com uma expressão cômica.

— Nem mesmo pense a respeito — preveniu Jenny com um sorriso, reunindo-se à conversa. — Vou lecionar até que tenha ao menos cem anos.

— Ela irá — disse ele, sorrindo para India. Ele sempre ficava impressionado com o fato de India ser tão bonita e natural. Ela parecia completamente desatenta do efeito disso nas pessoas. Estava tão acostumada a observá-las através das lentes que nunca lhe ocorreu que alguém estivesse olhando para ela. Ela contou-lhe a respeito de uma nova câmera que havia comprado, explicou-lhe em detalhes e prometeu deixá-lo experimentá-la. Ela havia feito questão de trazê-la consigo. E ele adorava visitar sua câmara escura. Ela já havia lhe ensinado a usá-la. Ele sempre ficara profundamente impressionado com seu talento, muito mais do que Doug, a quem há muito tempo não dava valor.

Os Parkers disseram que teriam que voltar para casa para encontrar alguns amigos. Ela prometeu ir visitá-los com Sam em um ou dois dias e encorajou-os a aparecerem em qualquer momento que desejassem.

— Não se esqueça do dia quatro! — eles relembraram enquanto ela e Sam começavam a caminhar de mãos dadas e Dick Parker disse à mulher o quanto ficava feliz por vê-los.

— É ridículo que Doug não queira que ela trabalhe — disse Jenny enquanto eles desciam pela praia, pensando no comentário de India. — Ela não é apenas uma fotógrafa. Ela fez coisas realmente fantásticas antes de se casar.

— Eles têm muitos filhos, no entanto — disse ele, tentando ver os dois lados da questão. Ele sempre suspeitara de como Doug sentia-se a respeito. Ele raramente falava das fotografias de India e não fazia muita fanfarra a respeito delas.

— E daí? — Jenny estava aborrecida diante da desculpa, parecia-lhe uma razão inadequada para India não aceitar os trabalhos onde quisesse. — Eles podem conseguir alguém para ajudar com as crianças. Ela não pode bancar a enfermeira para sempre, apenas para nutrir o ego dele.

— Ok, ok, Átila, já entendi — provocou ele. — Diga isso a Doug, não grite comigo.

— Desculpe-me. — Ela sorriu para o marido enquanto ele colocava um braço em torno dela. Eles estavam casados desde os dias em Harvard e eram loucos um pelo outro. — Apenas odeio quando os homens assumem posições como essa. É tão injusto. E se ela dissesse a ele para largar o emprego e tomar conta das crianças? Ele iria achar que ela estava louca.

— Não brinque. Conte-me a respeito, dra. Parker.

— Está certo, está certo. Então Simone de Beauvoir era minha modelo. Então me mate.

— Está certo. Você pode me vencer sempre que quiser. Acontece que amo você, mesmo que tenha opiniões fortes sobre um impressionante número de assuntos.

— Você me amaria se não tivesse? — Ainda havia um brilho nos olhos dela quando olhava para ele e era óbvio o quanto amavam um ao outro.

— Provavelmente não tanto e eu teria ficado entediado há anos. — Estar casado com Jenny Parker era tudo, menos entediante. A única coisa da qual ele se ressentia por estar casado com ela era o fato de não terem tido mais filhos. Mas ela estava sempre tão envolvida com seu trabalho para ter mais do que um filho, e ele estava feliz por ter aquele. O filho deles, Phillip, era exatamente como a mãe e ambos achavam que ele iria ser um grande clínico. No momento, estava determinado a seguir pediatria e as crianças pareciam adorá-lo. Ambos achavam uma boa decisão.

Enquanto caminhavam longe na praia, Sam estava conversando com a mãe a respeito dos Parkers. Ele adorara encontrá-los e os comentários de Dick a respeito do veleiro não passaram despercebidos.

— Você ouviu a respeito do veleiro que os amigos deles estarão trazendo no dia quatro? — India perguntou a Sam e ele assentiu. — Parece que é grande.

— Acha que vão nos deixar entrar? — perguntou Sam, com interesse. Ele adorava barcos e este ano iria a um curso de vela no iate clube.

— Parece que sim. Dick disse que nos levaria. — Os olhos de Sam estavam cheios de excitação diante da perspectiva e India mal podia esperar para conhecer Serena. Ela havia lido dois ou três livros dela e adorado, embora não tivesse tido tempo para ler os novos.

Quando chegaram ao final da praia, voltaram e caminharam para casa com os pés na água. Sam atirou a bola para o cachorro e ele devolveu-a, e quando chegaram em casa, os outros ainda estavam fora; India fez o almoço e eles apanharam as bicicletas. Pedalaram diante das casas de amigos e pararam para dizer alô. Era bom estar ali, no lugar que amavam, com pessoas conhecidas. Era a parada perfeita para todos eles. Na última casa, Sam encontrou-se com um grupo inteiro de amigos e India concordou que ele ficasse para jantar. Ela pedalou de volta para casa sozinha e, quando chegou, o telefone estava tocando. Pensou que pudesse ser Doug e hesitou por um momento antes de atender. Ainda não estava ansiosa para falar com ele. Mas quando atendeu, era Dick Parker.

— Os Wards acabaram de telefonar — disse a ela, excitado. — Estarão chegando amanhã. Ou ao menos ele está, com um barco cheio de gente. Ela está vindo de avião para o fim de semana. Queria dizer isso a você, para que então pudesse trazer Sam. Paul disse que estarão aqui de manhã. Ligaremos para você.

— Vou dizer a Sam — prometeu India e então foi até a cozinha para fazer uma sopa. Como imaginava, nenhuma das crianças voltou para o jantar. Mas ao menos telefonaram para avisá-la. Ela sentiu-se completamente à vontade a respeito dos movimentos independentes deles. Era uma das coisas das quais mais gostava por estar no Cabo. Era uma comunidade segura de pessoas que conhecia e nas quais confiava. Não havia estranhos e dificilmente veranistas alugavam casas por temporada. As pessoas que possuíam casas aqui gostavam demais da área para irem a qualquer outro lugar. Era uma das razões pelas quais Doug nunca queria ir à Europa, e de certa forma não podia culpá-lo, embora ansiasse por viajar com ele e as crianças.

Quando Sam chegou em casa naquela noite, ela contou-lhe a respeito da chegada do veleiro pela manhã.

— Eles prometeram nos telefonar logo que chegar.

— Espero que não se esqueçam — disse Sam, preocupado, enquanto ela o levava para a cama, dava-lhe um beijo de boa noite e garantia a ele que tinha certeza de que não iriam esquecer de ligar.

Os outros chegaram um pouco depois. Ela fez limonada e pipoca para eles e sentaram-se no deque conversando e rindo até que finalmente um por um foi para a cama. Doug não telefonou naquela noite e ela também não ligou para ele. Era um alívio ter algum tempo para si mesma e, depois de as crianças irem dormir, ela desapareceu em sua câmara escura. Era tarde quando finalmente voltou a seu quarto e olhou para a lua cheia sobre o oceano. Havia um milhão de estrelas no céu. Era uma noite perfeita no lugar que amava e por um momento sentiu falta de Doug. Talvez, afinal de contas, fosse bom se ele estivesse aqui, apesar de suas diferenças recentes e de sua depressiva visão do casamento. Ela não queria ser uma "companheira confiável" para ele, odiava pensar nisso. Queria ser a mulher que ele amava e com a qual ainda sonhava. E ainda era difícil de acreditar que ele dava tão pouca importância a isso. Talvez ele não quisesse realmente dizer o que disse naquela noite, pensou esperançosa, enquanto olhava para o céu da noite e começava a ficar sonolenta. Ele não poderia... poderia? Era tudo tão curto e seco para ele quanto disse? Ela queria ser muito mais do que alguém de confiança para cuidar dos filhos dele. Ela queria correr pela praia com ele de mãos dadas ao luar, deitar na areia e beijá-lo, como haviam feito quando jovens na Costa Rica. Ele não poderia ter se esquecido de tudo isso, não poderia ter se afastado para tão longe de seus sonhos mais recentes quando ela não estava vendo. O que havia acontecido com o jovem que ele havia sido então, quando se conheceram, vinte anos antes? Sua temporada no Corpo de Paz havia sido uma espécie de aberração para ele e vinte anos o haviam transformado em alguém muito diferente. Ele não era a mesma pessoa que havia sido. Ele havia crescido, disse. Mas, ao fazer isso, havia perdido algo... havia perdido algo que ela amara muito. O suficiente para abrir mão de uma vida inteira por isso. E ela também havia mudado, mas não o suficiente para esquecer tudo o que tinha sido. Era uma lástima para ambos. Ao pensar nisso sentiu-se sonolenta e não acordou novamente até de manhã.

Capítulo 5

ERA UM OUTRO BRILHANTE dia de sol quando ela acordou, e havia uma suave brisa levantando as cortinas pela janela aberta do quarto. Ela se espreguiçou, levantou-se e olhou para fora e tudo o que pôde ver ao olhar para o oceano foi o maior veleiro que jamais tinha visto. Havia pessoas correndo pelo deque e uma série de bandeiras voando no mastro, seu casco era azul-escuro e sua superestrutura prateada. Era uma visão espetacular e ela soube instantaneamente de quem ele era. Não havia necessidade de os Parkers telefonarem. Era possível ver o barco a milhas de distância. Era uma visão espetacular enquanto ele velejava lentamente diante dela, seu mastro principal arrebatado alto sobre a água, e ela correu para chamar Sam e mostrá-lo a ele.

— Vamos... levante-se... tenho uma coisa para te mostrar! — Ela o acordou assim que entrou no quarto e gentilmente retirou as cobertas. — Está aqui!

— O quê? — Ele ainda estava meio dormindo quando levantou-se e seguiu sua mãe até a janela, onde ela apontou para o veleiro.

— Uau, mãe! Olhe para aquilo! Deve ser o maior veleiro do mundo! Eles já estão partindo? — Ele parecia preocupado. Estava apavorado por tê-lo perdido.

— Eles devem estar indo para o iate clube. — Eles tinham uma vela de fortuna muito colorida e era uma visão incrível enquanto passava rapidamente por eles. O vento tinha velocidade apenas suficiente e o barco estava lindamente gracioso enquanto passava. E então India correu de volta ao quarto e agarrou sua câmera. Ela e Sam correram juntos para o deque e ela conseguiu algumas fotografias lindas do veleiro. Fez uma anotação mental para si mesma para dar um conjunto a Dick Parker quando as revelasse. O barco era absolutamente adorável.

— Podemos ligar para o Dick agora? — Sam mal podia conter sua excitação.

— Talvez devêssemos esperar um pouco mais, Sam. São apenas oito horas da manhã.

— Mas e se eles voltarem a Nova York antes que tenhamos a chance de vê-lo?

— Eles acabaram de chegar aqui, querido, e Dick disse que ficariam por toda a semana. Honestamente não acho que você irá perdê-lo. Que tal algumas panquecas primeiro? — Era a única coisa que podia fazer para acalmá-lo e ele concordou relutante. Mas, finalmente, às oito e meia, ele não conseguiu esperar mais um minuto e implorou a ela para que ligasse para eles.

Jenny atendeu o telefone e India desculpou-se por perturbá-los tão cedo, mas explicou-lhe a situação e ela riu quando soube da impaciência de Sam.

— Eles na verdade acabaram de nos telefonar do barco. Nos convidaram para almoçar a bordo. Estão indo para a doca no iate clube.

— Foi o que eu disse a Sam. Parecia que estavam seguindo para lá. — Sam havia voltado para o deque, com binóculos. O barco havia desaparecido na extremidade da praia e estava fora de visão agora.

— Por que não vêm almoçar conosco? — sugeriu Jenny. — Tenho certeza de que dois a mais não farão diferença para eles. Você acha que os outros também iriam gostar de vir? Posso ligar para Paul, tenho certeza de que não se importaria.

— Vou perguntar a eles e te ligo de volta. Muito obrigada, Jenny, não tenho certeza de que Sam vai ser capaz de esperar até a hora do almoço. Talvez você tenha que vir até aqui e sedá-lo.

— Espere até que ele o veja! — prometeu Jenny e, quando os outros acordaram, India contou-lhes a respeito do barco e perguntou-lhes se gostariam de ir, mas todos tinham planos e seus amigos pareciam mais excitantes para eles do que um veleiro.

— Caras, vocês são bobos — disse Sam a eles com desprezo enquanto tomavam café da manhã. India fez panquecas para todos e Sam estava sentado na mesa com eles, embora já tivesse comido. — É o maior veleiro do mundo! Vocês têm que vê-lo!

— Como você pode saber? — Jason parecia pouco impressionado. Os filhos dos Tiltons tinham uma prima com eles, de Nova York, e era a garota mais charmosa que ele tinha visto. Nenhum veleiro no mundo poderia fazer frente a ela e ele não estava disposto a perder a oportunidade de passar o dia com ela, por maior que fosse o barco.

— Mamãe e eu o vimos esta manhã. É grande como um... grande como... — As palavras fugiram e India sorriu diante da descrição dele.

Aimee era a única das crianças que ficava enjoada como seu pai e não queria ir, mesmo que ele estivesse amarrado na doca. E Jessica já havia feito planos mais interessantes com os Boardmans. Três garotos adolescentes, um deles calouro do Duke, e sua melhor amiga, eram muito mais atraentes do que qualquer veleiro.

— Bem, Sam e eu vamos almoçar — disse India —, já que fomos convidados. Talvez nos convidem novamente e então vocês possam ir. Vamos dar uma olhada e eu vou tirar um monte de fotos. — Um veleiro de 170 pés era definitivamente um acontecimento imperdível, mesmo com toda a sua experiência.

Ao meio-dia, quando ela e Sam apanharam suas bicicletas para partirem para o iate clube, ele estava tão excitado que mal podia manter sua bicicleta no caminho certo. Quase caiu por duas vezes e India teve que dizer-lhe para acalmar-se. O veleiro não iria a lugar algum sem eles, garantiu-lhe.

— Você acha que eles irão velejar, mãe?

— Eu não sei. Talvez. Provavelmente é uma grande diversão entrar e sair dele. Talvez não queiram velejar. Mas, ao menos, nós o veremos.

— Prometa que vai tirar muitas fotos — ele lembrou, e ela riu. Era divertido vê-lo feliz e tão excitado. E partilhar aquilo com ele era como ver através dos olhos de uma criança. Estava quase tão excitada quanto ele.

Chegaram facilmente ao iate clube e desceram até a doca para vê-lo. Era impossível não vê-lo atracado no final da doca. Seu mastro altaneiro correspondia a dezessete pavimentos no ar. À primeira vista, parecia maior que o iate clube. Havia alguns belos veleiros ali, mas nada nem remotamente comparável àquele atracado no fim da doca. E, para alívio de India, os Parkers estavam bem ali para recebê-los. Teria sido embaraçoso embarcar no iate entre estranhos. Mas Sam não teria se importado, mesmo se tivesse que se arrastar em meio a piratas para chegar lá. Nada o teria impedido, enquanto corria através do passadiço para os braços de Dick Parker. E India estava logo atrás dele. Eles haviam deixado suas bicicletas na doca e ela estava usando *shorts* e uma camiseta branca, com seus cabelos penteados caindo pelas costas e amarrados com uma faixa branca. Ela se parecia mais como uma irmã mais velha de Sam do que com sua mãe quando chegou perto dos Parkers e sorriu.

Havia várias pessoas sentadas no deque em cadeiras confortáveis e em dois longos e elegantes sofás forrados de lona azul. Aparentemente por toda parte havia membros da tripulação e taifeiros em *shorts* azul-marinho e camisetas brancas. Havia pelo menos meia dúzia de convidados e um homem grisalho alto e aparentemente jovem de pé entre eles. Quando se aproximou, India pôde ver que os cabelos dele haviam sido da mesma cor dos seus, mas estavam entremeados de branco agora, e da cor da areia. Ele tinha intensos olhos azuis e um rosto bonito e bem talhado, e estava vestindo *shorts* brancos e uma camiseta vermelho vivo sobre ombros largos e um corpo longo, esguio e atlético. Em um instante ele estava de pé próximo a Dick Parker. Seus olhos primeiro encontraram os de India e então ele rapidamente olhou para baixo, para Sam, com um largo sorriso, estendendo a mão para cumprimentá-lo.

— Você deve ser o amigo de Dick, Sam. Por que demorou tanto? Estávamos esperando por você.

— Minha mãe pedala a bicicleta muito devagar. Ela cai se eu pedalar muito rápido — disse ele, explicando-se.

— Estou muito feliz por vocês dois terem vindo — disse o anfitrião em um tom amigável e receptivo, enquanto olhava para India com um riso nos olhos. Ele sentiu uma instantânea afinidade com Sam no momento em que o conheceu e estava de alguma forma intrigado com a mãe dele. Era uma mulher bonita, com ar inteligente e um aspecto de ser divertida e bem-humorada. Ela estava obviamente orgulhosa do menino e, enquanto eles conversavam, descobriu que o orgulho dela tinha suas razões. Ele era brilhante, interessado, educado e fez um milhão de perguntas surpreendentes e inteligentes. Sam sabia até que o iate era um brigue, imaginou corretamente a altura do mastro principal baseando-se no comprimento do barco e sabia o nome de todas as velas. Obviamente ele tinha uma paixão por veleiros, o que o fez ganhar instantaneamente a estima de seu anfitrião. Passaram-se cinco minutos antes que Paul Ward pudesse estender a mão para India e apresentar-se. A esta altura Sam já sentia-se à vontade. Eles tornaram-se amigos instantâneos e Paul desapareceu com ele imediatamente para levá-lo à casa do leme.

Dick Parker apresentou India ao resto dos convidados. Ele e Jenny conheciam todos e India sentou-se e conversou facilmente enquanto uma comissária de bordo ofereceu-lhe champanhe ou *bloody mary*. Ela pediu, em vez disso, suco de tomates, e ele surgiu em alguns segundos, em um pesado copo de cristal com o nome do barco gravado. O barco chamava-se *Sea Star*. Havia sido construído especialmente para Paul na Itália, segundo um dos convidados, e era o segundo barco deste tipo que Paul possuía. Ele havia viajado ao redor do mundo com o primeiro, assim como com este, e todos comentavam o fato de que era um velejador extraordinário.

— Você logo vai saber muito a respeito dele — explicou um outro convidado. — Ele correu na America's Cup Race quando jovem, e tem estado seriamente envolvido nisso desde então. Vive dizendo que vai se aposentar de Wall Street e apenas ficar velejando pelo mundo, mas não acho que Serena vá permitir que ele faça isso. — Todos riram então.

— Ela veleja com ele para todos os lugares? — perguntou India com interesse. Ela estava se coçando para tirar fotos do barco, mas queria fazer isso discretamente e esperava ter a oportunidade mais tarde. Mas todos os convidados riram de sua pergunta. Parecia ser uma piada particular e um deles finalmente explicou:

— A idéia de Serena sobre velejar é no máximo de Cannes a Saint-Tropez. E Paul sente-se trapaceado, a não ser que esteja velejando através de um furacão no oceano Índico. Ela consegue voar para encontrá-lo em vários portos, mas dificilmente o acompanha. Ela fica tentando convencê-lo a comprar um avião e a passar menos tempo no barco, mas não acho que irá vencer essa. — Uma mulher sentada diante de India respondeu-lhe e o homem ao lado dela assentiu.

— Meu dinheiro está com Serena. Ela odeia quando ele parte em longas viagens no barco. Fica muito mais feliz quando estão ancorados em Cap d'Antibes ou em Saint-Tropez. Serena definitivamente não é uma marinheira. — India mal podia imaginar uma viagem no *Sea Star* como uma penúria, mas talvez a autora famosa ficasse mareada. Mas sua aversão por longas viagens no barco parecia ser bem conhecida entre todos ali e inspirava meia dúzia de histórias a respeito de Serena. Ela parecia interessante, mas nada fácil, enquanto India as ouvia. E enquanto falavam, ela retirou discretamente sua câmera e começou a fotografar. Eles estavam tão ocupados contando histórias que mal notaram o que India estava fazendo e, depois de alguns minutos, alguém admirou sua câmera. Era a nova que queria mostrar a Dick Parker e, quando o fez, ele adorou. Parecia natural para ele explicar a história de India para os outros.

— Seu pai ganhou um Pulitzer — disse ele em nome dela —, e um desses dias India também ganhará, se ela voltar ao trabalho. Ela já esteve em tantos lugares no mundo quanto Paul, mas normalmente com revólveres apontados ou em plena fuzilaria. Vocês devem ver uma de suas fotos — disse ele orgulhoso.

— Não tenho feito mais nada disso há muito tempo — disse ela modestamente. — Abri mão há muito tempo quando me casei.

— Você ainda pode mudar isso — disse Jenny firme, enquanto os convidados conversavam, e passou-se mais meia hora antes que Sam e Paul Ward reaparecessem. E Sam estava radiante.

Paul havia lhe mostrado tudo, até mesmo como as velas funcionavam. Tudo no barco era computadorizado e ele podia comandar a enorme embarcação com uma das mãos, se fosse necessário, e o havia feito com freqüência, com a tripulação por perto para ajudá-lo. Mas ele era realmente um velejador extraordinário e até Sam havia compreendido isso. Paul havia explicado tudo a ele de forma bem simples e estava ainda mais impressionado com as perguntas ponderadas do menino. Paul havia até feito alguns diagramas para ele, para explicar-lhe as coisas mais claramente.

— Temo que tenha um sério navegador em suas mãos — disse Paul a ela, admirado quando retornaram e Sam sentou-se para beber o refrigerante que um comissário de bordo entregou-lhe com um guardanapo de linho. — É um vício sério. Se eu fosse você, estaria muito preocupada. Comprei meu primeiro barco aos vinte anos, quando não tinha um centavo, e praticamente tive que vender minha alma para fazê-lo.

— Posso ajudá-lo a velejar, Paul? — perguntou Sam com um olhar de adoração e Paul sorriu quando olhou para ele e agitou seus cabelos. Ele era gentil com as crianças e particularmente com Sam.

— Não tenho certeza se sairemos novamente hoje, filho. Que tal amanhã? Vamos velejar para algumas ilhas. Você gostaria de nos acompanhar? — Sam estava instantaneamente ao lado dele, com enorme alegria, e Paul olhou para India enquanto perguntava: — Você gostaria de vir conosco amanhã? Acho que ele realmente iria gostar.

— Tenho certeza que sim. — India sorriu para ele. — Você tem certeza de que não será uma imposição? — Ela não queria ser um aborrecimento. Tinha medo de que o entusiasmo de Sam fosse um pouco esmagador.

— Ele sabe mais a respeito de veleiros do que alguns de meus amigos. Adoraria mostrar a ele como tudo funciona, se você não fizer objeção. Não é com freqüência que me ofereço para "educar" um jovem marinheiro. A maioria das pessoas que tenho a bordo está mais interessada no bar e no tamanho de suas cabinas. Acho que ele realmente vai aprender alguma coisa com o passeio.

— Seria maravilhoso. Obrigada. — Ela sentia-se estranhamente tímida com ele. Era um homem importante e havia algo muito poderoso a seu respeito, o que ela achava um pouco assustador. Mas Sam parecia estar completamente à vontade com seu novo amigo e entre os convidados e os taifeiros. Paul havia feito com que ele se sentisse inteiramente em casa e India ficou emocionada pelo que viu. Isso dizia algo a respeito de Paul e alguns minutos depois, conversando com ele, ela perguntou se tinha filhos. Ela achou que tivesse, para ser tão bom com uma criança da idade de Sam. E não ficou surpresa quando ele assentiu com um sorriso.

— Tenho um filho que odiou barcos por toda a vida — ele riu. — Ele preferiria ser queimado em um poste a passar dez minutos em um veleiro. É um homem crescido agora, com dois filhos, e eles parecem detestar barcos tanto quanto o pai. E minha mulher é apenas um pouco melhor do que meu filho. Ela tolera a vida no *Sea Star*, mas muito mal. Serena e eu nunca tivemos filhos. Então temo que o fardo de minha necessidade de ensinar alguém a velejar pese sobre Sam. Isso pode ser uma grande responsabilidade para ele. — Ele aceitou uma taça de champanhe de uma bandeja de prata que os comissários de bordo estenderam-lhe e sorriu para India. Então observou sua câmera. — Dick me disse que você é uma mulher de talentos extraordinários.

— Temo que não. Ao menos, não mais. Apenas tiro fotografias muito boas de meus filhos.

— Pelo que Dick disse, acho que está sendo muito modesta. Ele me disse que sua especialidade eram bandoleiros, guerrilhas e zonas de guerra. — Ela riu diante desta descrição de seus anos passados como repórter fotográfica, mas ele não estava completamente errado. Ela havia feito uma série de trabalhos perigosos em lugares bem pouco comuns. — Fiz um pouco disso, mas não com fotografia. Era piloto da marinha quando jovem e mais tarde, antes de me casar novamente, estive envolvido em socorros aéreos em alguns lugares bem distantes. Organizei um grupo de pilotos em uma base voluntária, para resgatar missões e fornecer suprimentos. Estivemos provavelmente nos mesmos lugares. — Apenas ao ouvi-lo soube que gostaria de ter fotografado as aventuras dele.

— Você ainda faz isso? — perguntou ela, intrigada com ele. Era um homem de muitas facetas e contrastes. Obviamente vivia uma vida de luxúria, mas de alguma forma conseguia combiná-la com uma vida cheia de perigo e excitação. Ela também conhecia várias de suas vitórias em Wall Street. Ele tinha uma reputação de integridade e sucesso que o havia tornado uma lenda.

— Abandonei os socorros aéreos há alguns anos. Minha mulher tinha sérias objeções a eles. Achava que eram muito perigosos e disse que não tinha ainda nenhum desejo urgente de tornar-se uma viúva.

— Isso era provavelmente sensível da parte dela.

— Nós nunca perdemos um avião ou um piloto — disse ele confidencialmente —, mas eu não queria perturbá-la. Ainda consigo fundos para o projeto, mas não piloto mais as missões. Fizemos um grande número de missões para a Bósnia para ajudar as crianças, quando as coisas estavam duras por lá. E, é claro, Ruanda. — Tudo a respeito dele parecia tanto admirável quanto impressionante e ela estava fascinada por ele. Apenas por conversar com ele, queria pegar a câmera e tirar uma foto dele, mas sabia que não poderia. Ele já havia sido gentil o suficiente com Sam e ela não queria aborrecê-lo.

Ele então conversou com alguns dos outros convidados e, meia hora depois, acompanhou todos à sala de jantar, onde havia uma mesa posta impecavelmente, coberta com requintada porcelana, cristais e linho bordado. Ele comandava seu barco como um bom hotel ou uma bela casa. Cada detalhe havia sido visto com perfeição. Sua hospitalidade era aparentemente tão extraordinária quando sua capacidade de velejar.

India ficou surpresa ao descobrir-se à direita de Paul durante o almoço e honrada pelo lugar a que ele a havia destinado. E então foi capaz de engajar-se em uma considerável quantidade de conversas. Ele era fascinante para se conversar. Tinha um extenso conhecimento do mundo e das artes, uma paixão por política e várias opiniões fortes e visões interessantes. E, ao mesmo tempo, possuía uma gentileza, uma suavidade e a sabedoria que o aproximou dela. E, por mais de uma vez, ele a fez rir de histórias que contou. Também tinha uma certa malícia e um aguçado senso de humor. Mas não importava quantos assuntos explorassem sobre o mundo, a conversa sempre voltava para a navegação. Era clara a paixão pela qual vivia. E, à sua esquerda, Sam estava profundamente envolvido na conversa com Dick Parker sobre o mesmo assunto. Ele olhou em volta e sorriu para Paul. Em uma breve tarde, Paul tornara-se o herói de Sam.

— Acho que estou ficando desesperadamente apaixonado por seu filho — confidenciou Paul em voz baixa, enquanto o comissário de bordo servia-lhes café em xícaras de Limoges na sala de jantar. — Ele é mágico e sabe realmente muito sobre navegação. Na verdade faz-me desejar ter tido mais filhos. — Era realmente muito tarde para ele, percebeu India. Ela lembrou-se de ter lido na revista *Fortune* que ele tinha cinqüenta e sete anos e Serena, cerca de cinqüenta. Sentindo-se da maneira como se sentia, India surpreendeu-se por ele não ter filhos com ela. Ela sabia, por algo que ele havia dito no almoço, que estavam casados há onze anos, mas ele também falou do quanto ela era ocupada escrevendo romances e supervisionando as produções dos filmes baseados neles, nos menores detalhes. Ele descreveu-a como perfeccionista e completamente impulsiva. Disse que ela era talentosa e compulsiva a respeito de seu trabalho.

Paul havia contado a India, durante o almoço, que havia se casado pela primeira vez ainda durante a universidade, tido o único filho que havia mencionado antes e permanecido casado por quinze anos. Então esperara outros dez anos antes de casar-se com Serena. Ela estava com trinta e nove quando se casaram e para ela era o primeiro casamento.

— Na verdade — disse Paul, explicando a ela — Serena nunca quis filhos. Ela é apaixonada por sua carreira e sempre teve medo de que crianças fossem interferir. — Ele disse isso sem fazer nenhum comentário editorial sobre a decisão dela. Mas India pensou que, já que ele já tinha um filho quando se casara, não fizera diferença para ele. Era, de qualquer forma, uma perspectiva interessante para India, que havia abandonado a carreira para ter quatro crianças. — Não acho que ela jamais tenha se arrependido da decisão — disse ele honestamente. — E, para lhe dizer a verdade, não tenho certeza se ela jamais seria boa com crianças. É uma mulher muito complexa. — India estava louca para perguntar a ele o que isso significava, mas não ousou. E, apesar da ambigüidade do que ele havia dito, ela teve a sensação de que ele estava feliz com ela.

Foi um longo almoço, repleto de conversas. Paul e India tocaram em uma grande variedade de assuntos e eventualmente voltavam às suas respectivas e extensas viagens. Ele ainda gostava de ir a partes remotas do mundo, sempre que possível, em seu veleiro.

— Não consigo fazer isso tanto quanto gostaria — admitiu ele —, mas um dia desses eu farei. Fico dizendo a mim mesmo que vou me aposentar cedo, mas com Serena tão envolvida em seu trabalho não há sentido em fazer isso até que ela tenha mais tempo para ficar comigo. E se eu estiver lendo os sinais corretamente, na época em que ela diminuir o ritmo — ele sorriu para India tristemente —, eu estarei em uma cadeira de rodas.

— Espero que não.

— Eu também — disse ele firme. — E você? Vai voltar à sua carreira um dia desses, ou ainda está muito ocupada com seus filhos? — Ele podia imaginar o quanto quatro crianças pequenas exigiam dela. Para Paul, parecia mais do que assoberbante, mas ela parecia apreciar isso. A única pessoa sobre a qual não havia falado muito era seu marido e isso não havia passado desapercebido. Paul havia sido rápido em notar a ausência de qualquer referência ao marido dela.

— Não acho que voltarei a trabalhar — disse ela pensativamente. — Meu marido é violentamente contrário a isso. Não pode nem imaginar por que penso a respeito. — E mesmo sem saber por que, ela contou a ele a respeito do trabalho na Coréia e a reação de Doug. Havia passado completamente além dele o porquê de ter considerado fazê-lo, ou o fato de estar desapontada por não tê-lo feito.

— Parece que ele tem que ser arrastado ao século XX. É um pouco tolo esperar que uma mulher abandone sua carreira, qualquer identidade e respeito próprio com ela e que não haja alguma espécie de reação para esse tipo de sacrifício e perda. Pessoalmente, não seria tão audaz quanto ele é. — Ou tão tolo, pensou, mas não disse. Cedo ou tarde, Paul sabia, o marido dela iria pagar um preço por isso. Preço alto. Era inevitável. Ele havia aprendido com Serena. Mesmo pedir para que ela tirasse alguns dias para velejar com ele evocava nada menos que insultos da parte dela. Mas ela era particularmente compulsiva com seu trabalho. — Parece que você sente falta de sua carreira, India. Estou certo? — Ele queria conhecê-la melhor. Havia algo calmo e atraente a respeito dela que o atraía e todas as vezes em que a observava conversando com Sam emocionava-se profundamente. Havia várias coisas positivas que ele podia dizer a respeito de sua mulher, mas acalentar nunca fora o forte dela e gentil não era uma palavra que ele poderia usar para descrevê-la. Ela era excitante, apaixonada, dogmática, poderosa, glamourosa e brilhante. Mas ela e India pareciam ter nascido em planetas diferentes e vivido em mundos diferentes. Havia uma suavidade em India, uma sensualidade sutil, casada com uma mente rápida e inteligência maliciosa, o que ele achava extraordinariamente atraente. E sua franqueza e honestidade eram agradáveis para ele. Sua relação com Serena sempre fora fascinantemente convoluta. Mas assim era Serena. E, mais do que tudo, ela adorava provocá-lo. India aparentava ser uma pessoa muito mais calma, embora com certeza não aparentasse ser “fraca”.

E ela ficou pensativa antes de responder à pergunta dele a respeito de sentir falta de seu trabalho.

— Sim, eu sinto. Engraçado é que não senti durante muito tempo. Estava muito ocupada até para pensar nisso. Mas ultimamente, quando as crianças começaram a crescer, senti um verdadeiro vazio em minha vida, no lugar onde estava o meu trabalho. Ainda não sei o quê, mas acho que preciso de algo para preenchê-lo. Mais do que crianças. — Era o que Doug havia se recusado completamente a ouvir quando ela tentou falar com ele sobre isso. Ele simplesmente não lhe dera atenção, nem a seus sentimentos sobre o assunto, rejeitando-os inteiramente. E foi a primeira vez em que ela na verdade traduziu para alguém seus pensamentos em palavras a respeito do que sentia.

— Não vejo por que você não possa voltar agora, talvez em missões menos perigosas — sugeriu Paul sensatamente. Era mais ou menos o que havia dito à sua mulher. Ela poderia fazer um filme por ano e um livro a cada dois ou três anos. Ela não tinha que fazer dois filmes por ano, quatro programas de televisão e um contrato completo de seis livros em três anos. Mas Serena não quisera escutar e apenas ao ouvi-lo pronunciar as palavras sentira-se ameaçada e provocara uma briga.

— Fiz uma reportagem no Harlem há três anos, sobre abuso de crianças — explicou India. — Foi perfeita para mim. Era perto de casa e não era perigosa fisicamente. Ficou muito boa. Mas não tenho trabalhos como aquele com freqüência. Sempre que telefonam, parecem me querer em trabalhos como os que eu costumava fazer, em lugares onde há tumultos ou revoluções. Acho que eles pensam que é nisso que sou boa. Mas assumir trabalhos como esses seria muito duro para Doug e para as crianças.

— Para não mencionar o perigo para você. — Ele estava com o cenho franzido quando disse isso. Não tinha certeza se também não gostaria de que sua mulher arriscasse o pescoço por uma reportagem. O pior lugar onde Serena teve que trabalhar foi no salão do Hotel de Bervely Hills ou no escritório de seu editor em Nova York. Ela dificilmente estava em perigo ou em risco. — Bem, você tem que imaginar algum tipo de trabalho, India. Você não pode se privar desse tipo de nutrição para sempre. Você precisa disso. Todos nós precisamos. É por isso que não me aposento. Por mais que odeie admitir, de certa forma, exercer o poder alimenta o meu ego. — Ela gostou do fato de ele estar se esforçando para admitir isso a ela. Fazia-o parecer de certa forma vulnerável, o que não era uma palavra que a maioria das pessoas teria usado para descrever Paul Ward. Mas India percebia isso claramente a respeito dele. Ele era vulnerável em seus sentimentos pela mulher, na forma como falava com ela, nas coisas que partilhavam e até na forma como buscava Sam. Havia uma grande quantidade de coragem moral nele, sinceridade e uma ternura escondida. Havia muitas coisas das quais gostava nele. Era um homem muito impressionante.

Já eram mais de três e meia quando deixaram a mesa de almoço e Paul ofereceu-se para levar Sam para passear no pequeno bote que mantinham a bordo e ensiná-lo a velejar. E Sam ficou estático quando ele ofereceu. Paul colocou um colete salva-vidas no menino e ordenou que a tripulação colocasse o bote na água. Então os dois desceram a escada e, um momento depois, India estava observando-os seguir através do oceano. Ela estava apenas levemente preocupada que eles pudessem emborcar, mas seus amigos e a tripulação garantiram-lhe que Paul era responsável e também um grande nadador. E ela podia ver apenas pela expressão em seu rosto, como Sam estava feliz.

De onde estava, ela podia vê-lo rindo, sorrindo e olhando para Paul e, enquanto os observava, apanhou sua câmera e tirou uma série de belas fotografias com as lentes de grande alcance. Ela podia ver os rostos dos dois claramente e nunca tinha visto duas pessoas mais felizes do que seu filho e seu novo amigo. Eram mais de cinco horas quando eles voltaram relutantes ao *Sea Star* e Sam subiu novamente a bordo.

— Uau! Mãe! Foi fantástico. Tão incrível... e Paul me mostrou como fazer! — Sam estava radiante e Paul também parecia contente. Os dois obviamente haviam formado um vínculo ainda maior no bote.

— Eu sei. Posso ver, querido. Tirei um monte de fotos de vocês — disse India enquanto Paul olhava para ela com um grande sorriso e Sam correu para apanhar refrigerantes para ambos. Ele sentia-se notadamente em casa no barco graças à hospitalidade de Paul e, até onde Sam podia compreender, Paul agora era seu amigo para o resto da vida. India sabia que ele nunca iria esquecer do dia que havia passado.

— Ele é um grande garoto, India. Você deveria ficar orgulhosa dele. É esperto, gentil, tem integridade e grande senso de humor. Como a mãe — acrescentou ele. Conhecendo Sam, ele sentia-se como a conhecesse melhor. Ele era uma espécie de ponte entre eles, da qual ele realmente gostava.

— Você descobriu tudo isso em uma hora dentro de um barco do tamanho de uma banheira? — Ela estava provocando, mas estava emocionada pelo que ele havia dito a respeito de seu filho.

— Não há lugar melhor para aprender. Velejar nos ensina muito a respeito de alguém, especialmente em um barco daquele tamanho. Ele foi muito bom, muito sensível e cuidadoso. Você não tem que se preocupar com ele.

— Eu vou, de qualquer forma. — Ela sorriu, olhando para Paul à vontade. — É parte do meu trabalho. Estaria resistindo à minha parte do trato se não me preocupasse com ele.

— Ele é um velejador incrível — disse Paul, quase orgulhoso.

— E você também — disse ela simplesmente. — Eu estava observando o tempo todo.

— Eu adoraria ver as fotos.

— Vou revelá-las para você e trazê-las quando viermos amanhã.

— Gostaria disso — disse ele, enquanto Sam corria para os dois segurando duas Coca-colas e oferecia uma a Paul, sorrindo para sua mãe. Havia sido o melhor dia da vida dele.

Eles ficaram de pé por um momento, bebendo suas Cocas. Estavam cansados, com sede e felizes. Havia surgido uma brisa e fora trabalhoso para Paul velejar o bote. Mas era difícil dizer quem havia aproveitado mais.

Eles olharam para o bar, onde alguns convidados estavam jogando dados. Outros estavam tomando banho de sol, dois estavam lendo e um dormia. Havia sido uma tarde tranqüila e leve e India havia gostado. Eram cinco e meia quando ela finalmente disse a Sam que teriam que partir e ir para a casa encontrar os outros. Ele ficou cabisbaixo.

— Você estará de volta amanhã, Sam. — Paul lembrou a ele. — Venha mais cedo se quiser. Faremos algumas coisas juntos antes de velejarmos.

— Cedo a que horas? — Sam parecia esperançoso e Paul e India riram ao olharem para ele.

— Nove horas parece o meio do dia para você? — Ele teve a sensação de que Sam estaria lá às cinco se ele o permitisse. — Vamos marcar às oito e meia. — E olhou para India com uma pergunta nos olhos. — Está bem para você?

— Está certo. Darei comida para as outras crianças e organizarei tudo antes de sairmos. Eles já são bem auto-suficientes. Estão com seus amigos o dia inteiro, de qualquer modo. Não sentirão a nossa falta.

— Você poderá trazê-los se quiser. Todos os meus convidados estarão fora do barco o dia inteiro, seremos apenas você, Sam e eu. Há espaço suficiente para os outros, se eles gostarem.

— Vou perguntar a eles. — Parecia uma lástima perder uma oportunidade como esta, mas ela tinha a sensação de que eles não ficariam tentados. Não queriam perder um minuto com seus amigos e Sam era o único de seus filhos que havia se apaixonado pelos barcos. — Obrigada por seu convite e toda a sua gentileza. — Ela apertou a mão dele antes de partirem e sentiu seus olhos presos nos dele por um momento. Ela viu algo ali mas não soube o que era... admiração... curiosidade... amizade... mas sentiu um calafrio através de seu corpo, como algo indistinguível e elétrico. Então o momento passou e ela e Sam estavam de volta às suas bicicletas enquanto os convidados e a tripulação acenavam para eles. Repentinamente sentiu-se como se estivesse saindo de casa ou de umas férias mágicas. E como Sam, enquanto pedalavam para casa, tudo o que queria era virar-se e voltar para o *Sea Star* o mais rápido que pudesse.

Havia sido uma tarde perfeita de todas as formas e ela não conseguia deixar de pensar em Paul enquanto pedalava atrás de Sam, tentando acompanhá-lo sem cair de sua bicicleta. Havia algo muito raro e profundo no homem que havia conhecido naquela tarde. E ela tinha certeza de que havia mais nele do que tinham visto. Não o chamavam de o Leão de Wall Street à toa. Deveria haver também um lado duro nele, talvez até implacável. Embora o que tivesse visto tenha sido alguém muito gentil e muito atencioso. E sabia que Sam e ela não iriam esquecer o dia que haviam passado com ele.

Capítulo 6

As crianças estavam todas em casa quando Sam e India voltaram de sua tarde no *Sea Star* e todos haviam tido um bom dia e pareciam felizes em vê-los. Sam contou-lhes tudo a respeito de Paul, do barco e de suas aventuras no bote e eles ouviram carinhosamente, mas sem muito interesse. Sam sentia a respeito dos barcos o que alguns garotos pequenos sentiam em relação a tanques ou aviões. Não fazia muito sentido nem tinha nenhuma mágica para os outros. E, enquanto conversavam, India foi até a cozinha preparar o jantar.

Ela fez massa, salada e pão de alho e colocou algumas *pizzas* congeladas no forno. Tinha a suspeita de que bocas adicionais iriam surgir e não estava errada. Às sete horas, quando se sentaram à mesa, quatro outras crianças surgiram, duas amigas de Jason e as outras duas, amigas de Aimee. Era a forma como viviam no verão. Era casual e relaxada e nunca se importava com quantas crianças estavam agregadas. Eram apenas parte de sua vida na praia, era o esperado e ela gostava disso.

Jessica ajudou-a a limpar a cozinha enquanto os outros foram brincar e, logo que haviam terminado de encher a máquina de lavar louças, Doug telefonou. Sam atendeu o telefone e contou-lhe a respeito do *Sea Star*. Ele o descreveu como o maior transatlântico do mundo quando relatou o quanto era grande, mas também descreveu em grandes detalhes todas as complexidades das velas e do sistema de computador que as comandava. Era óbvio que Sam realmente havia aprendido muito com Paul a respeito de velejar e realmente o havia escutado.

E quando finalmente chegou a vez de India falar com Doug, ele perguntou-lhe a respeito do entusiasmo de Sam.

— Sam está dizendo a verdade? O barco é tão grande quanto ele diz ou é alguma banheira velha no iate clube?

— É uma banheira muito bonita. — India sorriu ao responder, pensando no dia que haviam passado nela. — O proprietário é um amigo de Dick e Jenny. Eu li a respeito dele e tenho certeza de que você também leu. Seu nome é Paul Ward e é casado com Serena Smith, a escritora. Ela está em Los Angeles trabalhando em um filme e ele e um grupo de amigos estão aqui esta semana em seu veleiro. Talvez ainda esteja por aqui quando você vier.

— Poupe-me — disse Doug, sentindo-se mareado só de pensar no assunto. — Você sabe como me sinto a respeito de barcos, mas gostaria de conhecê-lo. Como é ele? Arrogante como o diabo e um verdadeiro filho da puta debaixo da superfície? — Isso era o que Doug imaginava, conhecendo o seu poder e sucesso em Wall Street. Era inconcebível para ele que alguém pudesse ter tanto poder e ainda ser um ser humano decente.

— Não, ele parece muito humano. Foi maravilhoso com Sam e até levou-o para velejar em seu bote — disse India casualmente, aborrecida por Doug automaticamente ter presumido que Paul era um bastardo.

— Ouvi dizer que ele é muito arrogante. Talvez esteja apenas se mostrando para os amigos. Parece o tipo de cara que come a sua cria e a de todos os outros. — Doug era persistente em seu ponto de vista e India não queria discutir com ele.

— Ele não comeu as nossas, ao menos. Sam o adorou. — Ela ia dizer a ele que iriam velejar com ele novamente no dia seguinte e então, sem nenhuma razão em particular, pensou melhor e não mencionou o assunto.

— Como você está? — Ele mudou de assunto e poupou-a de falar mais a respeito de Paul. Não havia muito mais a ser dito, de qualquer forma, a não ser que ela o achava incrível e que ele pensava que ela deveria voltar a trabalhar o mais rápido possível. Ela tinha certeza de que Doug iria adorar ouvir isso.

— Estou bem. Ocupada com as crianças. Está ótimo aqui. Todos os mesmos rostos, velhos amigos. Jenny e Dick têm sido maravilhosos, como sempre. As crianças se reencontraram com seus antigos colegas. Nada de novo por aqui. — Era o que mais gostava a respeito. A igualdade e a familiaridade. Era como abrigar-se em um velho e aconchegante travesseiro e em sua camisola preferida. — Como está você?

— Cansado. Trabalhando. Não consegui tirar um minuto desde que vocês partiram. Acho que apenas me preparo para o trabalho e o faço. Ainda não conseguirei ir para o Quatro de Julho.

— Eu sei, você me disse. — A voz dela era evasiva. Ela ainda estava com raiva dele por causa da conversa durante o jantar fatal.

— Não queria que você ou as crianças ficassem desapontadas — disse Doug, se desculpando.

— Não ficaremos. Iremos para o churrasco na casa dos Parkers.

— Fique com os bifes, são a única coisa na qual Dick não ateia fogo. — Ela sorriu diante da lembrança e contou-lhe que eles iam contratar uma cozinheira este ano. — Sinto falta de vocês — disse ele, confortavelmente. Coletivamente. Mas não "Eu sinto a *sua* falta". Ela teria gostado de ouvir isso, mas também não disse a ele que sentia a falta dele. E ainda estava tendo sentimentos conflitantes a respeito dele desde as discussões antes de deixar Westport. Mas, de alguma forma, ela teve a impressão de que ele havia se esquecido de tudo. Ele nunca havia compreendido por completo o quanto a havia perturbado profundamente ou o quanto havia se sentido devastada quando ele falou de sua expectativa a respeito do casamento deles. Às vezes sentia-se como se não soubesse quem era agora, sua amiga, sua empregada, sua "companheira confiável". Ela não queria ser nenhuma delas, queria ser sua amante. E percebeu então que não era. Sentiu-se como uma ajudante contratada, uma escrava, uma conveniência, um objeto ao qual ele não valorizava. Como um veículo que ele costumava usar para transportar seus filhos. Ela não se sentia mais importante para ele do que a caminhonete que eles haviam utilizado para chegar ali. Era um sentimento de vazio e colocava uma distância entre eles que ela nunca havia sentido.

— Ligo para você amanhã — disse ele de forma impessoal. — Boa noite, India. — Ela esperou que ele dissesse que a amava ou que sentia a falta dela, mas ele não disse. E ela imaginou, ao desligar, se esta foi a forma com que Gail chegou onde já estava há vários anos. Sentindo-se usada, entediada, vazia e não amada. Tanto que tinha de encontrar-se com outros homens em hotéis para sentir-se melhor. Era um destino ao qual India jamais queria chegar. Ela faria qualquer coisa antes de encontrar-se com homens em motéis ou dormir com os maridos de outras mulheres. Não era para isso que ela havia ido tão longe. Mas para o que havia ido tão longe, perguntou a si mesma enquanto entrava em sua câmara escura, perdida em seus próprios pensamentos.

Retirou toda a sua química e começou a revelar o filme enquanto meditava a respeito da conversa com o marido e então, enquanto olhava para as fotografias revelando-se nas banheiras, ela o viu. Paul. Sorrindo para ela. Rindo com Sam. Mergulhando sua cabeça no bote, contra o horizonte e parecendo incrivelmente bonito. Era uma tira sem fim de admiráveis retratos dele e contava a história de uma tarde mágica entre um homem e um menino. Era o retrato de um herói e ela ficou de pé por um longo tempo, olhando para as fotos, pensando nele e em Serena. Ele havia usado uma combinação de palavras tão estranha para descrevê-la. De algumas formas ela parecia aterrorizante, de outras fatalmente atraente. Ela podia perceber facilmente que ele estava apaixonado por ela, intrigado com ela e afirmava que era feliz com ela. E ainda assim tudo o que ele falou, dizia instintivamente a India que ela era tudo, menos fácil. Mas o que eles pareciam dividir sugeria excitação. Isso a fez imaginar mais uma vez o que tinha com Doug. O que tudo significa? E, mais importante, quais são os componentes essenciais de um bom casamento? Ela não os compreendia mais. Foi-lhe dito que os ingredientes que ela acreditava muito necessários não eram importantes e as coisas que Paul disse a respeito de Serena, sobre o fato de ela ser difícil, obstinada, desafiadora, às vezes agressiva, pareciam fazê-lo amá-la. Quando India pensou a respeito disso, decidiu que decifrar relacionamentos e o que os faz funcionar estava momentaneamente acima de sua capacidade. Ela não tinha mais as respostas das quais tinha tanta convicção há tão pouco tempo.

Ela pendurou as fotos para secar e deixou a câmara escura para dar uma olhada nas crianças. Sam havia caído no sono, no sofá, vendo um vídeo, e os outros estavam brincando de pegar do lado de fora da casa. No escuro, com a luz da lanterna, Jessica e um amigo, um dos garotos Boardman, estavam comendo *pizza* fria na cozinha. Tudo parecia estar em ordem. Tudo estava bem em seu pequeno e seguro mundo.

Ela carregou Sam para a cama e conseguiu despi-lo sem acordá-lo. Ele estava exausto depois de todo o ar fresco e a excitação que havia experimentado no *Sea Star*. E quando olhou para ele, pensou em Paul e nas fotos que havia tirado dele.

Mas então teve um pensamento ainda mais estranho, quando desligou a luz e caminhou lentamente para o seu quarto. Ela imaginou como seria estar fazendo tudo isso sozinha, se ela e Doug não estivessem mais casados. O quanto seria diferente? Ela iria sentir-se mais sozinha do que se sentia agora, sabendo que era apenas uma ferramenta para ele, uma conveniência? O que iria acontecer a ela se o perdesse? Anos antes ela havia se preocupado com isso, quando as crianças eram pequenas e ela se sentia como se não pudesse viver por uma hora sem ele. Mas isso havia sido quando ela pensava que ele estivesse apaixonado por ela. Mas agora que sabia que ele não estava apaixonado e não sentia necessidade de estar, o que significaria realmente estar sem ele? Ela sentiu-se culpada apenas por pensar nisso, como se possuísse uma varinha mágica e o fizesse "desaparecer". Apenas pensar nisso era uma forma de traição. Mas ninguém sabia no que ela estava pensando. Ela nunca teria ousado colocar seus pensamentos em palavras para ninguém, nem mesmo Gail. E certamente não para Doug.

Ela deitou-se na cama por algum tempo e apanhou finalmente um livro, mas descobriu que não poderia lê-lo. Tudo o que conseguia ouvir eram suas próprias perguntas ecoando em sua cabeça, e havia milhares delas. E mais alto do que todas elas estava a que mais temia. O que seu casamento significava para ela agora? Agora que sabia o que Doug estava pensando. Isso mudara tudo, como um toque sutil no canal que mudava a música de uma doce melodia para uma estática sem fim, que feria os tímpanos de alguém. E ela não podia mais fingir para si mesma que o que ouvia era música. Não era. Não o fora durante semanas. Talvez há mais tempo. Talvez nunca tivesse sido. Esse era o pior pensamento. Ou havia sido algo muito doce e então eles o perderam? Ela considerou essa possibilidade como a mais provável. Talvez no fim isso aconteça a todo mundo. Com o tempo, você perde a magia... e termina amarga ou com raiva ou como Gail, tentando esvaziar um oceano de solidão com uma xícara de chá. Parecia sem esperanças para ela.

Ela desistiu do livro e foi até o deque para ver as crianças brincando de pegar e encontrou-as finalmente sentadas na sala e conversando calmamente com a televisão ao fundo. Tudo o que podia fazer era ficar ali de pé, olhando para as estrelas e imaginando o que iria acontecer com sua vida agora. Provavelmente nada. Ela iria andar de carro pelos próximos nove anos, até que Sam tivesse idade suficiente para dirigir, ou talvez três anos antes disso, quando Jason pudesse levar a ele e a Aimee, e então ela estaria livre. E depois o quê? Mais lavanderia, mais refeições, até que partissem para a universidade e então esperar que viessem de férias. E o que aconteceria a ela e Doug então? O que iam dizer um ao outro? Repentinamente isso tudo pareceu-lhe tão solitário, tão vazio. Era como se sentia agora. Vazia. Partida. Traída. E ainda assim tinha que continuar, como uma peça de máquina, oscilante, produzindo o que quer que fosse, até que se quebrasse completamente. Não parecia muito esperançoso, ou muito atraente. E quando pensava nisso, olhou para o oceano e o viu. O *Sea Star* em toda a sua glória, com todas as luzes do salão principal e das cabinas acesas, com luzes vermelhas brilhando no mastro enquanto partiam para uma volta à noite. Era a coisa mais bonita que ela jamais havia visto e parecia-lhe como a fuga perfeita. Uma espécie de tapete mágico para levá-la onde quisesse. Ela podia ver Paul velejando por todo o mundo. Que forma melhor de explorar novos lugares? É como levar sua casa com você. No momento, India não conseguia imaginar nada melhor e, apenas por um instante, ela teria adorado esconder-se ali. Pensou que Paul Ward tinha sorte em possuí-lo. O barco parecia tão adorável quando velejava diante dela. Sentiu pena de Sam estar dormindo e não poder vê-lo, mas ao menos estaria de volta a bordo pela manhã e sabia o quanto ele estava ansiando por isso.

Ela colocou todas as crianças na cama por volta das onze horas e desligou suas próprias luzes um pouco depois. De manhã, acordou Sam às sete e meia. Ele estava de pé antes que ela o tocasse, ansioso para começar o dia. Ela já havia tomado banho e se vestido. Estava usando uma camiseta azul celeste, *jeans* brancos e uns sapatos de lona azul claros que Gail havia comprado para ela na França no verão anterior. Seus cabelos estavam trançados, limpos e arrumados quando ela entrou na cozinha para fazer o café.

Ela havia prometido deixar *muffins* de amoras e salada de frutas para os outros e havia quatro caixas de cereais para eles. Todos haviam contado os planos na noite anterior, incluindo jantar com amigos, e ela sabia que estariam bem sem ela. E, se tivessem algum problema, poderiam correr para um de seus vizinhos. E Paul havia lhe dado o número do satélite do barco, que ela deixou com eles, de modo que pudessem telefonar em caso de emergência. Tudo estava preparado e, às oito e vinte, ela e Sam estavam em suas bicicletas a caminho do iate clube novamente.

Paul estava no deque quando eles chegaram e os convidados estavam partindo. Eles haviam alugado uma van e iriam visitar amigos em Gloucester. Iriam passar a noite e acenaram para India e Sam enquanto partiam. Sam correu para o barco com um sorriso aberto e Paul passou o braço em torno dele.

— Aposto que dormiu como um tronco na noite passada depois de velejar naquele bote. — Ele riu e Sam assentiu. — E eu também. É um trabalho difícil, mas é divertido. Hoje vai ser muito mais fácil. Acho que vamos velejar até New Seabury, parar para almoçar e então voltaremos para cá antes do jantar. Tudo bem para você? — Ele olhou para India e ela assentiu.

— Isso parece maravilhoso — disse India feliz, enquanto ele perguntava se haviam tomado café.

— Apenas cereais — disse Sam miseravelmente, como se ela o estivesse matando de fome. E sua mãe sorriu.

— Isso não é café da manhã para um marinheiro — disse Paul, simpático. — Que tal *waffles*? Eles acabaram de fazer alguns na cozinha. O que você acha?

— Muito melhor. — Sam aprovou o cardápio e Paul disse a India para deixar as coisas deles em uma das cabines de hóspedes. Ela desceu as escadas, encontrou facilmente o camarote particular que ele havia indicado e ficou paralisada com o que viu. O quarto era mais bonito do que qualquer quarto de hotel. As paredes eram forradas em mogno, havia bronze brilhando em todas as gavetas e armários. O quarto era grande e arejado, com várias vigias e um imenso guarda-roupa, e havia um fabuloso banheiro de mármore branco, com banheira e chuveiro. Era ainda mais luxuoso do que ela poderia ter esperado e ainda mais bonito do que a casa deles em Westport. E ela reconheceu facilmente que as pinturas em torno dela eram de artistas famosos.

Ela colocou sua bolsa na cama e notou que o cobertor era de *cashmere* com o emblema do barco bordado. Ela retirou o envelope com as fotos que havia levado.

Quando voltou à sala de jantar, Sam estava com *waffles* até o pescoço, com xarope de *maple* escorrendo pelo queixo e ele e Paul engajados em uma séria conversa a respeito de velejar.

— E você India? *Waffles*?

— Não, obrigada — ela sorriu, levemente embaraçada. — Você irá pensar que eu nunca o alimento.

— Marinheiros precisam tomar um grande café da manhã — disse ele, sorrindo para ela. — Que tal café para você, India? — Ele adorava o som do nome dela e o dizia com freqüência. Ele havia perguntado a ela a respeito no dia anterior. Ela havia lhe contado que seu pai havia estado em um trabalho por lá quando ela nasceu e Paul havia lhe dito o quanto ele gostava. Achava-o muito exótico.

Um dos dois comissários de bordo que estavam por perto serviu café para India em uma xícara de Limoges com pequenas estrelas azuis. Toda a porcelana e o cristal também tinham o emblema do barco ou estrelas.

Foi depois das nove, quando Sam terminou o café, que Paul convidou-os a subir para a ponte. Era um dia maravilhoso e ensolarado e havia uma boa brisa soprando. Era o tempo perfeito para se velejar. Paul olhou para o céu e disse alguma coisa para o capitão. Eles iriam sair do iate clube com o motor e então içar as velas quando estivessem a uma pequena distância. E Paul mostrou a Sam tudo o que fez, enquanto preparavam-se para deixar a doca e os taifeiros puxaram as defensas da embarcação e soltaram suas amarras. Eles chamavam um ao outro e atiravam as cordas de volta a bordo, enquanto a tripulação ia para baixo para acondicionar qualquer objeto que pudesse se mover. India apreciou, sentada fora do caminho, observando a agitada atividade em volta deles, enquanto Sam estava de pé ao lado de Paul, que lhe explicava tudo. E em alguns minutos eles haviam deixado a doca e estavam deixando o píer.

— Pronto? — Paul perguntou a Sam quando desligou o motor. Eles diminuíram a querena hidráulica quando deixaram o iate clube.

— Pronto — disse Sam ansiosamente. Ele mal podia esperar para velejar. Paul mostrou-lhe quais botões apertar enquanto as velas gigantes começaram a desfraldar-se. Ele colocou então a vela de estai, seguido pela imensa vela principal, a vela de estai do pescador e finalmente o mastro da mezena no ângulo preciso. Levou menos de um minuto para as velas encherem e repentinamente o enorme veleiro começou a mover-se. Ele adernou graciosamente e imediatamente ganhou velocidade. Era estimulante e extraordinário e Sam estava radiante enquanto olhava para Paul. Era a visão mais bonita que India jamais tivera quando deixaram a costa em boa velocidade e seguiram para New Seabury com velas cheias.

Paul e Sam ajustavam regularmente as velas, enquanto olhavam para cima, para os imensos mastros, e então Paul explicava todos os mostradores novamente a Sam, enquanto a mãe dele os observava. Paul e Sam ficaram de pé lado a lado na roda do leme e Paul deixou que Sam o segurasse por algum tempo, enquanto continuava de pé bem próximo, e então finalmente entregou-o ao capitão. Sam optou por ficar com ele e Paul foi sentar-se com India na cabine.

— Você vai estragá-lo. Nenhum outro veleiro jamais será o suficiente depois disso. É fantástico. — Ela estava radiante, velejar com ele era uma experiência inesquecível e ela adorava, quase tanto quanto Sam.

— Fico feliz que goste. — Ele parecia agradecido. Era claramente o amor de sua vida e o lugar onde era mais feliz e mais tranqüilo. Ao menos foi o que disse a ela. — Eu adoro esse barco. Tive muitos bons momentos no *Sea Star.*

— Assim como todos os que estiveram aqui, eu imagino. Adorei ouvir as histórias de seus amigos.

— Tenho certeza de que a metade delas foi sobre Serena abandonando a embarcação ou ameaçando sair a cada vez que o barco se move. Ela não é exatamente uma ávida marinheira.

— Ela fica mareada? — India estava curiosa a respeito dela.

— Não realmente. Na verdade apenas uma vez. Ela apenas odeia velejar e barcos.

— Deve ser uma espécie de desafio, com você sendo tão louco por eles.

— Isso significa que não passamos tanto tempo juntos quanto deveríamos. Ela surge com um monte de desculpas para não estar aqui e, do jeito que é ocupada, é difícil argumentar com ela. Nunca sei se ela realmente precisa estar em Los Angeles ou ver o seu editor, ou se apenas está inventando desculpas para não estar no *Sea Star*. Eu costumava tentar convencê-la, agora apenas a deixo vir quando ela tem vontade.

— E você se chateia quando ela não vem? — Ela sabia que era um pouco inconveniente perguntar isso a ele, mas ele a fazia sentir-se tão à vontade que achou que poderia perguntar. E ela estava curiosa a respeito do que fazia os casamentos de outras pessoas funcionarem, qual era o segredo delas para o sucesso. Repentinamente isso parecia particularmente importante. Talvez pudesse aprender alguma coisa que fosse útil para ela.

— Às vezes eu me aborreço — admitiu ele, enquanto um membro da tripulação oferecia-lhes *bloody maries*. Eram quase onze horas. — É solitário sem ela, mas estou acostumado. Você não pode obrigar alguém a fazer algo que não quer. E se você o faz, vai pagar um preço por isso. Às vezes um preço alto. Aprendi isso com minha primeira mulher. Eu fiz absolutamente tudo errado naquela época e jurei para mim mesmo que se me casasse novamente, seria diferente. E tem sido. Meu casamento com Serena é tudo o que meu primeiro casamento não foi. Esperei um longo tempo antes de me casar novamente. Queria ter certeza de que estava tomando a decisão certa, com a mulher certa.

— E tomou? — Ela fez a pergunta tão gentilmente que ele não se sentiu invadido. Mas de uma forma estranha e inesperada, eles estavam se tornando amigos.

— Acho que sim. Nós somos muito diferentes, Serena e eu. Nem sempre queremos as mesmas coisas da vida, mas sempre temos bons momentos juntos. E eu a respeito. E tenho certeza de que é mútuo. Eu admiro o sucesso dela, a sua tenacidade e sua força. Ela tem muita coragem. E às vezes me deixa completamente louco. — Ele sorriu quando disse isso.

— Sinto muito por fazer tantas perguntas. Tenho feito muitas perguntas a mim mesma esses dias e não tenho certeza se sei as respostas. Pensei que soubesse. Mas aparentemente as respostas corretas não são aquelas que sempre pensei que seriam.

— Isso não soa bem — disse ele cautelosamente. E de alguma forma aqui, no oceano, com as velas sobre a cabeça, eles sentiam como se pudessem dizer qualquer coisa um para o outro.

— Não está bem — admitiu ela. Ela mal o conhecia, sabia disso, mas sentia-se completamente segura conversando com ele. — Não tenho mais a menor idéia do que estou fazendo ou para onde estou indo ou onde estive pelos últimos catorze anos. Estou casada há dezessete anos e de repente imagino se todas as coisas que fiz com a minha vida fazem algum sentido, se alguma vez fizeram. Pensei que sim, mas agora não tenho mais certeza.

— Como o quê? — Ele queria ouvir o que ela tinha a dizer, talvez até para ajudá-la. Havia algo nela que o fazia querer ajudá-la. E não tinha nada a ver com trair Serena. Era inteiramente à parte. Ele sentia como se ele e India pudessem ser amigos e falar de suas almas um para o outro.

— Eu abri mão de meu trabalho há catorze anos. Estava trabalhando para o *The New York Times*. Trabalhava há dois anos, desde que havia voltado da Ásia e da África antes disso... Nicarágua, Costa Rica... Peru... Estive por todo lado. — Mas ele já sabia disso. — Voltei porque Doug me disse que tudo estaria terminado entre nós caso eu não voltasse. Ele havia esperado por mim nos Estados Unidos por mais de um ano e isso parecia justo. Nos casamos alguns meses depois e eu trabalhei em Nova York por exatamente dois anos e então engravidei de nossa filha mais velha. Foi quando Doug me disse que eu teria que pedir demissão. Ele não queria que eu ficasse correndo por aí tirando fotos em guetos e becos e perseguindo gangues por uma grande foto, uma vez que tivéssemos filhos. Este foi o trato que fizemos quando nos casamos. Uma vez que tivéssemos filhos, eu me desligaria e tudo estaria acabado. E foi o que eu fiz. Nos mudamos para Connecticut. Tive quatro filhos em cinco anos e isso é o que estou fazendo desde então. Condução de crianças e fraldas.

— E você odeia isso? — Ele não conseguia imaginar o contrário. Havia muito nela para esconder-se em um balde de fraldas por catorze anos, ou em Connecticut fazendo condução de crianças. Ele não conseguia compreender um homem que era cego o suficiente para fazer isso a ela. Mas evidentemente Doug havia sido.

— Às vezes eu odeio — respondeu ela honestamente. — Quem não odeia? Não era exatamente o que sonhei fazer quando estava no segundo grau. E eu costumava ter uma vida muito diferente quando estava na estrada. Mas algumas vezes eu realmente adorava, mais do que pensei que pudesse. E eu amo meus filhos, estar com eles e saber que estou dando uma contribuição à vida deles que realmente faz diferença.

— E a respeito de você? O que tira de tudo isso? — Ele apertou os olhos enquanto olhava para ela, concentrando-se no que ela estava dizendo a ele.

— Eu tenho um certo tipo de satisfação com tudo isso. Uma boa sensação de estar com meus filhos. Gosto deles. São boas pessoas.

— E você também. — Ele sorriu para ela. — E então, o que vai fazer? Fazer condução de crianças até que seja velha demais para dirigir, ou voltar ao trabalho agora?

— Este é o ponto. Surgiu apenas recentemente. Meu marido é inflexível a respeito de eu não trabalhar. Está causando muita tensão entre nós. Tivemos uma conversa séria a respeito recentemente e ele definiu para mim o que espera do nosso casamento. — Ela parecia deprimida ao dizer isso.

— E o que ele espera?

— Não muito. Esse é o problema. O que ele descreveu foi uma empregada, uma espécie de motorista de ônibus que pode cozinhar e limpar as crianças. Uma companheira, acho que ele disse. "Alguém em quem possa confiar para cuidar das crianças." É tudo o que ele quer.

— Eu diria que ele não é muito romântico — disse Paul secamente e ela sorriu. Ela gostava de conversar com ele e isso a fazia sentir-se melhor. Já há um mês ela estava muito aflita a respeito do que Doug lhe havia dito e, ainda pior, do que ele não havia dito.

— Isso não me deixa muitas ilusões sobre como ele me vê. E repentinamente, quando olho para trás, percebo que isso é tudo o que sempre foi, por muito tempo. Talvez isso sempre tenha sido tudo. Apenas uma companhia com serviço de quarto e uma boa empregada. E eu estava tão ocupada que nunca percebi. Talvez pudesse viver com isso se voltasse a trabalhar novamente. Mas ele também não quer que eu faça isso. Na verdade — ela olhou para Paul intensamente — ele me proibiu de fazê-lo.

— Ele é muito tolo. Joguei esse jogo uma vez. E perdi. Minha primeira mulher era uma editora em uma revista, quando eu ainda estava na faculdade. Ela tinha um emprego maravilhoso e eu imagino se não tinha um pouco de ciúmes dela. Ela ficou grávida de nosso filho quando eu me formei e consegui um emprego e forcei-a a demitir-se. Homens faziam coisas como essas na época. E ela me odiou para sempre. Nunca me perdoou. Achava que eu tinha arruinado sua vida e a condenado a viver em função de nosso filho. De qualquer forma, ela não era muito maternal. Ela nunca mais quis outros filhos e mais tarde também não me quis mais. O casamento seguiu um caminho ruim e muito doloroso para nós. E quando acabou, ela voltou ao trabalho. Ela é uma editora sênior da *Vogue* agora. Mas ainda me odeia. É muito perigoso cortar as asas de uma mulher. A paciente não sobrevive a este tipo de cirurgia, ou ao menos não com muita freqüência. É por isso que eu nunca interferi na carreira de Serena. Ao menos aprendi isso. E nunca a forcei a ter filhos. Mary Anne, minha primeira mulher, nunca deveria ter tido também. Meu filho, Sean, foi criado por babás depois que ela voltou a trabalhar, foi para a escola interna aos dez anos e finalmente terminou comigo aos treze. Ele ainda não é muito próximo de sua mãe. Ao menos você fez isso corretamente. — Ele podia ver em Sam todo o amor que ela havia esbanjado nele e estava certo de que tinha feito o mesmo com os outros. — Você não pode forçar as pessoas a fazerem coisas que não querem e que não são naturais para elas. Simplesmente não funciona. Acho que todos sabemos disso. Estou surpreso que seu marido não saiba.

— Mas no entanto eu quis isso por um longo tempo. Eu amo minha família. Amo ter filhos. E não quero feri-los agora voltando a trabalhar em tempo integral. Não posso me arrastar pelo mundo como costumava fazer. Mas acho que eles poderiam sobreviver se eu fosse de vez em quando, duas vezes por ano por uma semana ou duas, ou trabalhasse em reportagens perto de casa. Repentinamente sinto como se tivesse aberto mão de quem eu sou e ninguém dá a mínima, especialmente meu marido. Ele não aprecia o sacrifício que fiz. Apenas o menospreza e faz soar como se eu estivesse apenas perdendo o meu tempo e me divertindo antes de nos casarmos.

— Não foi o que eu ouvi. Dick Parker disse que você ganhou um monte de prêmios.

— Quatro ou cinco, mas significam muito para mim. Repentinamente, não posso mais abrir mão. E ele não quer nem mesmo ouvir falar a respeito.

— Então, e agora? O que você vai fazer? Vai fazer o que ele quer, ou vai fazer uma barulheira infernal? — Era o que Serena faria, sem hesitar por um minuto, mas era óbvio para Paul que India era muito diferente.

— Eu não sei a resposta para esta pergunta — disse ela, olhando para Sam. Ele ainda estava tão feliz quanto possível, de pé ao lado do capitão. Não havia se mexido nem um centímetro desde que estavam conversando. — Foi onde parei quando vim para cá. Ele me disse para tirar meu nome da agenda da agência.

— Não faça isso — disse Paul firmemente. Ele não a conhecia bem, mas percebia facilmente que se ela abandonasse aquela parte dela completamente iria destruir algo importante em si mesma. Era uma forma de expressão para ela, uma forma de comunicação, de ser e de respirar. Ela não poderia desistir de tirar fotografias e ambos sabiam disso. — A propósito, onde está ele agora?

— Em casa. Em Westport.

— Ele percebe o quanto você está perturbada com o que ele lhe disse?

— Acho que não. Acho que ele menospreza isso por completo.

— Como eu disse antes, ele é muito tolo. Minha ex-mulher veio para mim como um furacão um dia, depois de três anos mostrando-me isso de formas sutis e insidiosas. Mas uma vez ela saiu do escritório com toda a raiva acumulada e foi direto para os advogados. Eu nunca soube o que me atingiu.

— Não acho que possa fazer isso, mas também não vejo mais as coisas da mesma maneira. Em apenas um mês, sinto como se toda a minha vida estivesse se desmoronando e não sei o que fazer. Não sei o que dizer, no que pensar ou acreditar. Não estou nem mais certa de quem ele é... ou pior, de quem eu sou. Há dois meses eu estava perfeitamente feliz como dona-de-casa. E agora, repentinamente, fico de pé em minha câmara escura durante todo o tempo, chorando. Isso me faz lembrar — disse ela repentinamente. — Trouxe uma coisa para você. — Ela tinha o envelope no sofá a seu lado e estendeu-o para ele com um sorriso tímido. — Algumas delas estão realmente ótimas.

Ele retirou as fotografias do envelope e olhou-as cuidadosamente. Estava encantado com as fotos que ela havia tirado dele e sorriu das de Sam, mas estava espantado pelo quanto ela era boa e pelo que havia alcançado a uma distância considerável, sem nenhuma preparação ou aviso. Ela certamente não havia perdido o seu talento enquanto fazia condução de crianças em Westport.

— Você é muito boa, India — disse ele em voz baixa. — São lindas. — Ele começou a devolvê-las e ela lhe disse que poderia ficar com elas. Ela apenas ficou com uma dele e de Sam e uma outra dele sozinho, tirada em um ângulo interessante. Ela as havia deixado penduradas em sua câmara escura. — Você não pode continuar a desperdiçar o seu talento.

— Você deve pensar que eu sou louca contando a você todas essas coisas sem sentido.

— Não. Acho que confia em mim e está correta. Nunca direi nada que a traia, India. Espero que saiba disso.

— Sinto-me um pouco tola contando-lhe tudo isso, mas apenas achei que pudéssemos conversar... respeito o seu julgamento.

— Cometi meus próprios erros, acredite-me. — Mas ao menos não desta vez e sabia sem dúvida que seu casamento com Serena era sólido. — Estou feliz agora — disse a India. — Serena é uma mulher extraordinária. Ela não aceita muito controle de mim e eu a respeito por isso. Talvez seja isso que você precisa saber. Volte para ele e diga-lhe o que *você* quer. Talvez faça bem para ele ouvi-la.

— Não tenho certeza de que ouviria. Tentei antes de vir para cá e ele apenas me ignorou. Ele age como se eu tivesse feito um contrato de trabalho com ele há dezessete anos. Nós fizemos um trato e agora eu tenho que viver com isso. O verdadeiro problema — disse ela, enquanto lágrimas enchiam seus olhos e ela olhou para ele — é que não estou mais certa de que ele me ama.

— Ele provavelmente a ama e é muito tolo para admitir. Mas se não a amar, por mais doloroso que seja, você precisa saber. Você é muito jovem e muito bonita para desperdiçar sua vida e sua carreira por um homem que não a ama. Acho que sabe disso e é isso que a está deixando tão infeliz. — Ela assentiu e ele tocou sua mão segurando-a por um longo momento. — É um grande desperdício, India. Eu mal conheço você, mas posso dizer-lhe, você não merece isso.

— E então fazer o quê? Abandoná-lo? É isso o que venho me perguntando. — Exatamente como havia feito na noite anterior quando tentou fingir que Doug não voltaria e que ela estava por sua própria conta com as crianças. — Como vou começar a fazer isso? Não posso trabalhar horário integral e cuidar de meus filhos.

— Felizmente você não vai ter que trabalhar o dia inteiro, mas apenas quando quiser, nas reportagens que você escolher. Diabos, ele lhe deve alguma coisa depois de quase vinte anos. Ele tem que sustentar você. — Ele parecia ultrajado.

— Eu nem mesmo pensei tão longe. Acho, na realidade, que apenas tenho que voltar para minha trilha e continuar seguindo.

— Por quê? — ele perguntou e por um momento tudo dentro dela parou.

— Por que não?

— Porque abrir mão do que você é, do que você faz e do que precisa é abrir mão dos seus sonhos. Se você desiste deles, cedo ou tarde isso vai matá-la. Garanto. Você vai murchar como uma ameixa e ficar amarga, raivosa e ordinária, e seu interior vai ficar feio. Olhe para as pessoas que você conhece, todos nós as conhecemos. Amargas, raivosas, pessoas miseráveis que foram traídas pela vida e odeiam a todos por isso. — Ela imaginou, com uma sensação crescente de pânico, se ele já poderia ver isso nela. E diante do olhar nos olhos dela ele sorriu e tranqüilizou-a. — Não quero dizer você. Mas isso pode acontecer a você, se deixar. Pode acontecer a qualquer um de nós. Começou a acontecer comigo no meu primeiro casamento. Eu era um bastardo com todos porque eu estava muito mal, sabia que ela me odiava e passei a odiá-la, mas era muito covarde para dizer isso a ela ou parar de estar ali. Graças a Deus ela terminou com isso ou nós teríamos nos destruído um ao outro. Ao menos Serena e eu nos gostamos e gostamos do que ela está fazendo. Não gosto quando ela não vem para o barco, mas ela odeia o barco e não a mim. Há uma diferença. — Ele não era apenas inteligente e sensível, mas excessivamente esperto a respeito das pessoas e India já sabia disso a seu respeito. — Faça algo, India. Estou te implorando. Imagine o que você quer e não tenha medo de ir buscar. O mundo está cheio de pessoas amedrontadas e infelizes. Não precisamos de mais uma. E você é muito bonita e maravilhosa para tornar-se uma delas. Não vou deixar. — Ela imaginou por um segundo como ele pretendia impedi-la. O que ele poderia fazer? Ele era alguém que conhecera no dia anterior e ainda assim já havia lhe contado toda a história de sua vida e todos os problemas que ela havia repentinamente descoberto em seu casamento. Era a experiência mais estranha que já havia tido, mas ela confiava nele completamente e adorava conversar com ele. E sabia com cada filamento de sua alma que não estava errada em confiar nele.

— Não posso nem mesmo imaginar como alguém volta de onde estive por tanto tempo. O que você faria?

— Primeiro você telefona para o seu agente e diz a ele que quer voltar ao trabalho. Então resolve todo o resto. Será resolvido na hora certa, se você permitir. Você não tem que forçar. — Apenas ouvi-lo a fez sentir uma sensação de liberdade e, sem pensar, inclinou-se e beijou-o no rosto, como teria feito com um velho amigo ou com um irmão.

— Obrigada. Acho que você foi a resposta a uma prece ou coisa parecida. Tenho me sentido completamente perdida pelo último mês. E não sabia o que fazer a respeito.

— Você não está perdida, India. Está apenas começando a encontrar-se. Dê um tempo e seja paciente. Não é fácil encontrar o caminho de volta depois de todo esse tempo. Você tem sorte pois ainda tem o seu talento. — Mas será que ainda tinha um marido? Esta era a pergunta que começava a enchê-la de pânico.

E então, como se no momento exato, Sam correu para eles. O barco ainda estava adernando consideravelmente e ele correu com segurança através do deque para onde estavam sentados. Estavam quase em New Seabury e Sam queria saber se iriam para o iate clube.

— Vamos baixar âncora e irmos até lá com a lancha auxiliar — explicou Paul e a criança parecia excitada com isso.

— Depois do almoço podemos voltar para o barco e nadar?

— Claro. Podemos velejar no bote outra vez, se você quiser. — Sam assentiu, sorrindo abertamente. Tudo isso parecia maravilhoso para ele. E enquanto os observava, India sentiu-se agradecida novamente a Paul e pensou que Serena tinha muita sorte. Paul Ward era um ser humano incrível e ela já sentia como se fossem grandes amigos. Sentia como se ambos se conhecessem desde sempre.

Dois dos taifeiros abaixaram a lancha auxiliar para eles e um deles permaneceu no barco para levá-los ao iate clube. Paul entrou primeiro e tomou a mão de India quando ela entrou e Sam foi bem atrás dela.

Eles tiveram um leve e alegre almoço, conversando sobre uma variedade de coisas. Conversaram sobre velejar na maior parte do tempo e os olhos de Sam ficaram arregalados de admiração quando Paul contou-lhes algumas de suas aventuras pelo mundo, até sobre um furacão que enfrentou no Caribe e um ciclone no oceano Índico.

Depois do almoço, voltaram para o barco. Primeiro Sam nadou e então Paul saiu com o bote, enquanto India tirava fotos dos dois e em volta do barco. Sam estava adorando. Paul e Sam acenavam para ela de vez em quando e finalmente voltaram. Paul então resolveu tirar o *windsurf* e India fez mais fotos dele. Não era um esporte fácil e ela estava impressionada com sua perícia e a força com a qual o comandava.

E então, finalmente, quando seguiram para Harwich, o vento havia desaparecido e eles decidiram usar os motores. Sam estava um pouco desapontado, mas cansado depois de um dia cheio. Havia sido um longo dia e ele caiu no sono quando se deitou calmamente na cabina. Paul e India sorriram olhando para ele.

— Você tem sorte por tê-lo. Adoraria conhecer os outros — disse Paul, olhando para ela calorosamente.

— Espero que sim, um dia desses — disse ela enquanto o camareiro de bordo trazia-lhes um copo de vinho branco. Paul a havia convidado para permanecer a bordo para o jantar e ela havia aceitado.

— Talvez os convertamos em marinheiros.

— Talvez. Agora todos pensam que sair com os amigos é mais importante.

— Lembro-me de quando Sean tinha essa idade, ele quase me deixou louco. — Eles trocaram um sorriso enquanto Sam remexeu-se ao lado dela e continuou a dormir enquanto ela alisava os cabelos dele com uma das mãos e segurava o copo de vinho com a outra. Paul adorava vê-la com ele. Já havia um longo tempo desde que ele tinha visto alguém tão carinhosa. Crianças não faziam parte da vida dele há muito tempo e velejar com Sam naquela tarde e no dia anterior fora tudo o que ele desejara ter partilhado com Sean, mas Sean nunca tivera nenhum interesse pelos veleiros de seu pai. — Vocês vão estar aqui por todo o verão? — perguntou Paul e ela assentiu.

— Doug virá passar três semanas conosco em agosto. E então voltaremos a Westport. Acho que teremos muito o que conversar. — Paul assentiu enquanto pensava a respeito. Ele esperava que ela chegasse a algumas decisões que fossem boas para ela. Ela merecia. — Onde você estará?

— Na Europa, provavelmente. Normalmente passamos o mês de agosto no sul da França e então eu corro para a Itália em setembro. — Era uma boa vida e parecia um divertimento para ela. Então perguntou se Serena iria com ele. — Não se ela surgir com uma idéia melhor — ele riu.

Era hora do jantar e India acordou Sam. Ele estava sonolento e confuso quando acordou e sorriu para ela alegremente. Havia sonhado velejar o *Sea Star* e então viu Paul e seu sorriso ampliou-se e contou-lhe o que havia sonhado.

— Parece-me muito bom. Sonho com ele também, especialmente quando não fico aqui por algum tempo, mas isso não acontece com freqüência. — Ele passava muito tempo em seu barco, como havia contado a India naquela tarde, e fazia seu trabalho por telefone ou fax.

A cozinheira havia preparado para eles *vichyssoise*[1] fria, massa primavera e salada e um cheeseburguer para Sam, exatamente do modo que India lhes disse que ele gostava, com batatas fritas. Tomaram *sorbet* de pêssego de sobremesa e deliciosos biscoitos amanteigados que derretiam na boca. A refeição foi elegante e leve e, depois do jantar, o capitão levou-os a motor vagarosamente ao iate clube. Era difícil acreditar que o dia estava terminando. Eles haviam estado com Paul por treze horas e tanto India quanto Sam desejaram que pudesse ser para sempre.

— Você gostaria de ir até lá em casa para um drinque? — perguntou India enquanto estavam de pé no deque, todos os três tristes porque o dia havia terminado.

— Provavelmente ficarei por aqui. Tenho algum trabalho para fazer e seus filhos vão querê-la para eles depois de ter ficado fora o dia inteiro. Eles provavelmente pensam que você correu para o mar e jamais voltará. — Eram quase nove horas. — Volte para me ver logo, Sam — disse-lhe Paul. — Vou sentir a sua falta.

---

[1]Sopa cremosa feita de alho-poró e batatas. (*N. da T.*)

— Eu também. — Mãe e filho sentiam-se como se estivessem saindo de longas férias, não apenas de um dia velejando. Estar a bordo com ele tinha esse tipo de qualidade. Havia sido um dia maravilhoso e ela estava agradecida pelas coisas que ele havia lhe dito. Na verdade ele a havia ajudado e ela sentia-se mais calma do que havia estado em semanas e, antes de sair, agradeceu-lhe por isso.

— Apenas não fique com medo de fazer o que tem que fazer — disse ele gentilmente. — Você pode.

— Espero que sim — disse ela suavemente. —Vou enviar-lhe algumas fotos. — Ele beijou sua face e então apertou a mão de Sam e eles deixaram o barco, sentindo-se cansados e alegres e sabendo que haviam feito um amigo. Ela não sabia se iria vê-lo de novo antes de partir, mas sabia que, independente disso, jamais iria esquecê-lo. De certa forma, ela suspeitava de que ele havia mudado sua vida para sempre. Ele havia lhe dado o dom da coragem. E com a coragem vem a liberdade.

Capítulo 7

NOS DOIS DIAS que se seguiram, India manteve-se ocupada com as crianças e revelou as fotografias que havia tirado no barco com Sam. Ela deixou-as para Paul. Ele havia estado fora do barco com amigos em algum lugar e ela não o tinha visto. E então, para sua grande surpresa, ele lhe telefonou. Disse que Dick Parker havia lhe dado o número.

— Como vai tudo? — Ele possuía uma voz profunda e ressonante que soava maravilhosamente familiar para ela. Eles haviam conversado tanto que ela sentia-se completamente à vontade com ele agora, como uma velha amiga, e era bom ouvi-lo.

— Bem. Ocupada. Levando as crianças ao tênis e passeando na praia com elas. O de sempre. Nada muito excitante.

— Eu adorei as fotos. Obrigado. — Ela havia incluído uma ótima de Sam e ele a havia observado sorrindo por um longo tempo, lembrando-se do dia que passaram juntos. No dia inteiro, posteriormente, ele realmente sentira falta do menino. — Como está o meu amigo Sam? — Os dois sorriram quando ele perguntou.

— Ele fala em você o tempo todo. Não ouvimos mais nada dele a não ser o *Sea Star*.

— Seu irmão e irmãs devem estar querendo matá-lo.

— Não, apenas acham que está inventando. Não acho que nenhum deles realmente acredite nele.

— Talvez você deva trazê-los aqui e mostrar a eles. — Mas quando falaram a respeito não havia mais tempo. No dia seguinte ele tinha que ir a Boston apanhar Serena. Disse que tinham planos para o Quatro de Julho e no dia seguinte estariam velejando de volta a Nova York. E, sem poder explicar a razão, India sentiu-se triste ao ouvir isso e sabia que estava sendo tola. Ele tinha uma vida, um império para comandar, um mundo inteiro para o qual deveria retornar e uma mulher que era uma escritora de *bestsellers* internacional e também uma estrela. Não havia espaço na vida dele para uma dona-de-casa casada em Westport. O que ele poderia fazer? Dirigir até lá para almoçar com ela? Como um dos encontros de Gail no Greenwich? Só de pensar nisso ela estremeceu. Nada do que pensava a respeito dele era como aquilo.

— Quando você parte para a França? — perguntou ela, soando tristonha.

— Em algumas semanas. Vou mandar o barco para lá antes disso. Leva cerca de dezoito dias para chegar lá. Nós normalmente vamos ao Hotel du Cap por volta do dia primeiro de agosto. É a idéia de Serena sobre uma viagem miserável em um país do Terceiro Mundo. — Mas ele disse isso sem malícia e os dois riram.

Era muito distante do tipo de lugares em que ela e Paul haviam estado em seu passado, mas não havia nado de errado também com Cap d'Antibes. India sabia que teria adorado.

— Ligo para você antes de partirmos. Seria maravilhoso se você pudesse voltar ao barco e conhecer Serena. Talvez para o café da manhã ou algo assim. — Ele não disse a ela que Serena levantava-se ao meio-dia e ficava acordada até três ou quatro da manhã, normalmente trabalhando. Ela dizia que escrevia melhor depois da meia-noite.

— Eu gostaria disso — disse India. Ela teria adorado vê-lo novamente e conhecer sua mulher. Ela teria gostado de um monte de coisas, a maioria impossíveis e pouco importantes. Esta era a primeira vez que ela havia se sentido desta forma a respeito de qualquer homem desde que havia conhecido Doug, vinte anos antes, quando estavam no Corpo da Paz. Mas, desta vez, seus sentimentos viajavam em forma de amizade.

— Cuide-se, e de Sam — disse ele, em uma voz repentinamente vigorosa. Ele sentia-se estranhamente protetor com relação a ela e à criança, e não sabia por quê. Talvez fosse apenas porque Serena estava chegando. Ela havia lhe telefonado de Los Angeles para anunciar sua chegada apenas naquela manhã. — Eu ligo para você.

Ela agradeceu a ele por ter ligado e, um momento mais tarde, depois de terem desligado, ainda estava fixando o telefone em silêncio. Era estranho pensar que ele estivesse tão próximo, em seu próprio mundo, confortavelmente cansando a sua vida no *Sea Star*. Era uma espécie de vida distante da dela. Na verdade, embora tenham partilhado uma compreensão de almas, suas vidas nada tinham em comum, nenhuma fronteira. Conhecê-lo havia sido uma espécie de acidente, um acaso do destino que poderia facilmente não ter acontecido. Mas para o seu próprio bem e o de Sam, ela estava feliz por tê-lo encontrado.

Ela deitou-se na cama quieta aquela noite, pensando nele, lembrando-se do dia que haviam partilhado, as conversas a respeito da vida dela e o que ele pensava que ela deveria fazer. Não pôde deixar de imaginar se algum dia teria coragem de fazer o que ele havia sugerido. Apenas dizer a Doug que queria voltar a trabalhar iria causar um furacão em seu casamento.

Ela deu uma longa caminhada pela praia no dia seguinte, pensando em tudo isso, com o cachorro em seus calcanhares, imaginando o que fazer agora. Seria mais fácil, parecia, afastar-se da vida que levava catorze anos antes. Mas não estava mais completamente certa de que poderia fazer isso. Seria como voltar novamente para o útero, uma impossibilidade, não importa quanta boa vontade ela pusesse nisso. E agora que sabia que Doug não reconhecia os sacrifícios que havia feito, não estava nem mesmo certa de que queria fazê-lo. Se nem ao menos ele dera-lhe crédito por isso, por que se importar?

O dia seguinte era o Quatro de Julho. As crianças dormiram tarde e naquela tarde eles foram, como sempre faziam, à casa dos Parkers. O churrasco estava em plena atividade e todos os vizinhos estavam lá. Havia imensos barris de cerveja e uma grande mesa de bufê coberta com a comida que o fornecedor havia feito este ano. Nada estava queimado e tudo parecia delicioso.

Todos os filhos de India estavam lá e ela estava conversando com um velho amigo quando de repente viu Paul entrar, de *jeans* brancos e uma blusa azul vivo, com uma alta e admirável mulher com longos cabelos escuros e um corpo espetacular. Ela estava usando grandes brincos de argolas de ouro e India acreditou nunca ter visto alguém tão bonita quanto ela, enquanto a observava rir. Era Serena. Ela era exatamente tão glamourosa, com belo porte e magnética quanto India imaginou que fosse. Apenas observá-la abrindo caminho entre a multidão era hipnotizante. Ela estava vestindo uma mini-saia branca, uma frente única branca, um colar de ouro e sandálias de salto alto. Parecia ter saído de uma revista de Paris. E havia nela uma espécie de elegância *sexy*. Quando se aproximou, India pôde ver que usava um anel de diamante, como um cubo de gelo, em sua mão esquerda. Ela parou, disse algo a Paul e ele riu. Ele parecia feliz por estar com ela. Era uma mulher que não se podia ignorar, esquecer ou perder em uma multidão. Todos pareciam virar-se e olhar para ela e alguns sabiam quem ela era. India a viu beijar Jenny e Dick e aceitar um copo de vinho branco sem nem mesmo agradecer ao garçom. Ela parecia estar totalmente acostumada a uma vida de luxo a seu serviço.

Como se sentisse India observando-a, Serena virou-se lentamente e olhou direto para ela. Paul inclinou-se para dizer-lhe algo e então ela assentiu e eles caminharam lentamente em sua direção. Ela não pôde deixar de imaginar o que Paul havia lhe dito, o quanto havia lhe contado... Eu conheci essa pobre e patética mulher, que mora em Westport... ela abriu mão de sua carreira há catorze anos e tem um balde de fraldas na cabeça desde então... seja boa com ela... Apenas de olhar para Serena Smith qualquer um saberia que ela jamais seria tola o suficiente para abrir mão de sua identidade ou de sua carreira, ou ser tratada como "uma companheira na qual se pode confiar para tomar conta das crianças" pelo seu marido. Ela era *sexy*, bonita, sofisticada, tinha belas pernas e um corpo fabuloso. India sentiu-se uma total desleixada enquanto Serena caminhava majestosamente em sua direção. E sentiu-se sem fôlego quando Paul finalmente ficou de pé olhando para ela, com um sorriso, e tocou seu ombro. India pôde sentir uma corrente elétrica através dela quando ele fez isso.

— India, gostaria que você conhecesse minha mulher... Serena Smith... Querida, esta é a fotógrafa fabulosa da qual lhe falei, que tirou todas as fotos maravilhosas que lhe mostrei. A mãe do pequeno marinheiro. — Ao menos ele havia falado a Serena a seu respeito. Mas India sentia-se ainda mais inadequada de pé ao lado dela. Ela tinha o mais perfeito sorriso que já havia visto e parecia quinze anos mais moça do que Jenny, sua colega de faculdade. Mas Jenny não usava maquiagem desde os dezoito anos e Serena estava maquiada como uma modelo.

— Estava esperando conhecê-la — disse India discretamente, com medo de soar como uma fã afetada, mas também não querendo parecer indiferente. — Li tudo o que você escreveu durante um período, mas meus filhos me mantêm tão ocupada que nunca mais tive tempo para ler.

— Posso imaginar. Paul disse que você tem centenas deles. Mas posso ver o porquê. O garotinho nas fotos é deslumbrante e aparentemente um grande marinheiro. — Ela revirou os olhos então. — O que quer que seja preciso fazer, reprima rapidamente. Nunca permita que ele entre em um barco novamente. É uma doença insidiosa que apodrece o cérebro. E uma vez que está adiantada, não há mais nada que se possa fazer para evitá-la. — Ela foi engraçada na forma como falou e India riu, apesar de sentir-se um pouco desleal para com Paul. Eles haviam tido uma temporada tão boa com ele no *Sea Star*. — Barcos não são meu forte — confessou Serena. — Paul deve ter lhe dito. — India não estava certa se deveria admitir isso, enquanto ele havia desaparecido para apanhar uma cerveja de um dos barris que Dick estava presidindo.

— Tenho que admitir, é um barco maravilhoso — disse India graciosamente. — Meu filho mais novo, Sam, o adorou.

— É divertido — disse Serena jovialmente — por cerca de dez minutos. — E então olhou estranhamente para India, que rezou para não corar. E se ela imaginasse o quanto India gostara de seu marido e o quanto havia lhe contado a respeito de sua própria vida? Era fácil acreditar que Serena não gostaria de ouvir isso. E era sempre difícil medir o quanto um marido contou à mulher, ou vice-versa. Ela e Doug haviam mantido poucos segredos um para o outro. No caso dela, apenas as indiscrições de Gail, por uma questão de lealdade.

— Estou querendo lhe pedir um favor — disse Serena, sentindo-se estranhamente desconfortável, e India podia imaginar o que era... Fique longe de meu marido... Ela estava sentindo-se excessivamente culpada. Mas ele era um homem incrivelmente bonito e ela havia passado um dia sozinha com ele, dizendo-lhe que estava infeliz com seu marido. Em retrospecto, era embaraçoso, particularmente se ele havia contado a Serena. India repentinamente sentiu-se muito tola. — Desde que vi suas fotografias

— continuou Serena, enquanto India continuava a imaginar o que estava por vir — quis pedir-lhe um favor, se você tiver tempo. Estamos partindo amanhã, mas estou desesperada por uma foto para a capa do novo livro e não tenho tido tempo de fazer nada a respeito. Alguma chance de você vir amanhã de manhã e tirar algumas fotos? Eu pareço morta pela manhã e você vai precisar dar um bom retoque. Um maçarico será bom. De qualquer modo, eu vi o quanto o seu trabalho é bom. Nunca consegui uma foto decente de Paul e você tirou dúzias delas quando ele nem mesmo estava olhando. Normalmente ele faz as caras mais horrorosas e parece que está pronto para matar alguém. Então, o que diz? Eu vou compreender se não for de seu gosto. Paul disse que você normalmente cobre zonas de guerra, revoluções e corpos. — India riu aliviada diante do convoluto discurso. Serena não parecia nem um pouco perturbada com o fato de India ter estado no barco com Sam e tirado um número tão grande de fotografias de seu marido. India estava tão aliviada que quis beijá-la. Talvez ele não tivesse, afinal de contas, lhe revelado todos os seus segredos, ao menos esperava que não. Ou talvez Serena sentisse muita pena dela para importar-se.

— Na verdade, eu não cubro "zonas de guerra" há dezessete anos. Tudo o que fotografo agora é o time de futebol de Sam e os recém-nascidos para os meus vizinhos. Adoraria tirar as fotos. E fico muito orgulhosa por ter me pedido. Na verdade não sou maravilhosa em retratos. Eu era uma fotógrafa de imprensa e agora sou apenas mãe.

— Nunca fui nenhuma das duas e estou impressionada com ambas. Se você quiser pode chegar por volta das nove amanhã e eu tentarei me arrastar da cama e não derramar todo o meu café em minha blusa antes de você chegar. Pensei em algo simples como uma blusa branca e *jeans*. Estou cansada de fotos glamourosas. Quero algo mais "real".

— Estou incrivelmente orgulhosa por ter me pedido — disse India novamente. — Espero que possa fazer algo útil. — Mas ela estava certa de que seria um trabalho fácil. Ela era tão bonita, tinha uma estrutura de ossos maravilhosa e uma pele adorável, era difícil imaginar ter problemas tirando fotos suas. India nem ao menos pensava que fosse precisar de muitos retoques. Ela mal podia esperar para fazê-lo e estava feliz por voltar novamente ao *Sea Star*. Era uma chance de ver Paul, mesmo que Serena estivesse com ele. Ela era a sua mulher, afinal de contas, e parte do quadro.

As duas mulheres conversaram por algum tempo sobre o filme no qual Serena estava trabalhando, seu último livro e sua viagem para o sul da França em algumas semanas, e até sobre os filhos de India.

— Eu não sei como você consegue — disse Serena com admiração. — Eu nunca poderia me imaginar fazendo malabarismos com filhos e uma carreira e sempre pensei que seria uma mãe pavorosa. Mesmo quando tinha vinte anos. Nunca fui tentada a ter um bebê. Paul queria outro filho quando se casou comigo, mas eu tinha trinta e nove anos e estava ainda menos inclinada a isso. Simplesmente não posso dar conta da responsabilidade, da demanda constante e da confusão.

— Tenho que admitir que adoro — disse India em voz baixa, pensando em seus filhos. Dois deles estavam jogando vôlei por perto, enquanto conversava com Serena. India respeitou a honestidade dela, mas também percebeu que elas não poderiam ser mais diferentes. Tudo o que Serena era, ela não era, e vice-versa. India tinha muito mais os pés na terra, era direta e sem nenhum tipo de artifício ou pretensão. Serena era muito mais artificial, manipuladora e a seu modo mais agressiva. Mas, para sua própria surpresa, India gostou dela. De alguma forma imaginou que não iria gostar. Mas podia ver porque Paul a amava. Serena era tão poderosa que estar com ela era como cavalgar um garanhão Thoroughbred.

Ela era tudo menos fácil e não se importava a mínima de ser chamada de difícil. Ela adorava. A única similaridade que dividiam era o fato de que ambas eram muito femininas, mas de formas inteiramente diferentes.

India era suave em todas as áreas em que Serena era dura e forte onde Serena não era. Mas as nuances no caráter de India eram muito mais sutis e isso havia intrigado Paul. Havia muito pouco mistério em Serena, ela era toda força, poder e controle. India era suavidade e gentileza, além de muito mais compassiva e humana. Isso havia espantado Paul quando conversaram durante horas no barco.

Paul voltou para conversar com elas e ficou por um momento admirando os seus contrastes. Era quase como estar vendo os dois extremos das mulheres e, se ousasse, teria admitido que as duas o fascinavam de formas diferentes e por uma variedade de razões.

Ele ficou quase aliviado quando Sam reuniu-se a eles e India apresentou-o a Serena. Ele apertou a mão dela educadamente, mas parecia desconfortável enquanto conversava com ela e era óbvio que Serena não tinha a menor idéia de como conversar com crianças. Ela falou com ele como se ele fosse um homem muito pequeno e as brincadeiras que fez diante dele passaram desapercebidas. Ele não tinha a menor idéia do que significavam.

— Ele é uma graça — disse ela quando ele voltou para os amigos. — Você deve estar muito orgulhosa.

— Estou — disse India, sorrindo.

— Se algum dia ele desaparecer, você saberá onde encontrá-lo, India. Paul estará velejando com ele para o Brasil no bote.

— Ele adoraria — disse India, rindo.

— O problema é que os dois iriam adorar. Mas na idade de Paul, é patético. Os homens são tão crianças, não são? São todos uns bebês. No máximo crescem para ser adolescentes e, quando não conseguem o que querem, tornam-se fedelhos. — Ouvir Serena a fez pensar em Doug, não em Paul. Não havia nada de "fedelho" nele. Ele parecia incrivelmente maduro e muito sensato na opinião dela, e ela havia ficado agradecida pelo conselho que havia lhe dado em sua última conversa.

Elas conversaram por alguns minutos a mais e confirmaram seus planos para a manhã seguinte. Então Serena foi falar com Jenny por alguns minutos antes de partirem e India foi olhar seus filhos, que pareciam estar se divertindo muito.

Era tarde quando India e as crianças voltaram para casa naquela noite e todos estavam cansados e felizes. Ela disse a Sam que iria encontrar os Wards no barco na manhã seguinte e perguntou-lhe se queria ir com ela.

— Paul vai estar lá? — perguntou ele sonolento, com um bocejo e, quando ela disse que estaria, Sam respondeu que iria. Ela convidou os outros para acompanhá-los, mas eles disseram que iriam dormir. O *Sea Star* era a paixão de Sam e estavam satisfeitos em deixá-lo para ele. Ela ficou desapontada porque os outros não iriam ver o barco e sabia que, se o vissem, iriam adorá-lo.

Ela acordou Sam, como havia feito antes, bem cedo na manhã seguinte e deu-lhe cereais e torradas antes de partirem, de forma que não tivessem que pedalar até o iate clube com o estômago vazio. Mas logo que chegaram ao iate, Paul estava esperando por eles e ofereceu panquecas aos dois. Serena ainda estava na sala de jantar, tomando café, olhou para cima quando entraram. Contrariando seu aviso no dia anterior, India achou que ela estava fabulosa, mesmo no café da manhã. Estava vestindo uma engomada blusa branca e imaculados *jeans* justos, com mocassins de sola de borracha, e seus cabelos estavam penteados com perfeição. Ela os usava lisos e longos, presos para trás com um elástico. Ela tinha um visual belo e limpo, com maquiagem suficiente para realçar seus traços, mas não para sobrecarregá-los.

— Pronta para a ação? — perguntou a India quando a viu.

— Sim, madame. — India sorriu enquanto Sam sentava-se diante de um prato de *waffles* e Paul ao lado dele.

— Vou fazer companhia a Sam — ofereceu-se Paul. Não era um sacrifício. Era óbvio, só de olhar para ele, o quanto gostava do menino. — Vamos sair no bote ou algo assim.

— Que deprimente — disse Serena e realmente queria dizer isso quando saiu para o deque e India a seguiu. E o resto da manhã voou como se fossem minutos.

India tirou meia dúzia de rolos de filme e estava certa de que havia conseguido algumas fotos realmente boas. Estava feliz ao descobrir que Serena era um alvo fácil.

Serena conversou amigavelmente e contou histórias divertidas a respeito de coisas que aconteceram em seus *sets* de filmagens em Hollywood e de autores famosos que conhecia e as coisas escandalosas que haviam feito. India gostou de ouvir a respeito deles. Quando terminaram, Serena convidou-a para ficar para o almoço, com Sam, é claro. Eles haviam decidido não partir para Nova York naquele dia, estavam planejando partir na manhã seguinte.

Comeram sanduíches no deque, local que Serena preferia à sala de jantar, que considerava pretensiosa e claustrofóbica. India discordava inteiramente, mas também era agradável comer ao ar livre e Paul e Sam voltaram com o bote quando as mulheres estavam quase terminando.

— Vocês deixaram alguma coisa para nós? — perguntou Paul quando se reuniu a elas no deque. — Estamos famintos! — E pareciam estar.

— Apenas cascas — disse Serena, mas um dos comissários de bordo foi rápido em receber os pedidos de Paul. Ele pediu *club* sanduíches para ele e Sam, com batatas fritas e picles, acrescentou ele, lembrando-se do gosto de Sam por eles.

Ele disse que haviam velejado muito bem e Sam reforçou a opinião com um enorme sorriso. Ele não contou à mãe que os dois haviam caído na água, mas que Paul endireitara o pequeno barco rapidamente. Mas ela havia visto e também vira que Paul resolvera a questão muito rápido.

Depois de terminarem os sanduíches, India disse que teriam que voltar para casa e ver o que a família estava fazendo. E ela queria trabalhar nas fotos de Serena, na câmara escura.

— Vou enviar-lhe as provas em alguns dias — prometeu a Serena quando se levantou. — Você pode ver o que acha delas — disse, modestamente.

— Tenho certeza de que vou adorá-las. Se você fizer comigo ao menos a metade do que fez com Paul, vou usá-las como papel de parede em nosso apartamento. E, diabos, sou mais bonita do que ele. — Ela brincou e India riu com ela. Ela era uma pessoa excêntrica e era fácil perceber porque ele gostava dela. Certamente ela não era entediante. Era muito interessante e repleta de pequenas histórias a respeito de pessoas famosas, que haviam dito isso ou feito aquilo a alguém. Ouvi-la durante toda a manhã havia sido como ler uma coluna de fofocas sobre celebridades. E, além disso, ela não era apenas bonita, mas inacreditavelmente *sexy*. India gostou dela e não pôde deixar de ficar impressionada com ela.

India agradeceu a Serena pela oportunidade de tirar suas fotos e a Paul por cuidar tão bem de Sam enquanto estavam ocupadas.

— Ele tomou conta de mim — disse Paul com um sorriso, e então abaixou-se para abraçar Sam e o garoto respondeu com vigor. — Vou sentir saudades de você — disse Paul, sentindo-se triste ao vê-lo partir, mas não era nem metade da tristeza que Sam sentia. Ele jamais iria esquecer esses dias no *Sea Star*. — Um dia desses, vou levá-lo em uma pequena viagem comigo — prometeu ele —, se sua mãe permitir. Você gostaria disso, Sam?

— Você está brincando? — Ele ficou radiante. — Estarei lá!

— Então é um trato. — E então Paul virou-se e abraçou India. Ele sentia-se como se estivesse perdendo velhos amigos enquanto caminhavam pela prancha de desembarque até a doca, e a tripulação inteira acenou para Sam quando partiram. Ele havia ganho o coração de todos no pouco tempo em que esteve ali. Todos o adoraram.

A caminho de casa, India estava perdida em seus próprios pensamentos e caiu de sua bicicleta, como acontecia com freqüência quando não prestava atenção.

— Mãe, o que aconteceu? — Sam parecia meio assustado quando a ajudou. Ela sempre fazia isso, mas não havia se machucado e estava sorrindo de sua própria falta de habilidade e sentindo-se tola enquanto Sam sorria para ela. Estar no barco juntos e partilhar sua magia havia repentinamente os tornado ainda mais próximos.

— Vou ter que comprar uma dessas bicicletas geriátricas com três rodas no ano que vem — disse ela, limpando-se.

— É, acho que sim. — Ele riu e então, enquanto pedalavam novamente, os dois foram em silêncio para casa. Ambos estavam pensando no barco e nas pessoas que conheceram ali. Estavam impressionados com Paul, mas India agora o via de forma diferente, desde que conhecera Serena. Vê-los juntos colocara as coisas novamente em perspectiva, a respeito de como ele estava casado e o que era importante na vida dele.

Quando chegou em casa, foi direto à câmara escura. E, enquanto trabalhava nas fotografias, ficou excitada com o que viu. As fotos de Serena estavam fantásticas. Ela estava deslumbrante e India ficou certa de que ela iria adorá-las. Havia uma boa dela com Paul, quando ele voltara de seu passeio no bote. Ele estava inclinado por trás do encosto da cadeira e ambos estavam muito glamourosos com o mastro acima e o oceano atrás deles. Eles formavam um bonito casal. E India mal podia esperar que ela visse as fotografias.

Ela enviou-as a Nova York pelo correio na manhã seguinte e Serena telefonou para ela no minuto em que chegaram.

— Você é um gênio — disse a voz gutural e por um momento India não soube quem era. — Gostaria de me parecer realmente com essas fotos. — Ela soube então que era Serena e sorriu.

— Você é melhor. Realmente gostou delas? — India estava excitada. Estava orgulhosa delas, mas Serena havia sido um tema fácil.

— Eu adorei! — Serena confirmou com admiração.

— Você gostou daquela com Paul?

— Não a recebi. — Serena soou momentaneamente intrigada e India estava desapontada.

— Droga. Devo ter me esquecido de mandar. Acho que a deixei na câmara escura. Vou mandá-la para você. Está incrível!

— Assim como você. Falei com meu editor esta manhã e eles vão pagar-lhe para usar as fotos e, é claro, lhe darão crédito.

— Não se preocupe com isso — disse India timidamente. — São um presente. Sam teve uma temporada tão boa com Paul, é apenas uma pequena coisa que posso fazer para agradecer-lhes.

— Não seja ridícula, India. Isso é negócio. O que o seu agente diria?

— O que ele não sabe não irá feri-lo. Direi a ele que fiz para uma amiga. Não quero que me pague.

— Você não tem jeito. Nunca vai retomar sua carreira novamente se continuar a jogar fora o seu trabalho. Você passou uma manhã inteira trabalhando e depois teve que revelá-las. Você é uma mulher de negócios horrível, India. Eu deveria ser sua agente. Não consigo nem mesmo decidir qual escolher, são todas tão boas — continuou Serena. Ela estava louca para mostrá-las a Paul, que ainda estava no escritório. — Eu vou ligar para você para dizer a que escolhi. Gostaria de poder usá-las todas, India. Realmente, obrigada. Mas gostaria que me deixasse pagá-la.

— Da próxima vez — disse India confiante, esperando que houvesse outra. E depois que desligou, pretendia procurar a foto de Serena e Paul e então esqueceu-a por completo quando Aimee entrou com uma farpa e ela teve que removê-la.

Os dias que se seguiram passaram voando e então Doug finalmente chegou para o fim de semana. Havia quase duas semanas que ela não o via. Ele parecia feliz em ver as crianças e estava cansado depois da longa viagem de carro. Como sempre fazia, nadou um pouco antes do jantar. Todas as crianças estavam em casa para o jantar aquela noite e então ele pôde vê-las. Mas voltaram a sair para ver os amigos depois do jantar, logo que puderam. Eles adoravam brincar de pegar na praia, no escuro, contar histórias de terror e visitar as casas uns dos outros.

O Cabo era o lugar perfeito para eles e, enquanto ele os via arremeterem-se para fora da porta, Doug sorriu. Estava alegre por estar lá. Era a primeira vez que India ficava a sós com ele desde que havia chegado. Sentaram-se na sala e India sentiu-se repentinamente constrangida. Tanta coisa já havia passado por sua cabeça desde a última vez em que o vira. Para não mencionar Paul Ward, o tempo que ela e Sam haviam passado no *Sea Star* e as fotos que havia tirado de Serena. Deveria haver muita coisa para contar a ele, mas, por alguma razão, ela descobriu que não queria. Estava menos ansiosa do que normalmente ficava para partilhar as coisas com ele. Era como se agora precisasse manter as coisas para si mesma.

— Então, o que você tem feito? — disse ele como se tivesse encontrado um velho amigo que não via desde o último verão. Não havia nada aconchegante ou caloroso em sua saudação, e ela agora percebeu que nunca houvera. Só agora ela notava tudo no que nunca havia prestado atenção antes. Ela imaginou quando as coisas haviam mudado entre eles.

— Não muita coisa. O de sempre. — Ela havia falado com ele com freqüência suficiente para discutir as coisas importantes. — As crianças estão tendo um bom verão.

— Mal posso esperar para vir no mês que vem e ficar aqui — disse ele à vontade. — Tem estado quente como o inferno em Westport e pior ainda na cidade.

— Como estão os seus novos clientes? — Era como falar com um conhecido.

— Consumindo tempo. Tenho estado no escritório até nove ou dez da noite. Com você e as crianças fora, não tenho que correr para o trem das seis. Fica mais fácil de fazer o meu trabalho. — Ela assentiu, pensando que era uma conversa patética.

Depois de duas semanas separados, eles tinham que ser capazes de conversar sobre algo mais que seus clientes e o calor na cidade. Desde que ele chegara não dissera nem uma vez que sentira a falta dela ou que a amava. Ela nem ao menos conseguia lembrar-se da última vez em que ele havia dito algo parecido a ela. E tudo no que podia pensar agora era porque não havia esperado que ele dissesse isso a ela com mais freqüência. Não podia deixar de imaginar se os encontros de Paul e Serena eram tão sem brilho quanto este, e duvidou. Serena não teria tolerado isso nem por um minuto. Tudo nela expressava e desejava paixão. Mas não havia nada de apaixonado na relação de India com Doug agora. Na verdade, não tinha havido em quase vinte anos. Era uma constatação deprimente.

Eles esperaram até que as crianças voltassem, conversando sobre nada em particular, e Doug ligou a TV. E quando Jessica chegou em casa, eles desligaram as luzes e foram para a cama. India tomou um banho, sabendo que ele iria querer fazer amor com ela e, quando surgiu com a camisola que sabia que ele gostava, descobriu que ele estava dormindo. Ele parecia dormir, roncando levemente, com seu rosto enterrado no travesseiro. Quando olhou para ele, sentindo-se novamente solitária, percebeu que era um final apropriado para a noite. E isso fazia um balanço de sua vida juntos que nada mais poderia ter feito.

Ela escorregou para a cama com cuidado, sem perturbá-lo, e levou muito tempo para dormir naquela noite, enquanto chorava em silêncio na luz do luar e desejava estar em qualquer lugar menos ali, ao lado do marido.

Capítulo 8

DOUG E INDIA PASSARAM o dia seguinte na praia. As crianças e seus amigos vinham e iam e, naquela noite, Doug levou todos para jantar fora. Eles jantaram em uma divertida e velha churrascaria onde iam todos os anos, normalmente em ocasiões especiais. E todos aproveitaram.

E mais tarde, quando voltaram para casa, Doug finalmente fez amor com ela. Mas até isso parecia diferente agora. De alguma forma, para ela parecia um negócio, já que ele não se importava se ela havia gostado. Ele apenas queria terminar aquilo e depois, quando ela virou-se para dizer a ele que o amava, pôde ouvi-lo roncar. Definitivamente, não havia sido um fim de semana estelar para eles.

E na manhã seguinte, depois que as crianças saíram, ele virou-se para ela com uma estranha expressão.

— Há alguma coisa errada, India? — perguntou ele incisivamente enquanto ela servia-lhe uma segunda xícara de café. — Você está agindo de forma estranha desde que cheguei aqui. — Ela também não parecia a mesma ao telefone antes disso.

E quando olhou para ele não tinha certeza do quanto deveria contar ou do que dizer.

— Eu não sei. Tenho algumas coisas em mente. Mas não tenho certeza se é a hora certa para discutirmos isso. — Ela já havia decidido não levantar o assunto de seu trabalho com ele novamente até que ele viesse reunir-se à família em suas férias. Ela não queria apenas jogar uma bomba nele e então deixá-lo dirigir de volta a Westport. Eles iriam precisar de algum tempo para conversar a respeito e ela sabia disso.

— O que a está perturbando? Alguma coisa a respeito das crianças? Jess está lhe causando problemas novamente? — Ela havia sido meio trabalhosa para a mãe naquele inverno. Era difícil acreditar, mesmo para ele, que havia algo mais na vida além das crianças.

— Não, ela está bem. Tem sido de grande ajuda, na verdade. Eles todos têm. Não é nada com eles, é comigo. Tenho apenas refletido muito.

— Então bote para fora — disse ele impaciente, observando-a. — Você sabe que eu odeio quando você faz isso. Qual é o grande mistério? Você não está tendo um caso com Dick Parker, está? — Ele estava apenas brincando. Não poderia nem mesmo conceber o fato de India traí-lo. E estava certo. Ela não poderia. Ele confiava nela completamente. O fato de que ela havia achado Paul Ward atraente era algo que ele jamais iria saber, e ela não precisava contar a ele. Sabia que sua atração por ele era irrelevante e não iria longe.

— Tenho apenas pensado em minha vida e no que eu quero fazer agora.

— O que diabos isso significa? Você está planejando escalar o Everest ou cruzar o Pólo Norte em um trenó de cães? — Ele disse isso como se fosse inconcebível que ela jamais pudesse fazer algo que valesse a pena ou que fosse excitante. E pelos últimos catorze anos, ao menos, estava certo, ela não tinha. Exceto criar os filhos dele. Ela realmente tornara-se o que ele esperava que ela fosse: "alguém em quem pudesse confiar para cuidar das crianças."

Ela decidiu então persistir.

— Você me derrubou quando conversamos antes de virmos para cá. Naquela noite no Ma Petite Amie. De alguma forma, nunca pensei em mim mesma apenas como uma "companheira e alguém em quem se pode confiar para cuidar das crianças". Algumas de minhas ilusões a nosso respeito eram um pouco mais românticas. — Machucava até mesmo admitir para ele, mas isso era o que havia iniciado tudo. Isso, o fato de ele ser inflexível a respeito de ela não trabalhar e de recusar-se a compreender os sentimentos dela a respeito, ou ao menos ouvi-los. Mas, apesar disso, ela achou difícil dizer a ele.

— Ah, pelo amor de Deus, India. Não seja tão sensível. Você sabe o que quero dizer. Estava apenas querendo dizer que depois de dezessete anos de casamento, ou quinze, ou provavelmente até dez, não se pode esperar muito romantismo.

— Por que não? — Ela olhou para ele com retidão e sentiu-se como se o estivesse vendo pela primeira vez. — Por que não se pode ter algum romance depois de dezessete anos? Cria muitos problemas?

— Isso é coisa de crianças e você sabe disso. Vai embora depois de algum tempo. É também o destino. Você fica ocupado trabalhando, sustentando uma família, apanhando o trem das seis horas para chegar em casa à noite e quando chega está morto de cansaço e não quer nem mesmo conversar com ninguém, muito menos sua mulher. O quanto isso é romântico? Diga-me.

— Não muito. Mas eu não estou falando de estar cansado, Doug. Estou falando de sentimentos. Sobre amar alguém e fazê-lo sentir-se amado. Não tenho nem mais certeza se você me ama. — Havia lágrimas nos olhos dela quando ela disse isso e ele parecia desconfortável e mais do que um pouco espantado.

— Você sabe que sim. É uma coisa ridícula de se dizer. O que você espera que eu faça? Traga-lhe flores todas as noites? — Ele parecia irritado pelo que ela estava dizendo.

— Não. Mas uma vez por ano seria bom. Não consigo nem mesmo me lembrar da última vez em que você fez isso.

— No ano passado no nosso aniversário de casamento. Dei-lhe rosas.

— Sim, e nem mesmo me levou para jantar fora. Você disse que poderíamos fazer isso no ano seguinte.

— Eu a levei para jantar há algumas semanas, no Ma Petite Amie, foi quando começou tudo isso. Não me parece uma boa idéia se é a isso que chegamos.

— Estou apenas olhando para a minha vida e imaginando por que eu abri mão da minha carreira. Sei que abri mão pelos meus filhos. Mas também abri por um homem que me ama e que aprecia o que fiz? — Era uma pergunta honesta e agora ela queria uma resposta honesta.

— Então é isso? Você trabalhar novamente? Já lhe disse que isso é impossível. Quem vai cuidar das crianças se você voltar a trabalhar? Não faz nem mesmo sentido financeiramente. Vamos gastar mais dinheiro do que você vai ganhar se contratarmos uma empregada, que provavelmente não vai tomar conta deles de uma maneira decente. Como eu volto a lembrar, India, seu trabalho trouxe alguns prêmios e praticamente nenhum dinheiro. Então, que tipo de carreira é esta? É uma carreira para garotas que acabaram de sair do Corpo da Paz, sem nenhuma responsabilidade e nenhuma razão para encontrar um emprego de verdade. Bem, você agora tem um emprego de verdade, cuidando de nossos filhos. E se não é glamouroso o suficiente para você e você acha que precisa começar a correr meio mundo novamente, é melhor prestar bem atenção no que está fazendo. Nós fizemos um trato quando você voltou a Nova York. Nos casamos, você trabalhou até ter filhos e então tudo terminou. Foi bom e claro e você não parecia ter problemas com isso. Agora, catorze anos depois, você quer mudar o trato comigo. Bem, sabe o que mais? Você não pode fazer isso. —

Ele parecia estar a ponto de sair da sala enfurecido, mas ela não iria permitir. Repentinamente seus olhos estavam flamejantes. Ele não tinha o direito de fazer isso com ela. E nunca ao menos havia lhe dito que a amava. Ele havia desviado o assunto completamente.

— Que direito você tem de me dizer o que posso ou não fazer? Esta também é minha decisão. E eu vivi pelo nosso "trato" da melhor maneira que pude. Fiz isso justamente e dei muito valor a você pelo seu dinheiro, senhor. Mas não estou mais feliz com isso agora. Sinto como se tivesse aberto mão de muita coisa e você nem ao menos liga a mínima. Para você, é apenas uma espécie de *hobby* insignificante que você acha que eu estava querendo. Ao menos é o que você diz e como age a respeito. Se eu estivesse nele, provavelmente já teria ganho um Pulitzer. Não é pouca coisa, Doug. É muita coisa e foi disso que eu abri mão para fazer limpeza para nossos filhos.

— Se é isso o que você realmente queria, então deveria ter ficado onde por diabos estava, Zimbabwe ou Quênia ou Kalamazoo, e não voltar para casar-se comigo e ter quatro filhos.

— Posso fazer ambos, se me deixar.

— Nunca permitirei. E que fique bem claro agora. Porque eu não vou continuar a ter esta discussão com você. Sua carreira, como era, com ou sem uma droga de Pulitzer, está *terminada*, India. Você entendeu isso?

— Talvez não seja minha carreira que esteja terminada. Talvez seja outra coisa — disse ela corajosamente. Havia lágrimas correndo em seu rosto e ela estava repelindo os soluços, mas Doug não se mexia por um milímetro de sua posição. Ele não tinha que fazê-lo. Ele tinha uma carreira, uma vida, uma família e uma mulher para cuidar de seus filhos. Ele tinha tudo exatamente da forma como queria. Mas o que ela possuía?

— Você está me ameaçando? — perguntou ele, ainda mais furioso. — Não sei quem está colocando essas idéias na sua cabeça,

India, se é aquele bolo de frutas do seu agente, Raoul, ou Gail com sua devassidão, ou até Jenny com sua brincadeira de médica, mas quem quer que seja, você pode dizer para esquecer. Até onde eu sei, nosso casamento mantém-se sobre o nosso trato. Isso é, para mim, uma quebra do trato.

— Não sou parte dos seus negócios, Doug, não sou um trato que você está fazendo com um cliente. Sou um ser humano e estou dizendo a você que você está me matando emocionalmente e eu vou enlouquecer se não fizer algo mais com minha vida do que levar Sam e Aimee e Jason para a escola todas as manhãs. Há mais na vida do que apenas sentar o traseiro em Westport, morrendo de tédio e esperando para servir-lhe o jantar. — Ela estava soluçando ao dizer isso, mas ele aparentava estar completamente insensível. Tudo o que ele sentia era raiva.

— Você nunca esteve entediada antes. O que diabos está acontecendo com você?

— Eu cresci. As crianças não precisam mais tanto de mim. Você tem uma vida. E eu também preciso de uma. Preciso mais do que tenho agora. Estou solitária. Estou entediada. Começo a me sentir como se estivesse desperdiçando a minha vida. Quero alguma coisa inteligente para uma troca, outra coisa que não seja ficar esperando para estar fora de uso. Preciso de mais do que isso. Deixei minhas próprias necessidades de lado por catorze anos. Agora preciso de algo mais para continuar seguindo. Isso é pedir muito?

— Eu não compreendo o que você está dizendo. Isso é loucura.

— Não, não é — disse ela desesperadamente. — Mas será se você não começar a me ouvir.

— Estou ouvindo você. Apenas não gosto do que ouço. India, você está realmente esfolando a árvore errada aqui. — As brigas entre eles eram raras, mas ela agora estava completamente esgotada e ele estava lívido. Ele não iria abrir mão de um centímetro nesse assunto e ela sabia disso. Não havia esperança.

— Por que você ao menos não tenta me deixar fazer uns dois trabalhos? Talvez funcione. Ao menos dê uma chance.

— Por quê? Eu já sei como será. Recordo-me de como era antes de nos casarmos. Você estava sempre em cima de uma árvore em algum lugar, usando telefones móveis e fugindo de atiradores de elite. É isso o que realmente quer fazer de novo, pelo amor de Deus? Você não acha que pelo menos nossos filhos têm direito a uma mãe? O quanto você é egoísta?

— Talvez metade do que você é. Que tipo de mãe eles irão ter se eu não tiver amor-próprio e estiver irritada o tempo inteiro porque estou tão entediada e solitária?

— Se é isso o que você quer, India, então encontre um novo marido.

— Você realmente quer dizer isso? — Ela estava olhando para ele em total assombro, imaginando se ele ousaria ir tão longe. Mas ele poderia. Parecia sentir-se tão forte a respeito. Mas sua pergunta e o olhar nos olhos dela quando a fez moderou-o um pouco.

— Eu não sei. Pode ser. Preciso pensar um pouco a respeito. Se é realmente o que você quer, se você está se esforçando para levar isso tão longe, então talvez nós dois devamos repensar o nosso casamento.

— Não posso acreditar que você nos sacrificaria porque não quer tentar fazer uma concessão e pensar em meus sentimentos para variar. Tenho feito as coisas do seu jeito por muito tempo. Talvez seja a hora de tentar fazer do meu.

— Você não está nem mesmo pensando nas crianças.

— Estou. E tenho pensado há muito tempo. Mas talvez agora seja a minha vez.

Ela nunca havia dito nada nem remotamente parecido com isso para ele antes. E certamente ele não iria dizer a ela agora que a amava. Na verdade, enquanto ele a escutava, estava quase certo de que não a amava. Como poderia? Ela estava violando o trato que havia feito com ele, sacrificando os filhos deles e, até onde compreendia, arriscando o casamento. Na concepção de Doug, não havia muito amor ali.

E ela estava desesperada para fazer uma última tentativa para fazê-lo compreendê-la.

— Doug, o que fiz não era apenas um emprego. Era uma forma de arte. Era uma parte de mim. É como eu me expresso, o que está em minha mente, meu coração, minha alma. É por isso que nunca deixei de carregar minha câmera. Eu preciso dela para deixar que alguma luz brilhe através de mim. O que você vê com os seus olhos, eu vejo com meu coração. Abandonei isso por muito tempo. Agora apenas quero um pequeno pedaço de volta, como uma parte de mim da qual abri mão. Apenas descobri que sinto muita falta dela. Talvez precise disso para saber quem eu sou. Eu não sei. Eu mesma não compreendo, apenas sei que de repente percebi que é importante para mim. — Mas ela também percebeu que não era para ele. Esta era a questão para seu marido. Ele simplesmente não podia compreender o que ela estava dizendo. Não entendia. E não queria entender.

— Você deveria ter pensado em tudo isso há dezessete anos, quando se casou comigo. Você teve escolha. Pensei que tivesse feito a escolha certa e você também. Se não se sente mais dessa forma agora, então temos que enfrentar isso.

— Tudo o que precisamos enfrentar é que eu preciso de algo mais em minha vida. Algum ar, algum espaço para respirar, uma forma de me expressar e de ser eu mesma novamente... uma forma de sentir que eu tenho importância para o mundo, e não apenas você. E, mais importante do que isso, preciso saber que você me ama.

— Eu não vou amar você, India, se ficar atirando esta merda em mim. E é tudo de que se trata, até onde eu compreendo. Uma carga de merda. Você está sendo uma pirralha mimada e está abandonando a mim e aos nossos filhos.

— Sinto muito que você não possa escutar o que estou dizendo — disse ela, chorando suavemente e, com isso, ele deixou a sala, sem dizer-lhe uma palavra ou tentar tocá-la ou tomá-la nos braços, ou dizer a ela que a amava. Naquele momento, ele simplesmente não o fez. E estava muito raivoso para ouvi-la por mais um minuto. Em vez disso, caminhou até o quarto e fez as malas.

— O que você está fazendo? — perguntou ela quando o viu.

— Estou voltando para Westport. E não voltarei no próximo fim de semana. Não preciso dirigir por seis horas para ouvir você discursar e delirar sobre sua "carreira". Acho que precisamos de um tempo um do outro. — Ela não discordava dele, mas sentiu-se abandonada por ele quando viu o que estava fazendo.

— O que te deixa tão seguro de que sabe o que é certo para nós, para mim e para nossos filhos? Por que você sempre tem que ditar as regras?

— Porque é assim que funciona, India. É assim que sempre foi. E se você não gostar, pode me deixar.

— Você faz soar muito simples. — Mas não era, ela sabia disso.

— Talvez seja. Talvez seja simples assim. — Ele levantou-se e olhou para ela, com sua mala na mão, e ela não podia acreditar como seu casamento estava se desfazendo tão rapidamente depois de dezessete anos e quatro filhos. Aparentemente, tinha que ser desta forma, ou de nenhuma forma. A injustiça da parte dele era tremenda, mas ele não estava nem mesmo se esforçando para negociar com ela, ou mesmo importando-se em dizer-lhe que a amava. Ele não a amava o suficiente, na verdade, para importar-se com o que sentia ou precisava. Era tudo a respeito dele e do trato que haviam feito. Era um ponto de honra para ele e ele não estava se esforçando para renegociar o contrato. — Diga adeus às crianças por mim. Vejo você em duas semanas. Espero que já tenha tomado juízo então. — Ele não havia arredado pé mas, mesmo se quisesse, India não tinha certeza se poderia mudar agora. Nas últimas semanas ela havia estado muito a par do que estava faltando e do que precisava.

— Por que você está sendo tão obstinado a respeito disso? Às vezes precisamos fazer mudanças na vida para ajustar novas idéias e novas situações.

— Não precisamos de novas idéias e nem nossos filhos. Eles apenas precisam da mãe deles fazendo o que deve fazer por eles. E isso é tudo o que eu preciso de você.

— Por que não contrata uma empregada? Então, se ela não andar na linha ou cumprir o "trato" com você, pode apenas despedi-la.

— Talvez tenha que fazer isso, se você decidir seguir os passos de seu pai.

— Não sou tão estúpida. Não estou pedindo a você que me deixe ir para zonas de guerra. Apenas quero cobrir algumas reportagens decentes.

— Não estou pedindo nada a você — disse ele friamente. — Estou lhe dizendo que no fim do verão, quando voltarmos a Westport, é melhor que tenha retomado o juízo e esteja pronta para abandonar todo esse *nonsense*. É melhor que esteja pronta para cuidar dos nossos filhos e fazer o que se comprometeu a fazer. — Ela nunca havia percebido o quanto ele era insensível, como era totalmente indiferente aos sentimentos dela. Desde que ela jogasse o jogo da forma com que ele esperava que fizesse, tudo bem. Mas diferentes necessidades, diferentes idéias, qualquer coisa diferente, eram inaceitáveis para ele. E ele havia deixado isso perfeitamente claro para ela, mais claro do que nunca, e ela odiou tudo o que estava ouvindo. Isso era muito pior do que apenas entediante. Isso era perverso.

Ele então caminhou até a porta da frente, virou-se uma última vez para olhar para ela e lançou um ultimato final.

— Eu realmente quero dizer isso, India. Recomponha-se novamente ou vai se arrepender. — Ela já tinha se arrependido, mas não disse uma palavra a ele quando partiu e ficou de pé em silêncio na janela da cozinha, observando-o sair de carro pela estrada. Ela não podia acreditar no que estava acontecendo a eles, no que ele havia dito a ela e no que não dissera. Ela ainda estava chorando quando Sam entrou. Nem mesmo o ouviu entrar na cozinha atrás dela.

— Onde está papai? — perguntou ele, imaginando que talvez estivesse caminhando na praia com Crockett.

— Ele partiu — disse India arrasada, secando os olhos enquanto virava-se para ele. Não queria que a visse chorando.

— Ele esqueceu de dizer adeus — disse Sam, surpreso.

— Teve que voltar para uma reunião.

— Ah. Vou para o outro lado da rua, à casa de John.

— Esteja em casa para o jantar — disse ela, virando-se para sorrir para ele. Seus olhos ainda estavam úmidos, mas ele não percebeu. Apenas a viu sorrindo e não olhou mais longe. — Eu amo você, Sam — disse ela suavemente e ele sorriu.

— Sim... Eu sei, mãe. Eu também te amo. — Então ele havia partido, a porta da frente bateu e ela observou-o atravessar a rua para a casa do amigo. Ele não tinha a menor idéia do que acabara de acontecer, mas India tinha a sensação de que a vida deles iria mudar para sempre.

Ela poderia ter telefonado para Doug no carro, poderia ter dito a ele que tinha mudado de idéia, poderia ter feito um monte de coisas, mas sabia que agora não era mais possível. Não havia mais volta, tudo o que podia fazer era seguir em frente.

Capítulo 9

DOUG LIGOU para ela apenas duas vezes nas duas semanas seguintes até que voltasse. E quando chegou o clima estava tenso entre eles. Ele não fez nenhuma referência ao que havia acontecido na última vez, nem India. Mas ela havia pensado muito a respeito de seu casamento e havia se sentido tentada a telefonar para Raoul, seu agente, para colocar o seu nome no topo da lista para um trabalho local. Mas havia decidido esperar até o fim do verão para ligar para ele. Ela queria explorar as possibilidades em sua mente, os riscos e o impacto potencial em seus filhos. E ela precisava conversar com Doug novamente. Eles tinham algumas coisas para resolver, agora mais do que nunca. Mas ela não queria fazer nada precipitado. Ainda queria voltar a trabalhar, mas os riscos eram altos e ela queria ter certeza de que sabia o que estava fazendo.

Doug nem mesmo tentou fazer amor com ela e mal lhe falou durante todo o fim de semana. Ele agiu como se ela houvesse cometido uma transgressão imperdoável contra ele. E no domingo, depois que ele partiu, Jason olhou para ela com os olhos cheios de perguntas. Ele era o mais próximo do pai.

— Você está com raiva do papai? — perguntou ele diretamente enquanto a ajudava a colocar a mesa.

— Não. Por quê? — Ela não queria dizer nada às crianças a respeito da última conversa dos dois. Elas não precisavam saber da frieza entre eles. Não havia necessidade de perturbá-las. Já havia sido difícil o suficiente passar o fim de semana com Doug sem se falarem.

— Você não falou com ele durante todo o fim de semana.

— Acho que estava apenas cansada. E ele tinha muito trabalho para terminar antes de voltar para as férias. — Ele estaria voltando para passar três semanas no fim de semana seguinte e ela já não estava mais ansiando por isso. Mas talvez isso fizesse bem a eles. Ela esperava que sim. Ainda não podia acreditar que ele estivesse disposto a colocar o casamento em risco apenas porque ela queria fazer algumas reportagens. Não parecia valer a pena. Mas ela também não estava disposta a prometer a ele que não faria. Isso parecia-lhe muito injusto. Tudo parecia.

Jason pareceu ficar satisfeito com a resposta dela, saiu novamente para encontrar os amigos na praia e trouxe dois deles para jantar. Mas até a refeição deles foi silenciosa naquela noite. Era como se eles todos percebessem que algo estava errado, embora na verdade não soubessem. Mas crianças são às vezes como animais, sem saber das coisas elas as pressentem. Ela estava deitada na cama lendo naquela noite quando o telefone tocou. Ela imaginou se seria Doug, ligando para desculpar-se por outro desagradável fim de semana. Ao menos desta vez não tinha havido ameaças, ultimatos e explosões. Apenas silêncio e depressão.

Ela alcançou o telefone esperando ouvir Doug e ficou estupefata quando escutou a voz de Paul Ward. Sua voz era tão clara e soava como se ele estivesse de pé no quarto dela.

— Onde você está? — perguntou, surpresa em ouvi-lo. Ela não conseguia imaginar por que ele estava ligando para ela, a não ser que estivesse voltando ao Cabo e quisesse convidar Sam para encontrá-lo, como havia prometido. Sam estava preparado para lembrar-se daquela promessa para sempre.

— Estou no barco. São quatro horas da manhã e estamos indo para Gibraltar. Decidi fazer a travessia para a Europa no *Sea Star*. — Parecia muito corajoso para ela, mas sabia que ele já tinha feito isso uma vez e adorado. Ele havia contado a Sam tudo a respeito durante o almoço no iate clube de New Seabury.

— Isso parece muito excitante. — India sorriu ao ouvi-lo. Ele parecia feliz em seu barco, velejando através do oceano. — Imagino que Serena não está com você.

Ele riu diante da suposição dela. Ela já sabia a resposta.

— Não, ela está em Londres, encontrando-se com seus editores britânicos. Voou no Concorde. E você? Como está?

— Estou bem. — Ela imaginou se deveria contar-lhe a verdade a respeito de sua briga com Doug e de seu ultimato há duas semanas. Ela sabia que ele ficaria preocupado por ela. — Como está tudo por aí?

— Maravilhoso. Tranqüilo. Temos tido um tempo maravilhoso e uma travessia fácil.

— Você terá que contar a Sam tudo a respeito. — Ela ainda imaginava por que ele havia lhe telefonado. Particularmente às quatro da manhã desta vez. Talvez estivesse apenas entediado e quisesse alguém para conversar.

— Estava pensando em você. Imaginei como você estava e como estaria indo seu plano de voltar ao trabalho. Você falou com seu marido a respeito novamente?

— Falei — suspirou ela — há duas semanas. E ele não falou mais comigo desde então. Estava aqui e tivemos um fim de semana muito frio. E não estou falando da temperatura. — Era bom poder conversar com ele. Por alguma razão, ele sentia-se como um velho amigo, embora não tivesse certeza do motivo. Mas Gail ainda estava na Europa e não havia mais ninguém a quem pudesse fazer confidências. — Ele disse mais ou menos que se eu voltar ao trabalho ele vai me deixar. Ou ao menos insinuou isso. Disse que seria uma quebra de trato. — Ela soou desanimada quando disse isso.

— E para você, India? Como se sente a respeito?

— Muito mal. Ele simplesmente não quer saber como me sinto. Eu não sei, Paul... acho que ele realmente vai fazer isso. É uma grande decisão e talvez não valha a pena.

— E se você ceder a ele? Como irá se sentir? — Ele falou como se se importasse com o que estava acontecendo com ela e ela ficou emocionada por isso.

— Acho que me sentirei meio morta por dentro se voltar atrás — respondeu. — Mas perder o meu casamento é um preço alto a pagar por um pouco de amor-próprio e alguma independência.

— Você tem que tomar uma decisão, India. Ninguém mais pode tomá-la por você. Você sabe o que eu penso.

— Sei o que Serena faria — disse India com um sorriso triste. — Gostaria de ser tão tempestuosa quanto ela.

— Você está em seu próprio caminho. Você apenas ainda não sabe. — Mas no fundo de seu coração, India sabia que não estava. Serena não teria discutido com Doug por cinco minutos, mas também não teria se casado com ele. India se casara e agora tinha que viver com isso. Mas o pensamento de deixar que ele a ameaçasse a deprimia. Nesses últimos dias, ele não estava dando muito a ela para que valesse a pena continuar, nenhum calor, nenhuma compreensão, nenhum apoio, nenhuma afeição. E ela percebia agora que ele não fazia isso há muito tempo. Eles apenas haviam estado envolvidos no mecanismo de criar seus filhos. E repentinamente isso não era mais suficiente. — Como está o meu amigo Sam? — perguntou Paul e os dois sorriram ao pensar nele.

— Parece estar dormindo neste minuto. Tem se divertido com os amigos e contando a todos a respeito do *Sea Star*.

— Eu gostaria que ele estivesse aqui comigo... Gostaria que você também estivesse — disse ele em um tom estranho, o que provocou a mesma corrente de eletricidade que ela havia sentido antes quando conversava com ele. Havia algo de poderoso nele e ela não estava certa do que ele estava dizendo ou por que estava telefonando. Ele não estava fazendo nenhum pouco caso dela e de alguma forma ela sabia que ele não faria. Mas também sentia que ele gostava dela. — Você adoraria a travessia. Sei disso. É tão pacífico. — Era uma de suas coisas favoritas. Ele lia, dormia e assumia a vigilância noturna sempre que desejava, como já havia feito. Foi por isso que ele havia telefonado para ela naquela hora medonha. Mas havia estado pensando nela durante toda a noite, quando olhava para o oceano, e finalmente decidira ligar para ela. — Estaremos indo para o sul da França em alguns dias. Mas tenho alguns negócios em Paris, primeiro. Serena vai voar para lá para me encontrar. Paris é exatamente a sua menina dos olhos. A minha também — confessou ele. Era uma de suas cidades favoritas.

— Não vou lá há séculos — disse India sonhadora, relembrando-se da última vez em que esteve em Paris. Ela era muito jovem e ficara em um albergue para a juventude. Ela tinha certeza de que ele ficaria em algum lugar como o Ritz ou o Plaza Athénée ou o Crillon. — Onde vai ficar?

— No Ritz. Serena o adora. Às vezes fico no Crillon. Mas ela prefere o Ritz. Não tenho certeza se posso notar diferença. Não falo francês, ela fala, é claro. Sempre me sinto como um tolo tentando falar com os motoristas de táxi para negociar meu caminho através de Paris. Você fala francês, India?

— O suficiente para andar por lá e me alimentar. Mas não o suficiente para manter uma conversa inteligente. Na verdade aprendi muito quando passei seis semanas no Marrocos uma vez, mas todos os meus amigos franceses zombavam do meu sotaque. Mas ao menos eu conseguia chegar em um táxi e ir ao clube da imprensa.

— Serena passou um ano na Sorbonne. Ela fala um francês surpreendente. — Serena era, de todas as formas possíveis, um difícil espetáculo de se acompanhar. Mais do que difícil. Impossível. Mas ninguém jamais irá seguir os seus passos. Era fácil notar que eles eram loucos um pelo outro. — A propósito, quando você voltará a Westport?

— Não até o fim de agosto. — Eles não tinham muito o que conversar a respeito, mas era bom ouvi-lo e saber onde ele estava às quatro horas da manhã. — As crianças têm que voltar à escola nessa época. E tenho que organizar tudo. — Ele riu ao pensar nisso. Queria algo mais para ela e esperava que ela tivesse a coragem de tentar e conseguir. — Por quanto tempo vai ficar na Europa?

— Até o Dia do Trabalho. Mas Serena vai voltar a Los Angeles antes disso. Não tenho certeza se ela se importa. Ela construiu sua vida sempre fora, então não tem que ficar em lugar nenhum por muito tempo. Ela é muito independente e sente-se irritada, particularmente no barco.

— Ela então iria odiar isso aqui. Não faço nada a não ser deitar na praia o dia inteiro e voltar para casa às seis horas para fazer o jantar.

— Parece-me uma boa vida e as crianças devem adorar.

— Elas adoram. Mas a vida é muito mais divertida no *Sea Star*, acredite-me. Parece ser a existência perfeita.

— E é. Para as pessoas certas. Você realmente tem que amar essa vida, estar em barcos, velejar e estar fora no oceano. Acho que ou está no sangue ou não está. Não é um gosto adquirido para a maioria das pessoas. Você apaixona-se por isso cedo, como eu. Eu tinha aproximadamente a idade de Sam quando descobri o quanto eu adorava.

— Nunca soube o quanto era maravilhoso até que velejamos em seu barco. É uma forma incrível de se começar. Temo que você tenha me estragado para sempre. Para não mencionar Sam, que agora nunca mais vai querer nada menos.

— Oh, sim, ele irá. Ele é um verdadeiro marinheiro, como eu. Ele gostou até mesmo do bote. Aquele é o teste da verdade e ele passou de forma brilhante.

— Acho que fico com os grandes.

— Essa é provavelmente uma boa decisão. Haverá um monte de belos barcos aqui, especialmente alguns adoráveis clássicos. Um desses dias vou comprar um. Serena provavelmente vai se divorciar de mim quando eu o fizer. Um barco é ruim o suficiente, mas dois barcos? Não acho que terei coragem de dizer a ela. — Ele riu diante da possibilidade.

— Ela provavelmente espera isso de você — disse India, rindo. Era tão bom ouvi-lo e conversar com ele. Se fechasse os olhos, poderia vê-lo de pé no deque do *Sea Star*, com Sam ao seu lado, ou conversando com ela na cabina, enquanto Sam conversava com o capitão. Eles tiveram um dia incrível quando velejaram com ele.

Ele contou-lhe a respeito das competições das quais iria participar na Sardenha, e as pessoas que iria ver, o Aga Khan entre elas.

— É uma vergonha você viajar em círculos tão miseráveis, Paul — provocou India. — É uma longa distância de Westport.

— Assim como a Botswana e você precisa voltar lá — ele provocou. Podia sentir que ela precisava de encorajamento e estímulo. Talvez agora mais do que nunca, com seu marido a ameaçando. Era tão reles da parte dele fazer isso. Paul odiava pensar no desperdício do talento dela, mas suspeitou facilmente que Doug estava ameaçado. Ele não queria que India tivesse uma vida mais interessante que a dele. Isso faria a vida dele parecer sem sentido e entediante. Paul não podia deixar de pensar se Doug estava com ciúmes dela.

— Algumas vezes imagino se verei esses lugares novamente — disse ela tristemente. — Não consigo nem mesmo convencer Doug a ir a Europa.

— Gostaria que você estivesse aqui conosco. Sei que iria adorar. A propósito, eu vi o modelo da capa do livro de Serena com a foto que você tirou. Está fantástica.

— Fico feliz. Foi divertido fazê-la. — India sorriu, pensando na manhã que havia passado com ela.

Eles conversaram por alguns minutos a mais e ela achou que ele parecia cansado. Era tarde para ele.

— Tenho que desligar agora — disse ele, depois de alguns minutos de conversa. — Tenho uma pequena navegação para fazer. Estamos chegando perto. E o sol vai surgir logo. — Ela podia imaginá-lo no barco, conversando com ela, enquanto aproximava-se de Gibraltar. Parecia requintadamente exótico. E muito romântico. — Suponho que você irá dormir agora. — Ele gostava de pensar nela lá, em sua tranqüila vida em Cape Cod. Parecia maravilhosamente tranqüila e ficou feliz por ter estado lá para conhecê-la. — Pense no *Sea Star* e, esperançosamente, um dia desses, você e Sam estarão a bordo novamente.

— Não consigo pensar em nada melhor.

— Eu consigo — disse ele e houve um silêncio entre os dois. Ela não sabia o que dizer a ele. Estava feliz por tê-lo conhecido e prezava a amizade que ele lhe oferecia. O suficiente para não arriscá-la ou dizer alguma coisa tola da qual se arrependeria. Mas ele também não lhe disse mais nada. Os dois eram maduros o suficiente.

Ela agradeceu-lhe por telefonar e eles desligaram um momento depois. E ela fez exatamente o que ele sugeriu. Deitou-se na cama e pensou nele velejando através de Gibraltar no *Sea Star*. Ela imaginou o barco todo aceso como quando havia passado diante da casa dela naquela noite, semelhante a uma ilha mágica cheia de sonhos e de pessoas felizes. E agora podia vê-lo na ponte, sozinho no escuro pouco antes do amanhecer, seguindo para Gibraltar. Mas ela não sonhou com Paul naquela noite, ou com sua vida agradável no *Sea Star*. Em vez disso, teve pesadelos com Doug e ele estava gritando com ela. Essa era a sua realidade, aquela que teria que resolver ou viver com ela. Para ela, o *Sea Star* não era nada mais do que um sonho, uma estrela distante no paraíso de outra pessoa.

Capítulo 10

QUANDO DOUG chegou em Harwich para suas férias de três semanas, ainda havia tensão entre eles. O assunto do trabalho dela não surgiu novamente, assim como nenhuma das coisas que haviam dito antes, mas a aura remanescente que as palavras de ambos haviam deixado para trás mantinha sobre eles uma constante nuvem de vapor. Às vezes India sentia-se como se mal pudesse ver através dela. Sentia-se como se estivesse movendo-se através de uma neblina e vivendo com um estranho. As crianças perceberam, mas nenhuma delas disse nada. Teria sido muito aterrorizante para qualquer uma delas reconhecer o mal-estar que permanecia tangível, mas não dito e não resolvido entre seus pais. Era como um cheiro ruim que permanecia no ar e não podia ser ignorado. Mas apenas nos últimos dias de sua temporada em Harwich India finalmente disse algo a ele.

— O que vamos fazer a respeito de tudo isso quando voltarmos? — perguntou cautelosamente. As crianças estavam fora, passando seus últimos momentos com os amigos. Havia sempre uma espécie de frenesi a respeito do fim das férias. Normalmente eles faziam um churrasco, mas haviam decidido não fazê-lo este ano.

Essa era uma espécie de declaração, mas India não questionou a decisão de Doug quando ele disse que não queria fazê-lo. Ela também não. Estava cansada de fingir que tudo estava bem entre eles. Pela primeira vez em dezessete anos, não estava. A semente raivosa que havia sido plantada em junho havia crescido e se transformado em uma árvore cujos galhos haviam começado a sufocá-los. E India não sabia se os cortava ou esperava que secassem sozinhos. A solução do problema ainda era um mistério para ela.

— O que quer dizer? — Doug fingiu não saber do que ela estava falando, mas era difícil ignorar o clima pouco amistoso entre eles e ela queria fazer algo a respeito antes que fossem para casa e isso envenenasse sua rotina diária. Havia sido ruim o suficiente sacrificar o verão por causa disso, mas uma linha tinha que ser desenhada em algum lugar antes que fosse muito tarde.

— Tem sido um verão muito desagradável, você não acha? — disse India, olhando para ele através da mesa da cozinha. Eles haviam acabado de almoçar e nenhum deles havia dito uma palavra ao outro.

— Os dois temos estado ocupados. Alguns anos são assim — disse ele vagamente, mas ambos sabiam que era uma mentira. Nenhum ano havia sido assim entre eles e ela esperava que nunca mais o fosse.

— Você tem estado ocupado e nós dois temos estado perturbados e com raiva. Eu gostaria de saber em que pé estão as coisas. Não podemos continuar assim para sempre. Algo tem que ficar mais calmo ou nós dois vamos ficar loucos. — Era apenas muito solitário nunca falar um com o outro, nunca se tocarem, cada um deles capturado em ilhas separadas sem nenhum barco, nenhuma ponte para reuni-los. Ela nunca havia se sentido tão sozinha em toda a sua vida. Ela sentia-se abandonada por ele, desamparada. Ele achava que ela o havia traído, dizendo as coisas que disse, pressionando-o para voltar ao trabalho e pedindo-lhe para lhe dar mais do que jamais havia pedido.

— Talvez eu devesse perguntar a você onde você está? É disso que se trata, não é? Você me pressionando para voltar a trabalhar. É isso que você ainda tem em mente para quando voltarmos a Westport? — Mas ela já não estava mais certa agora. O preço era alto. Talvez muito alto. Ele havia dito que era uma quebra do trato e ela acreditava nele. Não estava preparada para romper o trato que possuíam, ao menos não ainda, ou talvez nunca.

— Tudo o que eu quero fazer é informá-los de que estarei disposta a fazer uma reportagem de vez em quando, de preferência perto de casa e nada que leve muito tempo. Apenas quero abrir uma fenda na porta.

— Essa fenda pode na verdade inundar nossas vidas e nos afogar. Você sabe disso. Na verdade, acho que é isso o que você tem em mente, India, e você sabe.

— Você está errado, Doug. Eu não aceitei o trabalho na Coréia. Não estou procurando destruir as nossas vidas, apenas salvar a minha. — Mas ela havia percebido que era mais do que isso. Mesmo que ele permitisse a ela fazer um trabalho de vez em quando, isso não resolveria o problema de como se sentia a respeito dela, de como ele considerava a vida deles seca e monótona. Ela sabia agora que era algo menos do que a mulher que ele amou. Era uma companheira, uma conveniência, alguém para cuidar dos filhos dele. Mas não havia paixão no que ele sentia por ela, nenhuma excitação, nenhum romance. Ela não podia mais se enganar a respeito do casamento deles — trabalhando ou não.

— Eu lhe disse muito claramente — continuou ele — como me sinto a respeito de seu trabalho. Nada disso mudou. O que você vai fazer a respeito é sua escolha. Se quiser tentar a sorte, vá em frente.

— É um desafio muito aterrorizante, Doug — disse ela, com lágrimas nos olhos. — É como arriscar-me a pular do telhado sem me dizer se haverá uma rede para apanhar-me quando eu cair.

— Que diferença isso faz? Você não parece se importar, ou se importa? Você está disposta a sacrificar nossos filhos, nossa vida e o acordo que fizemos para fazer o que quer. Se é isso o que quer, então vá em frente. — Era como se ele a estivesse desafiando a fazê-lo.

— Eu não sou tão burra. Mas você tem que perceber que também está correndo riscos. Se você não liga para o que eu sinto, tem que perceber que mais cedo ou mais tarde isso vai ser um instrumento contra nós. Na verdade — disse ela em voz baixa, pensando em suas últimas semanas e até no mês antes disso — já aconteceu.

— Parece que nós fodemos os nossos caminhos. — Ele parecia perplexo. A única emoção que ainda parecia ter a respeito era raiva e absolutamente nenhuma compaixão por ela, ou ao menos era assim que ela sentia. — Faça o que quiser, India, e parece que você o fará de qualquer maneira.

— Não necessariamente. Não quero ser irresponsável. E nunca quis causar uma revolução — disse ela tristemente.

— Com certeza quis, India. É tudo de que se trata. Mas deixe-me lhe dizer claramente uma vez mais. Você não pode ter tudo o que quer. Você não pode ter a mim, à nossa família e uma carreira. Cedo ou tarde, terá que fazer uma escolha aqui. — Mas a escolha que ele estava lhe pedindo que fizesse iria custar-lhe a si mesma. Esse era o problema para ela agora.

— Acho que você já deixou isso muito claro. E se eu não voltar a trabalhar? E então? Você acha que sou maravilhosa, fabulosa, devotada, você me adora e ficará agradecido pelo resto de minha vida? — Ela falou de forma amarga e repentinamente lembrou-se das coisas que Paul havia dito a respeito de abrir mão de muita coisa e o que isso iria fazer com ela no fim. Ela não queria ser amarga, miserável e sentir-se traída pelo resto de sua vida, como sentia-se agora.

— Eu não sei do que estamos falando — disse Doug com raiva. — Acho que você ficou completamente louca e gostaria de saber quem colocou esta merda em sua cabeça. Ainda acho que foi Gail. — Havia sido um monte de coisas, várias pessoas e vários sonhos dos quais ela finalmente relembrou-se, que havia abandonado por tanto tempo. Era algo que Gail havia dito em junho, as coisas que Doug não disse, conversar com Paul e conhecer Serena. E agora era tudo em que havia pensado nos últimos três meses e a frieza de Doug em relação a ela. Ele não a tocava desde julho. Ela sabia que era a sua punição por tudo o que havia dito. E não conseguia deixar de imaginar agora por quanto tempo a punição iria continuar.

— Você age como se esperasse um prêmio por ser mulher e mãe. India, esse é o seu trabalho. Eu não ganho um prêmio por fazer o meu. Eles não dão Pulitzers ou prêmios Nobel por se levar uma vida normal. Isso é o que você se comprometeu a fazer. Se está esperando um prêmio por isso, ou espera que eu beije seus pés por todas as vezes em que apanha as crianças na escola, India, não espere mais. Não sei o que deu em você, mas se quer ser uma mulher profissional ou uma fotógrafa circulando pelo mundo todo, terá que pagar um preço para fazer isso.

— Acho que já paguei só de falar com você a respeito, Doug. Você está me punindo nos últimos dois meses. — Ele não respondeu e tudo o que ela pôde ver nos olhos dele foi frieza e raiva.

— Acho que você tem sido injusta, desonesta e nos traiu a todos com o que está dizendo. Nunca me disse que iria querer voltar ao trabalho algum dia. Nunca disse nada a respeito disso. — Era óbvio o quanto ele sentia-se traído pelo que ela havia dito, depois de tudo o que havia feito por ela.

— Eu não sabia — disse ela honestamente. — Nunca realmente pensei que iria querer voltar e, para todos os efeitos, eu não quero. Apenas quero fazer uma reportagem de vez em quando. — A esta altura, era um coro familiar entre eles.

— É a mesma coisa. — Ele levantou-se então e olhou para ela com uma rígida desaprovação, que pareceu a ela uma forte aversão. — Já falamos demais a respeito disso. Resolva-se.

Ela assentiu, observou-o partir e ficou de pé na cozinha por um longo tempo. Através da janela ela podia ver seus filhos brincando na praia e imaginou se seria tão terrível para eles quanto ele havia dito. Seria um choque, um golpe tão grande, uma traição? De alguma forma ela não conseguia acreditar nisso. Outras mulheres trabalhavam e viajavam e ainda conseguiam cuidar de seus filhos, e suas crianças não terminavam atrás das grades ou envolvidas com drogas por causa disso. Era Doug quem a queria ali em todos os momentos, pregada ao chão, fazendo o trabalho para o qual ele a havia contratado, sem oferecer-lhe compaixão ou amor. Era Doug quem a estava forçando a fazer uma escolha. Mas uma escolha entre o quê? Devia a ele total obediência, como uma escrava castigada, com a chance de ser um pouco mais do que sua empregada e companheira? Ou ela devia a si mesma algo mais? Ela sabia o que Paul teria dito.

E enquanto ficou ali de pé, pensando novamente a respeito, sabia que não havia esperança. Ele nunca iria voltar atrás ou concordar com o que ela queria. Na verdade, ela não tinha escolha, a não ser que estivesse disposta a abrir mão dele. E agora, de qualquer maneira, ainda parecia um preço muito alto por apenas um gosto de liberdade.

Ela não disse nada a ele quando entrou no quarto para arrumar as coisas deles. Não fez nenhuma declaração, não disse a ele que havia se decidido. Apenas desistiu. Os sonhos que tinha possuíam um preço muito alto, e ela sabia disso.

Ela estava muito quieta naquela noite no jantar, o que não era comum. Disse às crianças para arrumarem suas coisas no dia seguinte e fez tudo o que tinha que fazer para fechar a casa. Não foi ver os Parkers para despedir-se ou a ninguém mais naquele ano. Fez apenas o que se esperava dela, o que era o seu "trabalho", como Doug havia dito, e quando chegou a hora de partir, entrou no carro com os outros.

Eles pararam no McDonald's no caminho para casa, ela fez pedidos para as crianças e Doug alimentou o cachorro e não comeu nada. Quando chegaram em casa e descarregaram o carro, ela entrou e Jessica perguntou ao pai.

— O que há de errado com mamãe? Está doente? — Todos eles haviam notado, mas ela foi a única que ousou perguntar a ele.

— Acho que está apenas cansada — disse Doug calmamente. — É um trabalho duro fechar a casa. — Jessica assentiu, querendo acreditar nele, mas sua mãe havia fechado a casa em todos os verões e nunca havia ficado assim. Ela parecia arrasada, pálida e infeliz e, por mais de uma vez, Jessica estava certa de ter visto lágrimas nos olhos da mãe quando India acreditava que ninguém estava olhando. Seus pais não trocaram uma palavra durante toda a viagem de volta a Westport.

Finalmente, naquela noite, India disse algo a Doug. Ela virou-se para olhar para ele quando estavam aprontando-se para deitar e lutou contra as lágrimas enquanto dizia:

— Não vou tirar o meu nome da agenda. Mas não vou aceitar trabalhos se eles telefonarem.

— E que sentido isso faz? Por que não fazer as coisas de modo mais limpo? Se você não vai aceitar o trabalho, por que deixá-los ligar para você?

— Por que não? De qualquer forma um dia eles vão parar de telefonar. É apenas bom para o meu ego quando eles telefonam para dizer que ainda me querem. — Ele olhou para ela por um longo tempo e então sacudiu os ombros. Ele não queria apenas o seu coração, mas o seu fígado e seus rins. Não era o suficiente o que ela havia lhe dado, ele queria arrasá-la. Mesmo que soubesse que havia vencido. Ele queria ter certeza de que o assunto nunca mais voltaria a ser discutido novamente. Queria saber que a possuía. E, ainda mais importante, queria que ela soubesse disso.

Ele não agradeceu, não a elogiou e não lhe disse que ela havia feito uma grande coisa pela humanidade ou por ele e que estava grato por isso. Apenas entrou no banheiro, fechou a porta e tomou uma chuveirada. India já estava na cama quando ele saiu meia hora mais tarde.

— Ainda acordada? — sussurrou ele.

— Sim. — Em alguma parte remota de si mesma, ela esperava que ele lhe dissesse que a amava, que se arrependia de ter sido tão duro com ela, que iria tratá-la com carinho e fazê-la feliz pelo resto de sua vida. Em vez disso, ele estendeu uma das mãos sobre ela em silêncio e tocou seu seio, e ela pôde sentir seu corpo inteiro tornando-se um granito. Ela queria virar-se e esbofeteá-lo pelo que havia feito com ela, pelo que não havia dito, pela pouca importância com os sentimentos dela, mas não disse nada enquanto deitava-se de costas para ele na escuridão.

Ele tentou acariciá-la por mais algum tempo mas ela não mostrou nenhuma reação e não se virou para ele como sempre fazia. E, depois de algum tempo, ele parou.

Eles deitaram-se lado a lado no escuro, com um abismo entre eles do tamanho do oceano. Era um oceano de tristeza, dor e desapontamento. Ele a havia derrotado, ele havia vencido. E ela havia perdido uma parte de si mesma. Tudo o que tinha agora era um trabalho. Podia cozinhar para ele, limpar para ele, dirigir para os filhos dele e ter certeza de que estariam bem agasalhados para o inverno. Ela poderia perguntar-lhe como havia sido o dia dele no escritório, quando ele não estivesse muito cansado para responder. Ela poderia dar a ele o que havia prometido anos antes, no melhor e no pior. E até onde India compreendia, isso era o pior. E o melhor estava longe, bem longe atrás deles.

Capítulo 11

GAIL HAVIA TELEFONADO para India várias vezes depois que voltaram de Harwich, mas não tinham conseguido se falar. Ela deixou mensagens carinhosas na secretária eletrônica, mas nunca estava em casa quando India ligava de volta. Haviam se falado duas vezes depois que Gail voltou da Europa e ela teve a impressão de que algo estava errado, mas India insistiu que tudo estava bem quando ela perguntou.

Gail disse que a viagem à Europa havia sido mais divertida do que o esperado. Jeff na verdade havia sido mais interessante do que o normal e, por algum milagre, apesar das longas horas no carro, as crianças conseguiram não brigar. Havia sido a melhor viagem que jamais tiveram.

As duas mulheres na verdade não se viram até o primeiro dia de aula e finalmente encontraram-se no estacionamento um bom tempo depois de Sam e os gêmeos de Gail terem entrado. Mas no momento em que Gail a viu, pôde ver que algo terrível havia acontecido a India naquele verão.

— Meu Deus, você está bem? — India não havia tido tempo para trançar seus cabelos naquela manhã. Ela teve que dobrar suas conduções para Jessica e as outras crianças e sentia-se em frangalhos. Sabia que parecia um pouco desarrumada e desgrenhada.

— Não tive tempo de pentear meus cabelos — disse ela, correndo a mão sobre a cabeleira loura com um sorriso. — Estou tão ruim?

— Sim — disse Gail honestamente, examinando-a com olhos preocupados —, mas não são os seus cabelos. Você parece ter perdido quase cinco quilos.

— O que há de errado nisso?

— Nada. Exceto que você parece que perdeu alguém. — Ela havia perdido. Mas não queria contar a Gail a respeito. — O que aconteceu com você? Você ficou doente no verão? — Gail parecia genuinamente preocupada.

— Mais ou menos — disse ela vagamente, tentando evitar os olhos de Gail, mas, como sempre, não teve sucesso. Gail tinha uma qualidade de cão de caça quando queria saber algo.

— Oh, Jesus. Você está grávida? — Mas não parecia estar. Ela parecia miserável e morta por dentro. Havia algo de muito mais errado com ela do que enjôos matinais. — Tem tempo para um *cappuccino*?

— Acho que sim — disse India molemente. Ela tinha algumas coisas para organizar em casa, uma pilha de roupas para lavar e uma lista de mulheres para telefonar para confirmar suas conduções de crianças.

— Encontro você no Caffe Latte em cinco minutos.

As duas entraram em seus carros e Gail já estava pedindo para ambas quando India chegou. Ela sabia exatamente do que India gostava. *Cappuccino* com um pouco de leite desnatado e duas pedras de açúcar. Cinco minutos depois, elas estavam em uma mesa de canto com dois biscotos cobertos de chocolate entre elas.

— Você não disse nada quando lhe telefonei para Harwich. O que diabos aconteceu com você nesse verão? — Gail estava perturbada enquanto olhava para ela. Nunca havia visto India tão miserável ou tão sem vida. Apenas esperava que ela não tivesse algum terrível problema físico. Na idade delas, havia sempre em que se pensar, câncer nos seios. Enquanto Gail a observava, India tomou um gole do *cappuccino* e não disse nada por um momento. — É você e Doug? — perguntou num momento de perspicácia.

— Talvez. Na verdade, sou eu. Eu não sei... A bola começou a rolar em junho e transformou-se em uma avalanche desde então.

— Que bola? — Do que ela estava falando? Mas Gail apenas sentou-se e escutou por um minuto, enquanto India não dizia nada. — Você teve um caso no Cabo? — Ela sabia que isso era despropositado, mas de qualquer forma valia a pena perguntar. Você nunca sabe o suficiente a respeito das pessoas. Às vezes aquela mais quieta e leal, como India, era a mais vigorosa. Mas se ela havia tido um caso, certamente não parecia ter ido bem.

— Depois que você e eu conversamos, depois de a escola terminar — India começou a explicar dolorosamente —, comecei a pensar em trabalhar novamente. Foi quando não aceitei o trabalho na Coréia. Não sei... talvez tenha sido isso... Eu honestamente não sei o que foi. Mas comecei a pensar que poderia gostar de fazer reportagens novamente, de vez em quando, nada muito grande, apenas como aquela do Harlem.

— Aquela foi realmente grande, India. Você deveria ter ganho um prêmio por ela. Foi um artigo jornalístico muito importante.

— Bem, de qualquer forma estava pensando que poderia fazer reportagens novamente por aqui... em Nova York... nos Estados Unidos de qualquer maneira, desde que não fossem muito longas, ou muito distantes... Pensei que talvez pudesse encontrar alguém para me ajudar com as crianças se fizesse isso.

— Isso é incrível. — Gail parecia feliz por ela, mas era óbvio que havia mais alguma coisa na história. — E então o quê?

— Doug ficou louco. Ele basicamente ameaçou me deixar se eu fizesse qualquer trabalho, para resumir. Nós praticamente não nos falamos durante todo o verão, ou fizemos qualquer coisa um com o outro — disse ela sombria, e Gail foi rápida em compreender a essência do que ela queria dizer.

— Parece que ele tem sido um babaca — disse Gail rudemente.

— Você pode dizer isso. Ele colocou o fato de forma definitiva. Basicamente me proibiu de pegar qualquer trabalho. Disse que eu o traí, que estava quebrando o "trato" que fizemos quando nos casamos, que eu iria destruir nossa família e ele não iria compactuar com isso. Basicamente devo escolher entre fazer algum trabalho e ele me abandonar ou manter minha boca fechada e seguir fazendo o que tenho feito há catorze anos e continuar casada. É muito simples.

— E qual é a sentença aqui para você? O que você tira disso se sacrificar seu talento por ele, apenas para alimentar seu ego? Porque para mim parece que ele está ameaçado e está intimidando você ao máximo. O que ele está lhe oferecendo para manter o trato?

— Nada. E há outra coisa... — disse India enquanto lágrimas surgiam em seus olhos quando colocou seu *cappuccino* na mesa. — Tivemos uma conversa idiota em junho quando ele me levou para jantar. Ele me fez parecer com uma espécie de burro de carga que ele comprou há anos. Ele "espera" que cuide dos filhos dele e apenas esteja ali. Mas para lhe dizer a verdade, Gail — as lágrimas transbordaram e rolaram por suas faces lentamente — não tenho nem mesmo certeza se ele me ama. — A voz de India caiu em um soluço quando ela disse isso.

— Ele provavelmente a ama. — Gail olhou para ela com simpatia, sentia pena dela. India parecia tão desesperadamente infeliz. — Ele apenas pode não saber disso, ou não saber como demonstrá-lo. Ele não é tão diferente de Jeff. Ele acha que eu sou parte da mobília, mas se me perder um dia isso provavelmente o matará.

— Não tenho certeza se Doug sente-se da mesma forma. Ele age como se me possuísse e não como se me amasse. Não acho que me ame. E mesmo que ame, estou com tanta raiva dele. Não tenho nem mesmo certeza se me importo mais. É o sentimento mais horroroso... sinto-me como se toda a minha vida tivesse se desmoronado nesse verão. — Gail observou-a enquanto ouvia, imaginando o que mais havia acontecido. Ela suspeitou que havia mais do que isso, embora o que acabara de ouvir fosse o suficiente para perturbar qualquer um. India sentia-se ignorada, não amada e sem importância para o marido. — De qualquer forma, eu disse a ele que não assumiria mais nenhum trabalho, mesmo algum como o do Harlem. Vou manter o meu nome na agenda, mas não aceitarei nada que eles me oferecerem. Simplesmente não posso fazer isso. Acho que ele realmente iria me deixar. Discutimos a respeito durante dois meses e isso arruinou todo o nosso verão. Se eu me manter firme no que eu quero, isso irá destruir a nossa vida e não quero isso.

— Então vai desistir do que quer? — Isso fez o sangue de Gail ferver, mas a teoria não era estranha para ela. — E o que ele disse? Ele lhe *agradeceu*? Ele compreendeu?

— Não. Apenas parecia esperar por isso. Mas na noite em que falei com ele, ele tentou fazer amor comigo pela primeira vez em quase dois meses. Eu quase bati nele. E ele não me tocou mais desde então. O que não sei é para onde vou daqui em diante... O que eu faço? Repentinamente todas as coisas que fiz sem mesmo questioná-las não parecem mais certas. Sinto como se tivesse perdido uma parte de mim nesse verão e não sei como apanhá-la de volta novamente, ou se algum dia a retomarei. Sinto-me como se tivesse dado a ele o meu coração e minhas entranhas. — Olhando para ela, Gail estava realmente preocupada. Era óbvio que India sentia-se destruída com o que havia acontecido e não tinha certeza do que dizer para fazê-la sentir-se melhor. Para Gail, isso era o motivo de as mulheres terem casos e traírem seus maridos, para encontrar alguém que as fizesse sentirem-se amadas, tratadas com carinho e importantes. E Gail sabia, talvez melhor do que India, que Doug havia se arriscado com sua posição. Ele até poderia ter pensado que vencera, mas Gail ainda não estava tão certa. India estava realmente ferida.

— O que mais você fez nesse verão, além de chorar e brigar com Doug? Você teve um pouco de diversão, foi a algum lugar com as crianças, conheceu pessoas novas? — Ela estava tentando distraí-la. Parecia que era tudo o que podia fazer. E diante desta pergunta, India iluminou-se.

— Conheci Serena Smith — disse ela, secando os olhos e assoando o nariz no lenço de papel. Ela estava e sentia-se horrível, o que confirmava o que Gail havia sentido logo de início. Doug Taylor era um babaca.

— A escritora? — Gail parecia imediatamente interessada. Ela havia lido tudo o que ela tinha escrito. — Como conseguiu isso?

— Ela foi colega de universidade de uma amiga e seu marido foi a Harwich com seu veleiro. Sam e eu saímos com ele e ele foi maravilhoso com Sam. Nós o conhecemos antes de Serena chegar lá. Eu fiz uma foto de capa para ela e ela parece estar muito feliz com isso. — Conversar sobre Serena lembrou India que ela havia levado a foto de Serena e Paul de volta a Westport, mas ainda não tinha tido tempo de enviá-la para ela.

— Com quem ela é casada? — disse Gail , terminando o seu *cappuccino*.

— Paul Ward, ele é uma espécie de financista — disse ela, pensativa por um momento, e Gail parou ao observá-la.

— *O* Paul Ward? O mágico de Wall Street?

— Acho que sim. Ele é um bom homem. Ela tem muita sorte.

— Ele também é bonito. Estava na capa da *Time* no ano passado por algum grande negócio que fez. Ele deve valer bilhões.

— Eles têm um veleiro maravilhoso. Mas ela o odeia. — India sorriu ao dizer isso, relembrando-se das conversas a respeito da aversão de Serena ao *Sea Star*, e as coisas engraçadas que Paul havia dito a respeito.

— Espere um minuto. — Gail estreitou os olhos para a amiga com crescente interesse e suspeita. — Você está me dizendo que saiu de barco com ele, *antes* dela chegar lá?

— Ela estava em Los Angeles, trabalhando em um filme.

Gail nunca foi de medir palavras e ela conhecia India há anos. Havia algo agora nos olhos da amiga que lhe chamou a atenção.

— India, você está apaixonada por ele? Faz parte de tudo isso? — Ela era mais astuta do que India queria acreditar, ou permitia a si mesma reconhecer, mesmo a respeito de seus próprios sentimentos.

— Não seja tola.

— Besteira. O cara se parece com Gary Cooper ou Clark Gable ou alguém do gênero. A revista *Time* o chamou de "indecentemente bonito e rudemente atraente". Eu me lembro de como ele é. E você e Sam saíram de barco com ele?... E então o quê?

— Nós ficamos meio amigos. Conversamos muito. Ele é muito astuto a respeito das pessoas. Mas também é louco por Serena.

— Isso é bom para ela. E sobre você? Ele se insinuou para você no barco?

— Claro que não. — Até a pergunta era ofensiva. Ela sabia que Paul nunca teria feito isso. Nem ela teria lhe permitido se fizesse. Eles respeitavam-se um ao outro.

— Ele ligou para você?

— Não realmente. — Os olhos de India contavam uma história diferente e Gail viu isso instantaneamente. India estava protegendo algo, como se tivesse um segredo a respeito de Paul.

— Espere um minuto. Há telefonar e não telefonar. O que é "não realmente"? Não realmente telefonar é conseguir um sinal de ocupado. Ele telefonou para você? — Ela estava escavando, mas também tinha de coração o maior interesse por India, e India sabia disso. E Gail não teria ficado chocada em nada se a história tivesse sido diferente, mas não tinha.

— Sim. Ele me telefonou. Uma vez. De Gibraltar. Estava no barco, a caminho da Europa.

— No veleiro dele? Deve ser do tamanho do *QE II*. — Ela parecia impressionada e India riu.

— É muito grande e realmente maravilhoso. Sam o adorou.

— E você? Você também o adorou?

— Sim, adorei. E gostei dele. É um homem maravilhoso e acho que ele gosta de mim. Mas ele é casado e eu também, minha vida está se desmoronando e isso nada tem a ver com Paul Ward, acredite-me.

— Eu compreendo isso. Mas ele pode prover um pouco de alívio para suas misérias. Ele pediu para te ver?

— É claro que não. De qualquer forma, ele está na Europa.

— Como você sabe? — Gail estava fascinada por ele e por India ter conhecido pessoas tão ilustres.

— Ele disse que iria ficar por lá até o Dia do Trabalho.

— Com Serena?

— Acho que ela irá para casa mais cedo.

— Ele convidou você para encontrá-lo?

— Você pode parar? Não há nada disso, eu juro. Ele disse que adoraria me ter no barco com as crianças qualquer dia. Ele é um amigo, é tudo. Esqueça. E não vou ter um caso com ninguém. Acabo de abrir mão de minha carreira, ou de qualquer esperança a respeito, para sempre, por meu marido. Se eu quisesse perder o meu casamento, poderia aceitar um trabalho, pelo amor de Deus. Não preciso ter um caso para estragar ainda mais a minha vida.

— Na verdade isso poderia ajudá-la — disse Gail pensativamente, embora pela primeira vez não acreditasse nisso. India não era o tipo para aproveitar um caso. Era muito correta para jogar os jogos que Gail jogava e Gail a amava por isso. Tinha muito respeito por ela, estava triste por vê-la tão mal agora e não tinha a menor idéia de como ajudá-la. Ela achava que Doug era um tolo e um bastardo insensível, mas se India queria continuar casada com ele, não havia nada que ninguém pudesse fazer para ajudá-la. Ela tinha que jogar o jogo da maneira dele. Não importa o quanto custasse a ela.

— Talvez ele telefone de novo para você qualquer dia — disse Gail esperançosamente, mas India apenas sacudiu os ombros. Ela sabia que ele não era a resposta para os seus problemas.

— Não acho que irá telefonar — disse India em voz baixa. — Realmente não tem sentido. Nos demos maravilhosamente bem, mas não há forma de manter uma amizade como esta. Nossas vidas são muito complicadas. E eu realmente gostei da mulher dele. Talvez faça mais algumas fotos para ela. — India estava completamente adaptada a sua situação.

— Doug vai deixá-la tirar fotos dela? — Aqueles eram os limites de sua vida agora e ela teria que conviver com eles. Como as paredes de uma prisão. Ou uma sentença de vida.

— Talvez. Não perguntei a ele, mas pode ser. É muito inofensivo e tudo o que tenho que fazer é ir até a cidade por uma tarde. Poderia até mesmo fazer, sem que ela me desse nenhum crédito.

— Que desperdício — disse Gail tristemente. — Você é uma das melhores fotógrafas do país, talvez do mundo, e está simplesmente jogando tudo isso no vaso sanitário. — Isso realmente a deixava raivosa, especialmente ao ver India tão deprimida.

— Aparentemente foi o trato que fiz com Doug quando nos casamos, embora ele não tivesse dito isso tão claramente. Eu disse que abandonaria o trabalho, não acho que tenha dito que me sacrificaria por completo.

— Então não o faça. Não tire o seu nome da agenda. Talvez ele ainda volte atrás, depois de parar de bater no peito a respeito disso. É tudo uma questão de ego, controle e uma série de coisas sem atrativos que os homens fazem para se sentirem importantes. Talvez em um ou dois anos ele se sinta diferente.

— Eu duvido. — Estava muito claro agora. Ela apenas tinha que colocar um pé na frente do outro e fazer exatamente o que Doug esperava dela.

E com isso India levantou-se. Ela tinha coisas para fazer em casa. Não tinha nem mesmo feito as camas antes do café da manhã. Mais tarde sentiu-se como se tivesse chumbo em seus sapatos e tudo parecia levar mais tempo do que o usual. Até vestir-se, e não poderia importar-se em fazer os cabelos ou usar maquiagem. Sentia-se como se sua vida tivesse terminado. Tudo parecia tão sem sentido.

Elas caminharam lentamente de volta a seus carros e Gail deu-lhe um abraço e ficou de pé diante dela por um minuto.

— Não exclua Paul Ward inteiramente, India. Às vezes os rapazes tornam-se grandes amigos e eu não sei por que, mas tenho a sensação de que há mais nisso do que você está admitindo para mim... ou talvez para você mesma. Há algo na sua expressão quando fala a respeito. — Haviam sido as únicas vezes em que seus olhos ganharam vida ou seu rosto havia estado animado em toda a manhã. — Não desista do que quer que seja. Você precisa.

— Eu sei — disse ela suavemente. — Acho que ele apenas sente pena de mim.

— Eu duvido disso. Você não é exatamente uma figura patética normalmente. Você é bonita, inteligente, divertida para se lidar, bem-humorada. Ele provavelmente está atraído por você, talvez seja apenas um dos raros que são fiéis à mulher. Há sempre uma possibilidade, por mais deprimente que seja. — Ela sorriu maliciosamente e India riu dela.

— Você não tem jeito. E você? Alguma nova vítima para o almoço ou para o circuito dos motéis? — Não havia segredos entre elas, ou não até agora. India não quis admitir o quanto havia achado Paul atraente. Era melhor deixar em segredo. E realmente não havia nada nisso. Tudo era provavelmente uma fantasia de sua imaginação. Mas o telefonema de Gibraltar não havia sido. Ele provavelmente apenas estava entediado, ou talvez solitário depois da travessia. Mas poderia ter ligado para Serena em vez dela, e não ligou. India havia pensado nisso um bom número de vezes depois do telefonema dele, imaginando por que ele havia telefonado, e finalmente decidiu que não tinha importância.

— Dan Lewinson tem uma namorada — informou Gail. — E Harold e Rosalie vão se casar em janeiro, depois do término do divórcio. E não há ninguém novo no horizonte.

— Que aborrecido. Talvez eu devesse dar a você o telefone de Paul — provocou ela e ambas riram.

— Eu adoraria. De qualquer forma, garota, vá com calma. Não fique triste. E quando Doug chegar em casa esta noite, chute-o nas canelas, isso fará muito bem a vocês dois. Além do mais, ele merece. — India não discordou dela e acenou quando entrou no carro e dirigiu-se para os afazeres domésticos que a esperavam. Mas sentia-se melhor depois do encontro com Gail e de ter desabafado com ela. Não havia muito o que poderia fazer para mudar sua vida de imediato. Mas ao menos conversar com alguém a respeito já era alguma coisa, e isso a havia ajudado.

Ela apanhou as crianças depois da escola, como sempre, e levou Jason e Aimee para as aulas de tênis. Sam voltou para casa com um amigo a tempo do jantar. E Jessica estava muito excitada por ser uma segundanista. Dois veteranos já haviam olhado para ela e um deles na verdade havia lhe dito algo. E misericordiosamente, Doug ficou na cidade para jantar com clientes. India não estava disposta a lidar com ele. Ela já dormia quando ele voltou para casa no último trem e escorregou para a cama ao lado dela.

Ele já estava acordado e no chuveiro quando ela levantou-se na manhã seguinte, vestiu seus *jeans* e uma suéter de malha sem pentear os cabelos e desceu as escadas correndo para deixar o cachorro sair e fazer o café da manhã.

Ela colocou o *Wall Street Journal* e o *The New York Times* no lugar de Doug e ligou a cafeteira. Enquanto estava servindo cereais em xícaras para as crianças, olhou para o jornal e viu Serena na primeira página. O que a chocou foi o fato de aquela ser uma das fotos que India havia tirado no verão. Ficou surpresa ao vê-la no *The Times*, com seu nome ao lado em um pequeno crédito, ao abrir o jornal, e então sufocou um grito enquanto o cereal derramava-se por toda a mesa.

Por um momento, sentiu-se como se todo o ar houvesse sido retirado dela enquanto lia o título. Havia acontecido uma explosão de um avião em um vôo de Londres para Nova York na noite anterior e o FBI suspeitava de uma bomba colocada por terroristas, embora nenhum grupo tivesse ainda assumido a responsabilidade por ela. Serena estava no avião e não havia sobreviventes.

— Oh, meu Deus — disse ela suavemente enquanto sentava-se em uma das cadeiras da cozinha, com suas mãos tremendo ao segurar o jornal. A reportagem no jornal dizia que o avião tinha levantado vôo como sempre, depois de um leve atraso causado por um problema mecânico de algum tipo, e havia explodido sem aviso duas horas distante de Heathrow. Havia trezentas e setenta e seis pessoas a bordo, entre elas uma congressista do Iowa, um membro do Parlamento britânico, uma famosa jornalista voltando de uma reportagem especial que havia feito na semana anterior em Jerusalém, e Serena Smith, a internacionalmente conhecida autora de *best sellers* e produtora cinematográfica. E tudo no que India pôde pensar, quando olhou para a fotografia, foi nas coisas que Serena havia dito enquanto tirava as suas fotos naquele verão. Havia sido exatamente dois meses antes e India soube, sem um momento de dúvida, que Paul estaria arrasado.

Ela não sabia o que fazer, se escrever ou telefonar, ou como encontrá-lo. Apenas podia imaginar como ele se sentia e sentia-se terrível por ele. Serena poderia ter sido difícil e não gostar do barco dele, mas era uma mulher extraordinária e havia sido óbvio para Serena, como era para todos os outros, que ele era louco por ela. O artigo dizia que ela tinha cinqüenta anos e que deixava o marido Paul Ward e uma irmã em Atlanta. India ainda estava lendo o artigo quando Sam desceu para o café.

— Oi, mãe, o que houve? — Havia cereal por toda a mesa e India parecia ter visto um fantasma. Ela estava branca como a xícara vazia diante dela.

— Eu... é... eu estava apenas lendo uma coisa. — E então decidiu contar a ele. — Lembra-se do Paul, com o *Sea Star*? — Ela sabia que ele se lembrava, mas tinha que identificar o fato para ele de alguma forma. — A mulher dele morreu em uma queda de avião.

— Uau! — Sam parecia impressionado. — Aposto que Paul está realmente triste. No entanto ela não gostava do barco. — Isso era igualmente importante para Sam e claramente apontava um defeito em Serena. Mas ele não estava nem de longe tão triste por Paul quanto ela. E enquanto conversavam a respeito, os outros desceram, e Doug estava com eles.

— Por que toda essa excitação? — perguntou ele. Havia uma atmosfera de histeria na cozinha, principalmente causada pela aparência da mãe deles. Era óbvio, só de olhar para ela, que algo terrível havia acontecido.

— A mulher de meu amigo Paul Ward foi explodida por uma bomba — disse Sam dramaticamente e os outros conversavam a respeito com interesse.

— Isso parece estranho — disse Doug servindo-se de uma xícara de café. — Paul quem?

— Paul Ward — explicou India. — Ele é proprietário do iate que nós visitamos nesse verão. Era casado com Serena Smith, a escritora. — Ela havia lhe contado a respeito e ele lembrou-se instantaneamente e levantou uma sobrancelha.

— Como ela conseguiu estar no caminho de uma bomba? — Ele parecia meio perplexo.

— Ela estava no avião que caiu na noite passada perto de Heathrow. — Doug sacudiu a cabeça com desaprovação e apanhou o *Wall Street Journal*. Ele não tinha idéia do quanto sua mulher estava perturbada. E saiu, sem dizer outra palavra, dez minutos mais tarde, depois de comer um *muffin*. Não disse nada a India quando saiu e as crianças ainda estavam falando da queda do avião quando foram apanhadas por suas conduções para a escola. Ela estava feliz por não ter que levá-las de carro.

E sentou-se na cozinha depois disso, olhando para o jornal e pensando em Paul. Ele era tudo no que podia pensar agora, e em como deveria estar arrasado. Mas não ousou telefonar para ele. O telefone tocou enquanto ela ainda estava sentada ali. Era Gail.

— Você viu o jornal? — Gail parecia sem fôlego.

— Acabei de lê-lo. Não posso acreditar. — India parecia vaga e distraída.

— Nunca se sabe o que vai acontecer, não é? Ao menos acho que ninguém sofreu. Eles disseram que explodiu com um clarão e em menos de um segundo. — Eles haviam sido vistos por um outro avião voando acima deles.

— Não posso nem imaginar como ele se sente. Estava tão apaixonado por ela. — Mas ainda assim tinha conseguido ligar para India de seu barco, Gail queria argumentar, mas não o fez. E quando se recuperar do choque, será um homem livre, o que poderia criar um dilema interessante para ela, ao menos era o que Gail pensava.

— Você vai ligar para ele?

— Não acho que deva me intrometer — disse India e então lembrou-se da fotografia que havia tirado. Ela poderia enviá-la para ele agora. Era uma bela foto de ambos e ele poderia querer possuí-la.

— Você poderia ir ao funeral. Tenho certeza de que haverá algum tipo de serviço memorial para ela em alguns dias. Ele pode gostar de ver você — disse Gail prática, até prestativa.

— Talvez. — Elas conversaram a respeito por alguns minutos e então desligaram. E India foi olhar para a foto. Encontrou-a em uma pilha de papéis que estava pretendendo levar para a sua câmara escura. Nunca conseguiria enviá-la para Serena, como havia prometido. E ficou de pé olhando para ela por um longo tempo, olhando primeiro para os olhos de Paul e então para os de Serena. Apenas pela forma com que ficavam juntos, já dizia muito. Ele estava inclinado atrás do encosto da cadeira dela e ela estava inclinando a cabeça contra ele, no *Sea Star*, e estava radiante. Era difícil de acreditar que ela havia partido, tão instantaneamente, tão totalmente, tão rapidamente. Deve ter sido ainda mais difícil para Paul absorver o fato. E quando India pensou nele, percebeu que ainda estava provavelmente na Europa, no *Sea Star*. Ou voando para casa a esta altura, depois de ser notificado. Ela não tinha a menor idéia do que alguém faria em um caso como este. Mas era óbvio para ela, quando pensou a respeito, que seria melhor não telefonar para ele.

Em vez disso ela sentou-se entre a louça do café da manhã, na mesa da cozinha, e escreveu-lhe uma carta, dizendo o quanto estava triste, sabendo o quanto ele deveria estar arrasado. Era uma espécie de bilhete curto mas de coração, e incluiu-o junto com a foto e foi até os correios para enviá-los.

Sentiu-se como se estivesse movendo-se sob a água durante toda a tarde. Ela apenas não conseguia acreditar no que tinha acontecido e ainda sentia-se chocada quando apanhou as crianças na escola.

Ela conseguiu colocar o jantar na mesa à noite, mas quando Doug chegou em casa, ela ainda não tinha penteado os cabelos desde aquela manhã.

— O que aconteceu com você hoje? Parece que esteve seqüestrada.

— Estou apenas perturbada — disse ela honestamente, precisando partilhar com ele. — Sinto tanto por Serena Smith.

— Você não poderia tê-la conhecido tão bem. Apenas a encontrou uma ou duas vezes, não foi? — Ele parecia desinteressado, mas intrigado com a reação dela.

— Fiz uma fotos dela, para a quarta capa de seu último livro. Foi a foto que publicaram no *The Times* esta manhã.

— Você não me contou — disse ele, com os lábios apertados.

— Devo ter me esquecido. O marido era louco por ela. Deve estar arrasado. — India parecia atormentada enquanto explicava a ele.

— Essas coisas acontecem — disse Doug suavemente e começou a conversar com Jason. India sentiu seu coração afundar. Não restava nem mesmo simpatia entre eles. Não havia nada, apenas o prolongado ressentimento do verão, como o acre cheiro de fumaça depois de um curto-circuito elétrico. Parecia-lhe que tudo o que haviam tido no passado havia se transformado em cinzas.

E depois que as crianças já estavam na cama naquela noite, India ligou a televisão para ver o que os noticiários diziam a respeito do acidente. Houve uma reportagem maior sobre a queda do avião e uma menor sobre Serena. Várias pessoas deram entrevistas sobre a queda e também um porta-voz do FBI. E quando o âncora mencionou novamente o fato de Serena estar no avião, ele disse que já se estava providenciando um serviço memorial na igreja de Saint Ignatius, em Nova York, na sexta-feira. E India continuou ali por um longo tempo, olhando para a TV, enquanto eles falavam sobre esportes e sobre o tempo. Mas estava pensando na sugestão de Gail de que ela fosse ao funeral.

— Você vem para a cama? — perguntou Doug em voz baixa enquanto ela estava ali sentada. Ela ainda não tinha penteado os cabelos ou tomado um banho. Isso parecia-lhe totalmente irrelevante agora diante do acidente. Ela estava completamente absorvida pelo que havia acontecido com Serena.

— Daqui a pouco — disse ela vagamente e entrou no banheiro, fechou a porta e sentou-se de *jeans* no toalete. Estava pensando em Paul, na mulher dele, na vida rompida dos dois que havia explodido em milhões de pequenos fragmentos sobre o Atlântico. E então, em algum lugar no fundo de sua mente, ela percebeu que estava pensando em seu marido e no fato de que não queria mais dormir com ele. Até mesmo odiava deitar-se na mesma cama com ele, e isso não poderia continuar para sempre. Ela não tinha a menor idéia do que fazer a respeito. Era mais fácil apenas sentar-se ali, sofrendo por Paul e Serena, em vez de por ela e Doug e por seu casamento danificado.

Ficou horas no chuveiro e lavou seus cabelos esperando que ele estivesse dormindo quando ela saísse, mas ele ainda estava na cama lendo uma revista quando ela chegou. E virou-se para olhar para ela com uma fria expressão.

— Você vai continuar a jogar esses jogos por muito tempo, India? — Nada na forma como falou o tornava sedutor ou convidativo. Ela o via agora como um carcereiro em uma prisão, o que dificilmente conduzia a uma vida sexual sedutora.

— Que jogos?

— Você sabe do que estou falando. Se você ficasse no chuveiro por mais tempo do que tem ficado nos últimos dias, iria derreter e sair pelo ralo. Já entendi a mensagem.

— Você foi quem deu a mensagem durante todo o verão. — Ela repentinamente sentiu-se raivosa, imprensada, cansada e deprimida. O que havia acontecido com eles nos últimos três meses? A relação deles havia se tornado um pesadelo. — Parece muito claro que você não tinha nenhum interesse em mim, até que eu lhe disse que não iria assumir mais nenhum trabalho. Então você decidiu que estava tudo bem para colocar as mãos em mim novamente. Isso não é particularmente comovente. Você conseguiu o que queria, então agora acha que me possui. Bem, você me possui. Mas talvez precise de um pouco de subterfúgios. — Ela nunca havia dito nada como isso antes para ele e ambos pareciam chocados quando ela o fez. Ele recuou como se ela o tivesse esbofeteado.

— Certamente é de grande ajuda saber como você enxerga as coisas.

— Você as tornou muito óbvias. Você decidiu deitar-se assim que teve o que queria. Nem mesmo se importou em me agradecer, ou reconhecer a concessão que fiz, ou dizer que me ama. — Tudo o que ela queria era saber que ele se importava com ela e a amava.

— Isso novamente — disse ele, com um aspecto de extrema irritação. — Você não cria exatamente uma atmosfera em nosso quarto que inspire esse tipo de declaração.

— Bem, sinto muito — disse ela, seus olhos agora flamejando. Ela estava cansada de tudo, de tudo isso e particularmente da atitude dele a respeito da vida sexual dos dois. Agora que ele havia apertado o botão para a luz verde novamente, depois de dois meses ignorando-a, estava perturbado por ela não estar mais disposta. Mas não fizera absolutamente nada para reparar a ferida que havia lhe causado no verão. — Talvez você devesse ter colocado isso em nosso "trato", sexo sempre que você tiver vontade, e quem se importa quando eu estou?

— Tudo bem, India. Já entendi. Esqueça. — Ele desligou a luz e deixou-a sentada na escuridão, fumegando de raiva. Com isso, ele deitou-se de lado, de costas para ela, e em dois minutos estava roncando. A discussão não parecia tê-lo estressado. E ela deitou-se ali por horas, odiando-o e desejando não odiá-lo. Ela sabia que o que havia lhe dito tinha sido agressivo, mas depois de tudo o que ele dissera e fizera a ela, ele merecia.

Ela fechou finalmente os olhos e tentou pensar em Paul, enviando a ele pensamentos de simpatia e amizade. E quando finalmente dormiu, sonhou com Serena. Ela estava tentando dizer a India alguma coisa, porém, por mais que India tentasse, não conseguia ouvi-la. E em algum lugar na distância, viu Paul chorando, sozinho de pé. Mas não importa o quanto India tentasse em seu sonho, ela não conseguia chegar a ele.

Capítulo 12

Os JORNAIS ESTAVAM cheios de notícias sobre o acidente nos dias que se seguiram e India leu tudo o que pôde a respeito. Sentou-se por horas na cozinha, lendo atentamente as reportagens. Elas não diziam muito mais do que de início. Vários grupos árabes estavam sendo acusados, mas nenhum havia assumido a responsabilidade. Embora isso fizesse pouca diferença para as famílias das vítimas. E India não havia visto nada sobre Paul nos jornais. Em seu indubitável estado de pesar, ele estava mantendo-se bem fora de vista. E o coração de India doía por ele.

E então finalmente, na quinta-feira, houve uma notícia no jornal de que o serviço memorial de Serena seria no dia seguinte na Saint Ignatius. Ela ficou segurando o jornal nas mãos por um longo tempo e ainda estava se debatendo a respeito naquela noite quando ela e Doug subiram para dormir. O clima entre eles havia estado tenso por toda a semana. Não havia forma de apagar as coisas que haviam dito um para o outro três dias antes e nem de esquecê-las. As palavras de ambos, assim como as ações, haviam feito um estrago considerável. Mas achou que ao menos poderia falar com ele. Era o que lhes restava agora.

— Estou pensando em ir ao funeral de Serena Smith amanhã, na cidade. — Ela estava segurando um *tailleur* preto em suas mãos quando disse isso. Doug havia comprado para ela no Natal e parecia a coisa certa a vestir para o funeral.

— Não é um pouco tolo? Você mal a conhecia. Por que ficar tão comovida por causa de uma estranha que você encontrou uma vez no último verão? — Ele simplesmente não compreendia, mas também não sabia do vínculo que havia tido com Paul e Serena era um elo entre eles. Mas ela não podia explicar isso a ele.

— Apenas pensei que seria respeitoso, já que tirei a foto dela. — Era a forma mais simples de explicar, e Paul havia sido gentil com Sam. Ela sentia-se como se lhe devesse alguma coisa. Não tinha tido notícias dele desde que lhe mandara a foto, mas não esperava por isso. Com o que estava acontecendo, tinha certeza de que ele deveria estar com muitos afazeres. Apenas esperava que a tivesse recebido, com sua carta.

— Isso faz você parecer uma caçadora de estrelas. — Doug olhou para ela irritado. — Apenas porque ela era famosa não significa que você a conhecia.

— Não, mas gostei dela.

— Eu também gosto de muitas pessoas das quais leio a respeito, mas não iria ao enterro delas. Acho que você deveria repensar.

— Vou ver como me sinto a respeito amanhã.

E quando eles acordaram no dia seguinte estava chovendo. Era um dia cinzento, sombrio, com chuva pesada e um vento forte que tornava um guarda-chuva sem sentido. Era um dia perfeito para um funeral e o tornaria ainda mais deprimente.

Doug não disse mais uma palavra a respeito quando partiu para o trabalho e ela estava ocupada com as crianças e fazendo conduções pela manhã. Mas estaria livre naquela tarde, o que na verdade tornava a decisão mais simples. O serviço estava marcado para as três horas e ao meio-dia ela tomou banho e vestiu o *tailleur*.

Penteou seus longos cabelos em um coque e colocou um pouco de maquiagem. Vestiu meias-calças pretas e saltos altos, e o *tailleur* estava bem nela. Enquanto olhava-se no espelho antes de partir, pôde ver vagamente porque as pessoas com freqüência diziam que ela se parecia com Grace Kelly. Mas não estava pensando em si mesma quando dirigia até a estação. Estava pensando em Paul e em como ele deveria estar se sentindo. Apenas saber como ele se sentia deixava seu coração pesado.

Ela deixou o carro no estacionamento, pegou o trem de 1h15min para Nova York e uma hora depois estava lá. Estava chovendo ainda mais pesado por lá e foi difícil encontrar um táxi. Ela chegou à esquina da rua 85 com Park Avenue cinco minutos antes do serviço e a igreja estava lotada até o teto. Havia homens em ternos escuros e mulheres com roupas caras. A comunidade literária inteira estava lá, ela soube, mas não os reconheceu.

Pessoas de Hollywood também haviam chegado e muitos de seus amigos. Cada banco estava completo e havia pessoas de pé ao longo das naves laterais quando o funeral começou com uma sonata de Bach.

Estava tudo muito bonito, apropriado e extremamente comovente. E, depois do agente de Serena, seu editor e um amigo de Hollywood falarem, Paul Ward caminhou até o altar e fez um elogio à mulher que deixou todos em soluços. Foi digno e respeitoso com suas várias realizações e seu enorme sucesso, mas então ele falou sobre Serena Smith, a mulher. Ele fez todos rirem e chorarem e pensarem no que havia sido a vida dela. Quando ele desejou-lhe adeus, não havia um olho seco na igreja. Ele de alguma forma conseguiu passar por isso, mas estava soluçando quando voltou ao seu lugar na fileira da frente. India pôde ver os ombros dele balançando e ansiou estender a mão e confortá-lo.

Ele foi o primeiro a deixar a igreja depois do serviço e ninguém o interrompeu enquanto ele desaparecia em uma limusine, ainda chorando. E um momento depois, India viu um homem mais jovem, que presumiu ser o seu filho, reunir-se a ele. Eles se pareciam. Não havia fila de cumprimentos e todos estavam tão perturbados que a maioria debandou muito rápido e desapareceu na chuva, enquanto India observava a limusine que levava Paul afastar-se e chamou um táxi. Ela não tirou os olhos dele durante toda a cerimônia e estava quase certa de que ele não a tinha visto. Mas ela tinha ido apenas por respeito pelos dois e para dar apoio a Paul. E talvez Doug estivesse certo, ela poderia ter feito o mesmo pensando nele na sala de sua casa em Westport, mas ela queria estar aqui e estava feliz por ter vindo.

Ela parou para telefonar para Doug da estação. Disse-lhe que havia ido à cidade para o funeral e perguntou se ele queria que ela o esperasse para tomarem o trem juntos para casa. Caso contrário, iria apanhar o trem das quatro e meia e chegar em casa para fazer o jantar.

— Eu vou me atrasar de qualquer modo, não espere por mim — disse ele, breve. — Tenho que encontrar umas pessoas para um drinque às seis. Não estarei em casa antes das nove. Não se preocupe em guardar jantar para mim. Comerei no caminho para casa, um sanduíche ou algo parecido. — Ele parecia distante e frio e ela suspeitou de que estava aborrecido por ela ter ido ao funeral de Serena. Imaginou se ele estaria aborrecido por não tê-la conhecido. Mas, quaisquer que fossem as razões dele, ele era tudo menos caloroso. — Você viu um monte de pessoas famosas lá? — perguntou ele um pouco grosseiramente e ela suspirou. Ele realmente não compreendia o que ela estava sentindo.

— Não esperei ver pessoas que conhecia lá. — Exceto talvez os Parkers, mas não os tinha visto na multidão, embora pudessem ter estado lá.

— Pensei que esse fosse o motivo de sua ida, para ver todas as estrelas que a conheciam. — Era uma coisa desagradável de se dizer e ela forçou-se a não atacá-lo de volta.

— Fui prestar meus respeitos a uma mulher que admirava. É tudo. Está acabado. Tenho que ir senão vou perder o trem. Vejo você em casa.

— Te vejo mais tarde — disse ele e desligou. Ele parecia tão desprovido de emoção nesses dias, tão incapaz de ter alguma empatia com ela. Ela imaginou se ele sempre havia sido assim e ela nunca tinha percebido, ou se ele havia ficado pior depois das brigas durante o verão. O que quer que fosse, a fazia sentir-se muito solitária. Mas não tão solitária quanto Paul, ela tinha certeza. Não conseguia tirar a imagem dele de sua mente, quando ele deixou o altar chorando. Aparentava estar completamente destruído e seu coração havia partido na direção dele enquanto o observava.

Tudo no que podia pensar a caminho de casa era em Paul e nas conversas que tiveram no *Sea Star*. A chuva havia finalmente parado quando chegou em casa e todas as crianças estavam lá e ficaram felizes ao vê-la.

— Onde você estava, mãe? — perguntou Sam enquanto ela atravessava a porta e retirava a capa de chuva.

— No funeral de Serena Smith — disse ela simplesmente. — Foi muito triste.

— Você viu Paul? — perguntou ele com interesse.

— Apenas à distância.

— Ele estava chorando? — Sam tinha a vampiresca fascinação de todos os meninos de sua idade por tragédia, morte e drama.

— Sim, ele estava — disse India tristemente. — Estava terrível.

— Talvez eu lhe escreva uma carta — disse Sam simpaticamente e sua mãe sorriu-lhe, enquanto os outros ouviam, mas não disseram muito. Nunca conheceram Serena e Paul era amigo de Sam.

— Aposto que ele gostaria disso.

— Vou escrevê-la depois do jantar — disse Sam e voltou para ver TV. E meia hora mais tarde ela tinha o jantar na mesa, hambúrgueres novamente e batatas fritas congeladas. Mas ninguém reclamou e todos tinham muito a contar durante o jantar, o que compensou o sombrio silêncio de India. Ela não conseguia tirar Paul da cabeça, ou as lembranças de Serena.

Ainda estava usando o *tailleur* preto quando Doug chegou em casa às nove e meia.

— Você está bem — disse ele com um aspecto de surpresa. Ultimamente ela havia estado muito desgrenhada. Havia estado tão deprimida que não parecia importar-se com o próprio aspecto. Mas o *tailleur* que ele lhe havia dado tinha muito estilo e mostrava o corpo dela.

— Como foi? — perguntou ele, a respeito do funeral.

— Triste.

— Isso não é surpreendente. Sobrou alguma comida? Não tive tempo de apanhar um sanduíche. Estou faminto. — Ela havia jogado fora o último dos hambúrgueres frios horas antes e não havia muita coisa na geladeira, exceto algumas fatias frias de peru e *pizza* congelada. Iria à mercearia pela manhã. Ele decidiu-se por ovos fritos e um *muffin*. E pela primeira vez em meses perguntou o que iriam fazer no fim de semana.

— Nada. Por quê? — Ela ficou surpresa com a pergunta.

— Pensei que talvez pudéssemos sair para jantar ou alguma outra coisa. — As coisas estavam de mal a pior entre eles e ele estava ficando preocupado. Até mesmo Doug não podia mais ignorar o fato. A questão havia finalmente o atingido quando percebeu que ela não queria mais fazer sexo com ele. Enquanto fora decisão dele, isso não o incomodava. Mas a falta de interesse dela estava começando a preocupá-lo. E ele pensou que um jantar fora poderia ajudá-los.

Mas India achou que ele fazia o jantar soar como uma dolorosa obrigação.

— Não temos que ir, se você não quiser — disse ela simplesmente.

— Não teria sugerido se não quisesse. Você quer voltar ao Ma Petite Amie? — Foi o primeiro sinal de paz que ele havia oferecido, mas ela não estava pronta e ainda tinha lembranças terríveis da última vez em que haviam estado lá.

— Não realmente. Por que não saímos para uma *pizza*?

— Que tal uma *pizza* e um cinema amanhã à noite? — Ao menos valia a pena tentar. Se ela iria passar o resto da vida com ele, teria que fazer as pazes com ele em algum momento. Era muito distante do amor que ela desejava, mas isso era tudo o que tinham. Ela sentia-se como se estivesse fazendo amizade com seus companheiros passageiros no *Titanic*. Não importa o quanto o serviço fosse bom, eles ainda iriam terminar no fundo do oceano. Ela havia começado a sentir isso agora.

— Isso parece bom. — Ela não tinha nada a perder a não ser tempo. Ele já tinha destruído o seu coração e sua autoconfiança. Ir ao cinema com ele não poderia fazer mais estragos. Então, por que não?

Ela tirou o *tailleur* depois de colocar as crianças na cama e em seguida também deitou-se. Mas Doug não fez nenhum avanço na direção dela esta noite. Depois do último *round* deles, ele já estava avisado. Teriam que começar devagar, com *pizza* e cinema. E depois disso, veriam o que iria acontecer. Ele acreditava que com o tempo e um pouco de atenção, ela se aproximaria.

Foram dormir como faziam há muito tempo, sem dizer boa-noite um para o outro. Ela estava quase acostumada com isso. E deitou-se perdida em seus pensamentos por um longo tempo, ouvindo-o roncar. Se não era mais nada, em lugar de qualquer ternura entre eles, era um som familiar para India e, a esta altura, a solidão também era um sentimento igualmente familiar.

Capítulo 13

NO DIA SEGUINTE ao funeral, Doug levou Sam ao seu jogo de futebol e India ajudou Jessica a limpar os armários. Ela tinha mais porcarias neles do que India jamais tinha visto, e estava carregando braçadas das antigas roupas de Jessica para dar quando o telefone tocou.

Ela imaginou que fosse para uma das crianças, como sempre, e não fez nenhum esforço para atender. Deixou as roupas no chão da garagem e voltou para a cozinha enquanto ele ainda tocava. E finalmente, soando exasperada, ela atendeu.

— Sim?

— Alô? — A voz masculina não era desconhecida e parecia ser de um adulto, embora ultimamente os rapazes que ligavam para Jessica soassem mais como homens do que crianças.

— Desculpe-me. Quem é?

— É Paul Ward. Estava procurando a Sra. Taylor. — Seu coração pulou uma batida quando ele disse isso e ela sentou-se na mesa da cozinha.

— Paul... sou eu... Como você está? — Tudo no que ela podia pensar era no rosto dele coberto de lágrimas quando deixou o altar na Saint Ignatius.

— Entorpecido, eu acho. Alguém me disse que você esteve lá ontem. Eu sinto muito. Não a vi. — A tripulação do *Sea Star* havia voado de volta para o funeral, em respeito a Paul, e uma das camareiras de bordo havia dito a Paul que a tinha visto.

— Não esperei que você me visse. Foi um belo serviço. Paul... Eu sinto tanto... Não sei o que dizer. — Ela realmente não sabia e estava tão surpresa em ouvi-lo. Não esperava que ele lhe telefonasse.

— Recebi sua carta... era maravilhosa. E a fotografia. — Ela podia ouvir que ele estava chorando. — Eu a adorei. Como você está? — perguntou ele, tentando recuperar alguma normalidade. Ele queria agradecer a ela por ter ido e por escrever-lhe. Mas agora que estava conversando com ela, sentia-se sobrecarregado de emoção. Ele sabia o quanto ela era doce com suas maneiras gentis e procurá-la de alguma forma o fazia sentir-se mais vulnerável do que se sentira há dias. Ele ainda não tinha absorvido o que acontecera. Sentia-se ferido.

— Estou bem — disse ela, soando pouco convincente.

— O que isso significa? Você vai voltar ao trabalho?

— Não. Isso transformou-se na Terceira Guerra Mundial pelo resto do verão. — Ela suspirou. — Apenas não posso fazê-lo. Ele colocou isso para mim muito claramente. Não é negociável. Talvez não seja importante.

— Você sabe que é — disse ele gentilmente —, trata-se do que você precisa. Não perca os seus sonhos, India... vai perder-se se fizer isso. Você sabe. — Era uma coisa que Serena jamais teria feito. Ela sempre havia sido verdadeira para si mesma, não importava o que isso lhe custasse, e ambos sabiam disso. Mas ela não havia sido casada com Doug Taylor. Não tinha feito um "trato" com ele. E Paul jamais teria dado a ela o ultimato que Doug lhe dera.

— Desisti desses sonhos há muito tempo — disse India em voz baixa, sentada em sua cozinha. — Aparentemente não tenho direito de recuperá-los agora. Nós vamos sair para jantar esta noite pela primeira vez em meses. Nossa vida foi um pesadelo durante todo o verão.

— Sinto muito ouvir isso — disse ele tristemente. Sentia pena dela. Estava desperdiçando a si mesma e sabia disso. Ambos sabiam. — Como está o meu amigo Sam?

— Maravilhoso. Saiu para jogar futebol esta manhã. Disse que ia escrever para você.

— Eu gostaria disso — disse ele, mas não soava como o velho Paul, o homem que havia conhecido no *Sea Star*. Parecia cansado, triste e desiludido. Ele havia acabado de perder o seu sonho e não tinha a menor idéia de como viveria sem ela.

— E você? — perguntou India gentilmente. — O que vai fazer agora?

— Vou voltar para o barco e flutuar por aí por algum tempo. Tirei algum tempo no trabalho. Não seria de grande ajuda para eles agora, de qualquer forma. Não tenho certeza para onde irei. O barco está na Itália e acho que o levarei até a Iugoslávia e a Turquia. Não me importo para onde iremos, apenas que seja bem longe e tudo o que possa ver seja água. — Era do que ele precisava agora para cicatrizá-lo.

— Há alguma coisa que eu possa fazer? — perguntou ela, desejando poder pensar em algo. Tudo o que tinha para oferecer-lhe fora uma fotografia.

Mas Paul respondeu rapidamente.

— Ligue para mim algum dia. Adoraria saber notícias suas. — E então a voz dele partiu-se novamente e ela pôde ouvir que ele estava chorando. — India, estou tão só sem ela. Ela partiu há apenas cinco dias e eu mal posso agüentar. Ela me deixava louco às vezes, mas era tão incrível. Não há ninguém como ela. — Ele estava chorando abertamente com ela e India desejou poder tocá-lo.

— Não, não há ninguém como ela — ela concordou. — Mas ela não iria querer que você se desmoronasse. Ficaria furiosa. Você tem que chorar e bater os pés e velejar por aí no *Sea Star* e então tem que voltar e ser forte por ela. Você sabe que ela gostaria que fizesse isso.

— Sim. — Ele sorriu através das lágrimas, pensando nisso. — Ela teria sido bem dura a respeito. — E então ambos riram. — Vou te dizer uma coisa — disse ele então e parou de chorar por um momento. Ele havia estado chorando por cinco dias e sentia-se como se fosse fazer isso por uma vida inteira. — Algum dia vou me recuperar, se você me prometer que não desistirá de seus sonhos completamente. India, você não pode fazer isso.

— Não posso me agarrar a eles e ao meu casamento. É simples. Não há negociação aqui. É tudo ou nada. Talvez algum dia ele ceda, mas não agora.

— Apenas veja o que vai acontecer e mantenha suas opções abertas por algum tempo. — E então ele soou preocupado. — Você retirou o seu nome da agenda da agência?

— Não.

— Bom. Mantenha assim. Ele não tem o direito de chantagear você para que abandone o seu talento.

— Ele pode fazer tudo o que quiser Paul. Ele me possui, ou ao menos pensa que sim.

— Mas não possui, e você sabe disso. Não permita. Você é a única pessoa que pode permitir que ele faça isso.

— Eu abri mão de tudo por ele há dezessete anos. Ele diz que fizemos um "trato" e espera que eu o mantenha.

— Não vou dizer a você o que penso das teorias dele — disse Paul, parecendo forte novamente, como o homem que ela havia conhecido naquele verão e que agora havia sido golpeado. — Ou sobre o comportamento dele — acrescentou. Ele nem mesmo conhecia Doug, mas Paul achava que ele estava tratando India muito mal. E era óbvio que ela não estava feliz com ele. Se estivesse, Paul não tinha certeza se teria telefonado. Mas, de uma forma estranha, como amigos, eles precisavam um do outro. — Pensei muito em você esta semana, India. Sobre as coisas que conversamos no último verão. É engraçado como alguém pode ter certeza de que tem tudo amarrado para sempre. Somos tão estupidamente confiantes e certos de que sabemos tudo, e temos tudo, e então tudo explode em estilhaços em um segundo e não temos nada. É como me sinto. Todas aquelas vidas perdidas no avião, crianças, bebês, gente jovem, pessoas que mereciam viver... assim como ela. Fico pensando que gostaria de ter ido com ela.

Por um minuto ela não sabia o que dizer a ele. De certo modo não o culpava, mas ele não havia morrido e tinha que continuar agora.

— Isso não era para acontecer. Você ainda está aqui e ela não iria querer que você desperdiçasse sua vida.

— Não, os terroristas fizeram isso por mim. Eles explodiram minha vida em pedaços e a de todos os outros.

— Eu sei. — Parecia errado dizer a ele que iria sentir-se melhor com o tempo, mas algum dia se sentiria. Era a forma como funcionava a vida. Ele nunca iria esquecer Serena, ou deixar de amá-la, mas com o tempo iria aprender a viver sem ela. Ele não tinha escolha. — Vai fazer bem a você estar no *Sea Star* — disse ela em voz baixa, enquanto via Aimee entrar na cozinha e sair novamente, e imaginou quando Doug e Sam estariam em casa. Mas ela ainda estava sozinha na cozinha.

— Promete que irá me telefonar? — disse ele, desesperadamente solitário, e ela assentiu.

— Irei. Eu tenho o número.

— Vou ligar para você. Às vezes preciso de alguém para conversar. — Ela queria que ele contasse com ela, e estava comovida por ele a ter procurado.

— Você me ajudou muito neste verão. — E então, com a sensação de seu próprio desespero, sentiu-se como se devesse a ele uma desculpa ou uma explicação. — Sinto muito por desapontá-lo.

— Você não está me desapontando, India, apenas não quero que você desista de si mesma e arrependa-se mais tarde. Mas não vai. Você vai ver. Cedo ou tarde vai conseguir a coragem de que precisa. — E fazer o quê, ela pensou. Desafiar seu marido? Se ela o fizesse, sabia que ia perdê-lo, e não queria isso.

— Ainda não consegui — disse ela honestamente —, e talvez nunca consiga.

— Você conseguirá. Um dia. Apenas aconchegue esses seus sonhos em algum lugar seguro e lembre-se de onde os deixou. — Era uma coisa muito doce de se dizer e ela estava comovida com toda a conversa.

— Estou feliz por você ter ligado, Paul — disse ela gentilmente.

— E eu também. — Ele soou como se realmente quisesse dizer isso.

— Quando você vai partir? — Ela queria saber onde ele estava agora, então poderia imaginá-lo e correr para ele se fosse preciso.

— Esta noite. Vou voar até Paris e então trocar de avião e seguir para Nice. O barco irá me apanhar lá. — A tripulação já havia voado de volta pela manhã e era uma curta distância entre Portofino e Nice. Ele sabia que eles estariam lá o aguardando. E então suspirou enquanto olhava em volta da sala onde estava sentado. Estava repleta de fotos de Serena e dos tesouros que ela havia colecionado durante os anos de casamento. Ele não podia agüentar estar ali. — Acho que talvez deva vender o apartamento. Não consigo ficar aqui. Talvez eles possam fazer isso enquanto eu estiver fora e colocar tudo no depósito.

— Não se mude tão rápido — disse ela sensatamente. — Dê algum tempo, Paul. Você ainda não sabe o que quer fazer.

— Não, não sei. Apenas quero correr e voltar atrás o relógio.

— Você pode fazer isso no *Sea Star* — disse ela gentilmente, enquanto Doug entrava na cozinha e ficava de pé atrás dela. — Cuide-se bem e tente ser forte, — ela estimulou-o, enquanto Doug saía para procurar alguma coisa. — E quando não se sentir forte — disse suavemente —, ligue para mim. Eu estarei aqui.

— Eu sei. Eu também. Sempre estarei aqui para você, India, se precisar de mim. Não se esqueça disso. E não deixe eles pensarem que te possuem. Não é verdade. — Ambos sabiam que ele falava de Doug, enquanto ela ouvia. — Você se pertence. Compreendeu?

— Sim, senhor.

— Cuide-se... — Ela podia ouvir lágrimas na voz dele novamente. Ele estava em uma agonizante montanha russa de emoção, e ela sentiu pena dele.

— Cuide-se Paul. Você não está tão sozinho quanto se sente agora. Tente lembrar-se disso. E de seu modo, ela está bem aí com você.

Ele riu entre as lágrimas.

— Esta seria a única forma que eu poderia levá-la a ficar comigo no *Sea Star*, mas é um modo horrível de fazer isso. — Ao menos era bom ouvi-lo rir. — Falo com você em breve, India.

— Obrigada por telefonar — disse ela e ambos desligaram então. Ela suspirou e levantou-se para ver Doug de pé no portal com o cenho franzido para ela.

— Quem era? — Ele parecia raivoso quando perguntou.

— Paul Ward. Ele ligou para agradecer por uma fotografia de Serena que enviei.

— Parece que o viúvo sofredor está se recuperando muito rápido. Há quanto tempo ela partiu? Há menos de uma semana?

— Esta é uma coisa horrível de se dizer. — Ela parecia horrorizada com o que ele estava insinuando. — Ele estava chorando ao telefone.

— Tenho certeza que sim. A velha história. Tudo o que ele tem que fazer é lamuriar-se um pouco mais, fazer com que sinta pena dele e bingo. Você cai como uma tonelada de tijolos, India. Você parecia estar falando com o seu namorado.

— Isso é repugnante. Ele é um homem bom e uma pessoa decente e está arrasado por tê-la perdido. Está apenas perturbado e muito solitário e nós fizemos uma bela amizade nesse verão.

— Aposto que sim. A mulher dele também não estava lá, estava? Lembro-me que você me contou que ela não estava lá quando me falou dele pela primeira vez. Então onde ela estava, se estava tão apaixonada por ele? — Ele estava cheio de veneno e de suspeitas e pronto para acusá-la.

— Ela estava trabalhando, Doug — India disse em voz baixa. — Algumas mulheres fazem isso.

— Então foi ela quem encheu a sua cabeça com todo aquele lixo? Ele fazia parte do esquema? — Doug estava ansiando para menosprezá-lo e India estava com raiva dele por isso. O que quer que sentisse por Paul, não tinha nenhuma intenção de agir, ou mesmo deixar que Paul soubesse, muito menos o seu marido. Ela nem mesma estava certa do que sentia exatamente por ele e, o que quer que fosse, a afeição que sentia por ele havia escolhido o caminho da amizade. E não havia nenhuma razão para que fosse mais longe. — Acho que você é uma tola se não vê o que ele está fazendo aqui, India. E eu não quero que ele telefone novamente. Você parecia estar falando com o seu amante.

— Eu não tenho um amante, Doug — disse ela friamente, repentinamente incapaz de frear sua própria raiva. Ela odiou o que ele havia lhe dito. — Se eu tivesse, talvez estivesse mais feliz do que estou agora. Mas, de qualquer forma, Paul Ward não é a pessoa. Ele amava a mulher e tinha um profundo respeito por ela e pela sua carreira, uma coisa da qual você não sabe nada. E suspeito que ele vai chorar por ela por muito tempo.

— E quando ele parar, você vai estar aqui para ele? É isso? Talvez você gostasse de ser a amante de um homem com todo aquele dinheiro.

— Você me enoja, Doug — disse ela e voltou ao quarto de Jessica para terminar com os armários. Ela nem mesmo queria ver Doug e pelo resto da tarde evitou-o por completo. Mas o clima não estava melhor entre eles quando saíram para jantar. Ela nem mesmo queria sair com ele, mas achou que, se não fosse, poderia causar ainda mais problemas.

Se ela tivesse pensado a respeito, poderia ter ficado lisonjeada por ele ter ficado com ciúmes de Paul, mas a forma com que ele o expressou foi tão ofensiva que apenas deixou-a com raiva. E o que ele havia dito a ela foi tão repugnante! Paul Ward com certeza não era seu amante e nunca seria. Era apenas um grande amigo. Disso ela estava certa.

A refeição que ela e Doug partilharam naquela noite foi tensa, apesar das alegações das boas intenções dele em levá-la para sair. Mas o que ele havia dito a ela naquela tarde havia destinado seus esforços ao fracasso. Eles mal disseram uma palavra um para o outro enquanto comeram. E o filme que viram era muito deprimente. India apenas sentou-se e chorou durante todo o filme e sentiu-se ainda pior do que nunca quando voltaram para casa e Doug pagou a babá. Até onde India podia compreender, foi uma noite desastrosa, e Doug também não pensava diferente.

Ele estava se sentindo desanimado quando subiu as escadas e nenhum dos dois queria ir para a cama, então sentaram-se nas cadeiras, ligaram a TV e viram um filme antigo do qual ambos haviam gostado. Na verdade era melhor do que aquele que tinham visto no cinema. Acabaram acordados até tarde e desceram para beliscar na cozinha à uma da manhã.

— Sinto muito pelo que disse hoje — disse ele repentinamente, olhando triste para ela, e o inesperado remorso dele a surpreendeu. — Eu sei que ele não é seu namorado.

— Devo esperar que não — disse ela formalmente e então relaxou um pouco. — Também sinto muito sobre as coisas que eu disse. Com certeza não tem sido fácil ultimamente, não é? — Tudo estava sendo muito difícil. Cada conversa, cada troca, cada hora, cada contato.

— Acho que às vezes o casamento é assim — disse ele tristemente e então o que disse a seguir a tocou. — Tenho sentido a sua falta.

— Eu também — ela sorriu. Estava sendo bem solitário sem ele. Durante os últimos meses ele mal falava com ela e ficou tão raivoso com ela por sugerir que faria alguns trabalhos, foi como se ele tivesse estado ausente por todo o verão.

Eles terminaram de comer e subiram as escadas. As crianças estavam todas na cama e India fechou gentilmente a porta atrás deles. Os dois aprontaram-se para dormir, Doug desligou a TV e quando ela foi para a cama ele estava acordado. E desta vez, quando ele a procurou, ela não se virou ou o recusou. Ele tomou-a gentilmente em seus braços e fez amor com ela, embora não houvesse a paixão pela qual ela esperava. Ele parecia desajeitado com ela depois de tanto tempo e não disse a ela que a amava. Mas essa era a vida que eles partilhavam, o "trato" que haviam feito e, para o melhor e o pior, ele era o seu marido. Isso era o que ela tinha e por isso teria que fazer as pazes.

Capítulo 14

INDIA E DOUG claudicaram juntos pelos dois meses seguintes. Eles haviam colado as coisas de volta, mas a cola não parecia tão firme quanto havia sido. Mas ao menos as crianças a mantinham ocupada para não pensar a respeito. E ela sabia com certeza que nada iria mudar agora. Doug era quem era e havia deixado claro suas expectativas. Tudo o que ela tinha que fazer era continuar a viver com ele. Essa era a parte mais difícil.

Ela viu Gail nos jogos de futebol de Sam e em encontros de pais e jantares na escola. Ambas tinham aqueles velhos grupos em comum. E como havia feito antes, e sem dúvida faria novamente, em outubro Gail confidenciou a India que estava vendo um novo homem e, como sempre, ele era marido de alguém. Mas ao menos ela parecia feliz.

— Como está indo? — perguntou a India um fim de tarde, enquanto se sentaram congelando nas arquibancadas. — Doug finalmente acalmou-se?

— Bastante. Ele tem muitos clientes novos e está ocupado. Não temos conversado sobre nenhum assunto sensível desde o verão. — A vida sexual dos dois não era mais o que havia sido, mas de vez em quando faziam todas as tentativas que podiam para reativá-la. Havia partes da relação que simplesmente não se recuperaram dos golpes que sofreram durante o verão. Mas India resignou-se ao que possuía, em vez de lutar pelo que queria.

— Paul Ward ligou novamente?

— Não, acho que ele está na Europa. — Era a primeira vez que mentia para Gail, mas era algo que ela não queria dividir com ninguém e a informação era tão potencialmente explosiva se caísse nas mãos erradas que havia decidido não confidenciar a ela. Mas ele havia telefonado, embora não com freqüência.

Ele havia ligado para ela novamente em setembro e duas vezes em outubro. Ele sempre telefonava em horas estranhas, normalmente quando ela estava em casa sozinha, por volta da hora do jantar para ele, e quando presumia corretamente que Doug estaria no escritório. Ele nunca dissera nada que não fosse apropriado e sempre havia soado desesperadamente solitário. Até mesmo parecera um pouco bêbado uma vez, mas Serena havia partido há menos de dois meses e India sabia melhor do que ninguém como era difícil para ele. O barco havia estado na Iugoslávia na última vez em que ele lhe telefonara e não parecia estar se divertindo muito, mas ainda não estava pronto para voltar para casa.

Nunca falou nada a respeito de vê-la ou sobre quando estaria de volta, embora ela imaginasse se ele iria voltar aos Estados Unidos por volta das férias para ver seu filho e os netos. Ou talvez isso fosse muito doloroso. Ele havia lhe contado que costumava ir com Serena esquiar na Suíça no Natal e já havia jurado nunca mais voltar a Saint Moritz. Ele nunca mais queria ver os lugares onde havia estado com ela, não queria seguir as mesmas trajetórias e relembrar-se dos sonhos que havia partilhado com ela.

— Isso deixa de fora vários lugares — provocara India, e ele havia rido um pouco. Estava passando por um momento muito difícil tentando readaptar-se. Sempre perguntava como as coisas estavam indo para ela e ela era honesta com ele. Havia feito as pazes com a situação, embora não estivesse muito feliz. Mas ainda recusava-se a tentar balançar o barco novamente. Estava satisfeita, ela afirmou, tirando fotos de seus filhos, e Paul repreendeu-a por isso. Ele achava que ela deveria se permitir ser mais corajosa, mas ela não era. Era muito diferente de Serena. Mas ele parecia gostar de conversar com ela e isso trazia para ele um grande conforto.

India nunca perguntou o que ele iria fazer a seguir, se iria voltar ao trabalho, nunca lhe perguntou nada ou pressionou-o de alguma forma. Ela estava apenas ali quando ele telefonava, com sua voz confortante e maneiras gentis, e era exatamente o que ele queria. Não havia promessas de que iriam se encontrar novamente, nenhuma alusão a um romance. Ele era extremamente circunspecto com ela, mas sempre caloroso, sempre gentil, sempre interessado no que ela estava fazendo e, quando ela explicava seus sentimentos para ele, diferente de Doug, ele sempre os compreendia. Ele era um presente na vida dela de várias formas e ela não contou mais a Doug sobre os telefonemas. Não queria lidar com as acusações dele de que Paul queria ser, ou era, o namorado dela. Ela não era Gail. Era um tipo de mulher completamente diferente e Paul sabia disso. Ela era honrada de todas as formas e tinha uma grande quantidade de integridade, ainda mais aos olhos dele que aos de seu marido, que a havia chantageado para que fizesse o que ele queria.

India não tinha notícias de Paul há duas semanas quando o telefone tocou uma tarde, pouco depois do meio-dia, na cozinha. Ela imaginou que Paul já deveria estar de volta à Itália e seriam seis horas da tarde para ele, normalmente o horário em que telefonava para ela.

Ela atendeu o telefone com um sorriso, esperando ouvir a voz dele, e ficou surpresa ao ouvir Raoul Lopez. Ele não lhe telefonava há seis meses, desde que recusara o trabalho na Coréia.

— Como está sua disposição esses dias, India? Já está cansada dos seus filhos?

— Não — disse ela firmemente, sentindo-se estúpida agora por deixar seu nome na agenda da agência. Apenas iria deixá-lo com raiva dela quando recusasse um outro trabalho. Doug estava certo. Ela devia ter tirado o nome de lá.

— Eu estava torcendo por uma resposta diferente. Tenho uma proposta para você — disse ele, excitado. Ele acabara de receber o telefonema e ela havia sido a primeira pessoa na qual pensara. Era perfeito para ela.

— Não tenho certeza se ao menos devo deixar você me contar, Raoul. Meu marido ficou muito irritado com a Coréia.

— O que sobre a Coréia? Você não fez. — Ele estava certo, é claro, mas no fim isso havia provocado três meses de discussões e quase uma revolução. E ela não queria que isso acontecesse agora, não importa o quanto a oferta fosse boa. — Apenas escute-me por um minuto.

"Há um casamento real na Inglaterra. Dignificante, seguro, todas as cabeças coroadas da Europa vão estar lá. A revista que nos telefonou para isso quer alguém que saiba se comportar. Eles não querem um dos desleixados membros da equipe. Como me explicaram há dez minutos, 'querem uma verdadeira *lady*' para apenas misturar-se com todas as pessoas elegantes. É em Londres, você não estará arriscando sua vida dessa vez. E enquanto estiver lá, tenho uma outra reportagem para você. É uma espécie de círculo de prostituição, em algum lugar no West End, envolvendo garotas de dez a catorze anos. É uma forma perspicaz de abuso infantil. E você estará trabalhando lá com a polícia. O que você conseguir com isso correrá toda a imprensa internacional, através da agência de notícias, é claro. Pode ser uma história fabulosa. E você pode resolver a coisa toda em uma semana, tanto o casamento quanto as crianças.

— Oh, merda — disse ela enquanto o escutava, ela tinha que admitir que era tentador. Talvez pudesse vender isso a Doug em cima do casamento. Mas a reportagem que a entusiasmou foi aquela sobre as prostitutas de dez anos. Era um ultraje e ela iria adorar expô-lo. — Por que você me telefona com estas coisas, Raoul? Você vai destruir o meu casamento. — Ela suspirou ao dizer isso.

— Eu telefono para você porque eu te amo e você é a melhor que há. Olhe o que fez no Harlem.

— Era diferente, a apenas uma hora de trem, e eu podia chegar em casa para preparar o jantar das crianças.

— Eu contratarei uma cozinheira para você enquanto estiver fora. Eu mesmo cozinharei para elas, mas India, por favor, não me diga não novamente. Você *tem* que fazer isso. — Ele estava desesperado por ela e ela podia ouvir isso e estava excitada com as reportagens.

— Quando é? — perguntou ela, parecendo preocupada. Talvez se tivesse algum tempo pudesse falar com Doug ou pleitear ou prometer engraxar os sapatos dele para sempre se ele permitisse que ela fizesse o trabalho. Ela estava louca para fazer a reportagem e não queria negar a Raoul novamente.

— É em três semanas — disse ele, tentando soar vago, como ela calculou.

— Três semanas? — Ela pensou nas datas e franziu o cenho quando chegou ao mesmo lugar da primeira vez. — É o Dia de Ação de Graças.

— Mais ou menos — disse ele, ainda rezando para que ela aceitasse.

— O que você quer dizer com mais ou menos? É o Dia de Ação de Graças ou não é?

— Está certo, está certo. É o fim de semana do Dia de Ação de Graças, mas você tem que estar lá na quinta. Há dois eventos imensos um pouco antes do casamento, incluindo o presidente e a primeira dama. Você pode comer peru com eles, ou melhor ainda, leve um com você.

— Eu te odeio. Isso não é engraçado. Doug vai te matar.

— Eu vou matá-lo se ele não deixar que você faça. India, você tem que fazer. Olhe, me faça um favor e pense a respeito. Me ligue de volta amanhã.

— Amanhã? Você está louco? Você está me dando uma noite para dizer ao meu marido que estarei deixando a ele e aos meus filhos no Dia de Ação de Graças? O que está tentando fazer comigo?

— Estou tentando salvá-la de uma vida entediante e de um marido que não aprecia o seu talento. Para não mencionar uma penca de crianças que, por mais engraçadinhas que sejam, não merecem usar uma das mais talentosas fotógrafas do mundo como sua cozinheira e motorista particular. Dê um tempo, India. Eu preciso. E você também. Apenas faça essa para mim.

— Vou ver o que posso fazer — disse ela melancólica. — Ligo para você amanhã... ou depois de amanhã. Se ainda estiver viva.

— Eu te amo. — Ele estava radiante e rezando para que ela aceitasse. Seria perfeita para os dois trabalhos. — Obrigada, India. Falo com você amanhã.

— Apenas lembre-se de sentir-se culpado quando encontrarem meu corpo na lixeira do *shopping* de Westport.

— Diga a ele para crescer e perceber com quem ele se casou. Ele não pode manter você trancada para sempre.

— Não, mas está tentando. Eu ligo para você. — Ela ficou de pé na cozinha por um longo tempo quando desligou e percebeu que estava tremendo. Estava aterrorizada em dizer alguma coisa a Doug, mas também tão excitada com as reportagens quanto Raoul, particularmente com a mais dura. Mas o casamento também seria divertido. Estava louca para fazê-las. Mas como iria dizer a Doug? Sentou-se em um banco para pensar e então seguiu para o mercado.

Comprou todas as coisas das quais ele mais gostava e iria fazer para ele um jantar fabuloso aquela noite. Até mesmo um pequeno caviar. Iria fazer todas as suas especialidades e as favoritas dele, servir-lhe vinho e então eles iriam conversar... e ele a mataria. Mas ao menos poderia tentar.

Doug ficou entusiasmado quando chegou em casa naquela noite e viu o que ela estava fazendo. Ela havia comprado um *chateaubriand* e estava fazendo seu molho favorito de pimenta em grão e mostarda, batatas assadas, feijões verdes, cogumelos recheados e salmão defumado com caviar como entrada. E quando se sentou para jantar com ela e as crianças sentiu-se como se tivesse morrido e chegado ao paraíso.

— Você bateu com o carro hoje, mãe? — perguntou Jason casualmente, colocando creme azedo em sua batata assada.

— É claro que não — disse ela, estupefata com a pergunta. — Por que você perguntou isso?

— É um jantar tão maravilhoso. Eu imaginei que tivesse feito alguma coisa que fosse deixar papai louco. *Realmente* louco, — disse ele olhando para o caviar.

— Não seja tolo. — Mas ele era muito esperto, mais do que seu pai, que não tinha nenhuma suspeita. Estava sentado confortavelmente em sua cadeira favorita, preguiçoso e saciado depois do jantar. Ela havia feito *mousse* de chocolate para a sobremesa, com seus biscoitos favoritos. Era tudo, menos sutil.

— Que jantar! — Ele sorriu enquanto ela vinha sentar-se ao seu lado na sala depois de arrumar a cozinha. As crianças estavam todas lá em cima fazendo os deveres de casa. — O que eu fiz para merecer isso?

— Casou-se comigo — disse ela sentando-se em um pequeno banco próximo aos pés dele e rezando para que ele fosse gentil com ela desta vez. Apenas desta vez. Apenas uma vez. Ela estava preparada para implorar a ele. Estava louca para ir a Londres, mesmo que fosse durante o Dia de Ação de Graças.

— Acho que apenas tive sorte — disse ele, encostando-se na cadeira e esfregando o estômago.

— E eu também — disse ela docemente. Era o contato mais amigável que tinham desde o verão. Mas desta vez não sem um motivo oculto. — Doug... — Ela então olhou para ele e em um instante ele soube que isso era um jogo. Havia um desejo de sangue nos olhos dela e ele não podia imaginar o que seria necessário para satisfazê-lo.

— Oh, não — ele riu, ainda divertindo-se com isso. — Jason estava certo? Você bateu com o carro ou estragou o de alguém?

— Meu registro de direção está intacto, seu seguro é incontestado e o carro está em perfeitas condições. Você pode checar.

— Foi presa por roubar no *shopping*, talvez?

— Não, há uma intenção. — Ela decidiu ir logo ao assunto. Ela não tinha opção. E teria que ligar para Raoul amanhã, ou no dia seguinte. — Recebi um telefonema hoje — ela confessou.

— De quem? — Ele franziu as sobrancelhas enquanto ouvia. Era como perguntar a seu pai se podia sair com um namorado aos catorze anos, apenas dez vezes mais difícil e mais apavorante. Talvez cem vezes. Ela sabia muito bem como Doug se sentia a respeito.

— Raoul — disse ela simplesmente.

— Não isso novamente. — Ele endireitou-se na cadeira e olhou para ela no banco.

— Apenas escute. É o trabalho mais civilizado que jamais me ofereceram e querem uma "*lady*" para fazê-lo. — Ela já havia decidido não falar com ele a respeito do círculo de prostituição no West End. Ele nunca permitiria que ela fizesse isso, mesmo que fosse em Londres. Mas talvez o casamento... — Alguém incrivelmente importante está se casando na família real britânica e eles querem alguém para cobrir o evento. Todas as cabeças do estado estarão lá e as cabeças coroadas da Europa, e o presidente e a primeira dama...

— E você não estará — disse ele firmemente. — Eles podem pegar qualquer fotógrafo para fazer isso.

— Mas eles querem a mim, ou Raoul quer. Doug... por favor... eu adoraria fazê-lo.

— Pensei que já tivéssemos superado isso. Com que freqüência nós teremos que lutar essa batalha, India? Eis porque eu lhe disse para retirar seu nome da agenda dele. Ele vai continuar a ligar. Pare de me torturar com isso e a si mesma. Você tem filhos... tem responsabilidades... não pode simplesmente sair porta afora e esquecer-se de tudo.

— Doug, estamos falando de uma semana. Uma semana. É tudo. As crianças não vão cometer suicídio porque eu não estarei aqui no Dia de Ação de Graças. — E com isso ela pareceu estar em pânico ao dizer. Não queria contar-lhe esta parte agora. Mas já havia saído, ao menos o quanto pretendia dizer a ele.

— Não posso acreditar nisso. Você está me perguntando se pode nos deixar no Dia de Ação de Graças? O que você espera que eu faça, asse o peru?

— Leve-os a um restaurante. Farei um verdadeiro jantar de Ação de Graças antes de partir, no dia anterior. Eles nunca perceberão a diferença.

— Mesmo que eles não percebam, eu vou. Você sabe qual é o nosso acordo. Discutimos tudo esse verão.

— Eu sei. Mas isso é importante para mim. Eu *preciso* fazer.

— Então talvez você não *precise* estar casada ou ter filhos. Não vou manter uma mulher que não está aqui para o Dia de Ação de Graças. Você pode também ir a uma zona de guerra se for fazer isso.

— Ao menos estarei segura no casamento.

— A não ser que terroristas o bombardeiem, como fizeram com o avião de sua amiga. Agora, há uma consideração. Você está se dispondo a correr esse risco? — Ele estava disposto a apertar cada botão que possuía.

— Eu também poderia ficar em casa na cama pelo resto de minha vida. Por que não? Quero dizer, diabos, Doug, os russos podem bombardear Westport, se alguma vez conseguirem se organizar.

— Por que não se organizar, India, e crescer finalmente? Toda esta merda ficou para trás, ou ao menos deveria ter ficado.

— Bem, não ficou. Ainda é parte de mim, e sempre será. Você tem que entender isso.

— Eu não tenho que fazer nada — disse ele soando raivoso enquanto levantou-se e deixou-a sentada no banco. — Não vou concordar com isso. Se você quiser ir de qualquer jeito, é problema seu. Mas não espere continuar casada comigo, se o fizer.

— Obrigada, Doug, por deixar a escolha tão clara para mim — disse ela, levantando-se e olhando para ele diretamente. — Você sabe o quê? Eu não vou deixar você me tiranizar mais ou me chantagear. Isso é quem eu sou, com quem está casado. Você pode ditar as regras que quiser, mas não pode me ameaçar — disse ela calmamente sem a menor idéia de onde as palavras haviam surgido. Mas repentinamente ela sabia exatamente o que estava fazendo e para onde estava indo. Para Londres. — Eu vou até lá fazer essa reportagem e então voltarei e tomarei conta dos nossos filhos, como sempre faço, e de você, a propósito. E sabe o que mais? Nós vamos sobreviver. Você não pode mais me dizer o que fazer, Doug. Não é justo. E eu não vou permitir.

Ele a escutou sem dizer uma palavra e ela estava tremendo quando o encarava. E então ele virou-se, subiu as escadas e ela ouviu a porta do quarto bater. Mas ela havia feito. Ela havia ousado mover-se e agarrar o que queria. Nunca havia feito isso antes, não com ele, e estava aterrorizada e sentindo-se fantástica. Ela percebeu agora que ele vinha fazendo isso com ela há anos. E fora o ultimato dele que a havia trazido da Ásia há dezessete anos para casar-se com ele. Ele havia lhe dito, sem deixar dúvidas, que se não voltasse o perderia. E porque havia perdido o pai quando pequena, pensou que a pior coisa que poderia lhe acontecer era perder Doug. Mas o que descobriu dezessete anos depois foi que na verdade o pior era perder-se a si mesma, e ela quase havia feito isso. Não acreditava que iria perdê-lo agora e, se acontecesse, ela enfrentaria. Mas esperava que não.

Ela esperou um pouco para subir as escadas e quando o fez ele estava na cama, com as luzes apagadas. Mas ela não conseguia ouvi-lo roncar.

— Você está acordado? — sussurrou ela, e não houve resposta, mas ela pôde perceber que ele estava acordado e descobriu que estava certa ao se aproximar. Ela ficou de pé diante da cama no escuro e o viu se movimentar, mas ainda não disse nada. — Sinto que tenha que ter sido deste modo Doug. Gostaria mais se você concordasse em me deixar ir. Amo muito você... mas tenho que fazer isso... por mim mesma. É difícil de explicar. — Não era, na verdade, mas era impossível para ele compreender. Ele queria baixar a lei e ameaçá-la. Esse sempre havia sido o poder dele sobre ela, esse e o terror de que ela fosse perdê-lo. Mas ela não poderia continuar amedrontada para sempre. — Eu amo você Doug — ela disse de novo, como se para tranqüilizá-lo e a ela mesma. Mas não houve resposta. E um momento depois ela foi ao banheiro tomar um banho. E ficou lá, com a água morna correndo por suas costas e um sorriso no rosto, que parecia eterno. Ela havia conseguido!

Capítulo 15

ELA FEZ UM JANTAR para eles, exatamente como havia prometido, na noite anterior ao Dia de Ação de Graças. Foi uma refeição perfeita e eles pareciam-se com a família perfeita, exceto pelo fato de Doug ter estado carrancudo a maior parte do tempo durante o jantar. Não era segredo para ninguém como ele se sentia a respeito da partida dela.

Ela havia contado às crianças e, depois do choque inicial, todas estavam excitadas por ela, especialmente as meninas, que achavam que cobrir o casamento parecia incrível. Nenhum dos garotos deu muita importância. Mas nenhum deles teve a reação que Doug imaginou que teriam. Nenhum deles sentiu-se abandonado ou com raiva, ou como se ela nunca mais voltasse, como ela teve quando seu pai foi para o Vietnã por seis meses, ou para lugares igualmente aterrorizadores antes disso. Foi muito suave e todos compreendiam isso. Estavam desapontados pelo fato de ela não estar com eles no Dia de Ação de Graças, mas quando souberam que ela iria fazer um verdadeiro jantar comemorativo para eles, ficaram perfeitamente felizes, contrariando as previsões de Doug.

Ela estaria partindo para Londres na manhã do Dia de Ação de Graças e Doug e as crianças iriam ter um outro jantar com amigos no Greenwich, já que Doug e India não tinham pais vivos. Ela percebeu agora que era por isso que se sentia tão dependente dele e de sua aprovação. Além das crianças, ela não tinha mais ninguém.

As crianças devoraram tudo e Jason disse que foi o melhor jantar que ela já havia feito, e ela agradeceu. E depois todos sentaram-se na sala e assistiram a filmes, enquanto India e Jessica arrumavam a cozinha. E ela mandou Jessica reunir-se aos outros quando Doug entrou para conversar com ela. Ele parecia estar ainda com mais raiva.

— Você não está embaraçada por transformá-los em órfãos nos feriados? — perguntou ele severamente, ainda tentando fazê-la sentir-se culpada.

— Eles não são órfãos, Doug. Eles têm uma mãe que trabalha ocasionalmente e parecem compreender isso muito melhor do que você.

— Diga-me isso quando eles começarem a levar bomba na escola, como forma de expressar seu descontentamento.

— Não acho que isso irá acontecer — disse India firmemente.

Gail havia prometido fazer as conduções de carro para ela, a babá que ela contratava com mais freqüência iria ficar na casa todos os dias das três da tarde até depois do jantar e Jessica havia prometido ajudá-la com a comida. Tudo estava em ordem e ela deixara seis páginas de instruções claras. O único problema era o seu marido. Mas India nunca tinha se sentido tão forte a respeito de algo em sua vida. Paul havia telefonado para ela naquela semana e dito que estava orgulhoso dela, e ela prometeu ligar para ele de Londres. O *Sea Star* estava na Turquia. E ele disse que ficaria ansioso por notícias dela.

— Você terá que acertar as contas comigo quando voltar, India. — Doug a ameaçava novamente, como havia feito há semanas. Ele parecia não ter nenhuma hesitação e nenhuma vergonha em fazer isso com ela. Mas ela recusava-se a ouvi-lo. Não tinha nem mesmo certeza do que havia finalmente mudado, mas sabia que não podia viver mais em uma caixa, aquela que ele havia construído para ela catorze anos antes que não lhe permitia esticar as asas. Ela sabia melhor do que ninguém que tinha que fazer isso. Não importa o que lhe custasse. Não fazê-lo iria custar-lhe mais. E agora compreendia isso. E Raoul tinha ficado estático quando ela lhe telefonou. Estavam pagando uma soma decente, embora nada fabuloso, e ela iria usá-la para fazer alguma coisa boa com as crianças, talvez uma viagem para algum lugar, ou ir esquiar depois do Natal. E claro que queria que Doug fosse com eles, se ele estivesse disposto. Embora já tivesse dito que não estava.

Ela deixou que as crianças ficassem acordadas até mais tarde, já que era feriado, e de manhã, antes de sair, foi até o quarto de cada uma delas. Estavam todas dormindo, mas se moveram quando ela inclinou-se para beijá-las e o consenso geral foi "Divirta-se, mãe", enquanto ela prometia telefonar. Havia dado a cada um o nome do hotel e o seu telefone. E estava afixado na cozinha. Deixou tudo organizado com perfeição e ficou espantada de como tudo havia sido fácil e tranqüilo. O único problema era o seu marido.

Ela voltou ao quarto para dizer-lhe adeus e ele olhou para ela. Havia estado acordado desde a hora em que ela levantou, mas fingiu não estar. Mas agora apenas ficou ali e ambos souberam que ele havia perdido parte de seu poder para aterrorizá-la e obrigá-la a fazer o que ele queria. Não era uma mudança bem-vinda para ele.

— Vou telefonar para você sempre que puder, eu prometo — disse ela como se para uma criança. Ele se parecia com uma, sentado ali, olhando para ela, e não fez nenhum movimento na direção dela.

— Não se incomode — disse ele breve. — Não tenho nada a dizer a você até que volte. — Ele parecia sincero.

— E então o quê? Vai me atirar para fora, na neve? Vamos, Doug, tenha espírito esportivo a respeito. Por favor. Deseje-me sorte. Não faço isso há anos... é excitante para mim. — Mas ele não estava feliz por ela. Parecia irreversivelmente raivoso. E queria que ela ficasse amedrontada com as repercussões.

Ela ainda estava, mas não o suficiente para desistir do trabalho. Ele havia finalmente a pressionado demais.

— Eu te amo, Doug — disse ela simplesmente, enquanto atravessava o quarto. E ela o amava, mas imaginou se ele a amaria. Ele não respondeu e ela desceu as escadas com seu equipamento de câmera caprichosamente embalado em uma bolsa em seu ombro. A bolsa havia sido de seu pai. Ela apanhou sua maleta e saiu para a condução que estava esperando para levá-la ao aeroporto.

Era uma viagem curta, eles pararam para apanhar várias pessoas e, pela primeira vez em anos, sentiu-se independente. Era a primeira vez que havia ido a qualquer lugar sem seus filhos e o sentimento de liberdade era irresistível.

Depois de fazer o *check in* no aeroporto, caminhou pelo terminal e comprou algumas revistas. Então telefonou para Raoul para ver se ele tinha alguma instrução de última hora. Ele disse a ela que lhe passaria um fax se tivesse qualquer informação nova sobre a segunda reportagem, mas, além disso, não tinha nada. E então ela embarcou no avião e seguiu para Londres. Ela estava pronta às nove horas da noite e iria ser apanhada e levada para um baile que a rainha estava oferecendo para o casal no Painted Hall, na Royal Naval Academy, em Greenwich. Ela havia levado uma saia longa de veludo, uma blusa de veludo e um colar de pérolas e iria trocar-se na limusine, no caminho, durante a saída do aeroporto. Era mais do que um pouco diferente de seus antigos trabalhos, mas mal podia esperar para chegar lá.

Ela leu e dormiu no vôo, jantou um pouco e olhou para fora por algum tempo, pensando nas crianças que havia deixado, que haviam sido as fronteiras de sua vida por tanto tempo. Ela sabia que iria sentir falta delas, mas sabia que estariam bem durante o curto período em que estaria fora. Então pensou em Doug e nas coisas que ele havia dito a ela, o poder que havia exercido sobre ela por tanto tempo e as razões pelas quais o fez. Parecia tão injusto e tão desnecessário. E agora, quando pensava a respeito, não estava com raiva, mas triste. Se ele a tivesse deixado ir afavelmente, ou deixado que crescesse ao longo dos anos, teria sido tão mais bondoso. Mas tudo o que Doug queria era controlá-la, obrigá-la a fazer o que ele queria. E pensar nisso era deprimente.

Ela estava cochilando quando pousaram em Heathrow e então a excitação começou a ferver, junto com a percepção de que ela havia aberto as asas finalmente e feito algo que queria, não porque era bom para alguém, ou deveria fazer, mas porque era o que *ela* queria fazer. Quase cantou com alegria quando pousaram. Ela não vinha a Londres há anos e mal podia esperar para vê-la. E que melhor forma de fazer isso?

O motorista que haviam prometido estava esperando do lado de fora da alfândega e levou-a para a cidade o mais rápido que pôde, enquanto ela mudava de roupa no banco de trás e penteava os cabelos tão cuidadosamente quanto possível devido às circunstâncias. Sentia-se um pouco mais desorganizada do que gostaria de estar, mas quando se olhou no espelho decidiu que passaria por uma inspeção. Não estava aqui para ficar bonita e sim para tirar fotografias. Ninguém iria ligar para a forma com que se apresentava.

Quando se aproximaram da Royal Naval Academy, ela viu que haviam cadetes do lado de fora com seus uniformes de gala, segurando antigos mosquetes e rifles. Eles permaneciam em alerta enquanto os convidados entravam e saíam e os circundantes eram muito impressionantes. As construções constituíam um enorme quadrado de gramado e a capela abobadada fora construída em 1779.

Ela tirou algumas fotos do lado de fora e correu para dentro, para a festa. Quando subiu os degraus, olhou para cima e viu pinturas extraordinárias por todos os lados e no teto. Era uma mistura de Versailles e a Capela Sistina. Havia no mínimo quatrocentas pessoas dançando e, quase no momento em que entrou, começou a fotografar. Era fácil localizar seus alvos. Príncipe Charles, as rainhas da Holanda, Dinamarca e Noruega. Ela os reconheceu todos, assim como o presidente da França e vários príncipes coroados. Então viu a rainha Elizabeth à distância, cercada de guardas e conversando à vontade com o primeiro-ministro, o presidente e a primeira dama. Ela havia tido que mostrar seu passe quando entrou, mas guardou-o no bolso depois disso e ficou as quatro horas seguintes passando discretamente de um grupo para o outro. Às duas da manhã, quando a festa terminou, ela sabia que havia conseguido o que tinha ido buscar. Era o mesmo sentimento caloroso que tinha anos antes quando sabia que havia conseguido sua reportagem, embora agora os assuntos não pudessem ter sido mais diferentes.

A rainha havia saído horas antes e o resto dos ilustres convidados enfileiravam-se decorosamente, dizendo o quanto a festa havia sido extraordinária, e alguns deles foram ver a capela. India tirou o último rolo de filme ali, então voltou para o carro e seguiu de volta para a cidade.

Eles haviam conseguido para ela um pequeno quarto no Claridge's, que havia sido uma das prometidas alegrias do trabalho e, quando entrou no saguão com sua câmera e sua mala, repentinamente percebeu que estava exausta. Eram duas e meia da manhã lá, o que seriam apenas oito e meia da noite para ela, mas ela havia trabalhado por horas, viajando e cobrindo sua reportagem. Parecia com os velhos tempos, embora suas roupas não incluíssem na época saias de veludo e sapatos de noite. Ela teria usado botas de combate e camuflagem, mas sabia que se lembraria das visões que havia tido esta noite para sempre. O Painted Hall era certamente uma das grandes atrações turísticas na Inglaterra e as pessoas que haviam estado lá naquela noite estavam formando o curso da história na Europa.

Ela mal podia esperar para despir-se e ir para a cama e estava dormindo quase no mesmo minuto em que colocou a cabeça no travesseiro. Ela não se moveu até que escutou o telefone tocar e não podia imaginar por que alguém estaria ligando para ela naquela hora. Mas, quando abriu os olhos, viu que havia luz do dia entrando no quarto. Eram dez horas em uma fria manhã de novembro em Londres, ela tinha que estar em algum lugar ao meio-dia. Ela havia dormido até o despertador tocar.

— Alô? — disse ela sonolenta, espreguiçando e olhando em volta do quarto. Era pequeno, mas bonito, em *chintz* florido azul pálido.

— Pensei que você deveria estar trabalhando.

— Estou. Quem é? — Por um minuto pensou que fosse Raoul, mas não soava nem um pouco como ele. E então repentinamente soube. Era Paul, ligando do barco na Turquia. — Por um minuto não reconheci você. Estava morta para o mundo. Graças a Deus que você me acordou.

— Como está indo? — Ele parecia feliz em ouvi-la.

— É realmente divertido. A noite passada foi incrível. Todos no mundo estavam lá, desde que tivessem rainha, príncipe ou rei antes de seus nomes. E o Painted Hall é surpreendente.

— É mesmo, não é? Serena e eu fomos a uma festa lá uma vez, para um homem muito bom, um autor marítimo chamado Patrick O'Brian. Ele é uma de minhas paixões. O Painted Hall é realmente uma coisa. — Ele havia estado em todos os lugares, parecia a ela. Mas mesmo Paul ficou impressionado com as pessoas que haviam estado lá, quando lhe contou.

— Acho que consegui algumas fotos realmente boas.

— Como se sente trabalhando de novo? — Ele sorriu ao pensar nela, aconchegada em seu pequeno quarto no Claridge's. Ele quase podia vê-la. E sabendo o que havia custado para chegar lá, sabia que vitória era para ela e o quanto significava. Ele estava feliz por ela ter conseguido.

— É incrível. Estou adorando. — Ela havia contado a ele a respeito da segunda reportagem e ele estava preocupado com ela, mas imaginou que soubesse o que estava fazendo e que a polícia iria protegê-la. — Como está você, Paul? — Ele parecia um pouco melhor esses dias, embora ela soubesse que o Dia de Ação de Graças provavelmente não havia sido fácil para ele, mas ele tinha evitado as conseqüências ficando na Turquia. — Algum interesse de vir a Londres enquanto eu estiver aqui? — Ela atirou como uma possibilidade, mas realmente não esperava que ele fosse aceitá-la e sabia instintivamente que não iria. Ainda estava escondendo-se da vida real no *Sea Star*.

— Acho que não — disse ele honestamente. — Embora realmente gostasse de vê-la, India — disse ele com um sorriso. — Você provavelmente está muito ocupada para circular por aí com velhos amigos. — Nos últimos cinco meses, na verdade, eles realmente haviam se tornado amigos. Ela havia partilhado todos os seus medos com ele, seus desapontamentos com Doug, e ele havia chorado no ombro dela mais de uma vez desde que perdera Serena. Em pouco tempo, e às vezes de longas distâncias, eles haviam passado por muitas coisas juntos. — Acho que estou com medo de voltar à civilização. — Ainda era muito doloroso para ele e ela sabia disso.

— Você não precisa ainda. — Ela sabia que ele estava cuidando da maior parte do trabalho por fax e telefone e seus sócios estavam cuidando do resto durante a ausência dele. Era melhor para ele ficar no *Sea Star*. O barco parecia um lugar curativo para ele.

— Como estavam as crianças quando você partiu? — Ele havia pensado muito nela na manhã anterior.

— Bem. Melhores do que Doug. Nós comemoramos o Dia de Ação de Graças na noite anterior e ele mal falou comigo. Não acho que isso vai se resolver muito tranqüilamente. Há uma ameaça de repercussões.

— Apenas prepare-se para elas. O que ele pode fazer, afinal de contas?

— Atirar-me para fora, para começar, falando figurativamente. Ele pode me abandonar — disse ela em um tom sério. Era óbvio que ela se preocupava com isso.

— Ele seria um tolo se fizesse isso. — Mas ambos sabiam que ele era, embora Paul visse o fato com mais clareza do que ela. — Acho que apenas está fazendo barulho para amedrontar você.

— Talvez. — Mas, de qualquer forma, ela havia vindo. E estava aqui agora. — Acho que é melhor eu me vestir antes que perca a próxima festa.

— O que é hoje? — perguntou ele com interesse.

— Tenho que checar meu itinerário. Acho que é o almoço oferecido pelo príncipe Charles no palácio de Saint James.

— Isso deve ser divertido. Ligue para mim esta noite e conte-me tudo a respeito.

— Eu provavelmente chegarei tarde. Tenho que ir a um outro jantar esta noite, antes do casamento.

— Isso parece uma reportagem realmente dura. — Ele a estava provocando, mas sentia-se como o seu anjo da guarda. Ele a tinha visto sair de toda a agonia que havia levado para chegar lá. E agora queria partilhar a vitória com ela. — Eu estarei acordado até tarde. Você pode me telefonar, agora que estamos quase na mesma região. Acho que vou partir para a Sicília amanhã. Quero circular pela Itália por algum tempo, e Córsega. Na verdade, talvez eu vá terminar em Veneza.

— O senhor leva uma vida dura, sr. Ward, com sua pequena casa no barco que pode levar para onde quiser. Eu realmente sinto pena de você.

— Você deveria — disse ele com uma voz mais séria do que pretendia. Mas ela sabia, através de suas conversas anteriores, o quanto ele estava se sentindo solitário. Ainda sentia uma falta insuportável de Serena e ela suspeitava de que ele bebia e chorava até dormir com mais freqüência do que admitia. Mas haviam se passado apenas três meses da morte dela.

— Ligo para você mais tarde — disse ela alegremente e, depois que desligaram, ela foi até a janela e olhou para a Brook Street abaixo. Tudo parecia muito ordeiro e familiar e muito inglês. Ela estava bem feliz de estar aqui. E lembrou-se que tinha que comprar muitos cartões-postais para as crianças. Ela havia prometido fazer isso e queria ir ao Hamley's, se tivesse tempo, e comprar alguns brinquedos e jogos para Sam, Aimee e Jason. Ela teria que encontrar alguma coisa mais amadurecida para Jessica do que para os outros. Se tivesse tempo entre as reportagens, India estava pensando em ir ao Harvey Nichols. Mas primeiro tinha que ir trabalhar. E ainda estava pensando em Paul quando mergulhou na enorme banheira. Ela adorava conversar com ele e esperava que um desses dias pudesse encontrá-lo. Ele era um grande amigo para ela, mesmo a uma longa distância.

E pelo resto da tarde ela esteve ocupada tirando fotografias novamente dos reais. Ela divertiu-se muito e descobriu que conhecia um dos outros fotógrafos. Eles haviam feito uma reportagem juntos uma vez no Quênia. Há quase vinte anos não se viam. Seu nome era John O'Malley e ele convidou-a para um drinque em um bar local depois da festa.

— Onde diabos você esteve? Imaginei que alguém tivesse finalmente acertado um tiro em você em uma dessas reportagens malucas — disse ele, rindo e obviamente feliz em vê-la.

— Não, eu me casei, tive quatro filhos e fiquei fora de circulação pelos últimos catorze anos.

— Então, o que a fez voltar agora? — perguntou ele com um sorriso aberto. Ele havia tirado todas as fotos que precisava e estava tomando uísque irlandês.

— Senti falta.

— Você é insensata — disse ele, com absoluta convicção. — Sempre soube disso a seu respeito. Não gostaria de mais nada a não ser me aposentar com uma mulher e quatro filhos. É claro, essa não é exatamente uma reportagem perigosa como as nossas antigas, a não ser que a realeza nos ataque. E eles poderiam, você sabe. Se começarem uma briga por causa dos canapés, pode começar uma guerra aqui. E depois, é claro, há o IRA, que pessoas adoráveis eles são. Às vezes tenho vergonha de admitir que sou irlandês. — Eles conversaram sobre o atentado terrorista de setembro e India contou-lhe que a mulher de um amigo estava no avião.

— Que vergonha. Detesto histórias como essa. Sempre penso nas crianças. Mate um exército. Bombardeie uma fábrica de mísseis. Mas, pelo amor de Deus, não mate as crianças. Os bastardos sempre fazem isso, no entanto. Cada droga de país que fica furioso. Eles matam as crianças. — Ele havia passado um tempo na Bósnia e odiado o que viu lá. Crianças croatas degoladas pelos sérvios enquanto suas mães as seguravam. Havia sido o pior desde Ruanda. — Não se preocupe comigo, minha querida. A desumanidade do homem é um dos meus assuntos favoritos no meu segundo uísque. No meu terceiro, fico romântico. Cuidado! — Eles não conversavam há anos, era divertido falar com ele e ele apresentou-a a um outro jornalista que se reuniu a eles na mesa.

Era australiano, nem de longe tão simpático quanto John O'Malley, embora tivesse um seco senso de humor enquanto comentava a festa. Disse que trabalharam juntos anos antes em Beijing, mas ela não mais se recordava dele e não lhe parecia familiar. Quando deixaram o bar, O'Malley estava bem calibrado e ela teve que voltar ao Claridge's para trocar-se novamente antes de seguir para a próxima festa. Estava agradecida por ser a última antes do casamento. Aconteceria na casa de alguém, um evento no palácio de Saint James, com lacaios uniformizados, um salão de bailes e candelabros que flamejavam com velas. E quando voltou para casa à meia-noite, ligou para as crianças. Elas acabavam de sentar para jantar. Ela falou com cada uma delas e pareciam bem. Disseram que haviam se divertido no Greenwich no dia anterior e sentiam a falta dela. E no sábado o pai iria levá-los para patinar. Mas quando India pediu para dizer alô a ele, ele mandou as crianças dizerem que estava ocupado. Estava preparando o jantar. Poderia ter ido facilmente ao telefone, ela sempre fazia isso quando estava cozinhando. O fone tinha um fio longo, que teria alcançado. Mas ela entendeu a mensagem, ele havia dito a ela que não tinha mais nada a dizer e aparentemente havia sido sincero.

Sentiu-se um pouco solitária quando desligou, depois de falar com eles, e decidiu ligar para Paul. Achou que talvez ainda estivesse acordado, e estava. Contou-lhe a respeito da festa. Era bom poder falar com ele a qualquer hora e contar-lhe o que esteve fazendo.

Eles conversaram por um longo tempo e Paul conhecia as pessoas que deram a festa. Ele parecia conhecer todos que estiveram lá, e divertiu-se com as descrições dela. Havia sido uma noite interessante, cheia de pessoas aristocratas e distintas. Ela pôde ver por que eles haviam decidido não mandar alguém da equipe e estava orgulhosa de terem lhe oferecido o trabalho.

— A que horas é o casamento amanhã? — perguntou ele finalmente com um bocejo. Estava ficando sonolento e o mar havia estado um pouco agitado naquela noite. Mas isso nunca o perturbava, na verdade ele gostava.

— Às cinco horas.

— O que você vai fazer antes disso?

— Dormir. — Ela sorriu. Não havia parado desde que estava lá. Era como nos velhos tempos, mas em saltos altos e vestidos longos. — Na verdade, tenho que parar e ver a polícia. Eles me deixaram uma mensagem, vou começar a trabalhar na outra reportagem no domingo.

— Você não perde muito tempo, não é, India? — Serena também havia sido assim, mas ele não disse isso. Ela estava sempre trabalhando em alguma coisa. Um novo livro, um novo roteiro, uma revisão, um cenário. Ele sentia falta disso. Ele sentia falta de tudo a respeito dela. — Ligue para mim amanhã e conte-me a respeito do casamento. — Ele adorava a vida dela e poder falar com ela a qualquer hora do dia ou da noite. Não podia fazer isso quando ela estava em Westport.

— Ligo para você quando voltar ao hotel.

— Estaremos velejando amanhã à noite. — Ele adorava particularmente as viagens à noite e ela sabia disso. — Estarei na vigília depois de meia-noite. — Mas ela sabia que poderia falar com ele da cabina. — Foi bom conversar com você hoje à noite. Você me faz lembrar de um mundo que vivo dizendo para mim mesmo que esqueci. — Ele apenas não queria estar lá sem Serena. Mas ouvir a respeito dele de India era encantador.

— Você vai voltar para ele um dia desses, quando quiser.

— Suponho que sim. Não posso imaginar estar lá sem ela — disse ele tristemente. — Fizemos tantas coisas divertidas. Não consigo imaginar-me fazendo nada disso sozinho. Sou muito velho para começar de novo. — Ele não era, mas ela sabia que se sentia assim. De alguma forma sentia que perder Serena o tinha envelhecido.

— Você agora fala como eu. Se não sou muito velha para voltar ao trabalho, você não é muito velho para voltar ao mundo quando estiver pronto. — Havia catorze anos entre eles, mas nenhum dos dois jamais sentira isso. Às vezes eles se pareciam como irmão e irmã, em outras ocasiões ela sentia a mesma eletricidade entre eles que havia sentido no início. Mas ele nunca fez nenhuma referência a isso. Ele não queria ser desleal com Serena. E ainda sentia-se culpado por não estar no avião com ela. Ele não conseguia ver nenhuma razão para ter sobrevivido a ela. Seu filho estava crescido, seus netos tinham uma boa vida. Não havia ninguém que precisasse dele agora e ele dizia o mesmo para India. — Eu preciso — disse ela suavemente. — Eu preciso de você.

— Não, não precisa. Você está em seu próprio caminho agora.

— Não fique tão certo. Doug nem mesmo quis falar comigo quando eu parti. Espere até que eu volte a Westport. Haverá muito o que pagar e você sabe disso.

— Talvez. Não se preocupe com isso agora. Você tem muito o que fazer antes de ter que enfrentar isso. — Mas os dois sabiam que seria uma questão de dias. Ela iria para casa na sexta-feira. Queria estar com os filhos no fim de semana.

— Falo com você amanhã — disse ela e eles se despediram e desligaram. Era estranho o quanto sentiam-se confortáveis um com o outro. Enquanto ela sentou-se e pensou nele era como se tivesse conhecido Paul por toda a sua vida, em vez de apenas desde o verão. Ambos haviam trilhado um longo caminho sobre lugares difíceis, desde então. Ele mais do que ela. Mas o caminho dela também não havia sido fácil.

Ela estava deitada na cama no escuro, pegando no sono quando o telefone tocou novamente. Ela achou que poderiam ser as crianças, ou Doug, mas era Paul novamente e ela ficou surpresa ao ouvir a voz dele.

— Você estava dormindo? — perguntou ele cuidadosamente, em um sussurro.

— Não, estava apenas deitada aqui no escuro, pensando em você.

— Eu também. Apenas quero te dizer o quanto admiro o que você fez, India... e como estou orgulhoso de você... — Ele havia telefonado apenas para dizer isso.

— Obrigada... isso significa muito para mim. — Como para ele.

— Você é uma pessoa maravilhosa. — E então ele acrescentou com lágrimas nos olhos: — Eu não poderia ter atravessado isso sem você.

— Eu também não — sussurrou ela. — Era no que eu estava pensando quando você me ligou.

— Vamos estar juntos um desses dias. Em algum lugar. Em algum momento. Eu estarei de volta. Apenas ainda não sei quando.

— Não se preocupe. Faça o que tem que fazer.

— Boa noite — disse ela suavemente e, depois de desligar, fechou os olhos, caiu no sono e, quando o fez, estava sorrindo e pensando nele.

Capítulo 16

O CASAMENTO NO DIA seguinte foi um evento grandioso, repleto de pompa e cerimônia. E India sabia, mesmo sem revelá-las, que havia conseguido fotos fabulosas. A noiva estava inacreditável em um vestido Dior. Ela era pequena e delicada e a cauda parecia arrastar-se por metros atrás dela. E sua sogra a havia presenteado com uma pequena e elegante tiara. Tudo no casamento estava perfeito. Ele aconteceu na catedral de Saint Paul e havia catorze damas de honra. Parecia um conto de fadas e India mal podia esperar para mostrar as fotos aos filhos. Ao menos eles poderiam ver o que ela estava fazendo em Londres.

A recepção foi no palácio de Buckingham e ela chegou ao hotel mais cedo desta vez. Telefonou para Paul às dez e quinze e havia ligado para as crianças antes disso. Elas haviam acabado de chegar da patinação e estavam tomando chocolate quente na cozinha. E desta vez, quando perguntou por Doug, disseram que ele havia saído, mas ela não tinha certeza se acreditava nelas. Não era comum que elas estivessem em casa sem ele. Mas não queria pressionar a questão. Assim que desligou, telefonou para Paul. Ele disse que estava sentado no salão principal, lendo. Não iria assumir a vigília antes da meia-noite.

— Como foi? — perguntou ele, curioso a respeito do que ela estava fazendo. Ele gostava de ouvi-la.

— Inacreditável. Um conto de fadas. Deve ter custado milhões de dólares.

— Provavelmente. — Eles riram e ele parecia estar de bom humor. — Serena e eu nos casamos na Prefeitura. E depois compramos cachorro-quente na rua e passamos a noite no Plaza. Foi pouco ortodoxo, mas na verdade muito romântico. Mas Serena estava tão determinada em não se casar comigo que sabia que, quando consegui que ela me dissesse sim, seria melhor agarrá-la sem esperar mais um minuto. Ela passou a nossa noite de núpcias inteira me dizendo o que ela não iria fazer por mim, como nunca seria uma esposa apropriada e dizendo-me que eu jamais seria seu proprietário. Ela cumpriu a maioria, mas acho que ela esqueceu de me fazer cumprir todas as coisas com as quais concordei. — Ele ainda falava sobre ela constantemente, mas uma das coisas que mais gostava em India era o fato de que parecia não se importar com isso.

— Olhando para aquela noiva hoje, sabendo o que fazemos com nossas vidas, não se pode deixar de imaginar se irá funcionar, ou se eles ficarão desapontados. Deve ser meio embaraçoso depois de um casamento como esse se não for para a frente.

— Não acho que faça muita diferença. Nós fomos bem com nossos cachorros-quentes e nossa noite no Plaza.

— Vocês provavelmente fizeram melhor do que a maioria — disse India tristemente. Casamentos sempre a deixavam nostálgica. Em especial ultimamente.

— Você foi bem — disse Paul calmamente. Ele estava sentindo-se relaxado. Estava bebendo um copo de vinho e lendo quando ela telefonou. Ele adorava sentar-se e ler durante horas.

— Como está a travessia hoje? — perguntou ela com um sorriso, sabendo o quanto ele gostava, quanto mais agitado melhor.

— Muito boa. — E então mudou de assunto. — Você foi à polícia para ver seu outro trabalho?

— Passei duas horas com eles antes do casamento. É uma pequena investigação asquerosa. Eles estão usando crianças de até oito anos como prostitutas. É difícil acreditar que façam isso.

— Parece uma história muito feia.

— E será. — Mas era mais do estilo dela do que o casamento, embora tivesse sido doloroso ver as fotografias das crianças que estão sendo usadas. Eles estão planejando uma batida em dois dias e a haviam convidado para estar lá quando o fizessem.

— Será perigoso para você?

— Pode ser — disse ela honestamente, embora não tivesse admitido ao marido. Ele nem mesmo sabia da reportagem e ela não iria contar a ele.

— Espero que não seja perigoso para você — disse Paul cautelosamente. Ele não queria interferir no trabalho dela ou na sua vida, de forma nenhuma. Mas não gostou de pensar que ela poderia se ferir.

— Eles terão que ser cautelosos por causa das crianças. Mas os caras que estão nisso são de um grupo barra pesada. A polícia acha que algumas das crianças foram vendidas como escravas por seus pais.

— Deus, isso é horrível. — Ela assentiu como se ele pudesse vê-la e então falaram sobre assuntos mais agradáveis.

Ele contou-lhe sobre o livro que estava lendo e seus planos na Sicília. E estava animado para ir a Veneza. Nunca havia levado o barco até lá.

— Não consigo pensar em nada mais bonito do que estar em Veneza no *Sea Star* — disse ela sonhadora, pensando nele.

— É uma pena que você e Sam não estejam comigo.

— Ele iria adorar.

— E você também.

Eles conversaram mais um pouco e então ele disse que tinha que ajustar algumas velas, checar o radar, mas disse que telefonaria para ela na noite seguinte. Haviam conversado sobre os bares Anabelle e Harry's, Mark's Club, os favoritos dele em Londres. Mas ele também sabia que se passaria um longo tempo até que voltasse lá.

E a partir da manhã seguinte, os dias de elegância em Londres iriam terminar para ela. Dali em diante, estaria trabalhando com a polícia, perambulando de *jeans* por salas enfumaçadas e tomando café frio.

Ela leu parte do material que a polícia lhe deu naquela noite, para dar-lhe maior embasamento na reportagem, a respeito dos homens que comandavam a operação. Eles pareciam monstros e só de pensar em crianças da idade de Aimee sendo usadas como prostitutas e escravas revirava o seu estômago. Era um mundo que seus filhos jamais conheceriam e nunca poderiam imaginar. Mesmo como adulta, ela achava impensável, assim como Paul havia achado.

Ela voltou para encontrar-se com a polícia no dia seguinte ao meio-dia e, às oito da noite, ainda estava com eles. Depois de terminarem os planos para a batida no dia seguinte, dois dos inspetores levaram-na para jantar em um bar próximo e foi interessante conversar com eles. Beberam muito e deram-lhe uma grande quantidade de informação interna. E quando voltou ao Claridge's, havia um recado das crianças. Elas enviavam-lhe seu carinho e diziam que tinham ido ao cinema. Havia um outro de Paul, mas quando ela lhe telefonou em resposta, ele estava ocupado. Mas ele ligou de volta quando ela estava pronta para sair na manhã seguinte.

— Desculpe-me pela noite passada. Nós encontramos uma tempestade. O vento estava a cinqüenta nós. — Mas era óbvio, pelo que ele disse, que ele havia adorado.

Ela contou a ele o que já havia sabido da polícia e que iriam conduzir uma batida naquela noite à meia-noite.

— Estarei pensando em você. Tome cuidado — disse ele ponderadamente.

— Eu tomarei — prometeu ela, pensando no quanto era estranho conversar com ele. Nunca houvera nenhuma conversa romântica entre eles e mesmo assim às vezes ele falava como um marido. Era provavelmente força do hábito, ela presumiu, porque sentia falta de Serena. Nunca havia dado a India nenhuma razão real para que pensasse que estava interessado nela, exceto pelo fato de que continuava a telefonar. Mas suas conversas eram mais como meandros de velhos amigos do que a atração de dois amantes.

— Não sei a que horas estarei de volta. Provavelmente em alguma terrível hora da madrugada.

— Espero que não. — Ele estava com uma crescente sensação do perigo que ela iria enfrentar. Os homens que comandavam o círculo de prostituição não iriam abandonar tudo e partir com as mãos nos bolsos e Paul estava repentinamente amedrontado de que eles pudessem surgir com revólveres flamejantes e que India pudesse se ferir, ou coisa pior, durante o processo. — Não se arrisque, India. Danem-se os prêmios e até a reportagem, se for preciso. Não valem isso. — Mas isso sempre valera a pena para ela e sempre tinha valido embora ela não tivesse dito nada a ele. Mas agora ela tinha filhos nos quais pensar e não era como nos velhos tempos. Estava a par disso e pretendia ser cuidadosa. — Telefone para mim quando tiver terminado, não importa a que horas. Quero saber que você está segura. Vou ficar muito preocupado.

— Não fique. Estarei com cerca de quinze policiais e provavelmente o equivalente a uma equipe da SWAT.

— Diga a eles que a protejam.

— Direi.

Depois que ela desligou, correu até o Hamley's o mais rápido que pôde para comprar algumas coisas para as crianças, principalmente lembranças, e comprou um par de sapatos maravilhosos e um chapéu divertido para Jessica no Harvey Nichols, e estava de volta à polícia ao meio-dia, exatamente como havia prometido.

E durante horas depois disso ela não fez mais nada além de ouvir, fazer anotações e tirar fotografias. À meia-noite, quando atacaram, ela estava tão pronta quanto eles. Ela entrou bem atrás da primeira equipe, com um colete à prova de balas que lhe foi entregue, e sua câmera posicionada para a ação. E o que viram na casa na Wilton Crescent no West End foi de cortar o coração e quase patético. Pequenas meninas de oito, nove e dez anos, acorrentadas nas paredes e amarradas às camas, espancadas, abusadas, drogadas e sendo estupradas por homens de todas as idades e descrições. E, para a revolta da polícia, eles recolheram dois conhecidos membros do Parlamento britânico com o grupo. Porém, mais importante, eles haviam prendido todos os homens e uma mulher que comandavam a operação. A maioria das meninas pequenas não falava inglês. Elas haviam sido trazidas do Oriente Médio e de outros lugares e tinham sido vendidas por seus pais.

Elas foram enviadas para os abrigos de crianças e para hospitais para serem examinadas, curadas e atendidas. Havia mais de trinta delas. E India sabia que daria uma reportagem inacreditável, embora tivesse partido o seu coração vê-las ali. Ela havia carregado pessoalmente uma criança, uma menininha da idade de Sam, com queimaduras de cigarros e marcas de espancamento por todo o corpo. E ela havia chorado penosamente quando India segurou-a e carregou-a até a ambulância. Um homem imenso, gordo e feio, de cerca de sessenta anos, havia acabado de fazer sexo com ela, quando India apanhou-a. Ela havia tido vontade de atingi-lo com sua câmera, mas a polícia havia lhe prevenido para não tocar nele.

— Você está bem? — perguntou Paul ansiosamente quando a ouviu. Cumprindo sua promessa, ela ligou para ele minutos depois de ter chegado ao hotel, às seis horas da manhã. Ele havia ficado acordado a noite inteira, preocupado com ela.

— Estou. Fisicamente. Mentalmente, não tenho certeza. Paul, não posso nem mesmo começar a descrever para você o que vi esta noite. Sei que jamais esquecerei.

— Nem o mundo, depois que virem suas fotos. Deve ter sido horrível.

— Foi indescritível. — Ela contou-lhe algumas coisas que tinha visto e ele sentiu-se enojado ao ouvi-la. Estava triste pelo fato de ela ter visto tudo isso. Imaginava que ela havia visto coisas piores na juventude, mas nada mais angustiante do que as meninas pequenas que eles salvaram. Havia alguns meninos também, mas muito poucos.

— Você acha que pode dormir um pouco agora? — perguntou ele, ainda mais preocupado. Mas ao menos ela não tinha se ferido.

— Acho que não — disse ela honestamente. — Quero apenas caminhar ou tomar um banho de banheira ou fazer outra coisa. Se me deitar, vou ficar louca.

— Eu sinto tanto.

— Não sinta. Alguém tinha que fazer isso. E poderia muito bem ser eu. — Ela contou a ele a respeito da menininha que havia levado para a ambulância e as queimaduras de cigarros por todo o corpo magro e emaciado dela.

— É difícil imaginar algum homem fazendo coisas como essas a crianças. — E então ele perguntou: — Você terminou a reportagem? — Ele esperava que sim, mas ela não havia terminado. Tinha que voltar nos próximos dias para amarrá-la. Mas disse que estaria terminada na quinta e então voaria de volta a Nova York na sexta. Ele quase quis perguntar a ela se queria voar até a Sicília para encontrá-lo no barco por dois dias, mas sabia que ela não poderia. E ainda não tinha certeza se estava pronto para vê-la. Na verdade, estava quase certo de que não. Mas teria perguntado, se isso a tivesse ajudado a esquecer a reportagem. Era com certeza um universo à parte do casamento.

Eles ficaram ao telefone por um longo tempo e o sol surgiu sobre Londres enquanto conversavam. Ele sentia-se como se estivesse lá com ela e ela estava feliz por tê-lo para conversar. Doug jamais compreenderia o que ela estava sentindo.

Finalmente ele disse a ela que entrasse em um banho quente, tentasse dormir um pouco e ligasse para ele mais tarde. E depois que conversaram ele caminhou até o deque e olhou para o mar, pensando nela. Era tão diferente de Serena de todas as formas e ainda assim havia algum poder inato nela, algo tão claro, forte e maravilhoso que o apavorou. Ele não tinha a menor idéia do que iriam se tornar ou do que ele estava fazendo. E nem mesmo queria pensar a respeito.

Tudo o que sabia era que precisava falar com ela, cada vez com mais freqüência. Agora não podia imaginar não falar com ela todos os dias. E India estava pensando exatamente na mesma coisa enquanto deitava-se na banheira, imaginando para onde estavam indo. E o que iria fazer quando voltasse a Westport? Não poderia ligar para ele constantemente. Doug iria descobrir na conta de telefone e imaginar o que ela estaria fazendo.

Não tinha a menor idéia do que estava fazendo com Paul ou por quê. E ainda assim sabia que precisava dele agora. Era como uma droga na qual estivesse viciada, sem perceber como tinha acontecido. Mas tinha. Eles precisavam um do outro. Mais do que qualquer um dos dois sabia ou estava disposto a admitir. Mas pouco a pouco, com o passar do tempo e de uma grande distância, estavam movendo-se lentamente na direção um do outro. E então o que, perguntou-se, enquanto fechava os olhos. O que em nome de Deus estavam fazendo? Mas quando os abriu novamente, percebeu que era apenas mais uma pergunta para a qual não tinha resposta.

E no *Sea Star*, pensando nela e percebendo o quanto estava aliviado por ela estar bem, Paul colocou as mãos nos bolsos com uma expressão pensativa e caminhou lentamente de volta à sua cabina.

Capítulo 17

INDIA CONTINUOU a trabalhar com a polícia naquela semana, preenchendo os detalhes da reportagem. Ela tirou mais fotografias dos perpetradores e algumas pungentes das crianças. No fim, havia trinta e nove crianças envolvidas e a maioria estava em hospitais, abrigos e lares de adoção. Apenas uma, que havia sido seqüestrada dois anos antes, foi devolvida aos pais. As outras haviam sido abandonadas, vendidas ou dadas, ou até trocadas. Eram realmente crianças perdidas e India não podia imaginar, depois de tudo pelo que haviam passado, como iriam se recuperar.

Todas as noites ela contava em detalhes as histórias horrorosas que havia visto para Paul e isso os levava a falar de outras coisas, seus valores, seus medos, sua infância. Como os dela, os pais de Paul já haviam morrido e ele era filho único. Seu pai havia tido um sucesso moderado, mas na maioria das formas diferente dele. Paul havia sido levado ao sucesso por seus próprios demônios, para ganhar em excesso de todos à sua volta. E quando India falou de seu pai e do trabalho dele, ficou claro para Paul que ela o considerava um herói. Mas também estava consciente do que as constantes ausências dele lhe haviam custado. Eles nunca haviam sido uma verdadeira família, porque ele sempre estava fora, o que fazia sua própria vida familiar agora parecer muito mais importante. Era o domínio que Doug tinha sobre ela, ela agora percebia, e por que não queria perdê-lo. Era o motivo pelo que havia feito tudo o que ele dissera e seguido todas as suas ordens e expectativas. Ela não queria que seus filhos tivessem uma vida sem o pai deles. E embora sua própria mãe tivesse trabalhado, seu trabalho nunca havia sido importante para ela. Era seu pai quem havia sido a figura central na vida delas e cuja ausência, quando ele morreu, as havia quase destruído. Mas ela também reconhecia que a tensão durante a vida dele e o trabalho haviam desafiado o casamento de seus pais. Sua mãe nunca havia pensado nele como um herói, como ela fazia, e por muitas vezes ficara com muita raiva dele. E India sabia que as longas ausências dele causaram à mãe muito sofrimento. Era o motivo pelo qual estava tão nervosa agora ao seguir os passos dele e havia permitido que Doug a forçasse a abandonar uma vida, uma carreira, que significavam tanto para ela. Mas assim como seu pai nunca fora capaz de abandonar o vício de seu trabalho e a paixão que tinha por ele, embora ela tivesse sublimado por tanto tempo, havia voltado a ele e descoberto facilmente, nos últimos dias, o quanto o amava. E sabia, enquanto tirava fotos dos rostos, olhos e vidas devastadas das crianças, que de alguma forma ela fazia diferença. Expondo a dor delas ao mundo, através de sua câmera e de seus próprios olhos, estava garantindo que não aconteceria de novo tão facilmente. Ela estava fazendo as pessoas sentirem a agonia dessas crianças. Era precisamente o que seu pai havia feito com seu trabalho e por isso havia recebido um Pulitzer. Ele merecia.

Era sua última noite em Londres. Ela havia finalmente terminado a reportagem e estaria partindo pela manhã. Ela não havia visto Paul enquanto esteve lá, mas de certa forma sentia-se como se tivessem passado a semana juntos. Eles haviam descoberto coisas a respeito de ambos que ela nunca havia dito antes, ou sonhado, ou remotamente imaginado a respeito dele. Ele havia sido surpreendentemente aberto com ela a respeito de seus sonhos, seus mais privados pensamentos e seus anos com Serena. E o retrato que ele pintara dela ensinou muita coisa a India, não apenas a respeito da mulher, mas sobre Paul e suas necessidades.

Serena tinha sido poderosa de tantas várias formas que ela o havia pressionado e levado na direção de seu imenso sucesso, e o apoiado quando ele tinha dúvidas a respeito. Ela havia sido uma força motora, sempre bem atrás dele. Mas raramente havia se apoiado nele por si mesma. Não se permitia precisar muito dele e embora tivesse sido a sua melhor amiga, tinha medo de ser muito próxima dele ou de qualquer pessoa, embora Paul não aparentasse se importar. Eles haviam sido parceiros, mas ela nunca tinha cuidado dele ou de ninguém como India fazia com todos à sua volta. Paul havia descoberto em sua nova amiga uma infindável fonte de calor, ternura e conforto. E a mão gentil que ela estendeu a ele era uma na qual confiava. De todas as maneiras, as duas mulheres não poderiam ser mais diferentes. E a ternura de India para com ele era o que parecia mantê-lo à superfície agora, assim como a força dele sempre presente parecia ter se tornado essencial à sobrevivência dela. A questão era, para ambos, para onde iriam agora?

Ele telefonou tarde na noite antes dela partir e parecia mais solitário do que nunca.

— Você vai me telefonar quando voltar? — perguntou Paul. Ela nunca havia ligado antes. Sempre havia sido Paul que lhe telefonava. Mas mesmo ele percebia que seria inoportuno telefonar para ela regularmente em Westport.

— Não tenho certeza se poderei — disse ela honestamente, pensando a respeito, enquanto deitava-se confortavelmente na cama em seu aconchegante quarto no Claridge's. — Não tenho certeza se Doug vai compreender. Não tenho nem mesmo certeza se eu compreendo. — Ela sorriu, desejando que ele pudesse clarear as coisas para ela. Mas não podia. Ele ainda estava muito impregnado de suas lembranças da mulher para saber o que queria de India, se houvesse alguma coisa. O que ambos prezavam um do outro era a amizade. E mesmo que Paul não mais o fosse, India ainda era casada.

— Posso ligar para você lá? Com freqüência, quero dizer... como agora...? — perguntou ele. Ambos vieram a confiar em seus telefonemas diários. Depois de falar com as crianças todas as noites, ela esperava com ansiedade por sua longa conversa. Mas de volta a Westport, seria diferente.

— Acho que sim. Você pode me ligar durante o dia. — O fuso horário trabalharia a favor deles, desde que ele estivesse na Europa. E então ela suspirou, pensando em Doug e no que devia a ele. — Acho que devo me sentir culpada por falar com você. Não iria querer que Doug fizesse a mesma coisa... falar com alguma mulher...

— Mas você não iria tratá-lo da forma com que ele tratou você, iria? — Na verdade, ambos sabiam que não. Ela sempre havia sido carinhosa, confortadora, gentil, sensata e compreensiva. Ela mais do que havia cumprido com sua parte do acordo, o "trato" do qual Doug constantemente falava. Fora Doug quem a abandonara, recusando-se a compreender seus sentimentos e necessidades e dando-lhe tão pouco calor e apoio.

— Ele não é um homem ruim, Paul... Eu fui muito feliz por um longo tempo. Talvez eu apenas tenha crescido. Estivemos tão ocupados por tanto tempo, com todas as crianças, ou ao menos eu estive, acho que parei de prestar atenção ao que ele estava me dando, ou não estava. Nunca me ocorreu dizer "Ei... espere... preciso de mais do que isso....", ou perguntar a ele se me amava. E agora, acho que é muito tarde. Ele está acostumado a me dar tão pouco por tanto tempo, que não compreende que eu quero mais, de mim mesma e dele. Ele acha que estou louca.

— Você não está louca, India, Longe disso — Paul reassegurou a ela. — Você acha que pode voltar atrás e recuperar o que quer de novo?

— Não sei. — Era o que ela havia se perguntado várias vezes. — Apenas não sei. Não acho que ele me ouça.

— É um tolo se não o fizer. — Paul sabia disso com muita clareza. Ela era uma mulher que valia a pena se manter.

— Você e Serena tiveram problemas como este? — Ele havia dito coisas engraçadas a respeito dela algumas vezes, sobre como ela havia sido exigente e difícil, mas não parecia importar-se.

— Não realmente. Ela não se acomodava muito. Quando eu pisava nos seus pés, ela não me deixava fazer isso. E quando não lhe dava o suficiente, ela me dizia. Serena deixava suas necessidades muito claras, suas expectativas e estabeleceu limites muito objetivos. Acho que isso tornou tudo mais fácil. Sempre soube onde estava junto a ela. Ela me ensinou muito a respeito de relacionamentos. Fiz uma verdadeira confusão na primeira vez. Meio como Doug, provavelmente um pouco pior. Eu estava tão ocupado me estabelecendo e ganhando dinheiro que deixei o relacionamento ir pelo ralo e nunca percebi. E passei por cima de minha mulher enquanto fazia isso. Eu contei a você, ela ainda me odeia. E não tenho certeza se a culpo. — E então ele riu ao telefone, pensando a respeito. — Acho que Serena me treinou. Eu era muito estúpido antes disso.

Mas se ele havia sido, não era mais. India já sabia que ele era não apenas extremamente sensível, mas também extraordinariamente perceptivo e capaz de expressar suas percepções. E não importa o que explicasse a ele, sempre parecia compreender.

— O único problema é que — continuou ele — não consigo me imaginar fazendo tudo aquilo de novo sem Serena. Não é genérico. Funcionou por causa dela, pelo que ela era, seus poderes e sua magia. Não acho que jamais possa amar uma outra mulher. — Eram palavras difíceis de ouvir, mas India acreditava nele. — Nunca haverá uma outra pessoa em minha vida como ela. — Nem ele iria tentar procurar outra. Ele havia decidido isso no *Sea Star*.

— Isso pode ser verdade agora — disse India cautelosamente, pensando nele enquanto deitava em sua cabina —, mas você não sabe o que o futuro trará. Você não é velho o suficiente para abrir mão disso. Talvez com o tempo sinta-se diferente e alguém venha a se tornar importante para você. — Ela não estava discursando em seu próprio favor tanto quanto por ele. Era impossível pensar que, aos cinqüenta e sete anos, esse aspecto da vida dele estivesse acabado. Ele era muito jovem, muito vital, muito decente e, no momento, muito solitário.

— Sei que não posso fazê-lo — disse ele firmemente. Mas ela sabia que o tempo poderia contar uma história diferente.

— Você não tem que pensar nisso agora — disse India gentilmente. Era muito cedo para que ele pensasse em outra mulher. Ainda que estivesse ligando para India todos os dias e eles houvessem se tornado amigos rapidamente. Sempre, em algum lugar, durante o tempo em que passaram conversando um com o outro, havia uma insinuação de alguma coisa, algo mais e, apesar da neutralidade que eles pretendiam, no entanto procuravam um ao outro como homem e mulher. Mas Paul insistia consigo mesmo, quando pensava a respeito, que não estava apaixonado por India, ou perseguindo-a como mulher. Eles eram amigos e ele queria ajudá-la a sair de uma situação difícil. Ele nunca dissera isso tão objetivamente para ela, mas achava que o casamento dela era um desastre e Doug, um bastardo. Ela estava sendo explorada, ignorada e usada e ele estava convencido de que Doug nem mesmo ligava para ela. Se ligasse, teria permitido que ela prosseguisse sua carreira, até mesmo a ajudado a fazê-lo. Teria acariciado, apoiado e ao menos dito a ela que a amava. Em vez disso, ele a chantageava, ameaçava e a trancou em uma pequena caixa sem ar para a sua própria conveniência. Paul não tinha nada além de desprezo por ele. Mas, apesar disso, ele não queria colocar India em risco quando ela voltasse e prometeu ser cuidadoso quando ligasse para ela.

— Você não pode apenas dizer a ele que somos amigos? Que eu sou uma espécie de irmão mais velho adotivo e autonomeado? — Ela riu diante da sugestão e da ingenuidade de Paul. Que homem iria compreender isso? E ela sabia que Doug a via como sua posse. Ele não queria um outro homem usando o que era dele, mesmo se apenas para conversa e conforto.

— Sei que ele não iria compreender. — E nem ela, porque a tendência oculta do que sentia por Paul não era o que sabia que teria sentido por um irmão. Havia muito mais do que isso e ela sabia. Mas Paul ainda não estava pronto para enfrentar isso. No mínimo por lealdade a Serena.

Ele havia lhe contado naquela semana que estava tendo sonhos com sua mulher, sobre estar no avião com ela, caindo com ela e salvando-se. E ela o estava acusando, nos sonhos, de não tentar ajudá-la, e por sobreviver enquanto ela não havia conseguido. Ela o culpava, disse ele, por não ter afundado com ela. As implicações psicológicas dos sonhos eram fáceis de se decifrar.

— É como você se sente? — India havia perguntado a ele. — Que é sua culpa ela ter morrido?

— Eu me culpo por não ter morrido com ela — disse ele em uma voz chocada e India soube que ele estava chorando.

— Não é culpa sua, Paul. Você sabe disso. Não era para acontecer. — Ele tinha um caso maciço de culpa de sobrevivente, por sobreviver a ela, que era parte da razão de estar se escondendo no *Sea Star*. Mas India sabia, como ele, que cedo ou tarde Paul teria que enfrentar. Cedo ou tarde ele teria que voltar ao mundo. Mas ainda era muito cedo. Ela havia partido há apenas três meses e ele não estava pronto. Mas um dia ele teria que voltar. Não poderia esconder-se para sempre. — Dê um tempo — ela sempre dizia gentilmente.

— Não vou conseguir atravessar isso India — disse ele teimosamente. — Eu sei.

— Você vai, se quiser. O que acha que Serena diria?

— Ela me chutaria o traseiro. — Ele riu ao dizer isso. — Se estivesse no meu lugar, teria vendido o barco, comprado um apartamento em Londres, uma casa em Paris e estaria dando festas. Ela sempre me disse para não contar que representasse a viúva desgostosa, se eu morresse, então que tratasse de não ter um ataque do coração por trabalhar demais. Ela disse que iria achar inacreditavelmente entediante. Sei que não sentia tudo isso sinceramente, mas teria dado conta de tudo isso muito melhor do que eu. Acho que era provavelmente mais forte do que sou.

Mas India sabia que ele também era forte, estava apenas muito preso à mulher e os vínculos não eram fáceis de cortar, não porque tinha que fazer. Ela continuava tentando dizer a ele para que levasse Serena consigo, as partes boas dela, as memórias, as alegrias, a perspicácia, a sabedoria e a excitação que partilharam, a felicidade que ela lhe deu. Mas ele ainda não havia encontrado uma forma de fazer isso. Nesse meio tempo, com India, ele conseguia encontrar um lugar quente para esconder-se, uma mão para segurar e uma alma gentil para confortá-lo. Na última semana sozinho, ele precisou mais dela do que teria admitido. E o pensamento de não poder telefonar para ela sempre que desejasse agora estava começando a perturbá-lo. E saber que ela estava em território inimigo iria ser um motivo para preocupar-se com ela. Mas o inimigo que ele temia era, na verdade, marido dela. E Paul não era nada. Uma voz ao telefone. Um homem que ela havia encontrado poucas vezes no verão anterior. Ele não estava de forma nenhuma preparado para ser mais do que isso para ela. Mas o que quer que tivessem, ou houvessem encontrado juntos, ele queria.

— Vou ligar para você na hora do almoço todos os dias — prometeu ele. Mas isso deixava uma lacuna durante os fins de semana.

— Eu telefono para você nos fins de semana — disse ela, sentindo-se levemente culpada. — Talvez possa ir até um telefone público quando levar Sam ao futebol ou algo do gênero. — Havia alguma coisa dissimulada a respeito que a perturbava. Mas ela não queria fazer seus telefonemas de sua casa, em sua conta. Por mais que fossem inocentes, sabia que não poderia explicá-los ao marido. E era o primeiro pacto secreto que já havia feito com alguém, a primeira coisa clandestina que jamais tinha feito e ainda assim questionava-se a respeito, sabia que era diferente dos encontros de Gail com homens em motéis. Isso era diferente.

Eles conversaram por mais tempo do que o normal naquela noite e ambos pareciam solitários quando finalmente terminaram a conversa. Ela sentia-se como se tivesse passado sua última noite em Londres com ele. Os inspetores com os quais havia trabalhado tinham convidado-a para sair, mas ela dissera que estava muito cansada, e estava. Ficou feliz em permanecer no quarto do hotel conversando com Paul ao telefone.

E ficou surpresa na manhã seguinte quando ele lhe telefonou pouco antes que ela deixasse o hotel. Ela havia acabado de fechar sua mala.

— Apenas queria dizer adeus e desejar a você uma boa viagem para casa — disse ele, soando um pouco tolo. Às vezes, quando telefonava para ela, sentia-se um garoto novamente, em vez de si mesmo, e gostava disso. — Diga oi a Sam por mim quando o vir. — E então imaginou se ela poderia fazer isso ou se ele diria alguma coisa ao pai. A situação deles era certamente estranha. Eles eram companheiros de telefone.

— Cuide-se Paul — disse ela novamente• —, e obrigada... — Ele havia lhe dado tanto apoio enquanto ela fazia as reportagens! Era o campeão do motivo de sua volta ao trabalho e este era o agradecimento pelo encorajamento dele que ela havia finalmente feito.

— Não se esqueça de me enviar as fotos. Eu lhe digo para onde mandá-las. — Ele tinha endereços aqui e ali para apanhar suas correspondências, contratos e papéis de negócios enviados pelo escritório. — Mal posso esperar para vê-las.

Eles conversaram por mais alguns minutos e houve um repentino e estranho momento de silêncio enquanto ela olhava pela janela os telhados de Londres.

— Vou sentir a sua falta — disse ela, tão suavemente que ele quase não a escutou. Era bom estar na mesma parte do mundo que ele, mesmo que não o tivesse visto. Em Westport ela sentia-se como se estivesse em outro planeta. Mas ao menos poderia telefonar para ele.

— Eu já sinto a sua falta — disse ele, esquecendo-se de si mesmo e de Serena. — Não deixe que ninguém perturbe você. — Ambos sabiam o que ele queria dizer e ela assentiu.

— Não seja tão duro consigo mesmo... vá com calma...

— Irei. E você também. Ligo para você na segunda. — Era sexta-feira e eles tinham um fim de semana inteiro para atravessar, a não ser que ela telefonasse para ele de um telefone público. E repentinamente ela imaginou se poderiam fazer isso. Depois de passarem tanto tempo no telefone enquanto ela estava lá, não poderia deixar de imaginar como seria não falar com ele por vários dias. Isso a fez sentir-se sozinha só de pensar a respeito.

Ela teve que correr para pegar o avião e eles desligaram. E ela pensou nele durante todo o caminho até o aeroporto e no avião. Ficou olhando pela janela por um longo tempo, pensando nele e nas coisas que havia dito sobre si mesmo e Serena. Ele estava tão certo de que jamais se apaixonaria por alguém novamente, e uma parte dela não acreditava nisso. Uma outra parte imaginava se ele estaria apaixonado por ela. Mas isso era tolo. Eles eram apenas amigos. Foi o que disse a si mesma durante todo o caminho de volta aos Estados Unidos. Não importava a maneira como se sentia. Era exatamente o que ele havia dito e nada mais. Uma amizade.

Capítulo 18

QUANDO INDIA entrou na casa às cinco e quinze da tarde de sexta-feira, as crianças estavam todas na cozinha, comendo salgadinhos, brincando e provocando-se umas às outras, e o cachorro estava latindo. E só de olhar para elas sentiu-se como se nunca as tivesse deixado. Fez Londres parecer um sonho, as reportagens irreais e sua amizade com Paul, inexistente. Esta era a vida dela, sua realidade, sua existência.

E no momento em que a viram, Aimee soltou um grito e Jason e Sam correram em sua direção, enquanto Jessica acenava para ela com um largo sorriso enquanto segurava o telefone conversando com um de seus colegas. Repentinamente ela tinha seus braços cheios de crianças e percebeu o quanto havia sentido falta delas. Sua vida havia parecido tão madura por uma semana, tão independente, tão livre e havia sido excitante. Mas isso era ainda melhor.

— Uau! Senti saudades de vocês! — disse ela enquanto abraçava-os bem perto e então se libertaram e contaram a ela de uma só vez tudo o que havia acontecido durante toda a semana. Sam havia marcado o gol da vitória no jogo de futebol duas vezes, Aimee havia perdido mais dois dentes, Jason havia tirado o aparelho e, segundo eles, Jessica tinha um novo namorado. Era a atividade de sempre enquanto os ouvia e, depois de dez minutos celebrando o retorno dela, todos subiram as escadas para fazer os deveres de casa, telefonar para os amigos ou ver TV. Às seis horas era como se ela nunca os tivesse deixado.

Ela levou a mala para cima e sentou-se na cama, olhando em torno de seu quarto. Nada havia mudado. Era o mesmo mundo pequeno e seguro e seus filhos haviam sobrevivido à sua ausência. E ela também. De uma forma estranha, isso fazia a viagem parecer completamente irreal, como um fragmento de sua imaginação.

O único momento em que se tornou realidade foi ao ver o rosto de Doug quando ele voltou para casa às sete horas. Ele parecia uma nuvem de tempestade e mal conseguiu dizer alô para ela antes que se sentassem para o jantar. A babá havia ficado para ajudá-la e partira antes que Doug chegasse. Eles estavam comendo bifes, purê de batatas e feijões e até a cozinha parecia arrumada quando India foi beijá-lo. Ela ainda estava vestindo suas roupas da viagem, calças de lã pretas e uma suéter quente para que não sentisse frio no avião. E ele virou-se quando ela tentou beijá-lo. Ela não havia falado com ele desde que partira, oito dias antes, na manhã do Dia de Ação de Graças. Todas as vezes em que telefonara, as crianças disseram que ele estava fora ou ocupado, e ele nunca ligou para ela.

— Como foi sua viagem? — perguntou ele formalmente quando se sentou, e as crianças perceberam a frieza entre eles.

— Foi ótima — disse ela facilmente e então contou a todos sobre o casamento. As meninas estavam particularmente famintas pelos detalhes. Mas mesmo Jason e Sam ficaram impressionados com o que ela lhes contou sobre reis e rainhas e primeiros-ministros e que o presidente e a primeira dama haviam estado lá.

— Você disse alô por mim? — perguntou Sam com um sorriso.

— Claro que disse — India sorriu para ele —, e o presidente disse "Diga oi para o meu amigo Sam". — Mas Sam riu ao ouvi-la dizer isso. Estavam todos de bom humor, exceto Doug, que continuou com raiva durante todo o jantar.

E a briga finalmente estourou quando eles subiram para o quarto.

— Você parece ter aproveitado — disse ele, acusador. Ele no entanto não conseguia detectar nenhum remorso nela. Pior ainda, não conseguia ver nenhum medo do desprazer que ela havia causado a ele ou das conseqüências que lhe traria. Ela sentia-se mais à vontade na própria pele do que havia se sentido em anos, e até orgulhosa do que havia feito. Mas observando Doug enquanto ele sentava-se e olhava para ela, finalmente sentiu um pequeno tremor.

— Fiz um bom trabalho por lá — disse ela em voz baixa, mas sem desculpas. Estava na verdade triste por ele não poder partilhar seus sentimentos com ela. — As crianças parecem bem. — Eram o vínculo em comum, a única coisa que parecia uni-los, desde que não mais pareciam ter um ao outro. Ele ainda não a havia tocado, ou colocado um braço em torno dela, ou beijado-a. Ele estava obviamente com muita raiva.

— Não graças a você — disse ele referindo-se ao comentário dela a respeito das crianças. — É interessante que você esteja disposta a fazer com elas a mesma coisa que seu pai fez com você. Você pensou nisso durante toda esta semana? — Ele estava tentando fazê-la sentir-se culpada, mas não estava conseguindo.

— Londres por uma semana não é Da Nang por seis meses, ou Camboja por um ano. É muito diferente.

— Um dia você vai trabalhar nisso, India. É só uma questão de tempo, tenho certeza. — Ele estava sendo inacreditavelmente repugnante com ela.

— Não, não é. Estou convicta do que estou disposta a fazer.

— Realmente? E o que é? Talvez você deva me contar.

— Apenas um trabalho ocasional como este — disse ela simplesmente.

— Tudo é uma questão de vaidade, não é? E do seu ego. Não é suficiente estar aqui e tomar conta de seus filhos. Você precisa sair pelo mundo e se exibir. — Ele fez soar como se ela fosse uma dançarina de *striptease*.

— Eu amo o que faço, Doug. E amo você e as crianças. Eles não são mutuamente exclusivos.

— Mas podem ser. Isso ainda não está inteiramente claro. — Havia uma óbvia ameaça no que ele estava dizendo e a forma como falou deixou-a raivosa. Ela estava cansada da viagem. Eram duas horas da manhã para ela e Doug estava sendo reles desde o momento em que a vira.

— O que isso significa? Você está me ameaçando? — Ela estava ficando com mais raiva enquanto o escutava.

— Você sabia do risco potencial quando nos abandonou no Dia de Ação de Graças.

— Eu não abandonei vocês, Doug. Fiz o jantar do Dia de Ação de Graças na noite antes de partir e as crianças aceitaram bem.

— Bem, eu não, e você sabia disso.

— Não é tudo sempre em torno de você, Doug. — Isso era o que havia mudado entre eles. Ao menos havia mudado nela agora. — Por que não pode apenas deixar passar? As crianças estão bem. Nós sobrevivemos. Foi uma semana fora de nossas vidas e foi bom para mim. Você não pode ver isso? — Ela ainda estava lutando para fazê-lo escutá-la. Mas, mesmo que ele ouvisse, a felicidade dela não era mais do interesse dele.

— O que vejo é um estilo de vida que não me interessa. Este é o problema, India. — Ela viu, enquanto o escutava, que era tudo uma questão de controle sobre ela. Ele estava com raiva diante do que via como insubordinação e traição. Mas ela não queria ser controlada por ele. Ela queria que ele a amasse. E estava começando a pensar que ele não a amava. Ela já pensava nisso há muito tempo agora.

— Sinto muito que você tenha que fazer disso uma grande coisa. Não tem que ser. Por que não podemos viver por algum tempo e ver o que acontece? Se ficar complicado, se for muito difícil para as crianças, se realmente não pudermos viver com isso, então conversaremos. — Ela tentou argumentar com ele, mas ele não respondeu. O que ela havia sugerido era racional, mas ele não era. Sem dizer uma palavra, ele apanhou uma revista e começou a ler e esse foi o fim da conversa. Ela havia sido dispensada. Até onde Doug podia compreender, não valia nem a pena discutir com ela.

Ela desfez a mala, foi para a cama e desejou poder telefonar para Paul. Mas não havia maneira de fazê-lo e a esta altura eram cinco horas da manhã para ele, onde quer que estivesse, na Sicília ou na Córsega, ou começando seu caminho para Veneza. Ele parecia parte de uma outra vida, um sonho distante que nunca seria realidade para ela. Ele era uma voz ao telefone. E Doug era aquilo com o que ela tinha que se contentar e viver.

Ela levou Sam ao jogo de futebol no dia seguinte e ela e Doug conseguiram evitar trocar qualquer palavra durante todo o fim de semana. Ela encontrou-se com Gail, que falou de suas compras de Natal. E depois de India deixar Sam, levou seus filmes para Raoul Lopez na cidade. Eles saíram para almoçar e ela contou-lhe os detalhes. Ele estava particularmente excitado com a segunda reportagem e sabia que era um material explosivo. E em seu caminho de volta da cidade, às quatro horas, ela saiu do trânsito e parou em um posto de gasolina. Ela sabia o número do telefone de cor e havia trocado vinte dólares em moedas no aeroporto no dia anterior, para uma oportunidade como esta.

Uma voz britânica respondeu bruscamente do outro lado.

— Boa noite, *Sea Star*. — Ela reconheceu-a como a do chefe dos tripulantes, cumprimentou-o e perguntou por Paul. Eram dez horas da noite e ela suspeitou que ele estivesse provavelmente em sua cabina, lendo.

Paul veio ao telefone rapidamente e parecia feliz em ouvi-la.

— Oi, India. Onde está você?

Ela riu antes de responder ao olhar em volta.

— Congelando em um telefone público em um posto de gasolina, no meu caminho de volta a Westport. Tive que deixar meus filmes na cidade. — Havia começado a nevar.

— Está tudo bem? — Ele parecia preocupado.

— Mais ou menos. As crianças estão bem. Não acho que tenham sentido a minha falta. — Mas era tão diferente para eles do que havia sido para ela quando criança. Ela havia ficado sempre sozinha com a mãe. Eles tinham uns aos outros, uma vida feliz e estável que ela havia cuidadosamente lhes provido. — Doug não falou comigo desde que cheguei, exceto para me dizer o quanto vil eu fui por ir. Não mudou muito aqui. — E nem iria, ela estava percebendo. Esta terra estéril era a sua vida agora.

— Como estão as fotos? — Ele estava sempre entusiasmado com o trabalho dela, particularmente com as reportagens que havia feito em Londres.

— Ainda não sei. Eles não querem que eu as revele. As grandes revistas as revelam em seus próprios laboratórios de edição. Estou fora do circuito agora.

— Quando vão ser publicadas?

— O casamento, em alguns dias. Raoul vendeu as fotos do círculo de prostituição para uma agência internacional, então devem sair no fim do mês. Como você está? — Seus pés estavam ficando dormentes no frio e sua mão parecia congelar junto ao fone, mas ela não se importou. Estava feliz em ouvi-lo. Era uma voz calorosa e amigável na escuridão de sua vida no momento.

— Estou bem. Estava começando a pensar que você não iria telefonar e estava ficando preocupado. — Ele havia fantasiado um caloroso e romântico encontro com o marido quando ela chegasse em casa e ficou um pouco chocado quando percebeu que o pensamento o tinha enervado.

— Não parei desde que voltei. Levei Sam ao futebol esta manhã e tive que ir à cidade. Esta noite vou levar as crianças ao cinema. — Era alguma coisa a fazer enquanto Doug a ignorava. Teria sido tão melhor ter jantado com ele e lhe contado sobre Londres, mas não havia nenhuma oportunidade para isso agora. Em vez disso, estava ligando para Paul de um telefone público apenas para ter um adulto simpático com o qual falar. — Onde você está?

— Acabamos de sair da Córsega e estamos seguindo para o Sul para os estreitos de Messina, em nosso caminho para Veneza.

— Gostaria de estar aí com você — disse ela e era sincera, e então imaginou como teria soado. Mas havia soado bem para ele. Eles teriam conversado por toda a noite, jogando dados, ouvindo música e velejando durante todo o dia. Era uma adorável fantasia para ambos, mas havia partes dela sobre as quais nenhum dos dois havia chegado a uma conclusão.

— Também gostaria que você estivesse aqui — disse ele, soando rouco.

— Você dormiu bem na noite passada? — Conhecendo seu problema com isso agora, era uma pergunta que ela sempre lhe fazia, e o emocionava.

— Mais ou menos.

— Sonhos ruins de novo? — Sua culpa de sobrevivente o assombrava e suas visões de Serena.

— É, mais ou menos.

— Tente leite morno.

— Teria tentado pílulas para dormir, se tivesse algumas. — Estava começando a perturbá-lo. Suas noites haviam se tornado uma longa e incansável batalha, em particular ultimamente.

— Não faça isso. Tente um banho morno ou vá para a ponte e veleje por algum tempo.

— Sim, madame — ele a provocou, mais feliz do que gostaria por ouvi-la. — Você está congelando, India? — Sua voz soou *sexy* e gentil.

— Sim — ela riu —, mas vale a pena. — Havia algo muito estranho em fazer uma coisa clandestina e ela odiava ser tão dissimulada. Mas era maravilhoso ouvi-lo e ela relembrava-se enquanto o escutava, que a conversa deles era inofensiva. — Está nevando. Não posso nem mesmo pensar no fato de que o Natal é em quatro semanas. Não fiz nada a respeito. — E logo que disse isso, sentiu-se arrependida. Ela sabia que o Natal seria uma agonia para ele este ano. Não iria a Saint Moritz, como havia feito todos os anos com Serena.

— Aposto que Sam o adora — disse ele calmamente. — Ainda acredita em Papai Noel?

— Mais ou menos. Acho que já não acredita muito, mas tem medo de se arriscar e então finge que acredita, apenas para estar do lado seguro. — Ambos riram e então a telefonista entrou na linha para pedir mais moedas. — Tenho que ir, estou sem dinheiro — disse ela com pena.

— Ligue para mim sempre que quiser. E eu ligarei para você na segunda — confirmou ele. — E India? — Parecia que ele iria dizer algo importante e ela sentiu seu coração pular. Havia momentos em que ela pensava que estavam dançando muito perto da linha agora e não sabia o que fazer quando chegassem lá, ou, pior ainda, quando a atravessassem.

— Sim? — disse ela bravamente.

— Mantenha a cabeça erguida. — Ela sorriu diante do que ele lhe disse, ambos aliviados e desapontados. Eles ainda estavam em território seguro, mas ela imaginou se ficariam ali para sempre. Às vezes era mais do que uma pequena confusão mexendo com seus sentimentos. Ela estava casada com um homem que não parecia importar-se com ela e ligando para outro homem a milhares de quilômetros de distância, de um telefone público e preocupada com a forma com que ele estava dormindo. De uma estranha e inexplicável maneira, era como estar casada com dois homens e não ter um relacionamento real com nenhum deles.

— Falo com você em breve — disse ela, enquanto plumas de gelo encaracolavam-se no ar gelado da cabine telefônica.

— Obrigado por telefonar — disse ele calorosamente.

Os dois desligaram e ficaram agarrados ao assunto por um longo tempo, ela pensando no que estava fazendo agora, indo a esta distância para falar com ele, e ele encorajando-a a fazê-lo. E quando ambos saíram de seus telefones, estavam igualmente confusos e igualmente felizes por terem falado um com o outro.

Quando ela voltou a Westport, todos estavam esperando por ela para começarem a jantar e discutindo a respeito de que filme assistir. Doug estava trabalhando em alguns papéis que havia levado para casa e não disse uma palavra a ela, nem perguntou onde tinha ido. Olhando para ele, quando sentou-se para jantar ao lado dela, sentiu um arrepio de culpa atravessá-la. Como iria reagir, perguntou a si mesma, se Doug estivesse telefonando para mulheres de um telefone público? Mas não era assim, reassegurou a si mesma. Paul era um amigo, um confidente, um mentor. E a verdadeira questão, ela percebeu, não era o que Paul estava trazendo à sua vida, mas o que Doug não estava.

No fim, depois de resmungar a respeito, Doug decidiu ir ao cinema com eles e foram a um desses imensos complexos, que apresentavam nove filmes diferentes. Ele e os meninos foram ver algo adequadamente violento, enquanto ela e as meninas viram o último filme de Julia Roberts. E quando voltaram para casa, todos estavam alegres e de bom humor.

E em tudo, apesar da tensão entre ela e Doug, foi um fim de semana passável, tão bom quanto podia ser agora. Para sobreviver à solidão de sua vida, India descobriu que tinha que aplicar diferentes critérios. Desde que não tiveram nenhuma briga maior e ele não ameaçou abandoná-la, foi qualificado como um fim de semana decente. Dificilmente um critério de perfeição. E, como prometido, Paul ligou para ela na segunda.

Ela contou-lhe a respeito do filme que havia assistido, o telefonema de Raoul naquela manhã para dizer que as revistas estavam extasiadas com suas fotografias e ela perguntou a ele como havia sido seu sono. Ele disse que havia dormido bem na noite anterior e então contou-lhe que o último livro de Serena estaria nas lojas em breve, aquele com a foto tirada por India na contracapa. E pensar nisso o deixava triste. Era como se ela ainda estivesse aqui, quando na verdade não estava. E India assentiu enquanto o escutava.

Depois de um tempo, ela e Paul desligaram, depois de cobrirem uma variedade de assuntos. Ela apanhou as crianças naquela tarde e fez algumas compras de Natal. E nas duas semanas seguintes, Paul telefonou várias vezes para saber das novidades e dizer-lhe como estava e no que estava pensando. Estava começando a temer o Natal e estava falando mais em Serena.

Toda a atenção de India estava nele, quando conversavam, e nas crianças, quando estava com elas. E ela lidou com Doug da melhor forma que pôde, embora ele não tivesse se interessado por ela novamente desde o Dia de Ação de Graças e pudesse haver uma parede de vidro entre eles no quarto. Eles se viam mas nunca se tocavam, ou mesmo aproximavam-se um do outro. Haviam se tornado apenas companheiros de quarto.

India ainda estava esperando fazer seu casamento funcionar, mas não tinha a menor idéia de como fazer isso. Estava disposta a fazer qualquer concessão, desde que com razão. "Razão" para ela não mais incluía recusar todos os possíveis trabalhos. Mas talvez, com sorte, eles pudessem ter um Natal tranqüilo. Ela esperava que sim, pelas crianças.

Ela mencionou isso a Gail por uma ou duas vezes e parecia tão deprimida quanto se sentia. Mas, além de um caso para levantar o espírito de India e tornar sua vida interessante, Gail não conseguia pensar em mais nada a sugerir para ajudá-la. E India ainda não havia contado a ela a respeito de suas conversas com Paul. Ela as havia mantido no mais escuro segredo. Apenas ela e Paul estavam a par. Isso os tornava conspiradores e aliados.

Ela havia acabado de falar com ele, na verdade, no dia em que Doug entrou explodindo em casa de um trem noturno e pediu que ela subisse para o quarto. Ela não tinha a menor idéia do que o havia deixado tão furioso, enquanto ele colocava sua pasta na cama, abria-a violentamente e atirava uma revista nos pés dela com um único gesto brutal.

— Você mentiu para mim! — ele enfureceu-se, enquanto ela o olhava sem compreender. Tudo no que podia pensar era em seus telefonemas para Paul, e na verdade não havia mentido. Apenas não contara a ele. Mas não eram os seus telefonemas para Paul que o haviam perturbado. Ele não sabia nada a respeito. — Você me disse que iria a Londres cobrir um *casamento*! — Ele apontou para a revista aos pés dela e ela viu que ele estava tremendo de raiva diante do que tinha visto.

— Eu cobri um casamento — disse ela, parecendo surpresa e um pouco amedrontada. Ela nunca o tinha visto tão furioso em todos os anos que o conhecia. — Eu mostrei as fotografias a você. — A reportagem havia saído na semana anterior e as fotografias estavam maravilhosas. As crianças haviam adorado, mas Doug havia se recusado até a olhar para elas.

— Então o que é isso? — perguntou ele enquanto tirava a revista do chão e a sacudia no rosto dela, enquanto ela percebia o que havia acontecido. A segunda reportagem devia ter saído. Ela apanhou a revista, olhou para ela e assentiu lentamente.

— Fiz uma outra reportagem enquanto estava lá — disse ela em voz baixa, mas suas mãos estavam tremendo. Eles haviam publicado a reportagem antes do que ela esperava. Estava pensando em dizer alguma coisa para ele, mas o momento certo nunca surgira e agora ele estava lívido. Era óbvio que ele havia subido pelas paredes por causa dela e não apenas porque havia feito uma reportagem sem contar a ele, mas estava ultrajado pelo assunto.

— É uma total obscenidade. O pior lixo que jamais vi. Como você pode tirar fotos como estas e colocar o seu nome nelas? Isso é mera pornografia, absoluta imoralidade e você sabe! É repugnante!

— É repugnante. Foi terrível... mas não há nada de pornográfico nas fotografias. É uma reportagem sobre crianças que sofreram abusos. Queria que as pessoas se sentissem exatamente como você se sente a respeito do que aconteceu com elas. Este é exatamente o objetivo do que eu estava fazendo. — Na verdade ele havia comprovado que ela havia feito um bom trabalho, mas não estava ultrajado com os perpetradores, estava com raiva dela por ter feito a reportagem. O ponto de vista dele estava mais do que um pouco destorcido.

— Acho que você está desorientada por ter feito parte disso, India. Pense em nossos filhos, como eles vão se sentir quando souberem que você cobriu isso? Eles vão ficar com vergonha de você como eu estou. — Ela nunca havia percebido o quanto ele era estreito, limitado e arcaico. Era deprimente ouvi-lo dizer isso.

— Espero que não — disse ela em voz baixa. — Espero que eles compreendam, mesmo que você não, que eu queria ajudar a evitar que um terrível crime aconteça novamente. É disso que se trata o meu trabalho, não apenas de tirar fotos bonitas em um casamento. Na verdade, isso é muito mais do meu gênero do que cobrir um casamento.

— Acho que você é uma pessoa muito doente — disse ele friamente.

— Acho que o nosso casamento está muito mais doente do que eu, Doug. Não compreendo a sua reação.

— Você me decepcionou. Eu nunca teria deixado você ir até lá para fazer isso, o que sem dúvida é o motivo pelo qual não me contou. India, você é muito mentirosa.

— Pelo amor de Deus, Doug. Cresça. Há um mundo real lá fora, cheio de perigos, tragédias e pessoas terríveis. Se ninguém as expõe, o que vai parar estas pessoas de me ferirem, ferirem a você ou aos nossos filhos? Você não compreende isso?

— Tudo o que eu compreendo é que você mentiu para mim para poder tirar fotografias de um monte de imundícies e prostitutas adolescentes e velhos revoltantes. É isso o que você quer de sua vida, India, tudo bem, vá em frente. Mas eu não quero fazer parte disso, ou de você, se esse é o mundo no qual você quer viver.

— Eu tenho recebido esta mensagem em alto e bom tom de você — disse ela, olhando para ele com descrédito. Não havia orgulho, nem elogios, nem reconhecimento do que ela poderia ter alcançado com a reportagem. Ela ainda não a tinha visto, mas sabia que se tinha suscitado esta reação nele, deveria ter sido tão bombástica quanto ela pretendia. — Pensei que você iria superar isso, talvez até "perdoar-me" por querer ter um pouco mais em minha vida além de pegar Sam no futebol, mas começo a pensar agora que será sempre assim, com você me punindo pelo que acredita serem minhas diversas ofensas.

— Você não é a mulher com a qual casei, India — ele acusou-a, enquanto ela olhava para ele com tristeza.

— Sim, eu sou, Doug. É exatamente como eu sou. Não tenho sido essa pessoa há muito tempo. Apenas tenho sido a pessoa que você quis que eu me tornasse. E tentei. Deus sabe que tentei. Mas acho que posso ser ambas, a que você quer e a que sempre fui, a que era antes de ser sua mulher. Mas você não me permitiu. Tudo o que quer é matar esta pessoa. E você quer o que você pode me tornar.

— Quero o que você me deve — disse ele. E pela primeira vez em dezessete anos, depois do que ele acabara de dizer a ela, ela sentia que não lhe devia nada.

— Não lhe devo nada, Doug, nada mais do que você me deve. Tudo o que nós *devemos* um ao outro é sermos bons com nossos filhos e nos fazermos felizes. Nenhum de nós deve ao outro uma vida de miséria ou forçar o outro a ser algo que não pode ser ou, pior ainda, privar um ao outro de algo que nos faz sentir melhor, como seres humanos. Que tipo de "trato" é esse? Não é muito bom. — Ela disse isso com um olhar de desgosto e tudo na forma como estava ali de pé e olhava para ele dizia que se sentia arrasada.

— Eu estou saindo daqui — disse ele, olhando para ela furiosamente. Ele estava enraivecido por tudo o que ela havia dito, assim como por causa da reportagem que ela havia feito em Londres. Ela o estava fazendo sentir-se miserável nos últimos seis meses e ele estava cansado disso. Até onde podia compreender, ela havia quebrado todos os contratos que havia feito com ele quando se casaram. — Já estou por aqui com toda essa sua merda — disse ele, enquanto apanhava uma mala do alto se seu armário, atirava-a na cama e começava a jogar suas coisas dentro. Não estava nem mesmo olhando para o que arrumava, apenas atirava braçadas de gravatas, meias sem pares e toda a roupa de baixo que encontrou em suas gavetas, sem se importar.

— Você está se divorciando de mim? — perguntou ela miseravelmente. Era uma época do ano horrorosa para se fazer isso. Mas nunca seria uma boa época.

— Ainda não sei — disse ele, enquanto batia a mala para fechá-la. — Vou ficar em um hotel na cidade. Ao menos não terei que fazer esta droga de viagem de trem todos os dias e então voltar para casa para escutar você reclamar sobre sua carreira e como estou sendo injusto com você. Por que você quis se casar?

Com uma dúzia de palavras ele havia deixado de lado os anos que ela havia devotado incansavelmente a ele e aos filhos. Com um simples gesto, ele estava disposto a jogar fora dezessete anos de casamento. Mas ela não tinha a menor idéia do que fazer para impedi-lo ou mudar as coisas. Apenas não podia abrir mão de tudo para agradá-lo. No fim, isso faria tanto mal quanto o que ele estava fazendo agora. E ela não discordava inteiramente dele. Os últimos seis meses haviam sido um pesadelo.

Ele desceu as escadas batendo os pés e saiu pela porta da frente sem dizer uma palavra a ela ou às crianças que estavam vendo TV na sala. Quando bateu a porta o mais forte que pôde atrás de si, India olhou pela janela e o viu partir e pôde ver que havia começado a nevar. As lágrimas rolaram lentamente pelas suas faces, enquanto apanhava a revista que ele havia deixado no chão. Ela sentou-se pesadamente em uma cadeira, olhou para ela e percebeu que era a melhor coisa que jamais tinha feito e que fazia a reportagem do Harlem sobre crianças que sofreram abusos parecer um conto de fadas. Esta era brutal. E tudo pelo que essas crianças haviam passado estava à mostra nos olhos delas, em seus rostos. Ela foi página por página e tudo o que India pôde pensar é que estava feliz por tê-la realizado. Não importa o que pensasse Doug.

Foi uma longa e solitária noite para ela, pensando em Doug e imaginando onde ele estaria. Ele não havia telefonado para dizer-lhe em que hotel tinha resolvido ficar. Ela ficou deitada, acordada, pensando nele por toda a noite e em tudo o que havia acontecido desde junho. Era como começar a olhar para uma montanha do tamanho do Everest que estava entre eles e ela não tinha a menor idéia de como escalá-la.

Às três horas da manhã ela rolou na cama, olhou para o relógio novamente e percebeu que já eram nove da manhã em Veneza. E com uma pedra ainda pousada em seu coração, ela discou, perguntou por Paul e ficou aliviada quando o ouviu.

— Você está bem? — perguntou ele, preocupado. — Você parece horrível. Está doente, India?

— Mais ou menos. — Ela começou a chorar logo que disse isso. Era estranho ligar para ele para falar de Doug, mas precisava de um ombro para chorar. E não poderia ligar para Gail às três horas da manhã em Westport. — Doug me abandonou esta noite. Nos abandonou. Ele está em um hotel na cidade.

— O que aconteceu?

— A reportagem das crianças em Londres foi publicada. Está bonita. A melhor coisa que jamais fiz. Ele acha que é repugnante, disse que é pornográfica, que eu era doente por cobrir uma coisa dessas e que em conseqüência não me queria mais. Ele disse que menti para ele sobre a reportagem. E menti — suspirou ela —, mas se tivesse lhe dito a verdade, ele não teria permitido que eu fosse. E Paul, está incrível. Mesmo depois de tudo isso, estou feliz por tê-la realizado.

— Irei a um dos hotéis hoje aqui para comprá-la. — Era uma publicação internacional e ele estava certo de que conseguiria encontrá-la. — Quero vê-la. — E então dirigiu-se ao problema imediato. — O que vai fazer a respeito de seu marido?

— Eu não sei. Esperar. Ver o que ele faz. Eu não sei o que dizer às crianças. Se ele se acalmar, parece estúpido perturbá-las. Se não, elas terão que saber cedo ou tarde. — E então ela começou a chorar novamente. — Faltam apenas nove dias para o Natal... Por que ele tinha que fazer isso agora? Irá arruinar o Natal delas?

— Fez porque é um filho da puta — disse Paul em uma voz que India nunca o tinha ouvido usar antes — e está ferindo você desde o dia em que a conheci. Não sei como era antes, India. Mas estaria disposto a apostar que a única razão pela qual funcionou por tanto tempo é porque você fez todas as concessões. — Apenas recentemente ela havia começado a ver isso. — Ele tem sido uma merda total para você desde o último verão, pelo que você falou. E apenas o que eu ouvi nos últimos meses seria suficiente para fazer você abandoná-lo, não importa o que ele queira. — Ele estava absolutamente furioso pelo que ela lhe contou. — Você fez uma coisa muito importante com aquela reportagem e sabe disso. Você é um ser humano incrível, uma grande mãe, tenho certeza de que deve ter sido uma boa esposa para ele. Ele não tem o direito de ser um bastardo tão grande com você. Você é uma pessoa decente, talentosa e boa, e ele não a merece.

India sentiu-se como se estivesse vendo um trem expresso passar rugindo enquanto ouvia. Paul estava lívido.

— Estou cansado de ouvir você me contar histórias de como ele te machuca. Ele não tem direito de fazer isso. Talvez ele tenha feito a coisa certa esta noite. Talvez a longo prazo seja uma bênção para você e as crianças. — Mas ela ainda não tinha certeza. Ainda sentia o choque, a perda e a vergonha do que Doug havia lhe dito. Ela jamais esqueceria a expressão no rosto dele quando ele saiu do quarto.

— India — continuou Paul —, eu quero que você me escute. Você vai ficar bem. Você vai ficar muito bem. Você tem seus filhos e seu trabalho. E ele terá que sustentar vocês. Você não vai ficar abandonada. Não é como quando o seu pai morreu. É muito diferente. — Ele sabia que seu pai não havia deixado um centavo quando morreu, ele não tinha nada e sua mãe tivera que fazer trabalhos extras para terminar o mês. Ela nunca reclamara, mas elas por muito tempo haviam ficado amedrontadas de literalmente passarem fome.

— Você não vai passar fome. Seus filhos vão ficar bem, você também, e vocês têm uns aos outros. — Mas se Doug saísse, ela não mais teria um marido. E por quase vinte anos agora, sua identidade havia estado inteiramente amarrada à dele. Ela sentia-se como se uma parte dela tivesse se rasgado e ela tivesse sido deixada com a ferida aberta agora, não importa o quanto ele a havia feito infeliz. Isso também não iria ser fácil. Poderia ter sido mais fácil abrir mão de sua carreira, atrofiar-se e morrer por dentro, fazendo o que ele lhe dissera, disse a si mesma. Mas sabia que não acreditava nisso. Estava apenas com medo agora. Mas Paul estava ajudando. Mesmo a raiva dele de Doug colocava as coisas em um foco mais aguçado para ela.

Isso também a fez pensar por um momento se poderia contar com Paul. Mas ele não disse nada a respeito. Eles conversaram quase todos os dias sobre tudo o que passava por suas mentes e partilharam os segredos mais escondidos, mas nada havia sido falado sobre o futuro. E não parecia a hora de perguntar a ele.

— Você sabe onde ele está? — perguntou Paul, enquanto ela assoava o nariz.

— Não tenho idéia. Ele não me telefonou.

— Ele vai telefonar. Talvez seja melhor. Acho que você deve ligar para um advogado. — Mas ela não se sentia pronta a fazer isso. Ainda havia uma chance de que Doug se acalmasse e voltasse e eles poderiam ainda capengar de mãos dadas para o futuro. — Você pode dormir um pouco? — perguntou ele com simpatia. Ele desejou estar lá para confortá-la. Ela parecia uma criança amedrontada enquanto a ouvia.

— Acho que não. — Já eram quatro horas da manhã.

— Tente, antes que as crianças acordem. Ligo para você de manhã.

— Obrigada, Paul — disse ela, enquanto as lágrimas enchiam seus olhos novamente. Ela ainda estava sentindo-se exausta por tudo o que havia acontecido, mas ele compreendia isso.

— Tudo vai ficar bem — disse ele, confiante. Ele tinha confiança nela, que não tinha mais na própria vida.

Depois que desligaram, ela deitou-se na cama por algum tempo, pensando nele, em Doug e em tudo o que havia acontecido nos últimos seis meses. E tudo o que conseguia pensar no escuro da noite era que agora iria estar sozinha.

E no barco, Paul olhou infeliz para o mar, pensando nela e no constante abuso que estava sofrendo de Doug. Ele estava cansado disso por ela, desejando poder dizer muita coisa a Doug, para que nunca mais se aproximasse dela novamente. Mas sabia que não tinha o direito de fazer isso.

Ele retirou a lancha depois de um tempo, foi ao Cipriano e encontrou a revista com as fotos. Ficou de pé e olhou para elas no saguão. Elas eram sensacionais e, se Doug era contra elas, até onde Paul compreendia, ele estava louco. Paul não poderia ter ficado mais orgulhoso dela e ligou às nove horas, horário dela, para dizer-lhe.

— Você realmente gostou? — perguntou ela, soando incrédula e agradecida. Doug ainda não havia telefonado e ela estava de pé, descalça na cozinha, fazendo café. As crianças ainda estavam dormindo.

— Nunca vi nada tão emocionante, tão impressionante. Você me fez chorar quando a li.

— Eu também — admitiu ela. Mas tudo o que Doug havia visto era a fragilidade do círculo de prostituição e de alguma forma associara India com aquilo.

— Você conseguiu dormir um pouco? — perguntou ele, ainda preocupado.

— Não muito. Cerca de uma hora. Dormi por volta das sete.

— Tente e tire uma soneca hoje. E dê a você mesma uma grande palmada no traseiro por mim, por esta reportagem.

— Obrigada — disse ela. Eles conversaram por mais alguns minutos e então desligaram. Raoul telefonou para ela um pouco mais tarde e disse essencialmente a mesma coisa que Paul a respeito da reportagem.

— Se você não ganhar um Pulitzer por isso, India, eu vou inventar um prêmio para você pessoalmente. Esta é a coisa mais poderosa que já vi em fotografias.

— Obrigada.

— O que seu marido disse? — perguntou ele, certo de que isso iria finalmente convencê-lo a deixá-la fazer o trabalho no qual era tão boa e que significava tanto para ela.

— Ele me abandonou.

Houve uma grande pausa enquanto Raoul ouvia.

— Você está brincando, certo?

— Não. Ele foi embora na noite passada. Eu disse para você, ele era sincero.

— Ele é louco. Deveria estar carregando você nos ombros.

— Não exatamente.

— Sinto muito, India. — Ele parecia sincero. Sempre tinha gostado dela e nunca havia compreendido a posição do marido a respeito de seu trabalho.

— Eu também — disse ela tristemente.

— Talvez ele volte depois de acalmar-se.

— Espero que sim — disse ela, mas não sabia mais o que esperar. E Paul estava lentamente fazendo parte de um quadro ainda mais confuso. Ela não mais sabia se queria fixar as coisas com Doug ou se ousava acreditar que de alguma forma, em algum lugar, ela e Paul conseguiriam arrastar-se através de seus respectivos sofrimentos e encontrar um ao outro. A esperança disso, pequena que era, estava tornando-se crescentemente atraente. Mas ele nunca havia feito nenhuma indicação para ela de que havia ao menos uma remota possibilidade e, na maior parte do tempo, ela estava completamente certa de que não havia. Ela não podia abandonar um casamento de dezessete anos por uma vaga fantasia a respeito de um homem que jurava que jamais teria uma outra mulher na vida dele e estava determinado a passar o resto de sua vida em um veleiro. O que quer que tivesse com Paul, significava muita coisa para ela, mas havia apenas uma leve palha para segurar-se. E, na verdade, era mais amizade do que romance.

Depois que falou com Raoul, ela e as crianças conseguiram atravessar o dia e ela lhes disse que Doug tivera que ir à cidade a trabalho para ver clientes. Não teve notícias dele durante todo o fim de semana, nem de Paul, e, na segunda-feira de manhã, telefonou para Doug no escritório.

— Como você está? — perguntou ela friamente.

— Ainda me sinto da mesma maneira, se é isso o que está perguntando — disse ele, conciso. — Nada vai mudar, India, a menos que você mude. — E ambos começaram a perceber que não era provável.

— Onde isso nos coloca?

— No fundo, se você quer saber — respondeu Doug friamente.

— Essa é uma coisa muito dura para se fazer durante o Natal. Você não acha que podemos ao menos deixá-la de lado até depois dos feriados e então tentar resolvê-la? — Era uma solução razoável, se não para o problema, ao menos para não arruinar o Natal das crianças.

— Vou pensar a respeito — respondeu ele e então disse-lhe que tinha que se encontrar com clientes. Ele havia lhe dito o nome do hotel onde estava e ela não teve notícias dele durante os dois dias seguintes. Na quarta-feira ele telefonou para ela concordando em voltar, ao menos durante o Natal. — Pelo bem das crianças. — Mas não pediu desculpas nem estendeu-lhe nenhum galho de oliveira e, como ela imaginou corretamente, sua volta para casa seria extremamente estressante.

Ela falou com Paul todos os dias naquela semana. Ele lhe telefonou a maioria das vezes, mas ela ligou para ele ocasionalmente para um apoio moral e, na sexta à noite, uma semana depois de partir, Doug retornou a Westport. Faltavam apenas quatro dias para o Natal e as crianças começavam a imaginar por que ele estava ausente desde o fim de semana anterior. A desculpa de que tinha que ver clientes estava ficando esfarrapada e todos pareceram felizes ao vê-lo.

Mas a volta de Doug complicou as coisas para India. Tornou impossível para Paul telefonar para ela novamente, mas ela foi a uma cabine telefônica todos os dias durante o fim de semana. Na segunda-feira era véspera de Natal e, em seu caminho de volta do mercado para casa, ela telefonou para ele de um telefone público. Ele parecia tão deprimido quanto ela. Estava ajoelhando-se por Serena. E ela estava miserável por Doug. Ele havia se dedicado a tornar os feriados os mais difíceis possíveis para ela e ela apenas esperava que pudessem atravessar o Natal, pelas crianças.

— Estamos em uma confusão, não estamos? — Paul sorriu tristemente quando conversava com ela. Mesmo estar no barco não mais o alegrava. Ele apenas ficava esquadrinhando suas lembranças e já tinha até mexido em algumas coisas que ela havia deixado em sua cabina. — Ainda não posso acreditar que ela se foi — disse ele a India, soando desolado. E ela ainda não podia acreditar que estava a ponto de perder o seu casamento. Era difícil acreditar como as vidas se contorciam, como as pessoas faziam uma confusão tão grande com as coisas. Paul, é claro, não tinha do que se culpar, nem devia achar que era sua culpa. Mas India ainda pensava no seu próprio caso. Doug estava disposto a culpá-la por tudo e às vezes ela acreditava nele.

— Você vai fazer alguma coisa boa durante os feriados? — perguntou ela, desejando que pudesse fazer alguma coisa para alegrá-lo. Mas no barco, como ele estava, ela não tinha podido enviar-lhe um presente. Havia escrito para ele um tolo poema e passado por fax dos correios, pela manhã, e ele disse que havia adorado. Mas isso não resolvia os imensos problemas de ambos. — Você vai à igreja? — Veneza certamente parecia um bom lugar para se fazer isso.

— Deus e eu estamos tendo um pequeno problema esses dias. Não acredito Nele e Ele não acredita em mim. No momento é um impasse.

— Deve ser bonito e você pode se sentir melhor — sugeriu ela, batendo os pés no frio congelante no telefone ao ar livre.

— Acho que vai me deixar com mais raiva e sentindo-me pior — disse ele, soando teimoso. Na opinião dele, se houvesse um Deus, ele não teria perdido Serena e India não queria discutir com ele sobre religião. — E você? Vai à igreja na véspera de Natal?

— Nós vamos. Vamos à missa da meia-noite e levamos as crianças.

— Doug deveria estar fazendo uma séria análise da alma pela forma como tem tratado você nos últimos seis meses. — Para não mencionar antes disso. E então, como do nada: — Sinto tanta falta dela, India, não posso suportar. Às vezes acho que a dor vai me explodir em pedaços, sinto como se fosse rasgar meu peito.

— Apenas fique pensando no que ela diria a você. Não se esqueça disso. Escute-a... ela não iria querer que você se sentisse assim para sempre. — E ele não iria, mas agora era o pior. Ela havia partido há menos de quatro meses e era Natal. India sentia-se desamparada diante da agonia dele, e a esta distância. Se estivessem juntos, ao menos poderia ser capaz de colocar os braços em torno dele e abraçá-lo. Isso poderia ser alguma coisa. Mas Paul nem mesmo conseguia encontrar conforto nas palavras de India agora.

— Serena sempre teve mais coragem do que eu.

— Não, não teve. Você é ainda mais forte, eu suspeito — disse India firmemente. — Você pode agüentar, se for preciso. Você não tem nenhuma escolha agora. Apenas tem que atravessar tudo isso. Há uma luz no fim do túnel em algum lugar — disse ela, tentando fazê-lo controlar-se por quanto tempo precisasse. Ela teria gostado de dizer a ele que podia sempre contar com ela, mas quem sabia o que iria acontecer com eles? Nada era certo agora.

— E você? Que luz você vê no fim do seu túnel? — Ele parecia mais deprimido do que nunca.

— Ainda não sei. Não fui tão longe. Apenas espero que haja uma.

— Haverá. Você vai encontrar o que quer em algum momento. — Iria? Ela estava começando a imaginar e ele não parecia querer oferecer-se para estar ali com ela. Nesse momento, ele ainda achava que não poderia. Ainda estava olhando para trás, para Serena. E então ele chocou India completamente com o que disse. — Gostaria de dizer que estaria com você, India. Gostaria de poder estar. Mas sei que não estarei. Não serei a luz no fim do túnel para você. Não posso nem mesmo mais ser para mim, o que dirá para mais alguém. — Ainda mais para uma mulher catorze anos mais nova do que ele, com uma vida inteira à frente e quatro crianças para cuidar. Ele havia pensado nisso mais de uma vez e não importava o quanto estivesse apaixonado por ela, ou o quanto precisassem um do outro agora, ele sabia que na longa caminhada não tinha nada a oferecer-lhe. Já havia chegado a esta conclusão. Na verdade, apenas naquela manhã, enquanto ficava de pé olhando para a Praça de São Marcos do *Sea Star*. — Não me sobrou nada para dar a ninguém — continuou ele. — Dei tudo a Serena.

— Eu compreendo — disse India em voz baixa. — Está tudo bem. Eu não espero nada de você, Paul. Tudo o que podemos fazer é contarmos um com o outro como amigos agora. Esperançosamente, mais tarde, nós dois estaremos em um lugar melhor para podermos nos reerguer. — Mas agora ambos estavam muito cientes de que precisavam da mão um do outro para atravessar os árduos caminhos que estavam enfrentando. Mas ele certamente deixara tudo claro para ela. Não estaria no fim do túnel à sua espera. Não queria estar lá. Era um gosto de realidade para ela e deixou-a com poucas ilusões. Não era o que ela vinha esperando, mesmo que não tivesse enfrentado isso, mas era honesto. Paul sempre era honesto com ela.

Eles conversaram por um pouco mais de tempo e finalmente ela soube que tinha que ir para casa. Estava congelando até os ossos e não havia sido uma conversa alegre. E, com lágrimas nos olhos, ela desejou-lhe um feliz Natal.

— Para você também, India... — disse ele tristemente. — Espero que o próximo ano seja melhor para nós dois. Ambos merecemos.

E então, por nenhuma razão sã que ela pudesse entender, frente ao que ele lhe dissera, ela queria dizer a ele que o amava, mas não o fez. Isso teria sido uma loucura. Mas era algo que ambos precisavam e tinham tão pouco, a não ser um ao outro. As palavras permaneceram não ditas, mas as doações que haviam feito um ao outro, de tempo, carinho e ternura, falavam por si mesmas, mesmo que eles não as ouvissem ou as escolhessem.

Ela voltou para casa depois do telefonema com o coração pesado. Ele havia dito a ela o que ela estava esperando há meses e não queria ouvir, mas ao menos agora não poderia enganar-se a respeito do que poderia acontecer algum dia, ou do que ela significava para ele. Era precisamente o que havia dito a si mesma que era, nada além de uma extraordinária amizade. Ela não poderia usá-lo como uma rede segura para onde saltar de seu casamento em chamas. E, no fundo de seu coração, sabia que ele estava certo.

Ela e Doug foram à missa da meia-noite, como sempre faziam, e levaram as quatro crianças. E quando voltaram para casa, ela colocou os últimos presentes debaixo da árvore, enquanto Sam deixava biscoitos para o Papai Noel e cenouras e sal para as renas. Os outros tinham bom humor a respeito de deixá-lo com suas ilusões.

E, na manhã, houve gritos de felicidade enquanto abriam seus presentes. Ela os havia escolhido cuidadosamente e passado muito tempo procurando, e até Doug ficou feliz com o que ela lhe deu. Ela deu-lhe um novo *blazer*, de que ele precisava desesperadamente, e uma bela pasta de couro. Os presentes eram sem imaginação, mas couberam-lhe com perfeição e genuinamente o agradaram. E ele havia lhe dado uma pulseira de ouro, da qual ela também gostou. O que ela não gostou foi da contínua atmosfera de hostilidade entre eles.

O cessar-fogo foi breve e naquela noite ela pôde sentir a tensão crescer quando voltaram ao quarto. E ela estava com medo de que ele fosse sair novamente agora, já que o Natal havia passado. Mas quando ela levantou o assunto, ansiosamente, ele disse que havia decidido ficar até depois do Ano-novo. Ele ia tirar a semana de férias entre os feriados, o que ela pensou que pudesse ajudar, mas na verdade tornava as coisas piores e eles pareciam brigar diariamente.

Ela saiu para telefonar para Paul sempre que pôde, mas perdeu-o algumas vezes quando estava fora do barco e ela havia dito a ele que não poderia telefonar até depois do Ano-novo.

E foi logo depois do Ano-novo que Doug entrou na cozinha carregando um envelope com o rosto tão branco quanto o papel que segurava e seus olhos queimando. Ele havia acabado de apanhar a correspondência e estava de pé diante dela, enquanto ela estava dobrando toalhas, e sacudiu o envelope no rosto dela. Parecia a conta de telefone.

— Exatamente o que é isso? — disse ele, quase com raiva demais para falar enquanto atirava-lhe a conta.

— Parece com a nossa conta de telefone. — Ela imaginou se estava muito alta e então repentinamente lembrou-se, com uma sensação de pânico. Ela havia ligado para Paul várias vezes de casa durante a semana em que Doug a havia abandonado.

— Você está certa que é — disse ele, caminhando em volta da cozinha como um leão. — É disso que se trata? É isso? Não tem nada a ver com a sua "carreira", toda essa merda por todos esses meses? Há quanto tempo está dormindo com ele, India? Desde o verão?

Ela apanhou a conta de telefone e olhou. Havia cinco telefonemas para o *Sea Star*.

— Eu não estou dormindo com ele, Doug. Somos amigos — disse ela em voz baixa, mas seu coração estava pulando. Como ela poderia explicar para ele? Era óbvio o que parecia, e não estava certa se o culpava. Mas verdadeiramente não havia nada além de uma amizade. Até mesmo Paul havia confirmado isso. — Eu estava nervosa. Você havia me abandonado. Ele telefonou duas vezes para falar de sua mulher. Ele sabe que eu gostava dela. Ele está desesperadamente infeliz. É tudo. Duas pessoas infelizes chorando nos ombros uma da outra. — Era embaraçoso admitir, mas na verdade não havia muito mais para dizer a ele.

— Não acredito em você — disse Doug com absoluta fúria. — Acho que você está dormindo com ele desde o último verão.

— Não é verdade e você sabe disso. Se estivesse, não estaria tão preocupada conosco, ou tentando com tanta força chegar a você.

— Besteira. Tudo o que você fez foi lutar por sua "carreira", então pode se desembaraçar de mim e das crianças e pular fora daqui. Você encontrou-se com ele em Londres?

— É claro que não — disse ela calmamente, embora não sentisse isso. Sentia-se triste, amedrontada e de alguma forma culpada. Era como se o último fragmento do que havia sobrado entre eles houvesse desaparecido como fumaça. Não havia nada mais pelo que lutar. Não havia esperanças.

— Ele ligou para você?

— Sim, ligou — disse ela honestamente.

— E o que você fez? Fez sexo pelo telefone com ele? Alguma espécie de perversão, gestos repugnantes que excitavam vocês? — A imagem que ele havia pintado a fez tremer.

— Não, ele chorou por sua mulher. E eu chorei por você. Não é exatamente *sexy*.

— Vocês dois são doentes e merecem um ao outro. — Ela desejava merecer, mas infelizmente não era o caso. — Não vou continuar com isso, India. Para mim é demais. Você não me serve mais e também não servirá a ele. Você é uma esposa ruim e uma amante ruim. — Ele atirou isso em grande parte para talvez feri-la, embora ela nem mesmo tivesse certeza do porquê. — Tudo no que está interessada é em sua carreira, é tudo o que importa para você agora. Bem, India, você conseguiu. — E como se para pontuar suas palavras e o peso de seu coração, o telefone tocou. Ela o apanhou, rezando para que não fosse Paul, para tornar as coisas ainda piores, mas não era. Era Raoul e parecia entusiasmado. Ela disse a ele que não podia falar agora, mas ele insistiu que tinha que falar e ela viu que Doug a estava observando e ficou com medo que pensasse que era Paul, então deixou-o dizer-lhe o que queria.

Ele tinha um trabalho para ela, bem aqui nos Estados Unidos. Em Montana. Era a respeito de um culto religioso que havia emergido, aparentemente furioso. Eles estavam fazendo um cerco segurando reféns e o FBI estava acampado em torno deles. Havia cerca de cem pessoas envolvidas, ao menos metade eram crianças.

— Essa será grande, India — prometeu Raoul, enquanto ela ouvia.

— Não posso fazer agora.

— Você tem que fazer. A revista quer você. Não ligaria para você se não fosse importante. Você quer ou não?

— Posso ligar de volta? Estou conversando com meu marido.

— Oh, merda. Ele voltou? Tudo bem, ligue para mim em exatas duas horas. Tenho que lhes dar a resposta.

— Diga a eles que não posso, e que sinto muito. — Ela foi definitiva desta vez. Ela não queria acrescentar mais combustível ao fogo que Doug acabara de acender, usando o casamento deles como lenha.

— Ligue-me de volta — insistiu Raoul.

— Eu tentarei — foi tudo o que ela prometeu.

— Quem era? — perguntou Doug, suspeitando.

— Raoul Lopez.

— O que ele queria?

— Tem um trabalho em Montana. Disse a ele que não posso pegar. Você me ouviu.

— Que diferença faz agora, India? Está acabado — disse ele, com tanto rancor que desta vez ela soube que ele era sincero. — Para mim já é suficiente. Está terminado. Você não é a mulher com a qual me casei, ou aquela que eu quero. Não quero mais estar casado com você. É muito simples. Você pode dizer a Raoul, ou a Paul Ward, ou a quem quer que queira. Estarei ligando para o meu advogado na segunda.

— Você não pode fazer isso — disse ela com lágrimas nos olhos, implorando misericórdia.

— Sim, eu posso e vou fazer. Vá fazer sua reportagem.

— Agora não é importante.

— Sim, é. Você está disposta a foder com nosso casamento por causa disso, India, agora apanhe. É o que você quer.

— Não foi uma escolha. Eu poderia ter a ambos.

— Não casada comigo, você não poderia.

Mas, repentinamente, estar casada com ele não era uma opção que ela queria. Apenas de olhar para ele, fixando-a raivosamente, ela soube que ele não a amava. E por mais doloroso que fosse perceber, ela sabia que era algo que teria que enfrentar agora. E viu isso nos olhos dele. Toda a disposição para lutar esvaiu-se dela e ela virou-se e deixou-o de pé sozinho com a roupa suja.

Ela agarrou seu casaco, saiu e respirou fundo o ar frio, sentindo-o encher seus pulmões. Sentia-se como se seu coração estivesse se partindo e, ao mesmo tempo que sabia disso, por mais aterrorizante que fosse para ela, tinha que se libertar agora. Não podia mais viver com as ameaças dele, ou com o terror de que iria abandoná-la, não poderia viver com o manto de culpa que ele tentava fazê-la vestir, ou suas constantes acusações. Apenas não podia. Ela havia permitido que ele tirasse tudo dela e deixasse que ela ficasse sozinha e nua. Agora ela não tinha mais nada além de seus filhos, sua câmera, sua vida, sua liberdade. E o casamento que ela havia acalentado por tanto tempo, ao que havia se apegado, persistido e tentado lutar por ele, havia terminado. Estava tão morto quanto Serena. E como havia dito a Paul sobre sua própria vida, tudo o que ela tinha que fazer agora era agüentar, ser forte e atravessar o caminho.

Capítulo 19

INDIA ACABOU por não aceitar a reportagem em Montana. Em vez disso, ela e Doug disseram às crianças que estavam se separando. Foi o pior dia de sua vida e odiou-se por isso. Era algo que nunca havia desejado fazer a elas, assim como nunca quisera perder seu pai. Ela sabia que isso iria mudar sua vida e a delas, mas ao mesmo tempo sabia, porque as amava, que iriam sobreviver.

— Você quer dizer que você e papai estão se *divorciando*? — perguntou Sam com uma expressão de horror e ela quis rasgar seu coração. Mas Doug havia feito isso por ela.

— Sim, seu estúpido, o que você acha que eles acabaram de dizer? — disse Aimee, sufocando um soluço, olhando furiosa para os pais. Ela os odiava por destruírem a vida perfeita que levava. Eles haviam destruído todas as suas ilusões em um simples momento.

Jason não disse nada, mas correu para o seu quarto e bateu a porta e, quando o viram de novo, com olhos vermelhos e inchados, ele fingiu que nada havia acontecido.

Mas no fim de suas explicações, Jessica virou-se para a mãe.

— Eu *odeio* você — disse ela vigorosamente. — É tudo culpa *sua*, com suas estúpidas revistas e estúpidas fotografias. Eu ouvi você brigando com papai por causa delas. Por que tem que fazer isso? — Ela estava soluçando como uma criança e perdeu seu ar de menina crescida em um instante.

— Porque é importante para mim, é parte de quem eu sou, Jess, e eu preciso fazer isso — India tentou explicar. — Não é tão importante para mim quanto você, ou papai, mas significa muito para mim e eu esperei que papai compreendesse isso.

— Acho que vocês são estúpidos, os dois! — gritou ela e então subiu as escadas correndo para o quarto, para deitar-se na cama e soluçar, enquanto India desejava poder explicar a ela. Mas como dizer a uma garota de catorze anos que não se ama mais o pai dela? Que ele havia lhe partido o coração e destruído algo dentro dela? Não tinha certeza se ela ao menos compreenderia.

E então Sam veio sentar-se em seu colo e soluçou. Ele chorou por horas, sacudindo-se tristemente enquanto ela o abraçava.

— Nós ainda vamos ver o papai? — perguntou ele, parecendo arrasado.

— É claro que sim — disse ela, as lágrimas em seu rosto correndo como rios. Ela teria gostado de voltar atrás, dizer-lhes que não era verdade, fazer com que nunca acontecesse. Mas havia acontecido. Não havia retorno. Agora todos teriam que enfrentá-lo.

Ninguém quis comer depois disso, mas ela fez para todos canja de galinha para o jantar. E enquanto estava arrumando a cozinha, Sam surgiu aparentando tensão.

— Papai diz que você tem um namorado. É verdade? — India ficou horrorizada, quando virou-se para ele.

— É claro que não.

— Ele disse que é Paul. É verdade, mãe? — Ele precisava saber e ela compreendeu isso. Havia sido uma coisa perversa de Doug. Mas nada a surpreendia.

— Não, não é verdade, amor.

— Então por que papai falou isso? — Ele queria acreditar nela.

— Porque ele está com raiva e ferido. Nós dois estamos. Adultos dizem coisas estúpidas às vezes quando estão nervosos. Não vi Paul desde que você também o viu no último verão. — Ela não contou a ele que haviam se falado. Não precisava saber disso. De qualquer forma, ele não era seu namorado. E Paul nunca seria uma questão na vida de Sam, exceto como um amigo, um companheiro do mar. — Sinto muito pelo que papai disse a você. Não se preocupe com isso.

Mas o que ela disse a Doug naquela noite foi muito mais forte. Ela o acusou por usar os filhos para feri-la e disse a ele que se fizesse isso novamente iria se arrepender.

— É verdade, não é?

— Não, não é, e você sabe. É muito fácil botar a culpa disso tudo em outra pessoa. Isso é um problema nosso, nós estragamos tudo, ninguém nos ajudou. Você não pode culpar um homem com quem falei ao telefone, não importa com que freqüência, nem se falei. Se quer ver de quem é a responsabilidade, olhe-se no espelho.

Doug deixou a casa com suas malas arrumadas na manhã seguinte. Ele disse que iria encontrar um apartamento na cidade. E disse a ela que, uma vez que estivesse assentado, queria ver as crianças nos fins de semana. E repentinamente ela percebeu quantas coisas eles teriam que resolver, com que freqüência ver as crianças, quando e onde, se ela iria manter a casa, quanto ele iria pagar pela pensão das crianças. Repentinamente ela percebeu o quanto as vidas de todos seriam afetadas.

Ela ficou em casa e chorou por cinco dias depois que ele partiu, lamentando-se do que havia tido com ele e perdera. E sentindo o sofrimento em que se encontrava, Paul manteve uma discreta distância e não lhe telefonou.

Ela finalmente ligou para ele uma semana depois de Doug ter partido e conversou com ele por um longo tempo sobre as crianças. Elas ainda estavam perturbadas e Jessica ainda estava furiosa com ela, mas os outros pareciam estar se ajustando. Sam estava triste, mas Doug havia vindo visitá-los, levara para almoçar fora e ao cinema no domingo. Ela havia perguntado se ele queria entrar quando foi deixá-los em casa, apenas para conversar, mas ele havia olhado para ela como se fosse uma estranha.

— Não tenho nada a dizer a você, India. Você já tem um advogado? — Ela havia lhe dito que não. Ainda não se sentia pronta para enfrentar isso. Mas por tudo o que Doug lhe disse, ela sabia que estava terminado. Parte dela queria que estivesse, queria fugir da agonia constante do casamento, mas outra parte ainda lamentava-se pelos bons anos que haviam tido juntos. Ela sabia que levaria um longo tempo para superar, assim como Paul estava precisando de tempo para superar a morte de Serena. E ele compreendeu isso.

Estava de volta ao sul da França, em Cap d'Antibes, e começou a telefonar para ela todos os dias novamente. E pouco a pouco, ao longo das semanas de janeiro, ela começou a sentir-se melhor. E Gail deu-lhe o nome de um advogado de família. Ela ainda não conseguia acreditar no que havia acontecido com eles.

— O que você acha que causou a separação? — perguntou Gail uma manhã no início de fevereiro, durante o café.

— Tudo — disse India honestamente. — Tempo. Doug não querer que eu voltasse a trabalhar. A recusa dele em ouvir o que eu estava sentindo. Minha recusa em fazer o que ele queria. Olhando para trás agora, estou surpresa por ter durado tanto.

— Sempre imaginei que vocês dois iriam ficar juntos para sempre.

— E eu também — disse India, sorrindo tristemente para ela. — Mas esses casamentos são aqueles com os quais devemos nos preocupar. Os casamentos que acreditamos serem perfeitos não o são. Apenas funcionou enquanto eu segui as regras dele. Assim que balancei um pouco o barco e tentei acrescentar um pouco de mim, tudo terminou.

— Você está triste? Triste por ter balançado o barco, quero dizer?

— Às vezes. Teria sido mais fácil não fazê-lo, mas depois de um tempo, eu não pude. Eu precisava de mais do que ele estava disposto a me dar. Vejo isso agora. E é muito assustador. — As crianças eram responsabilidade dela agora. Não havia ninguém ali para ajudá-la, para voltar para casa todas as noites, preocupar-se se ela ficasse doente, ou quebrasse uma perna, ou morresse. Ela não tinha pais, nenhum parente, nenhuma família, a não ser seus filhos. Mas, ouvindo-a, Gail colocou seu próprio casamento em questão. Não vinha sendo bom há anos, mas ela nunca havia pensado seriamente em deixar o marido, mesmo gostando de reclamar dele. E a parte mais estranha era isso acontecer com India. Tudo parecia bem e de repente não estava. E estava terminado.

— O que você vai fazer agora? Vai vender a casa? — Gail parecia preocupada por ela.

— Doug disse que não tenho que vendê-la. Ele pode me manter aqui. Posso ficar até que as crianças cresçam ou partam para a universidade e então poderemos vendê-la. Ou antes disso, se eu me casar — ela sorriu para Gail pesarosamente. — Não acho que seja possível, a não ser que Dan Lewison peça a minha mão. — Não havia uma alma em Westport com quem ela quisesse sair. E todos os homens que Gail estava vendo às escondidas eram casados.

— Você tem muita coragem — disse Gail com admiração. — Eu tenho reclamado de Jeff há anos, e não tenho certeza se ainda gosto dele. Mas não acho que poderia fazer isso.

— Sim, você poderia, se tivesse. Se soubesse que teria mais a perder se não o fizesse. Foi o que aconteceu comigo. Você provavelmente ama Jeff mais do que acha, apenas não quer admitir isso.

— Ouvindo você falar a respeito das crianças, da casa, da pensão, das férias, talvez vá para casa esta noite e o beije — disse Gail com uma expressão de terror. E India sorriu para ela.

— Talvez deva fazer isso. — Mas ela não se arrependia mais do que havia acontecido. Sabia que era para melhor. Por mais assustador que fosse, e havia sido, de uma forma engraçada ela sabia que era o que queria. E ao menos tinha liberdade. Tinha toda a responsabilidade pelas crianças, mas sabia que poderia organizar tudo e então seria capaz de aceitar trabalhos locais.

Raoul enviou-a a Washington em fevereiro. Era uma entrevista com a primeira dama. Não era uma zona de guerra excitante, mas era perto de casa e manteve-a com as mãos no trabalho. E então fez outra reportagem sobre uma mina de carvão no Kentucky. Ela não tinha tempo para a vida social mas, a esta altura, Doug tinha um apartamento e segundo Gail, que havia escutado um boato, uma namorada. Ele não havia perdido muito tempo e tinha começado a vê-la um mês depois de sair de casa. Ela era divorciada, tinha dois filhos e vivia no Greenwich. Nunca havia trabalhado, falava muito, tinha pernas maravilhosas e era muito bonita. Três das amigas de Gail a conheciam e fizeram questão de contar-lhe tudo de forma que pudesse chegar a India. Acharam que ela deveria ter a informação.

Paul ainda telefonava para ela todos os dias e ele finalmente aparentava estar melhor. Ainda tinha sonhos ruins, mas havia recuperado seu senso de humor e estava começando a falar de trabalho. E, embora não admitisse, India suspeitava de que ele sentia falta. Serena já havia partido há seis meses e, embora India soubesse que ele ainda sentia a falta dela desesperadamente, estava começando a contar histórias divertidas a seu respeito, sobre as coisas ultrajantes que ela havia feito, as pessoas que havia insultado brilhantemente e as vinganças nas quais havia se engajado. Elas a pintavam em uma luz menos santa do que as coisas que havia dito a respeito dela antes. E indicava que ele não havia perdido inteiramente sua perspectiva a respeito dela. Mas também mostrava, a cada vez que se falavam, o quanto ele ainda a amava.

Ele havia sido um imenso suporte para India depois da partida de Doug e sempre dizia que ela estava melhor assim. Quando estava deprimida, ele tinha dificuldades de enxergar por que ela sentia falta dele. O fato de ter ficado casada com Doug por mais tempo do que ele havia conhecido sua mulher de certa forma escapava dele. Achava que Doug era um bastardo e India estava muito bem livre dele. Era difícil compreender por que ela às vezes ficava triste com isso. Era difícil para ele compreender que ela não apenas havia perdido um marido, mas uma vida e todos os aspectos que vinham com isso, assim como ele.

No início de março ele ainda estava no *Sea Star*, mas ela estava começando a perceber que ele parecia inquieto. Já conhecia seus humores, suas sutilezas, suas necessidades, seus terrores e seus aborrecimentos. De uma forma estranha, às vezes quase sentia-se como se estivessem casados. Sabiam tanto a respeito um do outro! E ele sabia de todas as mesmas coisas sobre ela. Mas ele ainda insistia, quando conversavam a respeito, que nunca iria ser a luz no fim do túnel para ela. Ele sempre estaria ali para ela, ele garantia, como um amigo, mas continuava dizendo que ela teria que encontrar outra pessoa para continuar a viver.

— Tudo bem, comece a deixar o número do meu telefone nas paredes dos banheiros do sul da França. Eu não tenho visto ninguém em Westport.

— Você não está tentando — repreendeu ele.

— Você está certo. São todos feios, estúpidos ou casados. Ou alcoólatras. Há um monte desses aqui. E não preciso de um.

— Muito mal. Eu ia sugerir um dos encontros do AA. Pode ser um bom lugar para encontrar um namorado — provocou ele.

— Seja bonzinho ou eu vou começar a despachar divorciadas para você no barco e, acredite-me, isso será muito assustador. — Eles tinha uma relação relaxada que permitia a ambos conforto e humor, e estavam se falando diariamente há tanto tempo que nenhum dos dois conseguia imaginar viver sem isso, embora fizesse grande estrago na conta de telefone dela. E a parte mais estranha era que ela não tinha a menor idéia de quando iria voltar a vê-lo, se voltasse. Isso parecia ser tudo o que queriam. O tom romântico entre eles havia começado a desaparecer e, depois que Doug partira em janeiro, India parecia estar menos preocupada com isso. Paul havia deixado as coisas claras para ela antes disso, sobre as intenções dele a seu respeito, ou a falta delas, e qualquer que fosse a eletricidade que uma vez haviam sentido, parecia ter ido para o subsolo há muito tempo. Eram mais como irmão e irmã.

Então ela sentia-se muito confortável ao contar a ele a respeito de um homem que havia conhecido em um jogo de futebol de Sam, que era tão repulsivo que ela havia tirado uma fotografia dele. Era gordo, careca, rude, mascava chicletes, limpava seu nariz com o dedo, tinha arrotado em seu rosto e então convidara-a para sair na terça-feira.

— E o que você disse a ele? — perguntou Paul divertido. Ele adorava ouvir as histórias dela. Apesar de todos os problemas, ela tinha um aguçado senso de humor.

— Disse-lhe que o encontraria no Village Grill, é claro. Diabos, você acha que quero ser uma velha empregada para sempre? — Mas a verdade era que ela queria agora. Realmente não queria encontrar ninguém, estava ainda aflita com o último. E tinha o que precisava nos telefonemas deles. De certa forma, a estavam ajudando a evitar molhar os pés. E ela ainda estava realmente tentando não fazê-lo.

— Sinto muito por ouvir isso — disse Paul, fingindo desapontamento.

— Por quê? — provocou ela. — Você está com ciúmes?

— Obviamente. Mas, além disso, estou voando para Nova York na semana que vem e pensei que poderíamos almoçar... ou até jantar... mas agora que está ocupada...

— Você está o quê? — Ela não conseguia acreditar no que ele estava dizendo. Ela estava começando a achar que ele iria ficar no *Sea Star* para sempre e era apenas um fragmento de sua imaginação. — Você está falando sério?

— Há uma reunião de diretores à qual meus sócios disseram que tenho que comparecer, então pensei em ver como está Nova York depois de todo esse tempo e... bem, você sabe... até o *Sea Star* fica um pouco entediante.

— Nunca pensei que fosse ouvir você dizer isso — disse ela, radiante.

— Nem eu. Graças a Deus Serena não pode me ouvir. — Mas ele não soou tão triste agora quando falou dela.

— Quando você está vindo?

— Domingo à noite. — Ele vinha lutando com a idéia há semanas e não havia dito nada a ela. Não queria frustrar suas esperanças. E estava um pouco nervoso por vê-la. Por todas as suas palavras encorajadoras, havia algo nela que o havia tocado profundamente. — Alguma chance de você querer me encontrar? — Ele sentia-se como uma criança pedindo para namorar.

— No aeroporto?

— Bem, sim, é o usual. Não vou chegar de barco desta vez. Não será um aborrecimento vir de Westport?

— Acho que isso pode ser arranjado. — E então ela imaginou. — Quando você decidiu isso? — Ela imaginou se ele havia decidido de uma hora para outra ou se havia planejado.

— Há cerca de uma semana. Não disse nada porque queria

ter certeza de que iria. Mas comprei minha passagem esta manhã, então acho que estou indo. Será bom vê-la, India. — Havia algo estranho na forma como ele disse isso, mas ela decidiu que era apenas emocionante para ele voltar a Nova York e ficar em seu apartamento. Ele havia partido no dia seguinte ao funeral e desde então não havia voltado. E ela ainda lembrava-se de tudo muito claramente, de como ele parecia arrasado na Saint Ignatius. Mas ao menos teve algum tempo para se curar.

— Mal posso esperar para ver você — disse ela simplesmente, imaginando por quanto tempo ele iria ficar, mas não querendo perguntar. Ela não sabia se ele estava voltando para casa definitivamente ou se era apenas uma tentativa. Ela suspeitou que ele também não sabia e não quis pressioná-lo. — Acho que terei que cancelar o meu encontro então. Os sacrifícios que fazemos pelos amigos...

— Guarde o telefone dele. Você ainda pode precisar. — Eles conversaram por mais alguns minutos e então desligaram. Ele prometeu dar-lhe os detalhes de sua chegada mais tarde. E em Westport India ficou de pé olhando pela janela por um longo tempo, procurando um sinal da primavera. Mas não havia nenhum. As árvores ainda estavam nuas, o chão estava árido. Mas saber que ele estava voltando fazia sentir-se como se algo fosse florescer novamente. Ambos haviam sobrevivido a um inverno muito longo e solitário. Eles mereciam alguma pequena recompensa pelo que haviam passado. Não havia prêmios para o desespero, a tragédia, a perda ou a coragem. Havia apenas mais ainda das mesmas coisas. E de vez em quando algumas pequenas flores brotavam na neve, para estimular você, darlhe esperança e relembrá-lo de dias melhores. Para relembrar a você que um dia, depois do inverno, haverá primavera e a seguir o verão.

Mas no momento ainda não havia sinal disso para ela. Havia

longos e solitários dias e nada mais no que se segurar, a não ser os telefonemas dele. E agora ele estava voltando para casa. Mas quando ela subiu as escadas lentamente com um sorriso, disse a si mesma que isso não significava nada. Mas, apesar de tudo, seria bom vê-lo.

Capítulo 20

INDIA DIRIGIU sua caminhonete até o aeroporto na noite de domingo, depois de deixar as crianças com uma babá. Havia uma leve chuva caindo, o trânsito estava ruim e parecia que iria ficar ali para sempre. Mas ela havia dado a si mesma tempo suficiente para atrasos e, quando estacionou o carro na garagem, ainda tinha meia hora até que Paul chegasse.

Ela caminhou pelo terminal, olhando para as lojas e checando a si mesma no espelho. Ela havia vestido um belo terninho e saltos altos e estava carregando um casaco impermeável. Ela pensou em usar algo mais glamouroso para ele, mas no fim decidiu que seria tolo. Eles eram apenas amigos e conheciam-se tão bem nesse momento que teria se sentido tola tentando parecer sedutora ou *sexy*. Ela estava usando os cabelos em um coque francês, sua única concessão ao se arrumar para ele, e maquiagem.

Mas agora, enquanto estava esperando por ele, começou a imaginar o que ele esperava dela, ou por que havia pedido que o encontrasse. Imaginou se ele estaria com medo de voltar a Nova York, enfrentar suas memórias, e suspeitou que deveria estar. Não seria fácil para ele, depois de todo esse tempo, especialmente voltando ao apartamento deles. Ele havia se escondido em um casulo pelos últimos seis meses, enclausurado no *Sea Star*, segurando a mão dela, com todo o apoio que ela pôde prover à distância. Mas qualquer que fosse a razão dele para pedir-lhe que o esperasse, ela estava feliz por estar ali.

Ela checou seu relógio repetidamente e olhou para o painel, para ver se ele havia chegado, imaginando se estaria atrasado. E finalmente a informação do vôo foi trocada e disse que havia pousado. Mas ela sabia que ainda teria que esperar um pouco. Ele tinha que passar pela alfândega. Parecia interminável para ela, de pé ali, esperando por ele.

Passou-se outra meia hora até que os passageiros começassem a sair, avós gordas, homens em *jeans*, duas modelos carregando seus portfólios e uma vasta tropa de pessoas comuns e crianças pequenas. Ela não estava certa se eram do vôo dele, mas finalmente começou a escutar uma onda de sotaques ingleses e sabia que teria que ser o vôo de Londres. Repentinamente ficou em pânico, imaginando se o teria perdido. Havia uma enorme multidão no terminal e as pessoas estavam redemoinhando em volta dela. Ela não o via há quase um ano, seis meses desde o funeral, mas isso havia sido apenas um olhar. A última vez em que ela havia dado uma boa olhada nele havia sido no verão anterior. E se ele não a reconhecesse? E se ele tivesse se esquecido de como ela era?

Ela estava olhando em volta à procura dele quando ouviu uma voz familiar bem ao seu lado.

— Não estava esperando que você estivesse com os cabelos presos — foi a primeira coisa que ele disse a ela. Ele havia procurado por sua trança e quase a perdera. Ela virou-se rapidamente para vê-lo e tudo o que pôde lembrar foram as palavras de Gail quando ela voltou de Cape Cod, dizendo que a imprensa o chamava de "indecentemente bonito... e rudemente atraente". Ele era exatamente isso enquanto sorria para ela e então puxou-a para si.

Ela havia esquecido do quanto ele era alto e de como seus olhos eram azuis. Seus cabelos estavam cortados curtos e ele tinha um profundo bronzeado do vento e do sol no *Sea Star*. — Você está maravilhosa — disse ele, abraçando-a bem de perto, e ela sentiu-se sem ar por um momento. Esta era a voz com a qual havia falado por seis meses, seu confidente, o homem que sabia tudo a respeito dela e havia segurado sua mão enquanto desembaraçava-se de seu casamento. Mas de repente, ao vê-lo de novo, sentiu-se tímida e embaraçada.

— E você também. — Ela sorriu para ele e afastou-se para vê-lo melhor. — Você parece tão saudável.

— Devo estar. Não fiz nada a não ser ficar sentado em meu barco nos últimos seis meses, e me tornar gordo e preguiçoso. — Mas ele não parecia nenhum dos dois. Parecia poderoso, jovem e atlético, melhor do que havia estado no verão anterior. Além do mais, estava mais magro.

— Você perdeu peso — comentou ele a respeito dela, enquanto apanhava as malas novamente e então caminharam lentamente até a saída. Ele havia trazido apenas uma pequena maleta e sua pasta. Tinha tudo o que precisava no apartamento. — Ficou muito bem — ele cumprimentou. Parecia tão feliz em vê-la que ela ainda estava sorrindo.

— Estava pensando nisso agora. Você também emagreceu. Como foi o vôo? — Era o tipo de conversa que teria com Doug, se o tivesse apanhado. De certa forma, eles conheciam um ao outro tão bem que era quase como estarem casados. Mas ela não se iludiu, enquanto saíam do terminal. Paul não era seu marido e nem seu namorado. Era algo muito diferente. Mas era maravilhoso não ter mais que falar com uma voz sem corpo. Ele era real, tangível e vivo enquanto estava ali próximo dela, sorrindo. — Não posso acreditar que você esteja aqui. — Ela havia começado a pensar que ele iria ficar longe para sempre e que jamais o veria novamente.

— Nem eu — sorriu exultante —, e o vôo foi horroroso. Devia haver duzentos bebês gritando, todos os que haviam sido abandonados por suas mães. E a mulher ao meu lado falou durante toda a viagem, desde Londres, sobre o seu jardim. Ficarei feliz se nunca mais ouvir falar novamente de uma roseira. — India riu ao ouvi-lo. Eles caminharam até o carro dela e ele colocou suas malas no assento traseiro. — Você quer que eu dirija? — ofereceu ele, mas ela disse que ele devia estar cansado e vacilante.

— Você confia em mim? — Ela sabia que alguns homens detestavam mulheres motoristas. Doug era um deles.

— Você faz mais conduções de carro do que eu e não tomou três doses de uísque. — Havia sido o único antídoto para crianças choronas, ele decidiu. Mas parecia completamente sóbrio.

Eles entraram no carro e ela virou-se para olhar para ele por um instante. Seus olhos ficaram sérios e ele os encontrou com os seus, azuis. Os olhos deles eram quase da mesma cor.

— Apenas queria agradecer a você — disse ela suavemente.

— Por quê? — Ele parecia espantado.

— Por ter me ajudado a continuar em frente por todo esse tempo. Não teria conseguido sem você. — Mas ela havia feito a mesma coisa por ele, e ele sabia disso.

— Como estão as coisas agora? Doug está torturando você?

— Não, o advogado dele está tomando conta disso. — Ela sorriu ao virar a chave na ignição. — Mas acho que já acertamos muita coisa. — Doug havia lhe oferecido uma pensão suficiente para que pudesse viver confortavelmente, desde que assumisse alguns trabalhos por ano para aumentar um pouco a renda. Ele havia feito a ela uma oferta muito decente e ela poderia manter a casa por nove anos, até que Sam fosse para a universidade ou ela se casasse novamente. Seu advogado aconselhou-a a aceitar. E ela estaria divorciada no próximo Natal. Ela havia discutido a maior parte dos detalhes com Paul pelo telefone e ele havia lhe dito que achava que era o melhor que ela poderia fazer. Não era extravagante, mas era aceitável e ainda deixava para Doug o suficiente para que pudesse viver e até se casar novamente caso desejasse. Ele tinha uma renda razoável. Não pelos padrões de Paul, mas pelos normais. E eles haviam concordado em dividir suas economias, que não eram uma soma enorme, mas dera-lhe algo para uma reserva.

— Não posso acreditar que estou de volta, India — disse ele enquanto observava surgir a silhueta dos edifícios contra o céu. Ela sabia que deveria ser estranho para ele, depois de todo esse tempo, e dos lugares onde havia estado. Turquia, Iugoslávia, Córsega, Sicília... Veneza... Viareggio... Portofino... Cap d'Antibes. Ele havia escolhido lugares bonitos para se esconder, mas eles não lhe haviam trazido muita alegria durante esses meses de sofrimento. E, como ela imaginou, ele estava nervoso por voltar ao seu apartamento. Disse isso muitas vezes a India no caminho para a cidade e ela sorriu para ele gentilmente.

— Talvez você devesse ficar em um hotel — sugeriu ela, sensível. Estava nervosa por ele. Sabia de seus sonhos e do problema para dormir, embora ultimamente tenha dito que estava melhor.

Era tão estranho estar sentada ao lado dele agora, depois de horas ao telefone, por meses e meses e de todos os segredos que haviam partilhado um com o outro. Era ainda mais estranho colocar a voz e o homem juntos. Era uma coisa com a qual ambos teriam que se acostumar. Ele continuava pesquisando-a com seus olhos enquanto ela estava dirigindo e parecia feliz por estar ali.

— Também estava pensando em um hotel — confessou ele. — Vou ver como será esta noite. De qualquer forma tenho que organizar meus papéis. O encontro da diretoria é amanhã. — Seus sócios haviam ameaçado a vida dele caso não se reunisse a eles. Já havia sido duro o suficiente fazer tudo sem ele por seis meses e ele já havia perdido duas reuniões da diretoria. E eles achavam que desta vez ele tinha que estar lá.

— Será uma reunião difícil? — perguntou ela enquanto eles entravam na FDR Drive, próximo ao East River.

— Espero que não. Na verdade, será entediante. — E então ele olhou para ela seriamente por um momento. — Você gostaria de ir a algum lugar para jantar?

— Agora? — Ela parecia surpresa e ele riu.

— Não. Quero dizer amanhã. São duas horas da manhã para mim agora e estou com os olhos um pouco turvos. Mas pensei que amanhã à noite poderíamos ir a algum lugar que você aprecie. Qual é o seu favorito? "21"? Côte Basque? Daniel?

Ela riu das sugestões que ele oferecia a ela. Ele estava se esquecendo de como era a vida dela.

— Na verdade eu estava pensando em algo mais como Jack in the Box ou Denny's. Você esquece que apenas como com meus filhos atualmente. — E Doug nunca costumava levá-la à cidade para jantar. Eles vinham duas vezes por ano para o teatro e normalmente comiam em algum lugar próximo. Doug não era do tipo que levava a mulher para restaurantes elegantes, apenas os clientes. — Por que você não escolhe?

— Que tal Daniel? — Esse havia sido um dos restaurantes favoritos de Serena, mas ele também gostava. Serena achava que Daniel não era tão ostentoso como La Grenouille e Côte Basque, o que era exatamente o que ele gostava a respeito, e ela não. Ele o considerava mais elegante e refinado do que os outros. E a comida era maravilhosa.

— Nunca estive lá — confessou ela. — Mas já li a respeito. Uma de minhas amigas diz que é o melhor de Nova York. — Sair com Paul era certamente diferente de sua vidinha em Westport.

— Você pode encontrar uma babá?

Ela sorriu para ele enquanto saíam da FDR Drive e seguiam para a rua Setenta e Nove.

— Obrigada por perguntar. — Devia haver anos desde que ele se preocupara com coisas como essa, mas era gentil de sua parte considerar o que ela tinha que fazer para conseguir alguma liberdade. — Eu encontrarei uma. Você gostaria de aparecer para encontrar-se com as crianças nesse fim de semana? Sam iria adorar vê-lo.

— Isso seria divertido. Podemos levá-los para uma *pizza* e ao cinema. — Ele sabia que esse era o programa favorito deles e queria partilhar com ela. Era um mundo inteiro novo para ambos e India ainda estava um pouco desconcertada por sua inesperada aparição. Ela ainda não tinha idéia do que ele pretendia, ou por quanto tempo iria ficar. E pensou que seria grosseiro perguntar. Além do mais, ela estava certa de que ele tinha um monte de outros amigos para ver e não tinha idéia de quanto tempo passaria com ela. Provavelmente muito pouco e eles teriam que voltar aos telefonemas. Mas era tudo o que esperava dele.

Seu apartamento era na Quinta Avenida, bem acima da rua Setenta e Três, em um elegante edifício com um porteiro que ficou feliz em vê-lo.

— Sr. Ward! — disse ele, estendendo sua mão, e Paul apertou-a

— Oi, Rosario. Como Nova York vem tratando você?

— Muito bem, Sr. Ward, obrigado. O senhor esteve no barco por todo esse tempo? — Ele havia ouvido rumores a respeito e estavam enviando sua correspondência para o escritório.

— Sim, estive — confirmou Paul com um largo sorriso e ele e India entraram no edifício.

Rosario gostaria de dizer a ele o quanto estava triste por sua mulher, mas com uma bela loura ao lado dele isso não parecia apropriado. Ele imaginou se seria sua nova namorada e esperou que sim, para o bem dele.

India subiu no elevador com ele e esperou enquanto ele procurava a chave em sua pasta, e enquanto atrapalhava-se com a fechadura, ela viu que sua mão estava tremendo. Ela gentilmente tocou sua manga e ele virou-se para olhá-la, pensando que ela fosse lhe perguntar alguma coisa.

— Está tudo bem — disse ela suavemente. — Vá com calma, Paul... — Ele sorriu para ela. Ela sabia exatamente o que ele estava pensando. Sempre sabia. E, mais importante, o que estava sentindo. Era dessa forma também ao telefone e ele havia começado a amá-la por isso. Ela era um lugar para o qual sempre podia voltar-se em busca de conforto. E antes de virar a chave na fechadura novamente, ele colocou sua pasta no chão e abraçou-a.

— Obrigada. Acho que será ainda mais difícil do que eu esperava.

— Talvez não. Vamos tentar. — Ela estava bem ali com ele, como ele havia estado com ela nos últimos seis meses. Ela sabia que sempre poderia telefonar e encontrá-lo, esperando por ela, no *Sea Star*. Repentinamente o rosto que viu não parecia mais tão distante da voz que conhecia como a de um irmão. Eram um só homem, uma alma, uma pessoa na qual havia aprendido a confiar.

E lentamente ele girou a chave na fechadura, a porta se abriu e ele ligou a luz. Ninguém além da faxineira havia estado lá desde setembro. O apartamento parecia imaculado, mas muito silencioso e vazio, enquanto India olhava em volta para um espaçoso saguão em preto e branco, repleto de litogravuras e esculturas modernas. E havia uma pintura muito bonita de Jackson Pollock.

Paul não disse nada a ela, mas entrou direto na sala e acendeu mais luzes. Era uma sala imensa e bonita, repleta de uma interessante mistura de mobílias antigas e modernas. Havia um Miró, um Chagalll e um grupo de claras e interessantes pinturas de artistas desconhecidos. Era tudo muito eclético e por alguma razão a fez lembrar-se enormemente de Serena. Tudo no apartamento parecia ter sua estampa, seu estilo, sua força, seu humor. Havia fotografias em todos os lugares, a maioria das capas de seus livros e um grande retrato dela sobre a lareira. Paul ficou de pé silenciosamente ao lado de India, hipnotizado por ele.

— Eu havia me esquecido do quanto ela era bonita — disse ele em um rancoroso sussurro. — Tento não pensar nisso. — India assentiu, sabendo o quanto era difícil para ele, mas também sabia que ele teria que enfrentar. Ela imaginou se ele iria remover a pintura um dia, ou deixá-la ali para sempre. Tinha uma presença marcante, como ela teve. E então ele entrou em uma sala menor, revestida em madeira, onde estava sua mesa, e colocou sua pasta, enquanto India o seguia. Ela estava começando a imaginar se estava se intrometendo e se deveria deixá-lo. Não havia outra forma de saber senão perguntando a ele.

— Devo deixar você? — perguntou em voz baixa e ficou surpresa quando ele pareceu desapontado e um pouco magoado, quando olhou para ela.

— Tão cedo? Você não pode ficar um pouco mais, India? Ou tem que voltar para as crianças?

— Estou bem. Apenas não quero ser um aborrecimento.

Ele então deixou-se revelar, mas ela o conhecia e ele não tinha medo de mostrar-lhe sua tristeza.

— Eu preciso de você. Você quer um drinque ou alguma coisa?

— Não devo. Tenho que dirigir de volta a Westport.

— Odeio ter que deixar você fazer isso — disse ele, caindo confortavelmente em uma poltrona de veludo diante de uma lareira de mármore menor do que a da outra sala. Toda a sala era em veludo azul-marinho e a pintura sobre o consolo da lareira era um Renoir. — Vou conseguir um motorista para você quando vier à cidade. Ou então posso levá-la de volta algumas vezes se preferir.

— Não me incomodo de dirigir. — Ela sorriu, agradecida pelo gesto carinhoso. Ele levantou-se para preparar um drinque para si mesmo, um leve uísque com soda, e ela aceitou uma Coca-cola. — O apartamento é bonito — disse ela suavemente. Mas havia esperado por isso. O *Sea Star* não era menos adorável e de certa forma era ainda mais.

— Serena fez tudo sozinha — ele suspirou, olhando para India e vendo novamente o quanto ela era bonita. Era ainda mais admirável do que ele se lembrava, com todos os seus cabelos louros e feições clássicas. Ela sentou-se no sofá com suas longas pernas cruzadas graciosamente. Ele lembrou-se do verão anterior, quando sentaram-se por horas, conversando no *Sea Star*. — Serena tinha tantos talentos — disse ele, pensando novamente em sua última mulher. — Não acho que tivesse nada que ela não pudesse fazer. Às vezes era difícil de conviver. — Ele já havia falado muito a respeito, mas aqui no apartamento India podia ver. Todo o lugar possuía uma elegância descompromissada e uma espécie de perspicácia e tempero que haviam sido características dela. — Não sei o que vou fazer com este lugar — suspirou ele. — Acho que devo empacotar tudo e vendê-lo.

— Talvez não deva — disse India, bebendo sua Coca-cola. — É um apartamento maravilhoso. Talvez você deva apenas mudar as coisas um pouco.

Paul riu diante dessa sugestão.

— Serena me mataria por isso. Sempre achou que, se colocou algo em algum lugar, foi porque Deus lhe disse para fazê-lo. Ela ficava louca se eu mudasse um cinzeiro de lugar. Mas talvez você esteja certa. Talvez precise torná-lo mais meu. Ainda é tão ela agora. Eu havia me esquecido, até que entramos aqui, do quanto era poderosa no estilo. — Ela nunca havia tocado em nada no barco, ou ligado para isso. Aquele havia sido o mundo de Paul, razão pela qual havia sido tão fácil ficar nele desde setembro. As lembranças eram menores e mais mudas. Aqui, ela ressoava pelas paredes.

— E você — perguntou ele —, vai remodelar a casa em Westport e fazer Doug arrancar os cabelos? Ele levou muitas coisas? — Houve na época alguma discussão a respeito, mas no fim, além de seu computador e alguns velhos suvenires, ele havia levado muito pouco. Nenhum dos dois queria perturbar as crianças mais do que já estavam.

— Ele não levou muita coisa. E eu acho que iria enervar as crianças se começasse a fazer mudanças. Elas já têm o suficiente com o que se ajustarem. — Ele sabia que ela iria pensar assim e sugerir que ele apenas "mudasse" as coisas, em vez de dizer-lhe do que se livrar. Não era de qualquer forma o estilo dela, mas também estava ciente de que não cabia a ela dizer-lhe o que fazer com o apartamento. Ela era, de todas as formas, respeitadora, e ele gostava disso. Em todos os meses que havia falado com ela, nunca se sentira ameaçado. Em vez disso, ela provera-lhe um abrigo seguro. E então ela imaginou uma coisa. Parecia uma pergunta segura para fazer a ele. — Você vai mandar trazer o barco de volta agora?

Ele parecia pensativo enquanto respondia.

— Ainda não decidi. Depende de por quanto tempo vou ficar e ainda não resolvi. Depende de como forem as coisas. — Ele olhou para ela e ela presumiu que ele estava referindo-se ao trabalho e ao quanto ficaria confortável no apartamento. — Estava pensando que poderia levá-lo ao Caribe por algum tempo. Talvez em abril. É uma boa época do ano naquela parte do mundo. Você já esteve lá?

— Foi um dos lugares que perdi — ela riu. — Eles não têm nenhuma guerra por lá.

— Tiveram em Granada — provocou ele.

— Eu perdi essa.

— Talvez, se levar o barco a Antigua, você e as crianças pudessem passar alguns dias, ou mesmo uma das férias delas.

— Elas adorariam — disse ela à vontade, a não ser pelo enjôo de Aimee, mas sabia que poderia dar-lhe algum remédio para o caso. E enquanto falava com ele viu Paul olhar para uma das fotos de Serena com um aspecto de desconforto. Elas pareciam estar em todas as mesas e sentiu pena dele. — Você está com fome? — perguntou a ele, tentando distraí-lo. — Gostaria que eu fizesse algo para comer? Faço um maravilhoso omelete, ou sanduíche de pasta de amendoim.

— Adoro pasta de amendoim. — Ele sorriu, ciente do que ela estava tentando fazer e grato por isso. Mas era em vão e ele sabia. Estar no apartamento que partilharam era como respirar o perfume de Serena. — Adoro pasta de amendoim com azeitonas e bananas. — Ele riu da cara que ela fez.

— Isso é repugnante. Não conte a Sam. Parece com uma de suas misturas. Você tem alguma aqui? Eu posso preparar algo em um instante.

— Não acho que haja muita coisa por aqui, mas podemos dar uma olhada. — Ele não estava certo do que ainda havia no *freezer*. Ao menos na cozinha ele não ficaria tão sobrecarregado de lembranças. Serena nunca colocara os pés nela. Eles comiam em restaurantes, contratavam um fornecedor ou um cozinheiro, ou Paul cozinhava para ela. Em onze anos, ela nunca havia feito um jantar para ele e havia se orgulhado disso.

India seguiu-o através da sala de jantar, com uma imensa mesa antiga e prataria por todo lado, até a espartana cozinha de granito preto. Parecia ter saído da *Architectural Digest* e ela estava certa de que em algum momento havia sido fotografada pela revista.

Mas tudo o que encontraram no *freezer* foram alguns antigos canapés deixados por algum fornecedor e uma fileira de refrigerantes.

— Parece que você vai ter um café da manhã interessante.

— Não disse a ninguém que estava voltando e acho que minha secretária não imaginou que eu fosse ficar aqui. Ela disse que faria uma reserva para mim no Carlyle para o caso de decidir não ficar no apartamento. Posso tentar isso amanhã. — Ele olhou para India com uma estranha expressão e ela sorriu para ele. Era tão bom vê-lo. — Sinto muito que não tenha nada para alimentá-la, India.

— Eu não estou com fome, pensei que você estivesse — e então olhou para o relógio. — Você deve estar exausto.

— Estou agüentando. É bom estar com você. — Ele não estava feliz de pensar em ficar sozinho no apartamento com suas lembranças e todas as recordações de Serena. Sabia que todas as roupas dela ainda estavam no quarto de vestir e ele se horrorizaria ao vê-las. Não havia pedido a ninguém que fizesse alguma coisa com elas. E, mais tarde, teria que passar por todas elas para apanhar suas próprias roupas. Ele encolheu-se internamente, sabendo o que veria ali. Chinelos, camisolas, bolsas e vestidos dela, tudo arrumado em fileiras organizadas por cores e modelo. Ela havia sido inacreditavelmente organizada e obsessiva a respeito de tudo, incluindo seu guarda-roupa.

— Diga-me quando precisar voltar a Westport. — Ele não queria que ela apanhasse a estrada muito tarde. Era perigoso dirigir de volta sozinha, ele sabia, mas também não queria que ela partisse. Depois de todos esses meses conversando com ela, queria estar perto dela, mas não sabia como dizer isso. Parecia errado até colocar um braço em torno dela. Ela interpretou sua correção como um sinal da qualidade fraternal do relacionamento, mas ele não tinha a menor idéia de como mudar isso.

Eles conversaram então sobre as crianças e sobre sua reunião de diretoria no dia seguinte. Ele explicou do que se tratava e contou-lhe um pouco mais a respeito de seu trabalho. E ele perguntou se ela não tinha nenhuma notícia mais recente de Raoul. Ela não o mencionava há algum tempo e ele não havia mais telefonado sobre nenhum trabalho, o que ela disse que era bom, já que não queria deixar as crianças no momento. O divórcio ainda era um conceito muito recente para elas e ela queria estar por perto para ter certeza de que se ajustariam.

Eles conversaram por um longo tempo, como sempre fizeram, e então finalmente ele olhou para o relógio e disse-lhe que achava que ela deveria ir, assim não estaria na estrada muito tarde. Ainda não era meia-noite e ela não estaria em casa antes da uma da manhã. Mas enquanto levava-a lentamente até a porta, ele parecia uma criança prestes a perder um amigo e, por um instante, ela odiou deixá-lo.

— Você ficará bem? — perguntou ela protetoramente, esquecendo-se por um momento de que ele havia estado em meio mundo sem ela.

— Espero que sim — disse ele honestamente, mas não inteiramente seguro de que estaria.

— Se não ficar, ligue para mim. Não importa em que horário. Não tenha medo de me acordar.

— Obrigado — disse ele gentilmente e então pareceu hesitar, como se quisesse dizer algo a ela, mas decidiu-se que não. — É bom estar aqui — disse ele, olhando para ela, e não estava falando do apartamento.

— É bom ter você. — Ela sorriu para o homem que havia se tornado seu amigo, e era sincera.

Ele desceu no elevador com ela, acompanhou-a até o carro, apontou para a fechadura e ela assentiu. Ela abriu a janela, agradeceu e ele disse que telefonaria para ela no dia seguinte, depois da reunião.

— Jantar amanhã às sete e meia está bom para você? — perguntou ele e ela sorriu assentindo.

— Maravilhoso. Como me vestir para o Daniel?

— Nada muito elegante. Bonito. — Era algo que ele teria dito a Serena e India compreendeu. O *tailleur* preto com escarpins de camurça e seus brincos de pérolas. — Ligo para você.

— Cuide-se... durma um pouco... — disse ela enquanto partia com o carro com um aceno, pensando nele. Ele não tinha nem mesmo leite morno para alimentá-lo se precisasse e, no caminho de casa, preocupou-se com ele. Era maravilhoso tê-lo ali, melhor do que falar com ele ao telefone e, se tivesse se permitido, teria deixado seus pensamentos correrem soltos a respeito dele, mas sabia que não poderia fazer isso. Ligou o rádio e cantarolou para si mesma, pensando no jantar no dia seguinte com ele no Daniel.

Capítulo 21

PAUL TELEFONOU para India às sete da manhã depois da noite em que chegou e parecia desesperado e exausto no momento em que falou. Ele disse que havia tido uma noite terrível e estava se mudando para o Carlyle.

— Oh, Paul, sinto muito. — Era previsível, claro, havia muito de Serena no apartamento. — Você vai estar exausto para a reunião.

— Foi horrível — confessou ele —, pior do que pensei. Acho que não deveria ter tentado ficar aqui. — Ele parecia ter chorado.

— Talvez com o tempo você possa fazer algumas mudanças. — Era confortante falar com ele ao telefone e ela sentiu-se imediatamente mais forte. Esta era a voz que ela conhecia. Ainda era um pouco difícil colocá-la junto com o homem que estava tão perto dela e que havia visto tão recentemente. Mas a voz havia sido uma constante na vida dela por algum tempo.

— Não tenho certeza do que fazer, a não ser vender o apartamento intacto. — Mas ele também ainda não estava pronto para fazer isso e ela sabia. — Encontro-me com você esta noite no Carlyle. No Bemelmans Bar às sete. Nós podemos tomar um drinque ali antes de atravessarmos a rua para o Daniel.

— Eu estarei lá. O que está fazendo com o seu café da manhã, a propósito? Você não pode trabalhar de estômago vazio. — Era uma coisa com a qual se preocupava, tendo filhos, e o fez sorrir. Ninguém se preocupava com isso para ele há anos. Nem mesmo Serena. Ele poderia ter morrido de fome se dependesse dela. Serena nunca tomou café da manhã e pensava que ele também não precisava.

— Comerei alguma coisa no escritório. Eles têm uma cozinha completa com dois chefes. Tenho certeza de que poderei conseguir alguma coisa, ao menos uma xícara de café. Vou chegar mais cedo. — Ele teria ido a qualquer lugar apenas para sair do apartamento. Os armários quase haviam acabado com ele na noite anterior e ele havia estado chorando desde as seis horas da manhã. — Não tenho certeza se jamais poderei voltar aqui — disse ele com uma voz chocada.

— Vai ficar mais fácil — ela assegurou a ele. Também havia sido difícil de início no *Sea Star*. Voltar ao apartamento que dividia com a mulher era uma dose enorme de realidade muito cedo e voltar a Nova York também era provavelmente emocionante para ele. Nada era fácil, e ela sabia disso.

— Obrigada por estar aqui — disse ele e então ouviu vozes estranhas e ruidosas e o latido de um cachorro. — Onde você está, a propósito? Parece um tumulto.

— É assim. — Ela sorriu. —Estou fazendo café da manhã para as crianças e o cachorro está ficando louco. — Ele gostou do som. Parecia muito amigável.

— Como está Sam?

— Faminto. — Ela sorriu.

— Vá alimentá-lo. Ligo para você mais tarde.

Ela esteve fora por toda a tarde e voltou depois de apanhar as crianças na escola. Havia encontrado Gail, que lhe disse que a namorada de Doug havia passado o fim de semana com ele e os filhos dela. Ela havia escutado isso de duas mulheres que encontrara no mercado. E India ficou surpresa ao perceber que isso a incomodava. Ele tinha o direito de fazer o que quisesse, mas não perdera muito tempo. Eles estavam separados há apenas dois meses. E ela não tinha ninguém. Exceto Paul. Mas isso era diferente. E ela não o mencionou a Gail. Nunca o fez. Havia permanecido um segredo bem guardado.

A babá chegou às cinco horas, enquanto India vestia-se, e ela partiu para a cidade às seis. E desta vez as crianças reclamaram de sua partida.

— Por que você vai sair de novo? — queixou-se Sam para ela, enquanto ela o beijava. — Você saiu ontem à noite.

— Tenho amigos na cidade. Vejo você de manhã. — Ela sabia que ele iria perguntar quem eram, mas fez uma rápida retirada antes que pudesse fazê-lo. E não iria dizer a ele. Não era de sua conta. E não queria preocupá-los. Ela sabia que estavam perturbados com a nova namorada de Doug e seus dois filhos. Não precisavam de mais ninguém com quem se preocupar, mesmo que Paul não fosse nenhuma ameaça para eles.

Havia muito trânsito no caminho para a cidade e ela chegou dez minutos atrasada, no *tailleur* preto, sapatos novos, com seus cabelos novamente em um coque francês e seu único par de brincos de pérola. Esta era uma experiência nova para ela, vestir-se para a noite e dirigir até a cidade para jantar. Paul havia reiterado sua oferta de enviar uma limusine com motorista, mas sair como Cinderela teria espantado as crianças, ela riu. Elas iriam pensar que estava saindo com um astro do cinema ou um traficante de drogas. Era muito mais simples apenas dirigir até a cidade e poupar-se das perguntas e comentários.

— Você está bonita — disse Paul com um sorriso quando a viu e ela percebeu que ele parecia cansado. Havia sido um dia longo para ele, especialmente depois de ter ficado tanto tempo afastado do trabalho. Todos queriam um pouco dele e toda a sua atenção, e ele ainda estava um pouco fora do ritmo. — Como foi o seu dia? — perguntou ele, quando ela sentou-se. — Não tão ocupado quanto o meu, espero. Esqueci o quanto o trabalho é exaustivo. — Ele sorriu enquanto ela pedia uma taça de vinho branco. Havia tempo suficiente para digeri-lo antes que tivesse que dirigir de volta a Westport.

— Resolvi algumas coisas e apanhei as crianças. — Ela contou-lhe o que dissera Gail a respeito de Doug e ele levantou uma sobrancelha.

— Ele realmente não perdeu tempo. — Mas estava feliz. Isso significava que não iria importunar India e Paul ficou contente ao ouvir isso.

— Como foi sua reunião de diretoria? — perguntou India com interesse.

— Desafiadora. E falei com meu filho. Eles terão um outro bebê. Isso é um bom sinal. É uma espécie de símbolo de fé no futuro, sempre penso. Talvez na idade deles não sejam tão filosóficos a respeito. — Mas quando India olhou para ele, não lhe pareceu um avô. Era um homem tão bonito e não parecia ter a sua idade, embora tenha garantido naquela noite que se sentia velho. Ela assegurou-lhe de que era apenas cansaço do avião. Mas ele admitiu que a noite anterior o havia perturbado.

— Acho que fez a coisa certa mudando-se para cá — disse ela, encorajando-o

— É um pouco estúpido, com um apartamento a apenas algumas quadras. Mas não poderia suportar outra noite lá. Tive todos os mesmos sonhos novamente... dela me dizendo que eu deveria ter partido com ela.

— Ela nunca teria dito isso e você sabe — disse India firmemente. Era uma liberdade dizer isso a ele, mas teria dito no telefone e estava se acostumando a vê-lo pessoalmente. Era bom encontrá-lo ao fim do dia, vestida para jantar, saindo com ele. Ela não fazia isso há muito tempo e, enquanto tomava seu vinho, ele estava sorrindo para ela.

— Você quase soou como Serena por um minuto. — Mas India tinha realmente sua própria personalidade. — Ela odiava quando sentia pena de mim mesmo e sempre estourava comigo. Então está certa com o que disse, como sempre. Você está muito certa, India. A respeito de muitas coisas. — A única coisa sobre a qual não esteve certa foi o seu casamento. Ela deveria ter colocado os pés no chão anos antes e deixá-lo abandoná-la. Mas sem o apoio dele, Paul sabia que ela nunca o teria feito.

Eles saíram para o Daniel quando terminaram os drinques e o *maître* levou-os até uma aconchegante mesa de canto. Ele fez um grande estardalhaço com Paul e India pôde ver que ele costumava ir lá com freqüência. E o *maître* parecia claramente intrigado ao ver India com ele.

— Todos estão imaginando quem é você. — Paul sorriu. — Você parece uma modelo nesse *tailleur*, India. E gosto de seus cabelos assim, ficam bem em você. — Mas ele também sentia falta de sua trança e da forma como estava quando se conheceram no *Sea Star*. Ela havia ficado tão à vontade com ele no barco e eles tiveram uma temporada tão boa com Sam. Ele mal podia esperar para tê-los novamente no barco. Ele havia decidido naquela tarde trazer o barco pelo Atlântico até Antigua. Iria sugerir a ela que levassem as crianças até lá na Páscoa. Mas antes ajudou-a a escolher o jantar.

Eles pediram sopa de lagosta para começar e depois pombo para ela e para ele *steak au poivre*, salada de endívias e suflê de sobremesa. Foi um jantar suntuoso.

E enquanto o garçom lhes servia o vinho, Paul confirmou que queria que ela fosse para Antigua com as crianças na Páscoa.

— Não há mais ninguém que você queira convidar? — perguntou ela modestamente. — Será uma grande temporada conosco. E as crianças vão deixar você maluco.

— Não se forem como Sam. Podemos colocar os quatro em duas cabinas e ainda ter outros convidados se quisermos. Apenas pensei que poderia ser divertido tê-los a bordo. Pensei que poderia convidar Sean, mas ele é um marinheiro muito tímido e, com sua mulher grávida, não acho que irão aceitar. Mas posso perguntar. Seus filhos podem gostar dos filhos dele, embora ainda sejam muito pequenos. E Sam e eu podemos comandar o barco enquanto os outros jogam dados, assistem vídeos ou outra coisa. — Ele parecia esperançoso que eles fossem e India ficou muito emocionada. Era um convite irresistível e Doug já havia dito que tinha outros planos para as férias. Ele e sua nova amiga iriam para a Disney World com os filhos dela e seus próprios filhos haviam se sentido feridos por não estarem incluídos no convite. Mas, como Gail havia dito, assim eram os divórcios. Muitos pais perdiam o interesse pelos filhos quando encontravam uma namorada.

— Você está falando sério sobre Antigua, Paul? — perguntou India cautelosamente, enquanto tomava sopa. — Não tem que fazer isso.

— Não, mas eu quero. E se você ficar nervosa, India, pode ficar em sua cabina e me telefonar para a casa de máquinas. E então se lembrará de quem eu sou. — Ele a estava provocando, mas estava ciente dos ajustes que ela estava fazendo. Havia um monte de ajustes esses dias para ambos. Ele havia se enfrentado cara a cara na noite anterior, no apartamento. Mas India riu da sugestão dele.

— Isso pode funcionar muito bem, na verdade. Talvez eu deva sair agora e ligar para você de um telefone público.

— Eu não iria atender — disse ele, seriamente.

— Por que não? — Ela parecia surpresa, enquanto ele olhava para ela com uma estranha expressão.

— Estou em um encontro. O primeiro que tenho em anos. Temo que tenha muito a reaprender. Não tenho certeza de como se faz isso. — Havia algo muito vulnerável nos olhos dele quando falou e, quando ela respondeu, foi quase um sussurro.

— Isso é um encontro? Pensei que fôssemos amigos. — Ele havia confundido-a completamente.

— Não podemos ser ambos? — Ele olhou para ela honestamente. Havia voltado a Nova York para fazer mais do que trabalho, embora não tivesse dito a ela. Depois de falar com ela durante seis meses, queria vê-la.

— Suponho que sim — disse ela, repentinamente nervosa.

— Você está derramando sua sopa — ele observou e ela sorriu. Havia sido apanhada completamente de surpresa por sua pergunta. — Se você vai sair para jantar comigo, India, não pode derramar sopa na mesa. — Ele encostou-se e olhou para ela, enquanto ela abaixava a colher.

— Não tenho certeza de que compreendo o que você está dizendo. — Ela não queria. Não queria que ele mudasse nada. Ele já havia dito a ela que eram apenas amigos, no Natal, antes de Doug abandoná-la. Ela estava de pé na cabine telefônica, congelando, quando Paul lhe dissera que não queria ser a luz no fim do túnel para ela. E se isso era verdade, como poderia ser um encontro? O que ele queria dizer? E por que havia mudado as coisas? — Acho que você está brincando comigo, se isso é uma coisa apropriada de se dizer nesse caso.

Ele não pôde deixar de sorrir para ela. Ela estava muito bonita, muito jovem e ingênua. Ela não tinha um encontro há mais tempo do que ele. Já haviam se passado mais de vinte anos desde que conhecera Doug no Corpo de Paz.

— Estou realmente assustando você, India? — Ele repentinamente parecia preocupado. — Não quero amedrontá-la. Você está com medo?

— Um pouco. Pensei que fôssemos apenas amigos. Isso foi o que você disse... no Natal...

— Eu disse? Isso foi há muito tempo. — E então ele lembrou-se. E havia sido sincero. Mas três meses haviam se passado. A agonia da morte de Serena havia diminuído um pouco. E Doug a tinha abandonado. — Não tenho certeza do que disse, mas provavelmente estava sendo muito estúpido. — Ela pôde sentir seu coração bater quando ele disse isso. — Acho que é uma observação extremamente sem gosto não ser uma luz no fim do túnel. — Ela não compreendeu o que havia acontecido para mudar as coisas. Ele suspirou ao olhar para ela, tomou sua mão cuidadosamente e segurou-a através da mesa. — Às vezes fico com medo... e triste... e sinto falta de Serena... e digo coisas que provavelmente não deveria. — Ele estava sendo sincero agora? Ou na época? India podia sentir as lágrimas enchendo seus olhos enquanto olhava para ele. Não queria fazer nada para colocar em risco o que possuíam. Não queria perdê-lo. E se isso fosse muito longe, ele poderia arrepender-se e correr novamente para a segurança do barco. Desta vez talvez para sempre.

— Não acho que saiba o que está fazendo — disse ela, enquanto ele gentilmente secava os olhos dela com seu guardanapo.

— Você pode estar certa. Mas por que não me deixa descobrir e pára de se preocupar tanto com isso? Apenas confie em mim, India. Vamos ver juntos. — Ela fechou os olhos por um minuto, aproveitando o momento, e então assentiu. E quando olhou novamente para ele, ele estava sorrindo. Gostava do que estava acontecendo a eles e do que sentia por ela. Em vez de lamentar o fim, ele estava saboreando a ternura de um começo.

A atmosfera ficou novamente mais leve e ele contou-lhe coisas engraçadas que aconteceram no barco, pessoas que haviam ficado bêbadas ou se comportado mal, uma mulher que tivera um caso com seu capitão, uma outra mulher que havia esquecido as escotilhas de sua cabina aberta e quase afundara o barco. India estremeceu diante desta história enquanto ouvia.

— Vou me lembrar de não fazer isso.

— Eu lembrarei você. É muito embaraçoso quando afundamos e muito ruim para os tapetes. — Os olhos dela arregalaram-se enquanto ouvia. Sabia menos a respeito de barcos do que Sam e Paul estava tirando grande vantagem disso, embora a história das escotilhas fosse verdadeira e agora eles tivessem pequenos lembretes nas cabines, para o caso de alguém se esquecer. — Você sabe — continuou ele, olhando para ela calmamente —, é notável. O *Sea Star* é tão bem construído que emborcamos apenas uma vez. — A boca de India abriu-se enquanto olhava para ele aterrorizada e então percebeu o que estava fazendo com ela.

— Odeio você — disse ela, soando como Sam, e ele riu.

— Não estou amedrontando você, estou? Pensei que ficaria impressionada. Ele se saiu muito bem quando emborcamos, rodopiamos bem em volta e ele subiu rapidamente. Tudo o que temos que fazer é secar as velas. Mostrarei a você.

— Esqueça Antigua — disse ela firmemente. Mas então percebeu o que ele estava fazendo. Estava apenas divertindo-se um pouco com ela. — Conte essas histórias a Sam. Ao menos ele não irá acreditar nelas.

— Ele pode. — Os olhos de Paul dançaram. Ele estava gostando da companhia dela, do jantar, do vinho. Era a maior diversão que tinha há muito tempo, há mais tempo do que gostaria de pensar. — Sou muito convincente.

— Sim, você é — disse ela com um sorriso tímido. Gostava do senso de humor dele e de seu estilo e estava tão à vontade com ele agora quanto ao telefone. Tiveram uma noite maravilhosa. E depois do jantar, caminharam lentamente de volta ao Carlyle. Ainda era cedo e ele perguntou se ela gostaria de subir por alguns minutos antes de voltar a Westport. Ela ainda tinha tempo. Na verdade não precisaria voltar até mais tarde. E a babá havia concordado em ficar para dormir, caso India voltasse para casa muito tarde, o que significava que teria todo o tempo que quisesse.

— Minha suíte não é tão ruim, mas não é exatamente Versailles — desculpou-se ele. — Acho que é o apartamento de alguém. Eles o alugam às vezes por meses. — Não se ofereceu para levá-la de volta ao bar e eles subiram no elevador enquanto ele lhe falava a respeito do *Sea Star* e do que esperava em Antigua. Disse que poderiam visitar várias outras ilhas. Na verdade, poderiam fazer o que desejassem.

O elevador parou no nono andar e ele levou-a a um grande e confortável quarto que estava belamente decorado, embora em nada lembrasse o apartamento dele. Era previsivelmente impessoal, mas havia flores por toda parte e um bar com tudo o que pudessem desejar. Ele serviu-lhe vinho, mas ela não bebeu, já que deveria dirigir de volta a Westport. Havia frutas e pastelarias também, oferecidas pelo hotel, mas nenhum dos dois estava com fome depois da imensa refeição que haviam acabado de fazer no Daniel.

India sentou-se no sofá e Paul ao lado dela. Ele ainda estava falando sobre o barco e então parou, olhou para ela, e ela sentiu a mesma corrente de eletricidade que havia sentido quando o conheceu atravessar seu corpo. Além de sua aparência, havia algo irresistivelmente atraente nele.

— Não posso acreditar que estamos sentados aqui — disse ele. — Ainda fico esperando acordar no barco e alguém me dizer que você está telefonando.

— É engraçado, não é? — Ela sorriu, lembrando-se de todas as vezes em que conversaram e de todas as coisas que disseram, por tantos meses, as vezes em que telefonou para ele de telefones públicos gelados antes de Doug abandoná-la. Ela riu ao pensar nisso. — Pensei que fosse congelar. — Ela havia carregado pilhas de moedas por meses, para que pudesse telefonar para ele sempre que desejasse.

— Passamos por tempos difíceis, você e eu — disse ele em voz baixa, mas pensando nela agora e não nas pessoas que haviam perdido ou sido em outros tempos. Tudo o que ele podia ver eram os olhos dela, a gentileza neles, e tudo o que sentia era o que havia crescido entre eles durante seus meses no *Sea Star*.

Ele não disse mais nada a ela, mas inclinou-se em silêncio, tomou-a em seus braços e beijou-a. E enquanto ela sentia seus lábios nos dela, teve as respostas para todas as suas perguntas. Levou muito tempo até que falassem novamente e, quando o fizeram, a voz dele estava suave e rouca de paixão.

— Acho que me apaixonei por você, India — ele sussurrou. Não era da forma como ele esperava ou o que ela havia pensado que fosse acontecer entre eles quando o vira. Por muito tempo havia dito a si mesma que isso nunca iria acontecer.

— Tentei tanto não dizer a você, ou mesmo permitir a mim mesma sentir isso — disse ela, sentindo as mesmas coisas que ele.

— E eu também — disse ele suavemente, segurando-a bem perto, com um braço em torno dos ombros dela. — Sabia disso há muito tempo, mas tinha medo de que não fosse o que você queria.

— Eu pensei... eu estava com medo... — Ela estava tão certa de que não havia forma de se comparar com Serena aos olhos dele. Ela não tinha ousado esperar, mas não disse isso a ele. Ele beijou-a novamente e segurou-a com tanta força que ela ficou sem ar. E então, sem uma palavra, levantou-se, levou-a lentamente ao quarto e então parou na porta.

— Farei tudo o que você quiser — disse ele com um olhar de tristeza nos olhos. Ele sabia que com aquele simples gesto estava deixando uma vida e iniciando outra, se ela quisesse. Ele a amava mais do que pensava ser possível e sabia disso com perfeita clareza nesse momento. — Se você quiser voltar a Westport, tudo bem... eu compreenderei. — Mas ela sacudiu a cabeça ao olhar para ele.

Não queria ir a nenhum lugar agora sem ele. Como ele, ela também soubera disso há muito tempo. Havia lutado valentemente, o havia ajudado e telefonado para ele de cabines telefônicas congeladas. Mas agora tudo ficara para trás.

— Eu amo você, Paul — disse ela suavemente.

Ele então apagou as luzes, deitou-a na cama e deitou-se ao lado dela, segurando-a, tocando-a e revelando todo o seu calor, suavidade e glória. Ele retirou o *tailleur* preto e tudo o que encontrou embaixo dele e eles agarraram-se um ao outro com uma fome que nenhum dos dois havia imaginado sentir um pelo outro. E quando ela deitou-se nua ao lado dele, ele olhou-a com todo o amor e ternura que sentia por ela.

— Você é tão bonita, India — sussurrou ele, enquanto ela o procurava com o sorriso do qual ele se lembrara por tanto tempo e com os braços dos quais estava faminto, e gentilmente o puxava para ela.

Eles encontraram-se, seguraram-se e dançaram nos céus, enquanto juntos encontravam o que haviam procurado, nos braços de alguém que não apenas amavam, mas que os amava. Foi tudo como nenhum deles havia experimentado e apenas descobriram agora, um com o outro. Era como nascer de novo, para ambos, enquanto agarravam-se à vida, à esperança e aos sonhos que ambos haviam esquecido e nos quais haviam deixado de acreditar. E enquanto ela gemia suavemente em seus braços, ele levou-a a lugares que ela não conhecia e apenas vagamente percebeu que os desejava. E quando terminou, não foi um fim, mas um começo.

Eles deitaram-se em silêncio, lado a lado por um longo tempo, e então ele a beijou novamente e depois de algum tempo ela caiu no sono ao lado dele. Ele observou-a dormir por um longo tempo e então fechou os olhos e dormiu como não dormia há meses, com seu amor para trazê-lo novamente para casa de sua agonizante jornada a lugares solitários.

O sol estava surgindo quando ambos acordaram e ele fez amor com ela novamente. Depois ela deitou-se nos braços dele, suspirou e disse-lhe que nunca havia imaginado que pudesse ser assim.

— Não pode — disse ele com um sorriso, ainda de alguma forma espantado com ela e com o que havia acontecido com eles. Ela era tudo o que ele havia tão desesperadamente desejado e nunca tinha se permitido realizá-lo em todos os meses que ela lhe havia telefonado. — Nunca mais vou deixar você partir — disse ele, feliz. — Você terá que ir a todos os lugares comigo... trabalho... o barco... não posso viver sem isso.

— Nós teremos — ela sorriu para ele maliciosamente. — Tenho que dirigir de volta a Westport. — Ele gemeu diante da perspectiva de perdê-la, mesmo até a noite.

— Você pode voltar esta noite? — perguntou ele, antes de deixar que ela se afastasse. Ele queria fazer amor novamente, mas ambos precisavam de tempo para se recuperarem.

Ela sabia que seria difícil deixar as crianças novamente pela terceira noite e olhou para ele esperançosamente.

— Você pode ir a Westport?

— E as crianças?

— Nós pensaremos em alguma coisa... você pode dormir com Sam.

— Isso seria interessante. — Ele riu e ela deu uma risadinha. E lentamente ela desembaraçou seu corpo do dele, ainda dominada por tudo o que havia acontecido.

Ele observou-a atravessar o quarto e não lhe disse desta vez que ela era a mulher mais bonita que já havia visto. Dizer aquilo parecia de alguma forma desrespeitoso com Serena. Mas ele havia encontrado em India algo que nunca tivera com ela. A fascinação de Serena havia sido o fato de que ela jamais entregava-se completamente a ninguém, nem mesmo a ele, depois de todos os anos. Ela sempre mantinha uma parte de si intocada, como se para provar que ele jamais a possuiria. A diferença entre elas é que India entregara-se a ele completamente. Ela se abrira para ele em todo o seu calor e vulnerabilidade, e ele sentiu-se como se pudesse desaparecer por mil anos com tudo o que ela lhe dera. Sentia-se seguro com ela e juntos partilharam um êxtase que o satisfez completamente.

Ele ficou no chuveiro com ela, então observou-a vestir-se e vestiu suas próprias roupas, enquanto ela olhava para ele e sorria misteriosamente. Ela estava pensando que quem quer que tenha dito isso a respeito dele estava certo... ele era indecentemente bonito.

Ele desceu no elevador com ela, pensando no que significava para ela e, quando ela entrou no carro, olhou para ela, desejando lembrar-se deste momento por toda a vida.

— Tenha cuidado... eu amo você, India. — Ela inclinou-se para fora do carro para beijá-lo, com seus longos cabelos louros e lisos abaixo dos ombros. Ele os tocou e sentiu-os como seda, enquanto ela sorriu para ele, com toda a inocência, confiança, esperança e sonhos, com o brilho do que havia acontecido ainda em seus olhos, olhando para ele com uma expressão tranqüila.

— Eu também amo você. Me telefone, eu te ensino o caminho.

Ele observou-a enquanto ela se afastava com o carro, com todo o poder de seu amor por ela. E então voltou ao hotel e sentiu uma lâmina de remorso talhar sua alma quando se lembrou de Serena.

Capítulo 22

PAUL DIRIGIU até Westport naquela noite e jantou com eles. Foi a primeira vez que encontrou os outros filhos de India. E os achou muito doces e divertidos.

Sam distraiu a todos durante toda a refeição. E Paul e Jason tiveram uma conversa adulta sobre navegação. Aimee cuidadosamente flertou com ele, experimentando suas habilidades; ela era muito bonita e se parecia muito com a mãe. Apenas Jessica aparentou ter algumas reservas a respeito dele e imediatamente depois do jantar ela subiu as escadas para fazer seu dever de casa.

— Você passou pela inspeção — disse India com um sorriso, enquanto sentava-se na sala com ele, uma vez que todos haviam subido para telefonar para os amigos e ver TV. — Jason disse que você é legal. Aimee acha que você é ok. E já sabe que Sam o adora.

— E Jessica me odeia — disse ele de modo banal.

— Não. Ela não disse nada, o que significa que não te odeia. Se odiasse, diria a você.

— Isso é confortante — disse ele divertido. Eles eram boas crianças e ele podia ver que ela havia feito um bom trabalho. Eram inteligentes, seguros e alegres. E a conversa à mesa havia sido animada.

Subiram as escadas nas pontas dos pés, depois que souberam que as crianças estavam na cama. Ela trancou sua porta e eles fizeram amor o mais quietamente que puderam, embora Paul estivesse um pouco nervoso a respeito.

— Você tem certeza de que está tudo certo? — ele sussurrou. Nas asas da paixão, ele não havia se incomodado em perguntar, mas ela assentiu enquanto estavam deitados na cama e sussurrando.

— A porta está trancada e eles todos parecem estar dormindo.

— A inocência das crianças — sussurrou ele. — Nós não vamos conseguir enganá-las por muito tempo. Eu não posso passar a noite, posso? — Ele já sabia a resposta para a pergunta.

— Ainda não. Precisamos dar-lhes tempo. Ainda estão perturbadas com a namorada de Doug. Passam os fins de semana dele com ela. — Paul pensou na má sorte de chegar em segundo lugar em cena. A perspectiva de dirigir de volta a Nova York às quatro da manhã não o assustava.

No fim ele ficou até as seis, dormiu intermitentemente e, embora sonhasse com aviões, não sonhou com Serena. India desceu as escadas nas pontas dos pés com ele e prometeu ir até a cidade naquela noite para vê-lo. Mas, enquanto dirigia para a cidade, percebeu que isso não iria ser fácil. Se mais nada, a distância e a falta de sono iriam matá-lo. Mas ela valia a pena.

Ele iria encontrar-se com Sean na terça-feira à noite, no fim de semana as crianças iriam para a casa do pai e India iria para a cidade ficar no Carlyle com ele. Até então, eles tinham tudo organizado, mas a perspectiva de ir a Westport em noites alternadas e escondido das crianças parecia muito complicada para ele. E tudo em que pôde pensar foi na perversidade do senso de humor de Deus. Na idade dele, a perspectiva de uma mulher com quatro filhos, um cachorro e uma casa em Connecticut iria provar ser um desafio interessante. Mas ela também era a mulher mais excitante com a qual jamais havia dormido. Isso compensava alguma coisa. Talvez o cachorro.

Mas quando, às quatro horas daquela tarde, ele deixou o escritório para uma massagem e um cochilo, estava exausto. E parecia apenas levemente melhor quando levou-a para jantar naquela noite no Gino's.

— Como estão as crianças? — perguntou ele, com preocupação. — Elas disseram alguma coisa? Escutaram-me levantar esta manhã?

— É claro que não. — Ela sorriu para ele. Com a flexibilidade gerada por catorze anos de maternidade, ela parecia destemida. Mas ela era catorze anos mais nova do que ele, embora ele já tivesse provado a ambos que ao menos em algumas áreas isso não iria ser um problema.

Mas naquela noite, quando voltaram ao hotel, estavam ambos tão cansados que caíram no sono enquanto assistiam TV e ela não acordou antes das sete da manhã seguinte.

— Oh, meu Deus! — ela gritou, quando viu que horas eram. — A babá vai me matar! Disse a ela que estaria de volta à meia-noite. — India agarrou o telefone, inclinando um seio sedutoramente sobre ele, e contou uma complicada história a respeito de uma amiga que havia sofrido um acidente e com a qual havia permanecido na UTI por toda a noite. E a seguir telefonou para Gail e pediu-lhe que fizesse suas conduções. A situação completa estava resolvida em uma questão de minutos e eles voltaram para a cama novamente, compensando o que não haviam feito na noite anterior com extraordinário vigor.

Então Paul pediu serviço de quarto para ambos e ela sentou-se diante dele, vestindo apenas a camisa dele, gloriosamente *sexy*.

— Você já pensou em um apartamento na cidade? — perguntou ele cuidadosamente, enquanto ela lia o *Wall Street Journal*.

Ela sempre o lia depois de Doug sair pela manhã e havia mantido a assinatura depois que ele a abandonara.

— Doug disse que mudaríamos de volta para cá, depois que Sam fosse para a universidade.

— Talvez eu não viva para isso — disse ele vagamente e ela olhou-o cuidadosamente por cima do jornal.

— Deve ser difícil para você — disse ela simpática. Ele estava em casa por apenas três dias e ainda não estava tão puxado, mas ele podia prever o futuro.

— Não ainda. Mas será. E você não pode ficar correndo para cá e para Westport. — Ele não gostava de pensar nela na estrada às quatro horas da manhã, nem em si mesmo. Ao menos não estava nevando. Mas em algum momento, nevaria.

— Faltam apenas três meses para as aulas terminarem — disse ela, prática. Mas nenhum dos dois queria enfrentar a realidade a este ponto. A relação de ambos havia saltado de uma só vez do nascimento à virilidade. Era algo para se pensar, percebendo que ainda não haviam considerado a logística da situação dela, com tudo — de babás a conduções. Havia se passado um longo tempo desde que ele lidara com isso com Sean, que tinha trinta e um anos. E ele também lembrava-se de que Sean não havia colaborado muito para a sua vida amorosa. Sistematicamente odiava todas as mulheres com as quais seu pai saía. Paul só conhecera Serena quando Sean estava na universidade. E Sean também não gostara dela. Levara anos para estabelecer algum tipo de amizade com ela. E, na ocasião, ele mesmo já estava casado. Pensando nele, Paul lembrou-se de que iriam jantar juntos esta noite. Significava que ele teria uma noite livre da viagem para Westport e, na sexta, India iria passar o fim de semana com ele na cidade.

Eles terminaram o café, vestiram-se e ela saiu com ele quando deixou o hotel para ir ao escritório. E ele sorriu para ela enquanto a levava para o carro novamente e olhava para ele com sua devastadora beleza loura.

— Acho que sou um pouco louco, mas amo você — disse ele, e foi sincero. Enquanto observava-a partir com o carro, forçou-se a não pensar em Serena. Era sempre mais difícil para ele quando deixava India. Quando estava com ela não se permitia pensar em Serena. Ainda era um grande ajuste. Mas ele havia entrado de cabeça e não se arrependia.

Ele mencionou India a Sean naquela noite, contou-lhe a respeito de ambos e ficou surpreso quando Sean ficou pouco entusiasmado e quase paternalmente cuidadoso.

— Não é um pouco cedo, pai?

— Para estar namorando? — Paul estava surpreso com a reação dele. Mesmo depois que se tornaram amigos, Sean nunca havia sido louco por Serena. Sempre achara que ela era muito ostentadora. E India era tudo menos isso, ela era quieta, discreta, distinta e despretensiosa. Mas Sean ainda não a conhecia, então não sabia disso.

— Talvez — disse Sean, em resposta à pergunta. — Passaram-se apenas seis meses e você estava tão apaixonado por Serena.

— Estava e estou. Mas você não acha que tenho o direito de estar com alguém? — Foi uma pergunta honesta e merecia uma resposta justa.

— Por quê? Na sua idade você não precisa se casar novamente.

— Quem falou alguma coisa sobre casamento? — Ele vacilou diante das palavras do filho e de sua percepção extra-sensorial. Ele havia pensado nisso na mesma manhã, enquanto contemplava a viagem para Westport. Não havia meio de fazê-la para sempre.

— Bem, se você não quer se casar, por que namorar? Além do mais, você tem o *Sea Star*. — Parecia uma razoável ocupação para ele. E Paul não achou graça ao perceber isso, que aos cinqüenta e sete anos seu filho achava que ele era muito velho para namorar.

— Desde quando você está tão interessado em iatismo? Além do mais, apenas pensei que você estivesse interessado no que estou fazendo. Um desses dias, gostaria que você a conhecesse.

— Se você não vai se casar com ela, pai, não preciso conhecê-la — disse Sean rudemente, criando instantaneamente uma situação impossível. Se Paul apresentasse India a ele agora significaria que iriam se casar. E, para criar alguma distração, ele falou-lhe a respeito do trabalho dela e de seu enorme talento.

— Maravilhoso — disse Sean, sem muito interesse. — Ela tem filhos? — Outro golpe mental de gênio da parte dele. Paul assentiu vagamente, enquanto Sean provocou-o mais. — Quantos?

— Alguns — disse Paul com um sentimento crescente de pânico e Sean percebeu.

— Quantos? — repetiu ele.

— Quatro.

— Pequenos?

— De nove a catorze. — Ele decidiu que poderia dizer a ele. Por que esconder?

— Você está brincando?

— Não.

— Você está louco?

— Talvez. — Ele estava começando a se perguntar isso.

— Você não consegue nem mesmo agüentar os meus filhos por mais de dez minutos.

— Os seus são menores. E eles choram o tempo todo. Os dela, não.

— Espere. Eles serão presos. Ficarão bêbados. Entrarão nas drogas. Vão ficar grávidas, ou talvez ela irá. Pai, você vai adorar tudo isso.

— Não seja um pé no saco na sua idade. Por favor.

— Você não sabe da metade das coisas que eu sei. Além do mais, você não pode me impedir. Pai, olhe, na sua idade, você não precisa de uma mulher com quatro filhos. Por que não pode encontrar alguém um pouco mais velha?

— Que tal Georgia O'Keeffe? É velha o suficiente para você? Ela deve estar com uns noventa.

— Acho que está morta — disse Sean, sem achar graça. — Vamos, seja sério. Volte para o barco e relaxe. Acho que está tendo uma crise de meia-idade.

— Obrigado pelo seu otimismo — disse Paul secamente, mas, apesar do que estava dizendo ao filho, Sean o havia balançado um pouco. Era difícil "vender" uma mulher com quatro filhos. — Se estou tendo uma crise de meia-idade, a propósito, isso significa que você espera que eu viva até os cento e catorze anos. Farei o melhor que puder para agradá-lo. E não, não estou senil. Ela é uma boa amiga, uma boa mulher e gosto dela. Apenas achei que você gostaria de saber, é tudo. Esqueça.

— Não — disse Sean severamente, desforrando-se de todos os sermões que Paul havia lhe dado antes, durante e desde a faculdade. — Você esqueça. — E com isso partiram para outros assuntos, mas era óbvio, quando deixaram o "21", que Sean ainda estava preocupado. Ele disse que iria telefonar para o pai durante o fim de semana para que visse as crianças e Paul não teve coragem de dizer a ele que estaria ocupado. Ele apenas disse que telefonaria se não viajasse no fim de semana. Mas Sean soube instantaneamente o que isso significava. E quando voltou para casa, para a mulher, atormentada com enjôos e com aspecto esverdeado, disse a ela que seu pai havia perdido o juízo. Mas ela teve a mesma reação que seu sogro e disse ao marido para não ser tão tacanho. Seu pai tinha todo o direito de fazer o que quisesse e Sean disse-lhe para preocupar-se com suas próprias coisas.

Mas os sonhos que Paul teve naquela noite foram muito piores do que qualquer coisa que Sean pudesse ter desejado a ele. Sonhou com Serena a noite toda e aviões explodindo no ar. Acordou por duas vezes, ouviu-a gritar com ele pelo que havia feito e ouviu-a soluçar porque ele tinha sido infiel com ela. E Paul sentiu-se com noventa anos quando acordou naquela manhã. E uma coisa que Sean dissera permaneceu em sua mente como um cacto. E se India engravidasse? O pensamento deixou-o nauseado. E quando ela telefonou para ele no escritório naquela tarde e deixou um recado de que iria encontrá-lo no hotel às cinco e meia, ele pediu à secretária que telefonasse de volta para dizer que estaria lá.

No momento em que a viu, esqueceu-se de seus pesadelos e dos avisos de Sean. No instante em que a beijou, ele derreteu. Acabaram na cama antes da hora do jantar e finalmente pediram serviço de quarto à meia-noite. Ela era a mulher mais fascinante que jamais havia conhecido e, apesar de quantos filhos tivesse, sabia que a amava. Pior do que isso. Estava louco por ela. E o fim de semana que passaram juntos foi pura magia.

Eles caminharam no Central Park de mãos dadas, foram ao Metropolitan e ao cinema. Assistiram a uma história de amor que terminava mal e ambos choraram. Compraram livros juntos, leram e ouviram música. Amavam as mesmas coisas e ela conversou com grande expectativa sobre o cruzeiro juntos no *Sea Star*. Ela partilhou todos os seus sonhos com ele e seus medos, como fazia ao telefone. E, na tarde de domingo, ele odiou a idéia de vê-la partir, mas ela tinha que apanhar as crianças antes do jantar. E quando ela afastou-se com o carro novamente, ele não podia agüentar a idéia de uma noite sem ela.

E a noite de domingo foi pior do que a de quinta-feira. Ele sonhou que estava deitado nos braços de Serena durante toda a noite e ela implorava-lhe para que não a deixasse morrer, pois queria ficar com ele para sempre. Acordou às três da manhã e soluçou por uma hora, atormentado com culpa pelo que estava fazendo. Não voltou a dormir e pela manhã sabia que nunca deveria ter sobrevivido a ela. Não conseguia suportar viver com isso.

E quando telefonou para India, ela soou tão doce e estava obviamente preocupada com ele.

Ele sentiu-se como um homem morto quando deixou o hotel para o escritório. Havia prometido ir a Westport naquela noite, mas às seis horas da tarde ligou para ela e disse que não poderia. Ele simplesmente não podia enfrentá-la. Precisava de outra noite para si mesmo, apenas para pensar em Serena e no que estava fazendo. Achou que provavelmente se sentiria melhor pela manhã e India prometeu dirigir até a cidade. Ela tinha uma babá que podia ficar para dormir e havia dito às crianças que iria visitar uma amiga doente e teria que passar a noite com ela. Mas com que freqüência poderia fazer isso?

E quando chegou ao hotel naquela noite, Paul estava esperando por ela. Ele estava cinzento e India ficou imediatamente preocupada. Ela perguntou-lhe o que havia comido, se tinha tido febre e ele disse-lhe calmamente que não.

— Você não parece bem, querido — disse ela gentilmente. E ele sentiu-se como um *serial killer*. Depois dos meses que partilharam no telefone, ele a conhecia muito bem, sabia como pensava, o que estava sentindo e tudo no que acreditava. Ela acreditava em esperança, sonhos, honestidade, lealdade e nas melhores emoções humanas. Ela também acreditava em finais felizes e esse não era. Não podia ser. Ele havia percebido, nos dois dias em que não havia passado com ela, que ainda estava apaixonado por Serena, e sabia agora que sempre estaria.

Ele sentou-se ao lado de India no sofá, olhou para ela e ela sentiu seu coração escorregar lentamente para seus pés. Tudo o que ele podia ver eram os cabelos dourados, os imensos olhos azuis brilhando ainda mais naquele instante e seu rosto ficando tão pálido que o apavorou.

— Acho que você sabe o que vou dizer — disse ele miseravelmente.

— Não quero ouvir — disse ela em voz rouca. — O que aconteceu?

— Eu acordei, India, e recobrei o juízo.

— Não, você não fez — disse ela, lutando com as lágrimas —, você ficou louco. — Ela sabia as palavras antes que ele as dissesse e seu coração estava batendo tão forte que ela pensou que fosse pular de seu peito. Ela estava apavorada de perdê-lo. Havia esperado toda uma vida por ele.

— Estava louco quando disse que amava você. Não amo. Estava excitado por você... queria que fosse tudo o que pensei que era. Você é a mulher mais maravilhosa que jamais conheci. Mas estou apaixonado por Serena. Sempre estarei. Sei disso. Não posso fazer isso.

— Você está com medo. É tudo. Você entrou em pânico — disse ela, começando a parecer desesperada.

— Estou em pânico agora — disse ele honestamente, olhando para ela. Ele não queria assumir a responsabilidade dela. Não poderia fazer isso. Sabia. Sean estava certo. Ele estava senil. — India, você tem quatro filhos. Você tem uma casa em Westport.

— O que isso tem a ver com o nosso caso? Vou mandá-los para a adoção. — Ela estava brincando, mas seus olhos encheram-se de lágrimas no mesmo instante. Ela podia ver que ele era sincero. Estava lutando por sua vida e ele não queria ouvir. — Eu amo você.

— Você nem mesmo me conhece. Tudo o que sou é uma voz no telefone. Um sonho. Uma ilusão.

— Eu conheço você — disse ela desesperadamente. — E você me conhece. Isso não é justo. — Ela começou a chorar abertamente e ele tomou-a nos braços e segurou-a. Sentia-se um assassino, mas sabia que teria que escapar dela. Para a sua própria sobrevivência.

— É melhor agora. Seria pior depois — disse ele, sensível. — Nós acabamos de nos vincular um ao outro, e então o quê? Não posso fazer isso. Serena não me permitiria.

— Ela se foi, Paul — disse ela gentilmente, entre as lágrimas, mesmo então não desejando feri-lo, enquanto ele a feria. — Ela não iria querer que você fosse infeliz.

— Sim, iria. Ela nunca iria querer que eu estivesse com outra mulher.

— Ela era mais esperta do que isso. E ela o amava. Não posso acreditar que você esteja fazendo isso. — Fora uma semana. Sete dias e ela se entregara a ele completamente, e agora ele estava dizendo a ela que estava terminado. Há uma semana, há dois dias, ele havia lhe dito o quanto a amava. Ele queria que ela se mudasse para a cidade. Ele gostava dos filhos dela. Ele odiava a viagem, mas quem não? — Você não pode dar uma chance a isso?

— Não, não posso. Não darei. Para o seu bem e pelo meu. Vou voltar para o barco. Meu filho está certo, sou muito velho para isso. Você precisa de alguém mais jovem. Não posso assumir quatro crianças, não posso. Quando ele tinha essa idade, Sean quase me deixou louco. Eu havia me esquecido, agora me lembro. E isso foi há vinte anos. Eu tinha trinta e sete. Agora tenho cem. Não, India — disse ele firmemente. Olhando para ela enquanto chorava, mas estava fazendo isso por Serena. Devia isso a ela, ele havia deixado que ela morresse no avião. Isso nunca deveria ter acontecido. Ele deveria ter ido com ela. — Você tem que ir agora. — Ele levantou-se e puxou India, enquanto ela ficava de pé diante dele, soluçando. Nunca havia esperado isso dele e não estava preparada. Nunca havia suspeitado que isso fosse acontecer. Ele a amava. Ela sabia disso.

— E sobre Antigua? — perguntou ela através das lágrimas, como se ainda importasse. Mas era algo no que se agarrar. E então ele também tomou isso dela. Queria tudo de volta agora. Seu coração, a vida dele, o futuro de ambos.

— Esqueça — disse ele friamente. — Vá a algum outro lugar. Com um cara legal. Não sou a pessoa. O melhor de mim morreu com Serena.

— Não, não morreu. Eu amo o melhor e o pior de você — disse ela e foi sincera, mas ele também não queria ouvir isso. Não queria mais nada dela. Estava terminado. E então ela olhou para ele com olhos que dilaceraram o coração dele.

— O que direi às crianças?

— Diga a elas o bastardo que eu sou. Elas vão acreditar em você.

— Não, não vão. E eu também não. Você está apenas com medo. Está com medo de ser feliz. — Era mais verdade do que ela sabia e mais verdade do que ele queria ver agora.

— Vá para casa, India — disse ele e abriu a porta para ela. — Volte para seus filhos. Eles precisam de você.

— E você também — disse ela, acreditando nisso e conhecendo-o melhor do que ele conhecia. — Mais do que eles. — Ela ficou de pé na porta, olhando para ele por um longo tempo, então, soluçando deploravelmente, e suas últimas palavras para ele foram "Eu amo você".

Quanto ela partiu, ele fechou a porta em silêncio e caminhou até seu quarto. Deitou-se na cama na qual havia se deitado com ela e soluçou ao pensar nela. Queria-a de volta, queria que fosse parte dele, mas sabia que não poderia. Era muito tarde para ele. Ele havia partido. Serena o havia levado com ela. E ele lhe devia isso agora. Sabia disso. Por não ter morrido com ela. Por tê-la abandonado. Ele a havia traído e não poderia fazer de novo. Não tinha nenhum direito ao que India queria dar a ele.

E enquanto estava deitado na cama chorando, India dirigia de volta a Westport, cega pelas lágrimas, histérica. Ela não podia acreditar no que havia acontecido. Não podia acreditar no que ele tinha feito com ela. Era pior do que qualquer coisa que Doug havia feito. Mas a diferença era que ela o amava e sabia que ele a amava. Enquanto dirigia para casa, estava tão arrasada, tão atormentada com a dor, que não viu o carro ao lado do dela mudar de pista e cortá-la. Não teve nem tempo de pensar antes que ele batesse nela. Ela bateu no divisor e voltou para a outra pista, enquanto o carro rodopiava loucamente. Ela bateu a cabeça no volante e o carro finalmente parou. Havia um gosto salgado em sua boca e sangue por toda parte, enquanto alguém abria a porta. Ela olhou para eles e desmaiou.

Capítulo 23

PASSAVA DE MEIA-NOITE quando India telefonou para Gail. Ela tinha catorze pontos em sua cabeça, um braço quebrado, uma concussão e uma lesão na cervical. E seu carro havia tido perda total. Mas estava viva e poderia ter sido pior. Ela havia batido em dois outros carros, mas felizmente ninguém mais se machucara. Estava no hospital em Westport. India chorou enquanto explicava suas lesões para Gail. Ela havia pensado em telefonar para Paul primeiro, mas, mesmo em seu estado confuso, decidiu não ligar. Não queria que ele tivesse pena dela, ou se sentisse culpado. Era sua própria culpa. Não havia motivo para culpá-lo agora.

Ela estava soluçando de forma incoerente quando ligou para Gail e perguntou se poderia ir buscá-la. Gail parecia apavorada e chegou meia hora depois, calçando Nikes e com um casaco sobre sua camisola. Ela havia deixado as crianças com Jeff.

— Meu Deus, India, o que aconteceu?

— Nada. Estou bem. — Mas ela ainda estava soluçando e tremendo muito.

— Você parece horrível — disse Gail bruscamente e viu então que India ficaria com um olho roxo, junto com o resto. Era o primeiro acidente que tinha e era uma situação bizarra. — Você esteve bebendo? — Ela sussurrou de forma que ninguém pudesse ouvir. A polícia já havia estado lá e saído, mas havia enfermeiras por todo lado na unidade de trauma.

— Não, não estive — respondeu India tentando levantar-se, mas vomitou dois minutos depois. No hospital disseram que ela poderia ir para casa, mas Gail achou que deveria ficar lá. — Não posso. Tenho que voltar para casa, para as crianças. Vão se preocupar comigo.

— Vão se preocupar ainda mais se virem você — disse Gail honestamente. Mas India insistiu. Ela apenas queria ir para casa e morrer em silêncio, em sua própria cama, com a cabeça sob as cobertas.

Elas deixaram o hospital dez minutos depois, com India usando um cobertor sobre suas roupas cobertas de sangue e segurando uma bacia de metal para o caso de vomitar, o que fez por quatro vezes a caminho de casa, enquanto continuava a chorar suavemente.

— Alguma coisa aconteceu? Você brigou com Doug ou coisa parecida? — Gail podia ver nos olhos dela que algo terrível havia acontecido.

— Não, estou bem — India continuava a repetir. — Estou bem. Sinto muito.

— Não sinta, pelo amor de Deus. — Gail estava muito preocupada com ela. Ajudou-a a subir as escadas, colocou-a na cama e ficou por perto para que pudesse ouvi-la. Tentou dar-lhe uma xícara de chá, mas India não quis. Apenas ficou deitada chorando, até que finalmente caiu no sono às seis horas da manhã. E quando as crianças acordaram, Gail explicou a elas que a mãe havia sofrido um pequeno acidente, mas estava bem. Ela havia batido a cabeça e estava com enxaqueca.

— Onde está o carro? — perguntou Sam, intrigado e surpreso ao ver Gail fazendo o café da manhã de camisola, no lugar da mãe. A babá havia saído antes disso.

— O carro se foi — explicou Gail, enquanto fazia panquecas para eles. Ela havia ficado acordada a noite inteira, tomando conta de India, e aparentava isso. — Para sempre — acrescentou, e Jason assobiou.

— Uau! Deve ter sido um grande acidente.

— Foi, mas ela teve muita sorte.

— Posso vê-la? — queria saber Aimee, preocupada.

— Acho que deveríamos deixá-la dormir. Você poderá vê-la mais tarde — disse Gail, firmemente.

Eles tomaram seu café da manhã em silêncio, percebendo que o acidente fora mais sério do que Gail havia contado e, quando saíram para a escola, Gail subiu para vê-la. India ainda estava dormindo. Deixou-lhe um bilhete e foi até em casa mudar de roupa, prometendo voltar mais tarde.

India acordou ao meio-dia e, implorando a si mesma para não fazer isso, ligou para Paul. Apenas queria ouvir a voz dele. Não tinha nem mesmo certeza de que ele atenderia e não iria contar a ele sobre o acidente. Ficou surpresa quando ele veio rapidamente ao telefone.

— Você está bem? — perguntou ele, soando preocupado. Havia ficado acordado a noite toda, mas era melhor do que os pesadelos. Estava muito preocupado com ela.

— Claro, estou bem. — Ela parecia fraca e sonolenta, mas tentou soar normal, para o bem dele.

— Você chegou bem em casa na noite passada?

— Sim, tudo bem — mentiu ela e as lágrimas correram por suas faces. Ele podia ouvir que ela estava mentindo e tudo de que podia lembrar-se era o aspecto devastado nos olhos dela quando o deixara.

— Tive medo de que estivesse muito perturbada para dirigir. Pensei nisso assim que você partiu. Mas não quis telefonar e acordar as crianças.

— Elas estão bem. Eu estou bem. Como você está? — Ela parecia um pouco vacilante, mas ele imaginou que tivesse dormido tão pouco quanto ele.

— Não muito bem — disse ele, parecendo triste. E então contou a ela. — Estou partindo para o barco esta noite. Eles ainda estão em Gibraltar. E então vou fazer a travessia para Antigua. Ou ir a algum outro lugar. Ainda não resolvi.

— Oh — disse ela, sentindo-se levemente enjoada. Ela havia esperado que ele tivesse mudado de idéia novamente. Tudo era possível, ela esperava. Mas aparentemente não era.

— E India — ele deu o golpe de misericórdia de uma só vez. Era a melhor forma. Direto no coração. Mas claro. — Não me telefone.

— Por que não?

— Nós apenas levaremos um ao outro à loucura. Temos que deixar isso ir embora agora. Eu estava errado, terrivelmente, terrivelmente errado. E sinto muito.

— Eu também — disse ela tristemente. Sua dor de cabeça não era nada comparada ao resto do que estava sentindo.

— Sou mais velho do que você. Deveria ter tido mais juízo. Você vai superar. Nós dois iremos. — Mas ele jamais iria superar Serena. Ele também sabia disso agora. E havia matado India para agradar Serena. Onde quer que Serena estivesse, esperava que ela estivesse feliz. E ele esperava que a miséria que sentia agora pagasse alguns dos débitos que devia a ela por não ter morrido também. — Cuide-se — disse ele, enquanto India assentia, chorando muito forte para conseguir falar por um minuto, enquanto ele esperava.

— Eu amo você. Apenas quero que saiba disso. Se você ficar são novamente, me telefone.

— Eu estou são. Finalmente. E não vou telefonar para você. Quero que saiba disso. — Ele não queria que ela mantivesse nenhuma esperança. Isso teria sido ainda mais cruel. Ele sabia agora que Serena possuía a sua alma para sempre. O resto não valia a pena possuir. — Adeus — disse ele suavemente e desligou sem esperar que ela respondesse. Ela ouviu o sinal de comunicação, colocou o telefone no lugar. E então fechou os olhos e soluçou, desejando ter morrido no acidente. Teria sido tão mais simples.

Gail voltou para dar uma olhada nela naquela tarde, quando apanhou as crianças na escola para ela, e achou que India parecia pior quando sentou-se na cama a seu lado. Ela não havia comido o dia inteiro, mas insistia que não queria.

— Você tem que comer, querida. Vai ficar ainda pior. — Gail fez-lhe uma xícara de chá e implorou para que bebesse e, enquanto India finalmente colocava-a em seus lábios, tudo em que podia pensar era Paul e ela sentiu-se sufocar. Não conseguiu nem mesmo engolir. E então, apenas ao olhar para ela, Gail soube. Ela não sabia quem, mas sabia o que havia acontecido. — É por causa de um cara, não é? — perguntou ela gentilmente e India não disse nada. — Não deixe que ele faça isso com você, India. Você não merece. Não novamente. — Doug havia sido mau o suficiente, ela não precisava de outro ainda pior. — Você ficará bem. Prometo. Quem quer que ele seja, não vale a pena.

— Sim, ele vale. — E India começou a chorar novamente enquanto devolvia a xícara de chá. Não havia nem mesmo tocado nela. — Ele vale a pena... esse é o problema. — Gail não ousou perguntar a ela quem era o homem, mas teve uma estranha sensação. India nunca havia dito nada a respeito dele. Não desde o verão anterior. E não havia razão para suspeitar. Mas quando os olhos delas encontraram-se, Gail teve um sexto sentido. O homem em questão tinha que ser Paul Ward. Como haviam se encontrado e o que fizeram permanecia um mistério. Gail achou que India tivesse dito que ele estava na Europa. Mas havia voltado. Gail tinha certeza. E ele havia feito isso com ela. Nunca tinha visto India assim antes. Ela vira apenas uma mulher tão devastada, sua própria irmã, quando tinha vinte anos. Ela havia cometido suicídio por causa do rapaz vizinho e Gail a encontrara. Havia sido a tragédia de sua vida e jamais a esqueceria. E ao olhar para India agora ficou aterrorizada, imaginando se ela teria desejado morrer na noite anterior. Mas a própria India não sabia. Apenas deitou-se novamente na cama, fechou os olhos e tudo em que podia pensar era Paul, enquanto Gail a observava e chorava por ela.

Capítulo 24

NO RESTO DO MÊS, India recuperou-se lentamente. Os pontos em sua cabeça deixaram uma cicatriz que seguia da beira do contorno de seu couro cabeludo pelo lado esquerdo de sua têmpora por vários centímetros. Três semanas após o acidente ela ainda estava bem vermelha, mas os médicos garantiram que em seis meses ninguém mais iria notá-la, e que poderia ter sido pior. Muito pior. Ela poderia ter sofrido uma lesão no cérebro ou ter morrido e tivera muita sorte. Havia um cirurgião plástico na unidade de trauma naquela noite e ele havia costurado a cabeça dela. Ficou feliz com seu trabalho quando a examinou três semanas depois. O braço quebrado levou apenas quatro semanas para sarar e era o braço esquerdo, então não ficou completamente paralisada por causa dele. O ferimento que lhe deu maior trabalho foi a lesão na cervical e ainda estava usando um colar cervical quando Raoul lhe telefonou em abril. Ele tinha uma reportagem para ela na cidade. Uma revista estava fazendo uma reportagem sobre uma vítima de estupro. Prometia ser uma experiência sensacional e precisavam de fotografias. Ela hesitou por dois dias e então decidiu aceitar. Ela precisava de distração e, quando India a conheceu, gostou da mulher. Ela tinha vinte e cinco anos e havia sido uma famosa modelo, mas o estuprador havia cortado seu rosto e terminado com sua carreira em uma colina gramada em uma noite no Central Park, para onde ele a havia levado com um revólver apontado para a cabeça, quando saíra de um táxi na Quinta Avenida.

A reportagem levou dois dias e a única coisa da qual não gostou foi que elas se encontraram no Carlyle, o que a fez lembrar-se de Paul, mas fora isso correu tudo muito bem. E as fotos fizeram um grande furor quando foram publicadas uma semana depois. Ela já não tinha notícias de Paul há um mês e não havia telefonado para ele. Não tinha a menor idéia de onde ele estava e tentava não pensar a respeito. Ainda sentia-se como se estivesse atordoada um mês depois de ele a ter abandonado. Havia sido como ter tudo aquilo com o que havia sonhado e então perdê-lo. A única diferença era que a modelo estava visivelmente destruída. As cicatrizes que India carregava com ela agora eram tão profundas quanto as da outra, mas não podiam ser vistas. Apenas ela era capaz de senti-las.

Ela ainda achava difícil acreditar que não teria mais notícias dele, mas em maio ela não teve mais nenhuma escolha a não ser aceitar o fato. Ele havia abandonado sua vida, com suas agonias, suas próprias cicatrizes e suas lembranças de Serena. E havia deixado alguma coisa partida dentro dela, e ela sabia que jamais iria se recuperar. Agora tinha que viver com isso, assim como com seu casamento perdido. E, por alguma razão, machucava mais do que a perda de Doug. Havia machucado mais do que qualquer outra coisa que tivera em sua vida, exceto perder seu pai. Era a morte da esperança em uma época em que ainda estava vulnerável e desapontada. Mas ela sabia que isso iria cicatrizar com o tempo. Era apenas uma questão de quanto tempo iria levar. Talvez sua vida inteira. Mas ela agora não tinha escolha, sabia disso. O sonho havia terminado. Ele o havia levado consigo, junto com seu coração e o amor que havia lhe dado. E tudo o que ficara fora a certeza de que ele a tinha amado. Não importa o que lhe dissera no final, ela ainda sabia que era verdade. Ele a amara, por um tempo, não importa o quanto negasse isso.

Ela almoçou com Gail no início de maio, no dia do aniversário dela. India levava Gail para sair todos os anos no aniversário. Era uma tradição entre elas. India havia finalmente comprado um carro novo no dia anterior, uma caminhonete novinha, e Gail estava admirando o carro quando olhou para India estranhamente. Havia uma pergunta que queria fazer há dois meses, mas não tinha ousado. Agora India parecia muito melhor e sentiu-se corajosa. Não era de sua conta, ela sabia. Mas sua curiosidade havia incomodado. E quando sentaram-se para almoçar, Gail finalmente perguntou-lhe. India não respondeu por um longo tempo, então suspirou e olhou à distância. E então finalmente, com um aspecto de agonia, encarou-a. Não havia sentido em manter o segredo agora. Não importava mais.

— Sim, era Paul. Nós conversamos um com o outro por um longo tempo, quase desde o verão. Na verdade, desde a morte de Serena. Depois de um tempo, ele me telefonava todos os dias. Era o meu melhor amigo, meu irmão... tudo para mim por um tempo. Era a minha luz no fim do túnel — ela sorriu —, embora jurasse que jamais seria. E ele voltou para Nova York e disse que estava apaixonado por mim. Acho que eu estava apaixonada por ele desde o primeiro dia. E ele sentia o mesmo. Mesmo quando Serena ainda estava viva, embora ele nunca tenha admitido isso, e não acho que realmente soubesse. Havia algo muito poderoso entre nós e isso o amedrontou. Terrivelmente. Mais do que ele podia agüentar. Terminou em uma semana. Ele disse que era por causa de meus filhos, da idade dele e de um monte de coisas estúpidas que não importam. Na verdade era por causa dele. Ele sentia-se muito culpado com relação a Serena, disse que ainda estava apaixonado por ela. Enfim, ele terminou tudo naquela noite em que tive o acidente. — Ela ainda chorava quando falava a respeito, enquanto olhava para Gail, com lágrimas escorrendo pelas suas faces como um rio.

— Você quis se matar naquela noite? — Era o que havia assombrado Gail desde março e a outra pergunta que queria fazer a ela. Isso havia feito com que se lembrasse tanto de sua irmã, mas ao menos India havia sido salva e agora parecia-se mais consigo mesma.

— Acho que sim — disse ela honestamente. — Eu queria morrer. Mas não tive coragem de fazê-lo. Ainda não sei como aconteceu. Tudo o que sei é que estava chorando e sentia como se minha vida tivesse chegado a um fim. E então eu acordei no hospital. E a próxima coisa da qual me recordo é de ir para casa com você, com uma dor terrível em minha cabeça. Mas meu coração estava muito pior do que a cabeça.

— Você teve notícias dele? — perguntou Gail tristemente. Era uma história terrível e por pouco não tivera um final pior.

India sacudiu a cabeça.

— Não. E não acho que jamais terei. Está realmente terminado. Levei muito tempo para compreender isso. Mas compreendo agora. Não telefonei para ele e não vou telefonar. Não quero torturá-lo ainda mais do que está. Nós dois já passamos por problemas suficientes. Acho que é hora de deixar passar. — Gail assentiu, esperando que ela realmente tivesse feito isso. Se ele realmente não a queria, ela tinha que aceitar. E parecia ter aceitado, por mais doloroso que tenha sido.

Depois disso, tiveram um almoço agradável no Fernando's Steak House. E conversaram sobre outras coisas. Seus filhos, a reportagem que havia feito sobre a modelo e até sobre a namorada de Doug. India estava incomodada com a situação, mas não muito. Ela ainda importava-se com Doug, mas estava aliviada por estar fora do casamento. Sua vida era muito mais simples agora, e mais calma. Não havia ninguém com quem quisesse sair. Achava que não estaria disponível para isso por um longo tempo, depois de Paul. E Gail não falou mais nada a respeito. India não estava em condições de sair com ninguém, de ir a um encontro às escuras ou casual, ou de ter um rápido corpo a corpo em um motel. Esse, de qualquer forma, nunca havia sido o estilo dela. E Gail agora podia ver facilmente o quanto ela estava ferida, muito mais do que suas cicatrizes ou seu braço quebrado, ou ainda o pescoço tensionado. As feridas verdadeiras eram profundas, onde ninguém podia vê-las ou tocá-las. Haviam sido deixadas ali por Paul, eram seu presente final para ela e India estava convencida de que levariam a vida toda para cicatrizar. Ela nunca havia amado nenhum homem como o amara e não podia imaginar-se passando por tudo isso novamente. Um dia haveria alguém, Gail tinha certeza, mas nunca tocaria a parte de India que Paul tocou.

Raoul telefonou no dia em que tiraram o gesso de seu braço e disse que tinha uma reportagem para ela. Ela estava esperando outro trabalho como o caso de estupro. Ele sabia do acidente e imaginou que seria mais leve com ela.

— O quanto você está se sentindo bem? — perguntou ele cuidadosamente e ela riu. Estava começando a sorrir novamente.

— Por quê? Você quer me levar para dançar? Bem, eu acho. Embora ainda não esteja pronta para o sapateado. Talvez um samba mais lento. O que você tem em mente?

— Como se sente a respeito dos ritmos africanos atualmente? — ele perguntou e ela pôde sentir algo faiscar dentro dela. Lembrava os velhos tempos. — O que acha de Ruanda?

— Muito longe — disse ela honestamente.

E ele foi igualmente honesto com ela.

— É mesmo. E será uma reportagem dura. Há um hospital na selva, cuidando dos órfãos que se reuniram lá nos últimos anos. Alguns deles estão muito assustados e ainda muito machucados. Eles têm doenças terríveis, problemas terríveis. E não há muita ajuda para eles por lá. Um grupo de americanos fez uma espécie de adoção do projeto, junto com alguns missionários da França, Bélgica e Nova Zelândia. É ainda uma espécie de mistura de voluntários. Dará uma grande reportagem, se você quiser fazê-la. Não vou te pressionar. Sei que esteve doente e tem seus filhos para pensar. Depende de você, India. É sua decisão.

— Quanto tempo vai demorar? — perguntou ela pensativa, meditando sobre o que ele havia dito.

— Honestamente? Cerca de três semanas, talvez quatro. Acho que você consegue fazer em três. — Se ela fizesse, tinha que resolver o que fazer com seus filhos.

— Eu adoraria — disse ela, sem pensar realmente a respeito. Era exatamente o que queria quando voltara a trabalhar. E embora fosse um caso duro, não havia perigo imediato para ela lá, além dos perigos comuns tropicais e a doença. E todas as suas fotos daquela parte do mundo estavam ultrapassadas. — Posso pensar nisso por uns dois dias?

— Tenho que saber amanhã.

— Vou ver o que posso fazer. — Ela ficou perto do telefone pensando por algum tempo e então decidiu agarrar o touro pelos chifres. Não tinha nada a perder. Tudo o que ele poderia fazer era recusar.

Ela telefonou para Doug no escritório dele e contou-lhe a respeito da reportagem. Ela queria saber se ele cuidaria das crianças enquanto ela estivesse fora. Houve um longo silêncio no outro lado da linha e então ele lhe fez uma pergunta que ela não esperava, mas fazia sentido.

— Posso ficar com eles em Westport? — Pela primeira vez, não houve acusação, não houve insultos, nem ameaças. Ele não mais se importava com o que ela fazia, desde que fosse responsável com o que fazia com relação aos filhos de ambos.

— Claro. Eu acho que sim. Isso provavelmente seria melhor para eles.

E então o pontapé.

— Tanya pode ir comigo? — Ela estava vivendo com ele há várias semanas, com as duas crianças. India não estava ansiosa para ter todos eles sob seu teto, embora tivesse espaço para todos também. Ela pensou a respeito por um longo tempo, mas a viagem para a África dependia disso e relutantemente ela concordou. Não estava feliz por ele ter lhe pedido, mas se significasse que ele tomaria conta de tudo para ela, valia a pena deixá-lo levar Tanya e os filhos dela também, embora não tivesse certeza do que seus próprios filhos iriam dizer a respeito. Ela sabia que eles odiavam Tanya e ambas as crianças. — Então é um trato — disse ele, e ela sorriu. Era o conceito que ele sempre utilizava, no qual mais acreditava.

— Obrigada — disse ela, e foi sincera. — Parece uma grande reportagem. — Ela estava excitada a respeito agora e mal podia esperar para telefonar para Raoul.

— Quando você parte?

— Digo a você assim que souber. Acho que em breve.

— Mais cedo do que isso — disse-lhe Raoul. Ela tinha que conseguir todas as suas fotos imediatamente. Estaria partindo em uma semana. Ela deu um assobio quando ele lhe contou. Não lhe daria muito tempo para organizar as coisas, mas sabia o que teria que fazer.

Telefonou novamente para Doug e disse a ele. Ele não viu nenhum problema e ela agradeceu-lhe novamente. Eles eram como estranhos um para o outro agora. Era difícil acreditar que haviam sido casados por dezessete anos. O casamento deles havia terminado tão abruptamente e tão completamente. Isso a fez imaginar agora o quanto ele havia se importado e o quanto ela tinha sido importante para ele. E apenas pôde concluir que Tanya era muito melhor do que ela em seguir as regras dele. Ela nunca havia trabalhado, India sabia. Seu marido era um médico. E ele havia lhe dado um enorme legado quando divorciou-se dela para casar-se com sua enfermeira, então Tanya era financeiramente independente e não seria um peso para ele.

India falou com as crianças naquela noite a respeito da viagem e que o pai iria ficar com elas. Elas ficaram felizes com isso, mas todas gemeram quando ouviram que Tanya e seus filhos viriam com ele.

— Eles *têm* que vir? — lamentou-se Aimee, enquanto Jason parecia horrorizado.

— Não vou ficar aqui — anunciou Jessica, pretensiosa. Ela agora tinha quinze anos. Mas não tinha nenhum outro lugar para ir.

— Posso ficar com Gail? — lamentou-se Sam.

— Não — disse India firmemente. — Vocês podem todos ficar aqui e sejam bons a respeito. Papai está me fazendo um favor ficando aqui, assim posso fazer a reportagem. E se é assim que tem que ser, vocês vão ter que viver com isso. É apenas por três semanas.

— *Três semanas!* — Todos gritaram em uníssono. — Por quê?

— Porque é distante. E é quanto vai demorar.

Todos fizeram uma vingança apropriada para com ela, sem falar com ela, discutindo por qualquer razão que pudessem, desde o que vestiam até para onde iam ou com que iriam. E na semana seguinte ela estava doente. As brigas deixaram-na violentamente doente do estômago e deram-lhe febre. Mas ela estava disposta a tudo o que fosse preciso para fazer a viagem e a reportagem.

Na noite antes de partir, levou todos para jantar fora e eles relutantemente concordaram em ser gentis com Tanya, se realmente tivessem que fazer isso. Mas juraram que nenhum deles iria falar com os filhos dela.

— Vocês têm que ser gentis. Pelo bem do papai — ela lembrou.

E naquela noite, no meio da madrugada, Sam passou para a cama dela. Ele havia acabado de fazer dez anos. E Jason, treze. E Aimee agora tinha doze. Mas o único que ainda dormia com ela de vez em quando era Sam. Ele iria sentir falta dela. Mas sabia que com Doug ali, eles estariam bem. Tanya até tinha lhe telefonado para dizer-lhe que assumiria suas conduções e fez India notar pela primeira vez que ela provavelmente iria ficar por aqui. Era estranho perceber que a vida de Doug havia mudado tão completamente. As comportas haviam se fechado sobre ela, mas ela não objetava Tanya tanto quanto seus filhos. Eles diziam que ela era "horripilante", falava com eles como se fossem bebês e usava muita maquiagem e perfume. Mas, na perspectiva de India, poderia ter sido muito pior. Ele poderia ter terminado com alguma garota de vinte anos que odiava crianças. Ao menos Tanya não. Ela parecia ter uma boa relação com eles.

Eles estariam se mudando no dia de sua partida e ela tinha tudo pronto para eles. Listas, instruções, comida para uma semana na geladeira e no *freezer*. Ela teria deixado algumas refeições congeladas, mas Doug havia lhe dito que Tanya adorava cozinhar e não se importaria em cozinhar para as crianças.

E quando as crianças saíram para a escola, India beijou todas depois de fazer o café da manhã e lembrou-as de serem boazinhas. Ela havia deixado telefones de emergência, para o caso de precisarem, mas havia advertido a todos que seria difícil encontrá-la. O hospital de campo tinha alguma espécie de rádio e as mensagens para ela teriam que ser passadas através dele. Mais do que qualquer coisa, ela sabia que seria difícil para as crianças não falar com ela. E para ela também. Mas ao menos sabia que estariam em boas mãos e, graças a Doug e a Tanya, poderiam ficar em casa e não ter suas vidas modificadas.

Ela telefonou para Gail antes de partir e pediu-lhe que ficasse de olho nas coisas e Gail desejou-lhe sorte. Tanto quanto odiava vê-la partir, sabia que lhe faria bem. Fora apenas desde que ela aceitara o trabalho na África que começara a se parecer com ela mesma novamente. Haviam se passado dois meses desde que Paul a abandonara. E, desde então, India parecia morta. Para todos os efeitos, ela estava, e sentia-se. Gail esperava que de alguma forma a viagem a trouxesse de volta. Ela estaria tão ocupada, tão longe e tão do lado oposto do mundo que não teria nada que a fizesse lembrar dele.

India começaria o primeiro trecho da viagem com um vôo ao meio-dia para Londres. Ela iria passar a noite em um aeroporto por lá e então voar para Kampala, em Uganda, no dia seguinte. De lá ela teria que apanhar um pequeno avião para Kigali, a capital de Ruanda e, depois disso, teria que dirigir até Cyangugu no extremo sul de Lake Kivu, em um jipe através do matagal. Ela partiu vestindo *jeans* e botas de caminhadas, com uma jaqueta comprida, sua velha bolsa da câmera pendurada em seu ombro e tudo o que estava levando dentro de uma pequena bolsa de viagem. Quando deixou a casa, parou por um minuto, olhou em volta, acariciou o cachorro e rezou em silêncio para que tudo ficasse bem até que voltasse.

— Cuide deles por mim — disse ela a Crockett, enquanto ele olhava para ela e abanava o rabo. E então, com um pequeno sorriso de antecipação, ela caminhou até o carro que a esperava para levá-la ao aeroporto.

A viagem pareceu interminável. E os dois últimos trechos foram ainda piores do que Raoul previra. O pequeno avião de Kigali para Cyangugu era uma lata velha que carregava apenas dois passageiros e mal havia espaço para sua única e pequena mala. Ele sacudia de forma aterrorizante, mal escapando do topo das árvores, e pousaram em uma clareira entre alguns arbustos esqueléticos. Mas o cenário era inacreditável e ela já havia começado a fotografar antes que tocassem o chão. O jipe que haviam lhe prometido acabou sendo um caminhão russo e Deus sabe onde o tinham encontrado, mas ficou óbvio para ela, depois de meia hora, que onde quer que o tivessem encontrado ele havia sido abandonado por seu dono anterior porque não mais funcionava. E a viagem de meia hora transformou-se em duas horas e meia. Eles tiveram que parar a cada meia hora para consertar o caminhão ou empurrar outros veículos atolados para fora da lama. Ela já estava se tornando uma especialista em chupetas de baterias e latas velhas no momento em que estavam na metade do caminho.

Eles haviam contratado para ela um motorista sul-africano e ele chegou com um neozelandês, que estava na região há três anos. Ele disse que adorava o lugar e explicou-lhe muito a respeito das tribos da área, principalmente os Hutús e Tutsis, e contar de onde vinham as crianças que estavam no hospital de campo, onde trabalhavam.

— Vai dar uma grande reportagem — garantiu ele. Ele era um jovem de boa aparência e a deprimiu perceber que ele tinha provavelmente a metade de sua idade. Nesta parte do mundo, você tem que ser jovem para estar disposto a enfrentar os sofrimentos. Aos quarenta e quatro anos ela era praticamente uma senhora se comparada com as outras pessoas da equipe. Mas ela ficaria por apenas três semanas.

— Onde vocês conseguem suprimentos? — perguntou ela, enquanto sacolejavam. Já estava bem escuro a esta altura, mas ele e o motorista garantiram-lhe que era seguro. A única coisa com a qual teriam que se preocupar era um elefante ou tigre ocasional.

Mas ambos estavam carregando revólveres e garantiram que eram bons atiradores.

— Conseguimos nossos suprimentos de todos os lugares possíveis — disse ele, respondendo à pergunta enquanto chacoalhavam na escuridão.

— Espero que não no mesmo lugar em que conseguiram o caminhão.

Ele riu e disse a ela que tinham muitos suprimentos distribuídos através de socorro aéreo de países estrangeiros. E alguma ajuda da Cruz Vermelha. Eram duas horas da manhã quando chegaram e eles a levaram direto para a sua tenda. Era pequena e sufocante e parecia uma antiga sobra de guerra de um país subdesenvolvido, mas no momento ela não se importava. Eles lhe deram um saco de dormir e uma cama de lona e sugeriram que dormisse de sapatos, no caso de elefantes ou rinocerontes atravessarem o campo e ela ter que correr. E advertiram-na de que havia cobras.

— Ótimo — disse ela. Mas isso era África, não Londres, e ela estava tão cansada que teria dormido de pé.

Ela foi acordada pelos sons de movimentação no campo na manhã seguinte e, quando saiu de sua tenda, ainda com as mesmas roupas que usara na noite anterior, com cabelos despenteados e dentes que precisavam ser escovados, viu o hospital de campo adiante. Era um enorme Quonset[1] que um grupo de australianos havia construído dois anos antes. Todos pareciam estar se movendo com um propósito. Ela sentiu-se como uma indolente, de pé ali, tentando orientar-se, ainda sonolenta.

— Boa viagem? — perguntou uma inglesa animadamente com um sorriso aberto, e explicou-lhe onde era o banheiro. Havia uma tenda de rancho atrás do hospital e, depois de India ter

[1]Edifício metálico pré-fabricado de seção semicircular. (*N. da T.*)

escovado os dentes e lavado o rosto e tudo mais o que pôde alcançar, penteou os cabelos, trançou-os e seguiu para lá.

Era uma manhã gloriosa e já estava quente. Ela havia deixado sua jaqueta na tenda e estava morta de fome. Havia uma estranha mistura de comida africana para os nativos e um pouco atraente conjunto de comida congelada e ovos para todos os outros. A maioria das pessoas optou por um pedaço de fruta e tudo de que realmente precisava era café. Então iria olhar a lista de pessoas que teria que ver para começar sua reportagem.

Ela estava terminando sua segunda xícara de café com um pedaço de torrada seca quando um grupo de homens entrou com o neozelandês que ela havia conhecido na noite anterior e alguém disse que eram pilotos. Ela estava olhando para as costas de um deles com interesse. Havia algo vagamente familiar a seu respeito. Mas estava usando uma jaqueta de piloto e um boné de beisebol e não podia ver seu rosto. De qualquer forma, não importava. Ela não conhecia ninguém aqui. Ela imaginou se era alguém que conhecera em seus velhos tempos de viagens penosas ao redor do mundo. Até isso não lhe parecia possível. A maioria das pessoas que havia conhecido havia se aposentado, mudado ou sido morta. Não havia muitas opções em sua área de trabalho e a maioria das pessoas não continuava com esse tipo de coisa para sempre. Havia muitos riscos e a maioria das pessoas sãs acabava ficando muito feliz em trocar tudo isso por um escritório e uma escrivaninha.

Ela ainda estava olhando para eles quando o neozelandês acenou para ela e começou a andar em sua direção. E quando ele o fez, os três pilotos o seguiram. Um deles era baixo e gordo. O segundo era negro. E quando ela olhou para ele e engasgou, viu que o terceiro era Paul. Ele olhou para ela da mesma forma que ela para ele, com uma mistura de horror e descrédito, e então o grupo chegou à mesa onde ela estava sentada. Ian, o neozelandês, apresentou-os a ela e era impossível não ver a expressão no rosto dela quando seus olhos encontraram os de Paul. Seu já pálido rosto ficou branco como uma folha de papel enquanto olhava direto para ele.

— Vocês se conhecem — perguntou Ian, desconfortável. Ele pôde ver instantaneamente que algo estava muito errado. Se ela pudesse ter criado uma única cena em sua vida que não desejaria viver era a que estava acontecendo neste momento.

— Nos encontramos antes — ela conseguiu dizer educadamente e apertou as mãos de todos. Ela lembrou-se instantaneamente das histórias que ele havia lhe contado a respeito de organizar socorros aéreos para áreas como esta antes de se casar com Serena e de ter reduzido sua participação para o financiamento depois disso. Aparentemente ele havia voltado para um papel mais ativo. E, quando os outros se moveram, Paul conseguiu ficar para trás.

Ele olhou para India e estava claramente tão perturbado quanto ela. Ninguém no mundo poderia ter imaginado que um deles estaria ali. Foi um acidente do pior tipo, até onde India podia compreender.

— Sinto muito, India — disse ele sinceramente. Ele podia ver o quanto ela estava arrasada. Ela havia vindo para cá, para a parte mais remota do mundo, para recuperar-se e esquecê-lo e agora aqui estava ele. Era um pesadelo. — Eu não tinha a menor idéia...

— Oh, sim, você tinha. — Ela tentou sorrir para ele. Era a única coisa a fazer agora. — Você planejou isso para me torturar. Eu sei. — Ele ficou aliviado ao ver um sorriso no rosto dela, mesmo pequeno.

— Eu não faria isso com você. Espero que saiba disso.

— Você poderia. — Ela estava apenas meio brincando, mas sabia que o encontro havia sido um acidente. — Esta é a cena do pior filme de sua vida? Da minha é.

— Eu sei. Quando chegou aqui? — Ele parecia preocupado.

— Na noite passada.

— Nós chegamos há apenas uma hora de Cyangugu.

— Eu ouvi falar. Por quanto tempo vai ficar aqui? — Ela estava rezando para que ele dissesse que só aquele dia. Mas sem sorte.

— Dois meses. Nós vamos trazer suprimentos para eles, mas eu ficarei aqui e utilizarei o hospital como uma base de campo.

— Ótimo — disse ela molemente, ainda incapaz de acreditar que isso estava acontecendo com eles.

— E você? Por quanto tempo estará aqui? — perguntou ele cautelosamente.

— Três ou quatro semanas. Acho que teremos que fazer o melhor possível, não é? — disse ela, soando tensa. Apenas olhar para ele era doloroso. Era como enfiar um facão dentro de uma ferida aberta. Ele parecia melhor do que nunca, embora um pouco mais magro e um pouco cansado, mas ainda dolorosamente bonito e mais jovem do que nunca. Os meses em que estiveram separados aparentemente não lhe deixaram nenhuma marca.

— Vou tentar ficar fora do seu caminho — prometeu ele. Mas nenhum dos dois havia compreendido o quanto todos trabalhavam perto aqui. Eles estavam todos juntos constantemente o dia inteiro. Era uma verdadeira equipe e não havia nenhum lugar para ir a fim de se escapar um do outro.

— Obrigada. — Ela levantou-se, colocou sua xícara de café em uma bandeja e, quando virou-se, viu que ele a observava com uma expressão de dor. Ela não tinha condições suficientes para perguntar a ele como estavam os seus sonhos. Os dela haviam sido pesadelos aterrorizantes, a maioria a respeito dele, desde março.

— Como você está? — perguntou ele suavemente enquanto ela começava a ir embora.

— Como você acha? — Ele assentiu e não pôde identificar de início, mas havia algo diferente no rosto dela. E quando ela partiu, ele percebeu com um estalo que ela tinha uma cicatriz recente, descendo por um lado de seu rosto. Ele queria perguntar a respeito, mas ela já havia ido embora. E quando voltou a reunir-se aos outros, sentiu uma familiar facada. Mas desta vez não era Serena. Era India e tudo o que ainda sentia por ela. Ele não esperava sentir-se ainda desta maneira.

Capítulo 25

NOS DOIS DIAS SEGUINTES, India e Paul fizeram tudo o que puderam para evitar um ao outro, mas era óbvio para ambos que isso seria impossível e no fim dava mais trabalho do que compensava.

Ele sentou-se na mesma mesa em que ela estava jantando, no fim do segundo dia, e olhou para ela em desespero.

— Não há esperanças, não é? — disse ele em voz baixa, de forma que ninguém pudesse ouvi-lo. E ele sabia que ela estava cobrindo uma grande reportagem. Nenhum deles podia se mudar. Seriam duras semanas para ela. E não era fácil para ele. Seu coração ameaçava parar a cada vez que a via. E ela estava por toda parte. Uma dúzia de vezes por dia ele se descobria olhando para o rosto dela. E todas as vezes que o fazia sentia-se ainda pior quando os olhos de ambos encontravam-se. Havia algo nos olhos dela tão profundamente machucado e doloroso. Só olhá-la o fazia querer chorar, ou correr para ela.

— Não se preocupe com isso — disse ela calmamente, de forma gentil. Mas não havia como não se preocupar. Era fácil ver o que ele havia feito com ela. E os lábios dela tremiam enquanto olhava à distância. Ela não queria vê-lo, não queria sentir as coisas que ele havia despertado nela, mas elas haviam estado lá desde o dia em que se conheceram e ela percebeu com sofrimento agora que ainda estavam e talvez sempre estivessem. Ela estava começando a acreditar que isso era uma ferida que iria permanecer aberta para sempre. Ele realmente era o amor da vida dela. Mas mesmo amores perdidos podiam ser esquecidos, disse a si mesma. Ela estava diante de um desafio sobre-humano e tinha que enfrentá-lo. De alguma forma.

Em minutos os outros deixaram a mesa e, sem saber o que fazer, ele olhou para ela com preocupação nos olhos.

— O que aconteceu com você? — perguntou. Ela não tinha a cicatriz quando a vira pela última vez em Nova York e estava muito ardente e muito fresca. E no dia anterior, quando a vira pela manhã, ela tinha um colar ortopédico em torno do pescoço. Ainda o usava, sempre que seu pescoço doía. E havia doído depois da longa viagem. E agora ele gentilmente tocou a cicatriz e ela afastou-se para evitar o toque dele.

— É uma cicatriz de um duelo — disse ela, tentando tornar as coisas mais leves, mas ele não se divertiu. — Tive um acidente — disse ela simplesmente.

— De carro? — Ela assentiu. — Quando? — Ele queria saber de todos os detalhes, o que havia acontecido com ela desde o dia em que a abandonara. Ele sabia que todas as outras cicatrizes que havia causado nela estavam enterradas muito profundamente para serem vistas, diferente daquela em seu rosto.

— Há algum tempo — disse ela vagamente. Mas só de olhar para ela, ele soube, e ficou enjoado.

— Foi logo depois? — Ele estava atormentado pelo pensamento e sentia-se ainda mais culpado do que de início. Sabia apenas de olhar para ela que deveria ter sido logo depois que terminou com ela.

— Naquela noite — foi tudo o que ela disse.

— Naquela noite? — ele repetiu, horrorizado. — Em sua volta para casa? — Ela assentiu. — Eu sabia que não deveria ter deixado você dirigir. Tive uma sensação horrível a respeito.

— E eu também — disse ela pensando no que ele havia feito com ela. Ela poderia ter morrido. E quase morrera. E desejou ter morrido por algum tempo.

— Foi muito grave?

— Grave o suficiente.

— Por que você não me disse quando me telefonou no dia seguinte?

— Não era mais problema seu. Era meu. — Ele relembrou-se do quanto ela soara estranha quando telefonara para ele, atordoada e um pouco incoerente. Mas ele imaginara que ela estivesse terrivelmente perturbada, o que realmente estava.

— Sinto-me terrível. O que posso dizer?

— Não se preocupe. Estou bem. — Mas os olhos dela diziam uma outra coisa. Ela estava tentando manter uma distância física dele, já que não poderia ser diferente. Mas nada funcionava e estar tão constantemente perto dele e ver o que estava em seus olhos não ajudava. Ela o conhecia muito bem e conhecia a sua dor, assim como ele a dela. E podia ver também que ele ainda sentia todas as mesmas coisas que ela. Sempre sentira. Não importava o que tivesse dito a ela, ele não havia deixado de amá-la. E ela ainda podia ver isso agora. De alguma forma, tornava as coisas piores. Era tudo um desperdício muito grande. Ele havia desperdiçado duas vidas, a felicidade deles, o futuro de ambos. Ela imaginou se era para isso que ele havia vindo para cá. Para escapar. Assim como ela havia vindo para escapar das lembranças dele. Era uma ironia acre-doce que ambos tivessem ido para o mesmo lugar. O senso de humor de Deus trabalhando de novo. Ou talvez o destino.

— Como vamos fazer isso? — ela finalmente olhou para ele e perguntou. Claramente não havia forma de ficarem separados aqui. As circunstâncias eram impossíveis e olhar para ele fazia com que ela percebesse o quanto tudo era sem esperanças.

— Talvez apenas tenhamos que cerrar nossos dentes e viver com isso por algum tempo — disse ele, procurando os olhos dela. — Sinto tanto, India. Nunca em um milhão de anos eu poderia pensar que você estivesse aqui.

— Nem eu. Eles apenas me ofereceram esta reportagem há uma semana. Parecia maravilhosa e Doug e sua namorada concordaram em cuidar das crianças.

— Os dois? — perguntou Paul, surpreso. Isso era novo desde que ele estava em cena.

— Há quanto tempo você está fazendo isso? — perguntou ela, referindo-se aos socorros aéreos, que ela sabia que ele estava organizando. Ouviu de todos no campo o quanto o trabalho que ele e seus amigos haviam feito era extraordinário. Paul era o organizador, o piloto-chefe e estava provendo a parte do leão do financiamento.

— Desde março — disse ele em voz baixa. — Quando voltei ao barco, sabia que não poderia ficar ali sentado pelo resto de minha vida.

— Onde está ele agora?

— Em Antibes. Achei que se realmente colocasse os socorros aéreos funcionando novamente, com um dos rapazes para comandá-los, poderia voltar no próximo verão. Se não, sempre posso ficar aqui. — Era uma vida dos diabos para ele, mas estava fazendo uma coisa maravilhosa. — De qualquer forma, ficarei longe de seus calcanhares o máximo que puder pelas próximas três semanas. Tenho dois vôos para fazer esta semana. Mais do que isso, não há muito o que possa fazer. Eles precisam de mim aqui. E também precisam de você. — A atenção da imprensa internacional que ela iria trazer a eles era necessária para a sobrevivência do projeto e para atrair fundos. Ela era tão importante quanto ele. Nenhum dos dois poderia simplesmente partir.

— Eu estarei bem — disse ela lentamente, pensando a respeito. Tinha que haver uma forma de fazer funcionar. Ambos estavam ali com boas intenções e não havia razão pela qual deveriam ser punidos por seus bons propósitos. E então ela olhou para ele tristemente. Por seis meses ele havia dado a ela tanta esperança, e então tirara tudo. Mas agora ela teria que encontrar por si mesma, e ele também. — Talvez isso pareça louco para você, me parece um pouco. — E não havia sido o que ele queria, ela sabia. Havia deixado muito claro. — Mas talvez possamos ser amigos. Foi assim que tudo começou, bem no início. Talvez seja como deva terminar. Pode ser a razão disso ter acontecido conosco, nos encontrarmos aqui. É como se algum poder superior tivesse decidido nos fazer enfrentar um ao outro e corrigir os erros.

— Você não tem nada para corrigir, India — disse ele justamente. — Você nunca fez nada comigo.

— Eu apavorei você. Isso é suficiente. Tentei atrair você para uma coisa que não queria. — Mas ambos sabiam que não era verdade. Fora ele quem dissera que a amava. Ele tinha aberto uma porta e a convidado a entrar. E então, em dias, atirou-a para fora novamente e bateu a porta para ela para sempre.

— Eu mesmo me apavorei — disse Paul honestamente —, você não me assustou. Fui eu quem feriu você. Ao menos lembre-se disso. Se alguém deve se sentir culpado aqui, sou eu. — Ela não podia negar, mas, apesar disso, achou que seria mais simples se deixassem tudo para trás. O que ela ainda sentia por ele, ou a ferida que ele havia lhe causado, não havia espaço para nada disso aqui.

— Você me disse muito antes de voltar para casa que não queria ser a luz no fim do túnel para mim. E você não é. Mas me deu um aviso justo e deixou isso muito claro. — Ela lembrou-se de quando estava de pé em uma cabine telefônica gelada enquanto o ouvia. Suas palavras pareceram ainda mais frias do que o ar em volta. A única coisa que a tinha deixado confusa foi que, em março, ele havia mudado de idéia. Mas apenas por alguns dias. O breve momento fora uma aberração, um sonho despedaçado, um tempo que jamais voltaria. E qualquer esperança que tivesse agora, sabia que teria que encontrar por si mesma. E assim fez. Não podia mais dá-la a ele. E ele não queria dela. Ele queria suas lembranças de Serena, seu vínculo com o passado e seus terrores em volta dele. Não queria India. Ela sabia disso muito claramente. — Temos que deixar para trás o que aconteceu. Este é um tipo de teste para nós dois. Temos que enfrentar o desafio. — Ela sorriu tristemente para ele, levantou-se e tocou a mão dele. Mas só olhar para ela e ouvir o que ela dizia, deixou-o confuso novamente. Mas ele havia compreendido a sabedoria do que ela havia dito. — Podemos ser amigos? — perguntou ela à queima-roupa.

— Não tenho certeza se posso — disse ele honestamente. Apenas estar perto dela era impossível para ele.

— Nós temos. Ao menos por três semanas. — Ela era quem havia escolhido o caminho. Ele havia preferido fechar a porta no rosto dela, não telefonar ou deixar que ela lhe telefonasse. E ela não tinha a intenção de jamais ligar para ele novamente. Mas pelas três semanas seguintes, de qualquer forma, ela seria amiga dele. Ela levantou a mão para apertar a dele, mas Paul recusou-se e manteve as mãos no bolso.

— Vou ver o que posso fazer — foi tudo o que ele disse e então levantou-se e foi embora. Ele não estava com raiva dela, mas ainda sentia-se muito mal e vê-la ainda o deixava pior. Ele também havia sentido falta dela desesperadamente todos os dias. E agora, ao vê-la, todas as feridas se reabriram. Mas ele ainda pertencia a Serena e sabia disso. Mas também sabia que havia muita sabedoria e generosidade de espírito no que India havia dito. E agora ele tinha que absorver e decidir como se sentia a respeito. India já sabia o que sentia em relação a ele e, se não mais podiam ser amantes, ao menos agora ela estava disposta a ser amiga dele.

— Vocês dois são arquiinimigos de uma vida passada? — perguntou Ian a ela, mais tarde naquela noite, enquanto caminhavam de volta para suas tendas.

— Mais ou menos — disse ela, era mais fácil do que dizer que haviam sido amantes, mesmo que por alguns dias. — Nós vamos esquecer isso. Não há melhor lugar para fazê-lo do que aqui. — Mas quando ela deitou-se em seu saco de dormir naquela noite, na estreita cama de lona que parecia que iria cair a cada vez que se movia ou respirava, tudo o que pôde pensar foi nele. Ela havia tirado um monte de fotografias maravilhosas naquele dia e reunido boa quantidade de informações, mas o pensamento que continuava correndo em sua mente era de que Paul nem mesmo queria ser seu amigo. Ele não podia dar a ela nem isso. Era ainda outro golpe para acrescentar ao resto. Mas ela havia feito a sua parte e havia lhe custado muito. Toda vez que olhava para ele ou falava com ele, tudo o que queria fazer era chorar. E finalmente fez isso, sozinha, em silêncio, enquanto deitava-se em sua tenda soluçando.

No dia seguinte ele partiu para Kinshasa por dois dias. Foi mais fácil para ela não vê-lo no campo e concentrou-se em seu trabalho. Visitou crianças doentes, tirou fotografias delas e conversou com os órfãos. Ela observou os médicos tratarem leprosos com medicamentos modernos pelos quais Paul havia pago e trazido. Ela parecia tocar a todos no campo com sua presença calma e suas maneiras gentis. E ela viu suas almas por dentro, sempre olhando para eles através de sua câmera. E no momento em que Paul voltou, ela já havia feito vários amigos e parecia sentir-se muito melhor.

Na sexta-feira à noite, as enfermeiras deram uma festa e encorajaram todos a ir, mas India decidiu que não iria, já que tinha certeza de que Paul estaria lá. Ela havia lhe prometido amizade, mas ele havia recusado. Ela realmente não poderia encará-lo e este agora era o lugar dele, seu lar pelo momento, e ela não precisava ir a uma festa onde seria obrigada a vê-lo. Ela estava ali apenas por três semanas. Era mais fácil apenas ficar em sua tenda.

Ela estava lendo quieta, com uma lanterna presa em um canto de sua cama de lona, com seus cabelos amarrados no alto da cabeça por causa do calor, quando ouviu uma leve agitação do lado de fora e um som repentino, e pulou. Estava certa de que era um animal, ou, pior ainda, uma cobra. Ela apontou sua lanterna para o caminho da porta, pronta para gritar se fosse um animal. E descobriu-se olhando para o rosto de Paul.

— Oh — disse ela aliviada, mas ainda amedrontada, e ele estava com os olhos semicerrados na claridade da luz que ela apontava para ele.

— Assustei você? — Ele colocou o braço para proteger os olhos e ela afastou a lanterna.

— Sim. Pensei que você fosse uma cobra.

— Eu sou — disse ele, mas não estava sorrindo. — Por que não foi à festa?

— Estava cansada — mentiu ela.

— Não, não estava. Você não se cansa nunca. — Ele a conhecia bem. Na verdade, ele a conhecia muito bem. E ela estava com medo de que ele visse através de seu coração. Ela havia lhe feito confidências por um longo tempo. Ele sabia o que ela sentia, ou o que pensava, ou como trabalhava.

— Bem, esta noite estou cansada. Tenho algumas leituras para fazer.

— Você disse que poderíamos ser amigos. — Ele parecia desanimado. — E eu quero tentar.

— Nós somos — afirmou ela. Mas ele era mais esperto do que isso. E ela também.

— Não, não somos. Ainda estamos cercando um ao outro como leões feridos. Amigos não fazem isso — disse ele tristemente, enquanto encostava-se na estaca que segurava a tenda e observava-a com olhos assustados.

— Às vezes eles têm que fazer. Às vezes até amigos perturbam um ao outro, ou se irritam.

— Sinto muito por tê-la ferido, India — disse ele em agonia, enquanto ela tentava mantê-lo longe de seu coração, como teria feito com um leão fora de sua tenda. Mas não era tão fácil quanto havia sido. — Eu não pensava em... não queria... simplesmente não pude evitar. Eu estava possuído.

— Sei que estava. Eu compreendo — disse ela deixando o livro de lado e sentando-se. — Tudo bem. — Ela olhou para ele tristemente. Parecia não ter fim a dor que causaram um ao outro, até agora.

— Não, não está bem. Ambos ainda estamos mortos. Ou ao menos eu estou. Nada ajudou. Já tentei de tudo, exceto um exorcista ou um vudu. Ela ainda me possui. Sempre me possuirá. — Ele estava falando de Serena.

— Você nunca a possuiu, Paul. Ela não lhe permitiria. E ela também não o possui. Apenas se dê algum tempo e você se recuperará.

— Venha à festa comigo. Como amiga, se preferir. Apenas quero conversar com você. Sinto falta disso — disse ele tristemente e havia lágrimas em seus olhos quando falou. Convidá-la para a festa era a única oferta de paz na qual podia pensar.

— Eu também sinto falta. — Eles haviam dado tanto um para o outro por seis meses que havia sido difícil se acostumarem com a falta disso para sempre. Mas ela tinha conseguido. E não havia sentido em voltar atrás. — É provavelmente melhor se não forçarmos.

— O que há para forçar? — sorriu ele, triste. — Eu já quebrei. Nós podemos talvez nos sentar e chorar sobre os pedaços. — Ele ficou ali olhando para ela, forçando-se a não se lembrar de como tinha sido beijá-la. Ele teria dado qualquer coisa naquele momento para abraçá-la. Mas sabia que seria loucura. Não tinha nada a oferecer a ela. — Vamos. Vista-se. Temos apenas três semanas aqui. Estamos presos no meio do nada. Por que você deve ficar sentada em sua tenda lendo com uma lanterna?

— Isso constrói o caráter. — Ela sorriu, tentando não ver que ele estava tão bonito como sempre. Mesmo à luz de sua lanterna ele estava maravilhoso.

— Você vai ter glaucoma. Vamos. — Ele parecia se recusar a partir a não ser que ela o acompanhasse.

— Eu não quero — disse ela firme.

— Não me importo. — Ele estava decidido. Era como jogar pingue-pongue. — Tire o traseiro desta cama, India. Ou vou carregá-la em meus ombros. — E com isso ela riu. Ele era louco e sabia que sempre o amaria. E agora teria que esquecê-lo novamente, mas por três semanas... que diabo. Ela já o havia perdido. Por que não aproveitar um pouco de tempo juntos? Ela havia chorado por ele por dois meses. Isso não era uma retomada. Era apenas uma visita, uma olhadela no passado e no que poderia ter sido.

Lentamente saiu de seu saco de dormir e ele viu que ela ainda estava vestida com uma camiseta e *jeans* e, depois de checar suas botas, para ver se havia insetos ou cobras, ela as calçou e levantou-se olhando para ele.

— Ok, senhor. Seremos colegas pelas três próximas semanas. E depois disso, você estará fora da minha vida para sempre.

— Pensei que já estivesse — ele murmurou para ela enquanto caminhavam por cima da colina até o hospital de campo, onde as enfermeiras estavam dando a festa.

— Você realmente fez um bom teatro — disse India olhando para ele, com cuidado para não tocá-lo. — Aquela cena de adeus no Carlyle me pareceu real.

— Para mim também — disse ele suavemente, e também a cicatriz que ela possuía agora, pensou ele, enquanto dava-lhe a mão sobre um trecho mais difícil. Era uma bela noite e os sons da África estavam por toda parte em torno deles. Ruanda tinha seus próprios cheiros e vistas especiais. Havia flores por toda parte e o perfume forte delas era algo do qual India sempre se lembraria. E havia o cheiro das fogueiras de carvão misturado com a comida no campo.

Eles entraram na festa em silêncio. Paul foi falar com alguns amigos e então conversou com seus dois pilotos. Sentia-se melhor agora que a retirara da tenda, ela também tinha direito a alguma diversão, mas não queria pressioná-la. Sentia-se como se devesse algo a ela agora e, mesmo se não tivesse forma de repará-lo, achava que ao menos era melhor ser amistoso.

India conversou com as enfermeiras por um longo tempo, reunindo mais informações para o seu artigo, e foi uma das últimas a deixar a festa. Paul observou-a partir, mas não tentou acompanhá-la. Ele estava apenas feliz porque ela parecia ter se divertido. Ele havia bebido muito, mas ainda estava sóbrio quando voltou à tenda que partilhava com os outros pilotos. Não havia nenhum luxo para ninguém ali. Era tão despojado quanto possível, mais ainda do que a vida dela no Corpo da Paz na Costa Rica. Mas ela achava muito confortável e bom para a alma e era muito familiar para ela.

No dia seguinte India se ocupou fotografando alguns órfãos recém-chegados e, quando tentou falar com eles no pouco que havia aprendido do dialeto de Kinyarwanda, todos riram dela e ela riu com eles. Ela lentamente estava começando a recuperar seu senso de humor. Esteve ocupada durante toda a semana e no domingo havia serviços religiosos em uma igreja próxima, construída por missionários belgas, e India compareceu junto com alguns dos outros. E naquela tarde, Ian, o neozelandês, convidou-a para uma volta no jipe, para mostrar-lhe o território em volta, para que ela pudesse tirar mais fotografias. Ela ainda não tinha se encontrado com Paul o dia inteiro e Ian disse-lhe que ele havia ido ao mercado em Cyangugu. Ao menos tinham um pouco de espaço um do outro, o que era raro por aqui. Na semana anterior eles haviam constantemente se encontrado em todos os lugares.

No dia seguinte, quando estava se vestindo, houve uma engraçada batida na estaca que sustentava a sua tenda. Ela olhou para fora da aba enquanto fechava seus *jeans*. Estava de pé, descalça, exatamente como haviam lhe dito para não fazer, e seus cabelos estavam caindo livremente, enquadravam seu rosto com seda loura, quando viu quem estava lá. Era Paul.

— Coloque os seus sapatos.

— Eu vou colocar.

— Você vai ser picada por alguma coisa.

— Obrigada pelo aviso. — Era ainda cedo e ela não estava disposta a vê-lo. Ele pôde ver isso no rosto dela.

— Estava imaginando se você gostaria de ir a Bujumbura por duas horas. Temos que apanhar alguns suprimentos lá. Você conseguiria ótimas fotografias. — Ela hesitou, olhando para ele. Ele estava certo. Seria bom para a reportagem. Mas também era Paul demais. Ela não tinha certeza do que queria, se as fotos ou o tempo longe dele. Ao fim, ela optou pela reportagem.

— Ok. Obrigada por perguntar. Quando estão partindo?

— Em dez minutos. — Ele sorriu. Estava feliz porque ela iria com ele. Ele gostava mesmo quando ela era rude com ele, o fazia lembrar-se de Serena. Ela sempre fora ríspida e normalmente India não era. Mas irritava-a de milhares de maneiras o fato de estar tão perto dele, e a maioria ainda era muito dolorosa.

— Vou me apressar. Tenho tempo para o café?

— Podemos esperar alguns minutos. Não é uma linha aérea britânica.

— Obrigada. Encontro vocês no jipe.

— Te vejo lá — disse ele, então afastou-se com a cabeça baixa. Ela não tinha a menor idéia do que ele estava pensando. Provavelmente nos suprimentos que iriam apanhar, disse a si mesma, enquanto apanhava sua câmera e corria para a tenda do rancho, que a propósito tinha um nome apropriado para o caso.[1] A comida era a mesma todos os dias. Ela sabia que não iria engordar nesta viagem. E Paul também não. Ambos estavam mais magros do que antes, mas por outras razões.

Ela agarrou uma xícara de café, bebeu-a rapidamente, pegou uma mão cheia de biscoitos pegajosos que pareciam ter estado ali desde sempre e correu para encontrá-lo. Ele estava de pé junto ao piloto negro americano, cujo nome era Randy. Era de Los Angeles e India gostou dele.

Ele havia estado na Força Aérea dez anos antes e então fora para a escola de cinema da UCLA. Havia feito alguns trabalhos como diretor. Mas estava desempregado há tanto tempo que havia decidido usar suas economias para vir até aqui e fazer algo pela humanidade, para variar. Assim como muitos outros, estava lá há dois anos. E India sabia que estava saindo com uma das enfermeiras. Não havia segredos no campo. De várias formas, era como o Corpo da Paz, apenas consideravelmente maior.

Eles estavam voando num velho avião militar que Paul e seus amigos haviam comprado. E ele deixou o chão facilmente, enquanto India sentava-se em um assento retrátil atrás deles, tirando fotos constantemente com sua câmera. Havia manadas de

---

[1]*Mess tent* — Em inglês *mess* é uma referência ao rancho, comida servida a grupos em acampamentos, e também significa desordem, confusão. (*N. da T.*)

rinocerontes nas colinas abaixo deles e ela podia ver plantações de bananas por todo lado. Ela estava totalmente concentrada no que estava fazendo e desejava poder se pendurar do lado de fora do avião para conseguir fotos melhores. Paul voou o mais baixo que pôde sem que ela pedisse, mas ela sabia que o estava fazendo por ela. Ela também sabia que ele havia tomado um caminho mais longo para melhores fotografias e agradeceu-lhe quando finalmente aterrissaram em Bujumbura.

O mercado estava formigando de pessoas e ela conseguiu algumas fotos maravilhosas, embora não tivessem relação com sua reportagem. Mas eram ao menos material de apoio e sempre havia uma chance de que pudesse usá-las. Ela não estava correndo nenhum risco. Fotografou tudo o que pôde. E quando Paul e Randy foram apanhar suprimentos, ela tirou fotografias deles carregando o avião com a ajuda de vários hutus em sua vestimenta nativa.

Finalmente eles estavam prontos para partir, mas antes sentaram-se na beira da pista de pouso para comerem algumas frutas que haviam comprado no mercado. E, de vez em quando, passava um tatu arrastando-se. Ela agarrou sua câmera algumas vezes e conseguiu a foto. Mas depois de um tempo, até ela ficou *blasé* com o que viram.

— É incrível aqui, não é? — disse Randy, com um sorriso aberto. Ele era um rapaz bonito e parecia-se mais com uma estrela de cinema do que com um diretor. Mas não havia nada de arrogante nele. E era óbvio que gostava tremendamente de India. Por acaso, ele havia lido a reportagem dela sobre o abuso no Harlem e a que havia feito em Londres sobre prostituição infantil. E quando mencionou isso a ela, a fez lembrar-se de seus telefonemas para Paul na época. Pensar neles fez seu coração apertar. — Você faz um trabalho maravilhoso, India — elogiou Randy.

— E você também. Aqui, quero dizer. — Ela sorriu para ele e então agradeceu-lhe. Paul havia falado muito pouco com ela desde aquela manhã. Mas ao menos a tinha convidado para vir. Havia sido fascinante e ela adorou.

Eles seguiram de volta para o campo depois de acabarem de comer. Foi um vôo curto e desta vez ela apenas sentou-se atrás em silêncio e olhou pela janela para a vista abaixo. Paul estava sentado diante dela, comandando o avião, e não falou nem com ela nem com Randy. Ele estava dolorosamente quieto. E, depois que aterrissaram e saíram do avião, ela agradeceu-lhe a oportunidade e ajudou-os a descarregar, até que alguns homens chegaram para ajudá-los. E quando o caminhão chegou para apanhá-los, ela e Paul entraram, enquanto Randy dirigia o jipe de volta.

Paul havia estado olhando para ela de forma estranha e então apontou para a cicatriz que ela tinha do acidente em março.

— Isso dói, India? — Ele ainda estava curioso a respeito. Estava clareando, mas, se olhasse de perto, como ele havia olhado, quando ela não o estava observando, ainda parecia muito grave.

— Não realmente. Pinica um pouco às vezes. Ainda está cicatrizando. Eles disseram que levaria muito tempo para sumir, mas supostamente irá. Não me importo realmente. — Ela deu de ombros, mas ainda estava grata ao cirurgião plástico que a havia suturado. Teria sido muito pior se ele não estivesse lá.

Ele queria dizer a ela o quanto sentia, mas não parecia mais apropriado. Ambos haviam dito isso com muita freqüência e não mudara o que havia acontecido, o que ele tinha feito e como se sentia.

Ela entrou no campo com ele e ia tomar um banho e lavar-se quando uma das enfermeiras pendurou-se em uma das janelas do hospital e chamou-a.

— Recebemos uma mensagem pelo rádio depois que você saiu. — Ela hesitou por uma fração de segundo, enquanto o coração de India parou. E ela soube que não estava errada quando recebeu a mensagem. — Seu filho está machucado, teve um acidente na escola e quebrou alguma coisa. Não sei o quê. A mensagem estava truncada e eu os perdi.

— Você sabe quem telefonou? — perguntou India, preocupada. Poderia ter sido Doug, ou Gail, ou a babá, ou até Tanya, pelo que sabia. Ou mesmo o médico, se alguém tivesse lhe dado o número do telefone.

— Não, eu não sei. — A jovem enfermeira sacudiu a cabeça.

E então India pensou e perguntou:

— Que filho? — ela gritou para a janela de onde a enfermeira estava falando.

— Também não sei. Estava muito truncada e havia muita estática. Cam, eu acho. Acho que quem quer que fosse disse seu filho Cam.

— Obrigada! — Era Sam então, ele havia quebrado alguma coisa e ela não tinha a menor idéia se era sério. Mas ficou muito preocupada e sentiu-se muito culpada. E quando virou-se, viu Paul que ainda estava de pé ali e havia escutado. Ela virou-se para ele com os olhos amedrontados e o coração dele estava aberto para ela e para o menino que havia velejado com ele no *Sea Star*. — Como posso telefonar para casa daqui? — Ela imaginou que ele saberia. Estava ali há mais tempo que ela.

— Da mesma forma que eles telefonaram para você. No entanto é quase impossível de se ouvir. Eu parei de telefonar há semanas. Imagino que, se algo importante acontecer, eles de algum modo irão me encontrar. No máximo, podem telefonar para a Cruz Vermelha em Cyangugu. Fica a duas horas de carro daqui, mas eles trabalham com uma verdadeira linha de telefone.

Ela decidiu então lançar-se em sua única alternativa.

— Você me levaria? — perguntou ela com a voz trêmula e ele assentiu.

Apenas hesitou por um momento. Mas parecia a única coisa a ser feita. Ela precisava saber o que havia acontecido.

— Claro. Direi a eles que tirem o jipe novamente. Volto em um minuto. — Ele estava de volta em menos tempo e India subiu no jipe ao lado dele. Cinco minutos depois de ter notícias de Sam, já estavam a caminho de Cyangugu. Por um longo tempo nenhum dos dois disse nada e então finalmente Paul tentou acalmá-la.

— Provavelmente não foi nada — disse ele, tentando parecer mais calmo do que se sentia. Até ele estava preocupado.

— Espero que você esteja certo — disse ela tensa e então, olhando para fora da janela, para o matagal que passava ao lado, ela falou em uma voz estrangulada cheia de culpa e de pânico. — Talvez Doug esteja certo. Talvez eu não tenha o direito de fazer isso. Estou do outro lado do mundo de meus filhos. Se algo acontecer com um deles, vou levar dois dias para chegar em casa, se tiver sorte. Eles não podem nem mesmo falar comigo com facilidade. Talvez eu lhes deva mais do que isso afinal. — Ela sentia-se horrível e ele podia ver isso.

— Eles estão com o pai, India — lembrou-a —, ele pode dar conta até que você chegue em casa, se for sério. — E então, mais para distraí-la do que por curiosidade, fez-lhe uma pergunta. — E a namorada? É sério?

— Acho que sim. Ela mudou-se para a casa dele com seus dois filhos. Meus filhos os odeiam, e a ela. Acham que é estúpida.

— Eles provavelmente odiarão qualquer um que entre em cena neste momento, com qualquer um de vocês — disse ele, pensando em si mesmo e no jantar em Westport. Na época ele havia achado divertido e então depois o revisara e decidira que todos o haviam odiado e sempre odiariam. Na verdade, apenas Jessica havia sido fria com ele. Os outros tinham gostado dele. Mas ele havia escolhido reprimir isso. E as palavras de seu filho

Sean não passaram desapercebidas. A perspectiva de ajudar a criar os quatro jovens delinqüentes em potencial, todos certamente terminando em Attica, segundo Sean, o havia aterrorizado. Para não mencionar a sugestão casual de que India poderia engravidar, embora aparentemente não tivesse. Tudo isso havia contribuído para seu pânico. Mas agora tudo em que podia pensar era Sam, quando havia ficado de pé na ponte de comando com ele e o ajudado a velejar o *Sea Star*... e então quando deitara-se no sofá na cabina, dormindo com a cabeça no colo de sua mãe, enquanto ela afagava-lhe os cabelos e falava de seu casamento. E agora eles estavam aqui, na África, e Sam estava ferido. Em vez de conseguir acalmá-la, ele também estava perturbado. E ambos estavam ansiosos para chegar à Cruz Vermelha de Cyangugu para telefonar para casa.

No fim, com um rebanho de gado cruzando a estrada, um cavalo morto bloqueando-a completamente mais adiante e um grupo de soldados Tutsi em uma barreira improvisada, eles levaram três horas para chegar lá em estradas cheias de sulcos e lavadas pela chuva. E o escritório da Cruz Vermelha estava fechando quando chegaram. India saltou antes mesmo de pararem, acenando freneticamente para a mulher que trancava a porta, e explicou de que precisava. A mulher fez uma pausa e assentiu enquanto India oferecia-se para pagar o que ela quisesse pelo telefonema.

— Você pode não ser capaz de conseguir de imediato — avisou a mulher. — Às vezes as linhas caem e temos que esperar horas. Mas pode tentar.

India apanhou o telefone precioso com as mãos trêmulas enquanto Paul observava com a expressão séria e não disse nada. A mulher voltou ao escritório e apanhou alguns papéis. Ela não estava com pressa e havia sido muito gentil com India. Ao menos as linhas não caíram. Parecia um milagre absoluto quando ouviu o telefone tocando em Westport. Ela havia decidido ligar para casa, por falta de idéia de para onde ligar a fim de conseguir informação. Apenas esperava que alguém estivesse lá. Mas, misericordiosamente, Doug atendeu no segundo toque, enquanto India lutava com as lágrimas ao escutar a voz familiar e combatia outra onda de pânico a respeito de seu filho caçula.

— Oi, sou eu. — Ela identificou-se em voz baixa. — Como está Sam? O que aconteceu?

— Ele quebrou o pulso na escola, jogando beisebol — disse ele casualmente.

— O pulso? — Ela parecia chocada. — Isso é tudo?

— Você estava esperando que fosse mais?

— Não, apenas pensei que, já que me telefonou, tivesse sido uma coisa séria. Não tinha a menor idéia do que ele havia quebrado. Imaginei algo realmente horrível, como um crânio fraturado ou um coma. — Paul estava observando-a intensamente.

— Eu acho que é grave o suficiente — disse Doug, soando pomposo —, ele está com muita dor. Tanya está cuidando dele o dia todo. E ele estará fora do time pelo resto da temporada.

— Diga a ele que o amo — foi tudo o que India pôde reunir —, e agradeça a Tanya por mim. — Ela ia pedir para falar com Sam, mas Doug tinha mais a dizer e era óbvio que não estava feliz com ela.

— Tanya merece uma medalha. Afinal de contas ele não é filho dela e ela está sendo maravilhosa para ele. E se você estivesse aqui para cuidar dele, India, poderia arcar com suas responsabilidades e não esperar que façamos isso por você. — O mesmo velho Doug. A mesma velha história. A mesma velha culpa. Mas ela não mais a atingia da mesma forma. Ela havia crescido no último ano e, embora ainda estivesse preocupada com seus filhos, o golpe de Doug nela havia atingido o ar. Ela não se sentia mais culpada, exceto quando algo como isto acontecia. E se tivesse sido sério, ela ficaria arrasada. Mas agradeceu a Deus por não ter sido.

— Eles são seus filhos também, Doug. — Ela devolveu firme, seus olhos faiscando quando respondeu, e Paul a observou. — Eu acabei de dirigir por três horas para conseguir um telefone e ligar para você, e tenho outras três horas pela frente para voltar ao campo. Não acho que poderia chamar isso de "leve". — Ela já estava cheia dele a esta altura, estava ocupando o telefone da Cruz Vermelha e mantendo a mulher que o controlava no trabalho, por nada. Sam estava bem e felizmente não era um caso sério. — Posso falar com ele agora?

— Ele está dormindo — disse Doug firmemente. — E realmente não acho que deva acordá-lo. Ficou acordado a noite toda com dores e Tanya deu-lhe algo para que melhorasse. — Ouvir que Sam esteve sofrendo fez seu estômago revirar-se, particularmente sabendo que não estava lá com ele.

— Diga a ele que o amo muito, quando ele acordar — disse ela enquanto lágrimas enchiam seus olhos. Repentinamente sentia falta não só de Sam, mas de todos os seus filhos. E com uma diferença de horário de seis horas, com Westport atrás dela, sabia que os outros estavam na escola e que não poderia falar com eles também.

— Pensei que você telefonaria para ele ontem, quando aconteceu, a propósito. — Ele atirou uma última farpa sob medida. E o tom de sua voz deixou-a tão raivosa que diminuiu sua sensação de tristeza.

— Recebi a mensagem há três horas. Eu disse a você que as mensagens levariam um tempo para me alcançar. Diga a ele que assinarei o gesso quando voltar para casa. Deixe espaço para mim. — Ela decidiu ignorar as falsas acusações de Doug.

— Veja se consegue telefonar um pouco mais rápido da próxima vez — disse ele desagradável, e ela queria dizer-lhe algo impublicável, mas India não queria ofender a mulher da Cruz Vermelha, que poderia ouvi-la com clareza.

Ela desligou então e virou-se para Paul com um suspiro.

— Ele está bem. É o seu pulso. Poderia ter sido muito pior.

— Assim eu concluí. — Ele parecia feroz e ela achou que estivesse com raiva dela por tê-lo feito dirigir por tanto tempo. Não o culpava. E, como sempre, Doug havia sido um bastardo. Nada de novo.

— Sinto muito por tê-lo feito dirigir toda esta distância por nada. — Ela parecia embaraçada, mas aliviada, enquanto olhava para ele. Apesar de tudo, estava feliz por tê-lo consigo.

— Ele ainda é um filho da mãe, não é? — Ele pôde imaginar o outro lado da conversa pelas coisas que ela disse.

— Sim, é — suspirou ela —, e sempre será. É assim. Ao menos agora ele é problema de Tanya e não meu. Nunca perde uma chance de me atingir.

— Eu costumava odiá-lo — admitiu Paul. Mas isso não mais o incomodava, não até agora. Ele estava afastado agora. Apenas sentia pena de India por todo o lixo que recebia dele. Mas havia ficado impressionado com a forma como ela lidara tão bem com ele. Doug não mais a atormentava, ou a fazia sentir-se culpada. Ele apenas parecia estúpido com os jogos que jogava.

— Eu costumava amá-lo — India sorriu. — Mostra o que sei. — Ela foi agradecer à mulher da Cruz Vermelha e pagar pelo telefonema. Deu-lhe cinqüenta dólares, que com certeza iriam cobrir amplamente o telefonema e até incluíam uma pequena doação.

E então ela e Paul entraram no jipe e seguiram para casa. Levaram ainda mais tempo no caminho de volta, em estradas ruins e na escuridão. Eram nove horas quando chegaram ao campo. Haviam perdido o jantar e ambos estavam famintos.

— Eu me ofereceria para levá-la ao La Grenouille, mas seria uma pequena viagem — disse ele sorrindo abertamente para ela, quando encontraram a tenda do rancho às escuras e os armários da despensa fechados.

— Não se preocupe. Qualquer rã velha serve — ela sorriu. Estava quase faminta o suficiente para comer uma.

— Vou ver o que posso apanhar. — Ele parecia exausto, enquanto caminhavam lentamente para fora da tenda. Havia sido um dia longo para ele, voando para apanhar suprimentos e então dirigindo por sete horas para descobrir que Sam havia fraturado o pulso jogando beisebol.

— Eu realmente sinto muito por esta viagem em vão — disse ela novamente. Já havia se desculpado várias vezes no caminho de volta e não conseguia parar.

— Eu também estava preocupado com ele — admitiu Paul, enquanto estavam de pé na clareira no meio do campo, imaginando o que fazer a respeito do jantar. Não havia nenhum outro lugar para ir. Estavam a milhas de qualquer tipo de civilização e então India teve uma idéia e olhou para ele com um ar malicioso.

— Eles devem ter comida no hospital para os pacientes — disse ela esperançosa. — Talvez possamos roubar alguma.

— Vamos, vamos tentar — disse ele, sorrindo e correndo junto com ela na direção do hospital.

Eles encontraram várias caixas de biscoitos que haviam ficado encharcados por causa da umidade e uma caixa de Triscuits mofada, escondidas em um armário, uma caixa cheia de *grapefruits*, várias caixas de Wheaties que ainda pareciam boas e não tinham baratas, meia dúzia de imensas caixas de leite e uma travessa de gelatina vermelha. Havia caixotes delas, enviadas por um grupo religioso de Denver.

— Bem, Scarlett... isso me parece um jantar — disse ele, imitando Rhett Butler, enquanto ela servia os Wheaties em uma xícara com leite, colocava um pouco de gelatina em duas taças e ele cortava duas das *grapefruits*. Não era o Daniel, mas estavam com tanta fome que pareceu bom para ambos. Teriam comido as caixas de Wheaties se fosse preciso. Nenhum deles havia comido nada desde o piquenique na pista de pouso.

— Triscuits mofados ou Saltines ensopados? — perguntou ela, segurando as duas caixas.

— Você me dá boas escolhas — disse ele, apontando para os Triscuits.

Eles comeram o suficiente para saciar o apetite e ambos pareciam mais relaxados um com o outro do que haviam estado em uma semana enquanto falavam de Sam e dos outros filhos dela. Ele contou-lhe a respeito de sua conversa com Sean dois meses antes e agora riu a respeito.

— Ele disse que na "minha idade" eu realmente não preciso namorar. E parecia não ver nenhuma razão para que não permanecesse celibatário para o resto de meus dias, o que calculou em cento e quatorze anos. — Ele sorriu. — Ao menos, eu presumo que seja isso quando me chamou de "meia-idade". Os filhos sempre parecem ter idéias estranhas a respeito dos pais, não é? — Mas ele também tinha tido idéias estranhas, ela sabia, desde que pretendia permanecer fiel à memória de Serena para sempre. Mas ela não tocou no assunto. Ele parecia feliz comendo seus Triscuits e sua gelatina para que ela desejasse estragar tudo.

Era bom sentir-se à vontade com ele novamente. O problema com Sam parecia ter quebrado o gelo entre eles. E ela não esperava mais dele agora, mas ao menos podiam se sentir como amigos. Saber disso era algo que ela ainda prezava. Fora onde tudo começara para eles e haviam partilhado tantas confidências que os deixara mais próximos do que algumas pessoas jamais estiveram. Havia sido difícil para ambos perder isso.

— E você? — perguntou ele, cortando outra *grapefruit* para si. Ela havia comido o suficiente, mas ele estava ainda com fome. — Saiu com alguém? — Era uma pergunta que ele estava louco para fazer há algum tempo e ela pareceu chocada.

— Não. Estive ocupada lambendo minhas feridas e amadurecendo. Descobrindo a mim mesma, acho que posso dizer assim. Estive envolvida demais me encontrando para encontrar outra pessoa. Além do mais, eu não quero.

— Isto é estúpido — disse ele rude.

— Verdade? Quem é você para falar? Não vejo você no cenários dos solteiros, saindo com as *socialites* e modelos de Nova York. Você está sentado no topo de uma árvore em Ruanda, cortando *grapefruits* e comendo gelatina. — Era uma imagem divertida e ele riu.

— Você me faz parecer meio homem, meio macaco.

— Sim, talvez. — E ela então imaginou: — Ou você está namorando alguém? — Repentinamente percebeu que na verdade não tinha a menor idéia do que ele estivera fazendo. Por tudo o que percebia, ele estava tendo caso com metade das enfermeiras, mas ninguém havia dito isso. Na verdade, várias pessoas haviam feito questão de dizer a ela que ele era um homem bom, mas um verdadeiro solitário.

— Não, não namorei ninguém — disse ele, tirando o suco de sua segunda *grapefruit* com a colher. Ele parecia jovem e à vontade, como havia estado antes, gostava de estar com ela. Ela era esperta, divertida e dócil. O problema era que ele sabia que não era. Dócil, ao menos. Ela tinha todo o resto de virtudes do universo reunidas, mas certamente não esta. E então disse quase orgulhosamente: — Ainda sou fiel a Serena. — Era triste para ele, mas ela compreendeu.

— Como estão os pesadelos atualmente? — perguntou ela cautelosamente. Havia se passado um longo tempo até que pudesse fazer a ele esse tipo de pergunta.

— Melhores. Acho que fico muito cansado aqui para tê-los. Parecem piorar quando volto à civilização.

— Sim. Eu me lembro. — Ele havia permanecido por exatos nove dias da última vez. E ela havia terminado com um coração partido, um braço quebrado e uma concussão.

— Você não saiu com mais ninguém? — pressionou ele, e ela suspirou.

— Acho que a resposta é óbvia, sr. Ward. Ou ao menos deveria ser. Precisei de tempo para me recuperar de você... e de Doug. Foi uma espécie de soco duplo para mim, um desastre logo após o outro. — Mas na verdade ela não sentira uma perda dupla e sim uma perda muito grande. Ela na verdade havia perdido Doug há muito tempo. Mas perder Paul havia sido a perda de tudo no que acreditava e pelo que esperava, a perda da última de suas ilusões. — Talvez seja bom para mim. Acho que me deixou mais forte de várias maneiras e mais esclarecida a respeito do que quero e preciso, se um dia tiver coragem de tentar novamente, o que agora duvido que tenha. Mas nunca se sabe. Talvez um dia desses, as coisas sejam diferentes.

— Você é muito jovem para abrir mão de tudo isso. — Ele franziu o cenho ao ouvi-la. Ela parecia mais sem esperanças agora do que ele. Mas também parecia mais forte. Havia crescido sutilmente desde a última vez em que a vira. Ele havia percebido quando a escutara falar com Doug do telefone da Cruz Vermelha. Ela não mais permitia que ele passasse por cima dela. E, de certa forma, também não estava deixando que Paul o fizesse. Ela havia finalmente começado a estabelecer limites. Não parecia tão amedrontada de perder as pessoas que amava, mas isso era porque já as tinha perdido. Além de seus filhos, aos quais sempre amaria, ela não tinha mais nada a perder agora e de certa forma isso deu-lhe coragem.

— Não tenho visto ninguém por lá que eu queira — disse India honestamente. Agora que eram apenas amigos, ela podia dizer coisas como esta para ele.

— E o que você quer? — Ele estava curioso pela resposta e ela pensou a respeito por um longo tempo.

— Uma vida tranqüila e calma comigo mesma — disse ela cuidadosamente. — Ou, se eu colocar meu coração de fora novamente, quero que seja pelo homem certo.

— Como poderia descrevê-lo? — perguntou ele com aparente interesse objetivo. Como havia feito antes, estava representando o papel do confessor. Gostava de fazer isso com ela.

— Como o descreveria? — repetiu ela. — Não tenho certeza se me importo com sua aparência, embora a beleza seja boa, mas preferiria que fosse delicado, bom, inteligente, gentil, piedoso... mas você sabe o que mais? — Ela olhou para ele diretamente nos olhos e decidiu ser honesta. — Quero que ele seja louco por mim. Quero que pense que sou a melhor coisa na vida dele, que ele tem muita sorte por me ter, que ele mal possa ver adiante. Sempre fui aquela que deu o amor e a entrega, e que fez todas as concessões. Talvez seja a hora de virar a mesa e conseguir algo do que venho oferecendo.

Ela havia estado loucamente apaixonada por ele e havia desejado dar-lhe tudo o que tinha, inclusive seus filhos, e ele havia estado loucamente apaixonado por Serena. Em uma análise final, era doloroso saber disso. Ela o havia perdido para uma mulher que havia partido e nunca voltaria. Ele havia preferido permanecer com as memórias dela a amar India e abraçá-la.

— Isso pode soar meio louco para você — disse ela, mas não se desculpando desta vez, porque não mais lhe devia nenhuma explicação, ou tinha qualquer expectativa a seu respeito. — Quero um homem que atravesse céus e terra porque se preocupa comigo... e atravesse um furacão por mim, se for preciso. Acho que é isso o que estou dizendo. — Ela sorriu para ele então e pareceu surpreendentemente jovem e incrivelmente bonita. — O cara certo para mim é um homem que realmente me amar. Não parcialmente. Não talvez. Não o segundo lugar para outra pessoa, não porque fez um "trato" comigo, como Doug. Eu apenas quero um homem que eu ame com todo o coração... e que me ame da mesma forma. E até que o encontre, ficarei por aqui, tirando fotografias em Ruanda, e em casa com meus filhos, sozinha. Não aceito segundo lugar novamente, não vou me desculpar mais por coisa alguma, e não estou implorando — disse ela e Paul sabia que não falava apenas de Doug, falava dele, porque ele havia lhe dito que realmente não a amava. Estava feliz ao ver que ela ainda tinha sonhos, embora imaginasse se algum dia iria encontrá-los. Mas ao menos sabia o que eram, e o que queria. Nesse sentido, ela estava muito melhor do que ele.

E então ela decidiu virar o foco para ele e fez-lhe a mesma pergunta.

— O que o senhor quer, sr. Ward, já que me perguntou isso? Agora estou lhe perguntando. Quem é a mulher perfeita que procura?

Mas ele não hesitou como ela havia feito. Queria dizer-lhe que era ela e estava tentado a isso, porque havia tantas coisas das quais gostava a seu respeito. Mas, em vez disso, ele disse uma única palavra:

— Serena. — E India ficou em silêncio por um minuto. A palavra ainda a atingia como um soco, mas ela já esperava. Apenas não esperava que ele dissesse tão claramente. — Olhando para trás, eu percebi que ela era quase perfeita, ao menos para mim. Isso não deixa muito espaço para melhorias.

— Não, mas pode deixar espaço para algo, ou alguém, diferente. — E então decidiu ser honesta com ele novamente. Talvez ele precisasse ouvir, para a próxima.

— Eu sempre senti que nunca poderia me comparar com ela, que sempre ficaria em segundo lugar, se eu... exceto por aquela única semana. Foi o único momento em que tive realmente certeza de que você me amava. — E ele amava, ela sabia. Não importava o que dissera depois. Havia sido o medo dele que estivera falando quando lhe dissera que não a amava.

— Eu amei você, India — disse ele claramente —, ao menos achei que amava... por uma semana... e fiquei com medo do que Sean disse, de você, de seus filhos, da viagem... dos meus pesadelos e de minhas lembranças de Serena. Apenas me senti muito culpado pelo que estava sentindo.

— Você teria superado os pesadelos. As pessoas conseguem — disse ela em voz baixa, mas ele sacudiu a cabeça quando olhava para ela, lembrando-se facilmente do por quê a tinha amado. Ela era tão gentil e tão adorável e tão linda.

— Eu jamais teria superado Serena. Nunca conseguirei. Sei disso.

— Você não quer. — Eram palavras duras, mas ela as disse de forma gentil.

— Isso provavelmente é verdade. — India também suspeitava de que Serena lhe parecia muito menos perfeita quando estava viva, mas teve medo de dizer isso a ele. As lembranças de Serena haviam sido tingidas com pó de anjo, asas de fada e a mágica do tempo, da perda e da distância. Mas a realidade de Serena havia sido muito mais difícil para ele suportar e India suspeitava que, em algum lugar no fundo de seu coração, ele sabia disso.

— Apenas para um segundo registro, já que estamos falando a respeito, não deixe que Sean intrometa-se em sua vida, Paul. Ele não tem o direito de fazer isso com você. Ele tem sua própria vida e família e não vai cuidar de você ou segurar a sua mão ou fazê-lo rir ou preocupar-se se você tem pesadelos. Acho que tem ciúmes de você e quer mantê-lo trancado em um armário, sozinho, e ter certeza de que você não está muito feliz. Para o seu próprio bem, não deixe que ele faça isso com você.

— Venho pensando muito nisso, na verdade, desde que estou aqui. A respeito do quanto os filhos são, em qualquer idade, egoístas no que diz respeito a seus pais. Eles esperam que você dê, dê e dê e sempre esteja lá para eles, quando eles o quiserem, não importa se é conveniente ou não para você. Mas quando você precisa de um pouco de compreensão da parte deles, eles chutam o seu traseiro e dizem que você não tem o direito às mesmas coisas que eles. Se minha nora morresse, Deus me livre, e eu dissesse a Sean que ele deveria ficar sozinho pelo resto da vida *dele*, ele teria me trancado e dito que eu estava louco. — Havia muita verdade no que ele estava dizendo e ambos sabiam disso. Filhos, em qualquer idade, podem ser muito egoístas e não particularmente gentis com seus pais. Era exatamente a forma como as coisas aconteciam às vezes, não sempre, mas certamente no caso de Paul.

— Suspeito que ele ficou perturbado por nossa causa — disse India em voz baixa, sem discordar de uma única coisa que ele havia dito —, e imagino como você administraria isso.

— A resposta, India, é "muito mal". Assim como administrei tudo. Fiz uma grande confusão. — Ele sabia a cada vez que via a cicatriz no rosto dela e lembrava-se de como tudo havia terminado entre eles.

— Talvez você apenas não estivesse pronto — disse ela caridosamente. — Foi muito recente... — Haviam se passado apenas seis meses da morte de Serena, o que não era muito tempo, mas ele sacudiu a cabeça.

— Não estava, mas jamais estarei. — E então olhou para ela com um sorriso triste, eles haviam passado por muita coisa, os dois, e ele via isso agora. Mas no fim eles haviam perdido a batalha. Ou ao menos ele tinha. — Apenas espero que você encontre o homem que atravesse o furacão, minha amiga... você o merece... e mais do que qualquer pessoa que conheço. Espero que o encontre. — E ele foi sincero. Tudo o que desejava a ela agora era amor e liberdade da dor que lhe havia causado.

— E eu também — disse ela tristemente. Não conseguia imaginar como ou onde ou quando iria encontrar alguém, ela acreditava que iria demorar muito até que encontrasse, se encontrasse. Ainda tinha muitas coisas para resolver em seu sistema. Como Paul. Mas ao menos eles agora podiam falar um com o outro, ou ter uma noite amigável.

— Apenas tenha certeza de que estará pronta quando ele surgir — Paul aconselhou —, e não escondida em sua cama com os olhos fechados ou bem longe em um lugar como este, o mais distante que se pode alcançar no mundo. Não é a forma de se encontrar a pessoa que você quer, India. Você tem que sair. — Mas ambos sabiam que ela não queria, nem ele.

— Talvez ele me encontre.

— Não conte com isso. Você tem que fazer um pequeno esforço, ou ao menos acenar para ele. Não é fácil atravessar um furacão, você sabe, tem que enfrentar ventos fortes, mau tempo e um monte de condições perigosas. Você tem que estar do lado de fora e acenar com muita força, se o quiser. — Eles trocaram um longo sorriso e silenciosamente desejaram um ao outro o que quer que acreditassem que queriam.

Já era quase meia-noite e Paul finalmente levantou-se e limpou a sujeira que haviam feito. Eles haviam tocado em assuntos muito importantes para ambos naquele dia e haviam passado bastante tempo juntos.

— Estou feliz que Sam esteja bem — disse Paul enquanto ela jogava fora uma caixa de Wheaties e assentia. E então ele provocou: — E a propósito, quando você encontrar o homem que está disposto a atravessar o furacão por você, é melhor esconder seus filhos em algum lugar, ou ele pode correr de volta para o furacão. Uma mulher com quatro filhos é muito assustadora, não importa o quanto seja maravilhosa. — Mas ela não acreditava mais no que ele estava dizendo. Seus filhos o tinham assustado, mas não assustariam a qualquer um e ela disse, enquanto arrumavam a bagunça do "jantar":

— Eles são crianças maravilhosas, Paul, como são as crianças. E o homem certo vai me querer com elas. Elas não são um problema para todo mundo e vão crescer um dia. — Paul havia feito com que ela se sentisse um item estragado quando mandou-a embora, como se não fosse boa o suficiente para ele. Ela não podia se comparar com Serena e tinha filhos demais. Mas separados, um por um, eram boas pessoas. E ela também. E estava começando a suspeitar, lembrando-se das coisas que ele lhe dissera, que havia coisas a respeito dela com as quais Serena jamais poderia se comparar. Ao menos era alguma coisa para se pensar.

Ele acompanhou-a lentamente até sua tenda e então parou e olhou para ela. Havia sido bom passarem o dia juntos. E havia sido uma virada para ambos, uma espécie de adeus para o que uma vez partilharam e boas-vindas para a nova amizade. Eles haviam levado algumas coisas boas com eles, atirado algumas ruins fora e descoberto coisas novas a respeito um do outro.

— Vejo você amanhã — disse ele. — Durma um pouco. — Havia sido um longo dia e ambos estavam cansados. E então ele olhou para ela com um sorriso tímido e disse algo que emocionou-a profundamente: — Estou feliz que você tenha vindo para cá.

— E eu também — disse ela, desaparecendo em sua tenda com um aceno silencioso. Estava feliz por seus caminhos terem se cruzado novamente. Talvez fosse o destino. Ambos haviam percorrido um longo caminho desde que se conheceram, sobre árduas estradas e terreno acidentado. E ela estava finalmente começando a ver o sol surgindo sobre as montanhas. Mas ela sabia, depois de ouvi-lo, que ele ainda tinha uma longa jornada adiante. E esperava que, pelo bem dele, um dia chegasse lá.

Capítulo 26

AS DUAS SEMANAS seguintes voaram, quase muito rápido para India, embora tivesse sentido falta de seus filhos. Ela voou em algumas missões de transporte com Paul e fez várias viagens no jipe com Randy e Ian. Fotografou sem parar as crianças que viu e entrevistou todos nos quais conseguiu colocar as mãos. Ela tinha bolsas e bolsas de filmes para mostrar e sabia que possuía uma grande reportagem.

E ela e Paul passaram longas noites conversando. Tendo feito as pazes com o passado, descobriram que passaram horas incríveis juntos. Eles riram de coisas tolas, viam o mesmo humor em quase tudo e ela descobriu que, mesmo sem o relacionamento que uma vez tiveram, ainda importavam-se um com o outro imensamente. Ele sempre parecia estar rondando em algum lugar próximo, protegendo-a e cuidando dela, ansioso para tornar as coisas mais fáceis para ela, e ela estava profundamente preocupada com ele.

E eles conseguiram passar sua última noite juntos. Ele falou do que iria fazer a seguir. Estava planejando deixar Ruanda em junho, havia um outro socorro aéreo que havia planejado no

Quênia. E ele ainda tinha planos vagos a respeito de voltar à Europa, ou aos Estados Unidos, para passar algum tempo no *Sea Star*.

— Telefone para mim se for à cidade — disse ela e ele perguntou se ela iria novamente a Cape Cod. Ela iria, em julho, e ficaria até a primeira semana de agosto. Depois disso ela estaria deixando a casa e as crianças para Doug e Tanya.

— Parece muito civilizado — disse ele, enquanto dividiam uma Coca-cola.

— E é.

— O que irá fazer pelo resto de agosto? — Ele sabia que ela não tinha nenhum outro lugar para ir além de Westport.

— Trabalhar, eu espero. Pedi a Raoul que encontrasse algo suculento para mim. — Ela havia adorado sua temporada em Ruanda. Havia sido mais maravilhosa do que esperava e, com o bônus de ter encontrado Paul, havia se tornado uma época que jamais esqueceria, da qual sempre iria se lembrar com carinho. A peça final do quebra-cabeças havia caído para ela. Ela sabia que ainda o amava, mas agora era capaz de deixá-lo partir.

Ele a levou de avião até Kigali, no dia seguinte, em vez de ter que voar na lata velha na qual havia chegado. Tudo o que precisava fazer agora era apanhar um avião para Kampala e então outro de volta a Londres. Depois disso, era fácil.

Ela sabia que as crianças estariam esperando por ela e mal podia esperar para vê-las. Enquanto aguardavam o avião dela, Paul lembrou-a de enviar seu amor a Sam e dizer alô aos outros.

— Direi, se eles não estiverem presos — ela provocou. Era mais fácil agora que seus velhos medos não mais estavam entre eles e ela não tinha mais expectativas a respeito dele. Seus sonhos não dependiam mais dele. E embora tivessem perdido algo de imenso valor para ela, a África havia lhe dado algo bem pequeno e precioso.

O avião dela finalmente chegou e ela olhou para ele ternamente. Então colocou seus braços em torno dele e abraçou-o.

— Cuide-se, Paul... seja bom para você mesmo. Você merece.

— E você também... E se eu vir um homem em um impermeável, procurando um furacão, vou enviá-lo para você.

— Não se preocupe — disse ela com um sorriso e era sincera. Mas sabia que, apesar do que não existia mais entre eles, ela iria sentir a sua falta.

— Ligarei para você em algum momento, se algum dia voltar à civilização. — Não havia mais ameaças para ele e também nenhuma promessa.

— Gostaria disso.

E então ele tomou-a nos braços e segurou-a nos segundos finais. Havia muita coisa que ele gostaria de ter dito a ela, mas não sabia como. Mais do que qualquer coisa, ele queria agradecer a ela e não estava nem certo da razão. Talvez apenas por saber quem ele era e deixá-lo ser esta pessoa. Eles de alguma forma conseguiram encontrar uma espécie de aceitação incondicional um do outro.

Havia lágrimas nos olhos dela enquanto embarcava no avião e ele ficou de pé na pista, observando-a por um longo tempo. Depois ficou ali e observou o avião enquanto levantava vôo, circulava o campo de pouso e seguia lentamente para o lugar de onde ela tinha vindo.

Ele então entrou em seu próprio avião e voou de volta a Cyangugu, com uma estranha sensação de paz ao pensar nela. Ela não mais o amedrontava, não o fez sair correndo e seus sentimentos por ela agora, quaisquer que fossem, não o faziam sentir-se culpado. Ele apenas a amava, como amiga, como mãe, como irmã. Ele sabia que iria sentir falta do riso que partilhara com ela, da malícia nos olhos dela e do rude ultraje que ela expressava quando achava que ele havia dito algo estúpido. Ela não estava mais ferida, raivosa ou com medo dele. Ela não estava mais desesperada para que ele a amasse, ou esperava algo dele. Ela não estava desesperada por coisa alguma. Era um pássaro velejando através de seus próprios céus e pensar nela desta forma o fazia sentir-se extremamente feliz. E foi apenas quando voltou ao campo e todos disseram o quanto iriam sentir falta dela que ele sentiu a força total de sua ausência. Isso o atingiu com mais força do que ele esperava.

Ele passou diante da tenda dela mais tarde e sentiu uma dor física, enquanto percebia que não iria vê-la. Repentinamente, as distrações que ela havia provido pareciam mais importantes do que ele percebera. E, apesar da independência que ele reivindicava, sentia-se perdido sem ela. Só o fato de estar ali sem ela causava-lhe dor.

E naquela noite, enquanto dormia na tenda dos pilotos, teve o primeiro pesadelo em meses. Sonhou que India estava em um avião e, enquanto a observava do chão, ele explodia no ar em milhões de pedaços. E em seu sonho ele procurava por ela em todos os lugares, chorando, soluçando, implorando às pessoas para que o ajudassem. Mas para onde quer que olhasse, ou o que quer que fizesse, não importa o quanto gritasse, não conseguia encontrá-la.

Capítulo 27

Quando India entrou na casa em Westport, estava imaculada, a babá estava lá e as crianças estavam jantando. E todas gritaram de alegria no minuto em que a viram. Sam acenou freneticamente com seu gesso, querendo mostrá-lo a ela, e todos tinham mil coisas para contar-lhe. Do ponto de vista deles, e mesmo do dela, haviam sido três semanas intermináveis. Mas de várias formas, pessoais e profissionais, ela havia conseguido muitas realizações.

E quando viu o quanto tudo estava bem organizado e como ela havia sido meticulosa, India na verdade ficou grata a Tanya. Ela telefonou-lhe naquela noite para Nova York e agradeceu-lhe por tudo o que tinha feito. Ela sabia que Doug não havia feito mais do que levá-los a um cinema ocasional e voltar para casa no trem das 18:51 para jantar. E as crianças, mesmo de má vontade, admitiram que gostaram de Tanya. Era ainda um pouco difícil para India aceitar que havia sido tão facilmente substituída aos olhos de Doug. Isso a transformava no que sempre tivera medo de ser, ou de ter sido, no último ano do casamento deles. Uma esposa genérica que poderia ser arremessada para fora ou trocada por outra. Mas ela sabia que não queria mais estar casada com Doug. E ficou espantada ao perceber que, depois de dezessete anos, sentia muito pouco a falta dele.

Mas ainda assim ficou chocada quando ele lhe disse ao telefone naquela noite que ele e Tanya iriam se casar, quando o divórcio fosse concluído em dezembro. Houve um silêncio total por um minuto, enquanto India recuperava o fôlego e então disse a ele que esperava que fosse muito feliz. Mas quando desligou o telefone, ficou espantada ao ver que suas mãos estavam tremendo.

— O que está errado, mãe? — perguntou Jessica, ao atravessar a sala, para certificar-se de que sua mãe ainda estava ali e pedir uma suéter emprestada.

— Nada... eu... Você sabia que seu pai e Tanya vão se casar? — Ela sabia que era provavelmente a maneira errada de contar a ela, mas estava tão chocada que não pensou a respeito.

— Sim, mais ou menos. Os filhos dela me contaram.

— Você se sente bem a respeito? — perguntou India, preocupada, e Jessica riu e deu de ombros.

— Eu tenho alguma escolha?

— Não — disse India honestamente, e nem ela. Ela havia perdido suas opções quando se recusara a andar na linha e a fazer o que ele queria. Mas talvez fosse melhor desse jeito. Ela havia encontrado algo que nunca teria, se ainda estivesse com ele. Ela mesma. Era uma parte de sua vida sem a qual agora não poderia mais viver. Descobrindo-a, não poderia abrir mão dela por ninguém, e sabia que nunca deveria ter feito isso.

Mas seu ego ainda estava se sentindo um pouco ferido na tarde seguinte ao encontrar-se com Gail na escola, quando foi apanhar as crianças. E ficou surpresa ao saber que Gail já estava a par.

— Todos sabem menos eu? — disse ela, ainda perguntando-se por que isso importava. Mas importava. Ouvir que Doug iria se casar a tinha deprimido. E ela estava chateada por causa disso.

— Vamos — Gail repreendeu-a —, você foi casada com o cara por dezessete anos. Como não se incomodar? — Além do mais, Tanya era mais nova do que ela e mais estimulante, mas até as crianças disseram que era estúpida. Mas isso era obviamente o que Doug queria. E India havia visto em primeira mão que Tanya era uma dona-de-casa impecável.

Era estranho pensar nisso agora. Aos olhos de India, todos tinham alguém e ela não. Tanya e Doug tinham uma vida e iriam se casar. India não tinha nenhuma. E Paul iria passar o resto da vida perambulando pelo mundo e sonhando com Serena. Até Gail parecia mais feliz com Jeff atualmente. Eles haviam alugado uma casa para o verão em Ramatuelle, no sul da França, perto de Saint Tropez, e pela primeira vez ela estava entusiasmada. E, no outono, ela disse que iria fazer plástica no rosto. Repentinamente a vida de todos parecia melhor do que a dela, e mais assentada; como a Arca de Noé, todos tinham alguém com quem queriam ficar. Tudo o que India possuía era o seu trabalho e seus filhos.

Mas isso era mais do que algumas pessoas tinham, ela finalmente lembrou a si mesma. E mais do que teve há um ano, quando ela e Doug estavam travando batalhas por causa de sua carreira e a definição dele a respeito do casamento. Relembrando-se de sua miséria na ocasião e do quanto esteve solitária casada com ele trouxe-a de volta à perspectiva. Ela estava sozinha agora, mas não sempre sozinha. Na verdade, na maior parte do tempo, não estava.

As crianças terminaram a escola naquela semana e ela empacotou as coisas para Cape Cod. Todos estavam excitados, como sempre, exceto Jessica, que não queria deixar seu novo namorado. Tudo o que tinha no Cabo, disse ela lamentando-se, eram os "entediantes Boardmans".

— Você encontrará alguém — garantiu India na noite anterior à partida, e Jessica gritou enquanto olhava para ela angustiada.

— Mãe, não há *ninguém* lá! — E no momento em que a escutou, India percebeu o quanto o absurdo que Jessica havia dito tinha ecoado em seus próprios sentimentos. A coisa engraçada era que ela não se importava muito agora. Estava se acostumando a escalar as montanhas sozinha, fazendo coisas que importavam para ela, e apenas estar ali com seus filhos. E quando surgisse um trabalho, ela teria isso para dar-lhe satisfação. Mas não tinha nenhum homem para amá-la, e às vezes sentia falta.

— Jessica — a mãe corrigiu-a com um sorriso —, se não há ninguém lá aos quinze anos, não existe esperança para o resto de nós, acredite-me. — Mas, é claro, Jessica não podia imaginar por que haveria um homem para India, na idade dela. Na verdade, India havia se esquecido disso por um instante.

— Mãe, você é uma *anciã*!

— Obrigada — disse ela calmamente —, eu precisava ouvir isso.

Jessica enxergava a vida da mãe como essencialmente terminada aos quarenta e quatro anos. Era um conceito interessante e fez India recordar-se de sua conversa com Paul, a respeito de não deixar Sean estragar a vida dele. Ela havia claramente sido colocada no mesmo saco que Paul, ultrapassada e sem utilidade. Um fóssil.

Eles dirigiram até Harwich no dia seguinte, e atravessaram todos os rituais familiares, abrindo a casa, fazendo as camas, checando as telas e correndo pela rua para encontrar os amigos. E naquela noite, enquanto deitava-se na cama, India sorriu ao ouvir o oceano.

Ela foi ver os Parkers no dia seguinte e alguns outros amigos. Os Parkers a convidaram para o churrasco do dia Quatro de Julho, como sempre, e lembraram-na de levar as crianças. Quando foram, India forçou-se a não se perder nas memórias de Paul e Serena, ali no ano anterior. Pensar nisso agora não tinha sentido.

E enquanto as semanas voavam, ela percebeu que, mesmo sozinha, este ano, sem marido com o qual passar seus fins de semana e nenhum romance pelo qual esperar ansiosamente, o verão foi perfeito. Foi relaxante, leve e confortável, e ela adorou estar com seus filhos.

Ainda sentia falta de Paul, de certa forma, mas havia recebido um cartão-postal no qual ele dizia que estava no Quênia, fazendo a mesma coisa que havia feito em Ruanda. E ele parecia feliz. Havia acrescentado um P.S., dizendo a ela que ainda estava procurando um homem em um impermeável para ela, e ela havia sorrido ao ler.

Era estranho olhar para o ano que passou, quando ela o havia conhecido em seu iate e ela e Sam haviam velejado nele. Tinha sido o começo de um sonho para ela, mas ao menos não achava que tinha terminado em pesadelo. Ainda sentia-se triste lembrando-se do que sentia por ele, mas as cicatrizes em seu coração estavam começando a sumir, como a cicatriz em sua cabeça que ela havia conseguido na noite em que ele a abandonara. Havia aprendido que não podia agarrar-se à tristeza para sempre.

Ela telefonou para Raoul no fim de julho, esperando conseguir algum trabalho para o período em que as crianças estariam no Cabo com Doug em agosto. Mas, no entanto, Raoul não tinha nada.

A coisa mais estranha era lembrar que, apenas um ano antes, ela e Doug ainda estavam juntos, e brigando constantemente. Parecia-lhe agora que estavam separados há séculos. Isso a deixava pensativa, percebendo o quanto a vida deles havia mudado e como as coisas estavam diferentes. Um ano antes, ela estava casada com Doug, implorando-lhe que a deixasse trabalhar novamente, e Serena ainda estava viva. Tanto havia mudado em um ano para ambos. Tantas vidas haviam surgido, partido e inesperadamente os tocado. Ela imaginava às vezes se Paul pensava nas mesmas coisas que ela. Como as coisas haviam mudado em um ano para ambos.

Sam havia recebido aulas de vela em julho e adorado, enquanto ela o inscrevia para uma nova série de aulas em agosto. Eles ainda falavam com admiração a respeito do *Sea Star*. E para India, aquela parte de sua vida agora parecia um sonho.

O tempo também havia estado bom naquele ano, até o fim de julho, e então repentinamente mudou e houve uma frente fria. Choveu por dois dias e ficou tão frio que ela teve que forçar as crianças a usarem casacos, o que elas odiaram.

Elas ficaram em casa, viram vídeos e ela levou-as, e a meia dúzia de amigos delas, ao cinema. Era difícil encontrar coisas para fazerem com o tempo ruim. Mas ao menos Jessica estava feliz, ela havia começado um romance com um dos antes "entediantes Boardmans". Todos estavam tendo uma boa temporada. India apenas estava triste por sua última semana no Cabo ter sido enfraquecida pelo mau tempo, mas as crianças não se importavam tanto quanto ela.

O tempo foi de ruim para pior e cinco dias antes dela ter que entregar a casa e as crianças para Tanya e Doug, ela e as crianças assistiram ao jornal e viram que havia um furacão vindo direto na direção deles. Sam achou que era maravilhoso.

— Uau! — disse Sam, enquanto ouviam os boletins jornalísticos. — Você acha que ele vai levar a casa? — Isso havia acontecido com conhecidos, anos antes, e Sam sempre fora fascinado pela história.

— Espero que não — disse India calmamente. Os avisos no jornal explicavam-lhes o que fazer. O furacão Barbara era esperado em dois dias e, a julgar pelos mapas meteorológicos, eles estavam diretamente em sua possível área de destruição. O primeiro furacão do ano, Adam, havia atingido as Carolinas duas semanas antes e causado um estrago indescritível. E, apesar de suas palavras tranqüilizadoras para as crianças, ela estava um pouco preocupada.

Doug havia telefonado, preocupado, e dera-lhe algumas instruções úteis. Mas basicamente não havia muito o que pudessem fazer. Se começasse a ficar muito perigoso, e eles fossem obrigados a partir, ela dirigiria de volta a Westport. Mas India ainda estava esperando ouvir se ele iria afastar-se e mudar seu curso apenas o suficiente para poupá-los. Ela esperava que sim.

E nas últimas horas da observação do furacão, ela conseguiu seu desejo. Barbara desviou-se apenas o suficiente para desencadear uma tempestade incrível sobre eles, mas o olho do furacão estava agora seguindo na direção de Newport, Rhode Island. Mas, apesar disso, os ventos ainda conseguiram rasgar suas telas, destruir as árvores e fazer estrago suficiente no telhado para deixar uma goteira na cozinha. Ela estava colocando baldes e correndo para checar as janelas da cozinha dois dias antes do fim de sua temporada na casa, quando ouviu o telefone tocar. Ela nunca mais o atendia, era sempre para as crianças. Mas todas estavam fora e finalmente ela o apanhou com irritação. Não havia ninguém do outro lado da linha. Ela teria pensado que era um trote, exceto pelo fato de que vinham tendo problemas com as linhas de telefone por toda a manhã. Ele tocou novamente, ela fez a mesma coisa e estava certa de que algumas linhas de telefone haviam caído ou estavam a ponto de perder sua força. E então, quando ela o apanhou pela terceira vez, ouviu um estalo na linha e havia tanta estática que não podia ouvir claramente a voz do outro lado. Tudo o que pôde ouvir foram palavras intermitentes que não tinham significado. E não havia forma de reconhecer quem havia ligado, ou mesmo de determinar se era homem ou mulher.

— Não consigo ouvir você! — gritou ela, imaginando se alguém a escutava. Pensou que pudesse ser Doug novamente, ligando para saber como estavam. Ele havia ficado muito preocupado quando ela lhe contara que o telhado estava com goteiras e já havia reclamado do quanto iria custar para consertá-lo.

O telefone tocou uma quarta vez e ela o ignorou. Quem quer que fosse teria que ligar mais tarde. Uma janela que se sacudia havia acabado de escancarar-se em seu quarto e ela lutou com ela, desejando que as crianças estivessem em casa para ajudá-la, enquanto o telefone continuava a tocar. Ela o apanhou novamente, exasperada, e desta vez, junto com a estática, ela podia ouvir algumas palavras mais claramente, mas a maioria se perdia. Ouvir o que estava sendo dito era como decifrar uma charada.

— India... chegando... tempestade... chegando... — E então alguma coisa soou como *impenetrável* e então o telefone ficou mudo. Era obviamente para ela, mas se estavam ligando para avisá-la da tempestade, estavam um pouco atrasados. Ela estava começando a sentir-se como Dorothy em *O Mágico de Oz.* Uma por uma, as janelas da casa, agitadas pela tempestade, escancararam-se e se estilhaçaram. Olhando para a tempestade furiosa do lado de fora, era difícil de acreditar que o furacão não os tivesse atingido e ela sentiu pena das pessoas em Newport.

Todas as crianças estavam visitando amigos enquanto ela lutava com a goteira na cozinha e uma outra que havia surgido na sala. Ela ficou repentinamente chocada ao ver Sam correndo na direção da casa, vindo da praia com um amigo, e ela olhou pela janela. Eles estavam encharcados e ela tentava acenar para que ele entrasse, mas ele estava acenando para ela. Ele adorava ficar do lado de fora com o tempo ruim.

Ela colocou sua cabeça para fora da porta, lutando com o vento, e gritou para ele, mas ele ainda estava muito longe para ouvi-la. O céu estava tão escuro que parecia mais noite do que manhã. E ela estava tentando chamá-lo para dentro, mas ele continuava a ignorá-la.

Ela agarrou a capa de chuva dele, vestiu a sua e correu para vê-lo. Ela tinha a cabeça baixa por causa do vento, mas quando olhou para cima para procurar Sam, ficou repentinamente estarrecida pelo quanto era bonito. O céu estava denso e escuro e o vento era tão forte que ela mal podia alcançá-lo. Havia uma sensação irresistível de excitação e alegria do poder da natureza. Ela podia ver porque Sam adorava.

— Entre! — gritou ela e tentou colocar o casaco nele, mas viu que ele estava tão molhado que não fazia sentido. Ela estendeu o impermeável para ele, o vento levou-o de suas mãos e ele voou como um pedaço de papel, enquanto o observavam. Mas Sam estava apontando para o mar e dizendo alguma coisa para ela. E quando seus olhos acompanharam o impermeável flutuando no céu, ela viu algo por trás, além dele. E então percebeu o que Sam estava dizendo.

— É... o... *Sea... Star...* — ela finalmente o ouviu dizer, enquanto olhava para ele e sacudia a cabeça, sabendo que não era. O *Sea Star* ainda estava na Europa. Paul teria ligado para ela, ou ao menos mandado um cartão-postal, se estivesse vindo para cá. Mas Sam estava pulando para cima e para baixo e apontando, enquanto ela apertava os olhos na chuva. Era alguma espécie de barco, mas não parecia um veleiro.

— Não, não é! — ela gritou de volta. — Vá... para dentro... vai pegar uma pneumonia... — E então, enquanto ela tentava arrastá-lo consigo, ela viu o que Sam tinha visto. O barco bem além deles, no mar agitado, parecia-se com o *Sea Star*, mas não poderia ser. Mas o que quer que fosse, suas velas estavam cheias e quase parecia estar velejando no céu, com a velocidade da luz e o vento por trás. India não podia imaginar Paul fazendo algo tão louco, velejando em um furacão, mesmo se estivesse ali. Ele era um velejador cuidadoso. Mas junto com Sam ela ficou ali e observou o barco de qualquer forma, fascinada por ele. India tinha certeza de que era um iate diferente, mas se parecia muito com o *Sea Star*. E então finalmente conseguiu levar Sam para dentro, apesar dos protestos dele, e seu amigo também. Mas India ficou do lado de fora mais um minuto para observar o veleiro voando e jogando e balançando-se. Haviam ondas imensas escorrendo da proa, e os mastros estavam inclinando-se e encharcando-se como palitos. O barco ainda estava a uma distância considerável da praia, mas parecia estar seguindo na direção deles.

India imaginou se o veleiro havia estado em alto-mar quando os ventos fortes surgiram e agora seguia desesperadamente para a praia em busca de segurança e ela não podia deixar de imaginar se estavam em dificuldades e se deveria telefonar para a Guarda Costeira.

Havia pedras perto da costa, próximas à extremidade da costa e, em uma tempestade como esta, para qualquer embarcação poderia ser um perigo, mesmo um barco grande como aquele. E enquanto India começava a virar-se, ela viu Sam e seu amigo olhando o barco da janela. Ela estava a ponto de entrar e fazer chocolate quente para eles, quando a neblina diminuiu, ela viu o barco com mais clareza e, no mesmo segundo, lembrou-se do telefonema... chegando... tempestade... chegando. Estava ele dizendo que a tempestade estava chegando, o que ela já sabia, ou dizendo algo muito diferente? A voz havia dito o nome dela, mas não conseguira reconhecê-la, estava muito truncada e partida, e então ela soube quando olhou para o barco novamente e sentiu uma mão apertar seu coração imperceptivelmente. Ela não sabia se estava ficando louca, ou apenas tola. Mas repentinamente soube que Sam estava certo. Era o *Sea Star*. Nenhum outro barco era igual e havia chegado muito perto deles nos últimos minutos.

India virou-se para olhar para Sam na janela, mas ele havia desaparecido com seu amigo, provavelmente para o seu quarto... ou para ver TV... mas ela voltou-se novamente, observando o barco lutando através da tempestade, enquanto ouvia as palavras novamente... chegando... chegando... e talvez não impenetrável... mas impermeável... Apenas ele seria louco o suficiente e velejaria tão bem para fazer isso. E repentinamente ela soube com certeza que ele estava ligando para ela. Mas o que estava fazendo?

Em vez de entrar ela andou através da tempestade furiosa em direção à água. E enquanto observava o barco, o viu seguir na direção do iate clube. Não tinha a menor idéia de por que ou como havia chegado ali, mas sabia que Paul estava chegando... chegando... chegando... chegando através da tempestade. E ele havia telefonado para avisá-la. Ela começou a caminhar de início, e então correr na direção da extremidade da costa para onde seguiram. Sabia que as crianças estariam bem. Mas agora também sabia de outra coisa... ela queria acreditar... mas era muita loucura. Ele não faria isso. Ou faria? E se ele se arrebentasse nas pedras... e se... por que ele havia feito isso? Não fazia sentido... ou fazia? Havia feito sentido antes, há tanto tempo... havia feito sentido para ambos, não apenas para ela. E enquanto começava a correr para o iate clube, através do vento, sabia que era loucura pensar nisso, ou esperar por isso, ou acreditar... Ele não faria isso, embora soubesse que havia feito enquanto o barco permanecia em um curso estável, apesar do mar raivoso que enfrentava.

Ela o viu atravessar as pedras, enquanto o barco continuava a batalhar com o vento e as ondas, India o observava. Talvez ele nem mesmo estivesse a bordo, disse a si mesma, então não ficaria desapontada. Talvez fosse um outro barco, e não o *Sea Star*. Ou talvez ele fosse tão tolo quanto ela para acreditar em algo que tiveram uma vez e perderam, e com o que às vezes ela ainda sonhava. Ela queria que fosse ele agora e queria que ele estivesse ali, mais do que jamais havia desejado qualquer coisa em sua vida. Queria que fosse Paul que tivesse telefonado para ela. E quando alcançou o iate clube finalmente, estava sem fôlego. Correu até o ancoradouro e ficou de pé ali, esperando por ele.

Os barcos estavam jogando violentamente no ancoradouro e alguns dos proprietários haviam ido até lá para amarrá-los. Ela podia vê-los trabalhando fervorosamente e, ao olhar novamente para o mar, perdeu a respiração ao vê-lo. Ele estava de pé no deque em suas roupas para tempo ruim e havia dois homens com ele. Estavam perto o suficiente agora. Ela imaginou que os dois homens fossem membros da tripulação e eles pareciam estar se movendo em grande velocidade, enquanto ele apontava para coisas e trabalhava com eles. Mas não havia dúvidas agora para ela, era Paul. Ela o reconheceu facilmente e, enquanto o observava, ele repentinamente virou-se na direção dela. Estavam muito próximos agora e tentando uma complicada manobra para levá-los ao porto com segurança.

Ela ficou de pé como pôde no vento, seus olhos nunca o abandonando e ele acenou para ela. E enquanto ela apertava os olhos contra a tempestade, ela o viu sorrindo e levantou seu braço e acenou em resposta. Ele estava de pé no deque, acenando de volta para ela e, apesar de sua capa de chuva, ela estava encharcada. Mas não se importava. Não se importava se ele a desapontasse novamente, apenas queria saber agora. Ela tinha que saber porque ele havia vindo para cá.

Ela viu que a tripulação inteira surgiu no deque e ele parou de acenar para ela para dar-lhes mais ordens. Eles pareciam estar lutando com coisas que ela não podia ver e ele colheu as velas e ligou os motores. Estava determinado a chegar o mais próximo possível e ela os viu atirar a âncora enquanto dois homens baixavam a lancha e imaginou o que estava fazendo. As águas não estavam tão fortes no ancoradouro, mas ela ainda não via como poderiam chegar à praia na lancha sem emborcar. Segurou sua respiração enquanto os observava. Mas tudo de que podia lembrar-se era o que havia dito a ele em Ruanda, sobre querer um homem que viesse através de um furacão para ela, e sabia que ele se lembrava pelo seu P.S. no cartão-postal sobre o impermeável. Ela agora estava certa de que era o que ele estava tentando lhe dizer ao telefone... era algo a respeito do impermeável. Mas o que era o resto? Ele estaria apenas provocando-a? Mas quando viu a lancha se aproximar e o viu lutando com ela, soube que estava mortalmente sério a respeito do que estava fazendo. E ela ficou aterrorizada de que ele pudesse emborcar e afogar-se enquanto ela o observava.

Pareceu-lhe passarem-se horas enquanto ele cruzava a pequena distância até os degraus do iate clube, mas foram apenas minutos. E quando chegou ainda mais perto, viu que ele a observava enquanto ela descia os degraus para encontrá-lo. Ele atirou a corda para ela, que a apanhou e a segurou enquanto ele saltava da lancha e amarrava-a em um dos anéis. E então ele deu um grande salto até o degrau onde ela estava e olhou-a intensamente. Era um olhar que ela já havia visto antes nos olhos dele. Era como uma voz chamando-a à distância. Era a voz de seus sonhos. A voz da esperança. Era a memória acre-doce do que eles haviam possuído e perdido tão rapidamente. Ela queria perguntar a ele o que estava fazendo ali, mas não conseguia falar. Ela apenas conseguia ficar ali de pé olhando para ele enquanto ele a puxava para si.

— Não é um furacão... mas serve? — disse ele, perto o suficiente da orelha dela para que pudesse ouvi-lo. — Tentei telefonar para você.

— Eu sei — disse ela, e ele a ouviu. — Não pude ouvir o que você estava dizendo. — Ela então olhou nos olhos dele, com medo do que iria encontrar ali. Com medo de que estivesse errada e que os sonhos jamais tivessem existido.

— Eu disse que estava chegando. Não é um furacão, é apenas uma tempestade. — Mas era grande. — Se você quer um furacão, India... Levarei você a Newport... se você quiser... — disse ele, suas lágrimas misturando-se com a chuva que lavava o rosto dele. — Estou aqui. Sinto muito por ter demorado tanto a chegar. — Não parecia tanto quando olhava para ele. Não parecia muito. Havia levado um ano para que eles chegassem através da tempestade. Uma vida inteira para descobrirem-se um ao outro.

O sonho finalmente havia se tornado realidade. Eles o haviam encontrado. Ela tocou o rosto dele com uma mão trêmula, enquanto via o *Sea Star* bem atrás dele. Ambos haviam estado perdidos por tanto tempo. E por algum milagre, através das tempestades da vida, haviam encontrado um ao outro.

Ela sorriu para ele de uma forma que lhe dizia tudo o que ele precisava saber. E ela soube que ele havia finalmente voltado para ela, enquanto ele a puxava para o seu impermeável com ele e a beijava.

Este livro foi composto na tipologia Agaramond,
em corpo 11,5/15 e impresso em papel
Offset 75g/m² no Sistema Cameron da Divisão
Gráfica da Distribuidora Record.